小島信夫短篇集成　第④巻　夫のいない部屋／弱い結婚

小島信夫短篇集成

④ 夫のいない部屋 弱い結婚

水声社

編集委員
千石英世
中村邦生

編集協力
柿谷浩一

目次

凡例

一、著者の短篇小説を可能な限りすべて収録することをめざした。

一、各作品は、原則として発表順に配列した。同年同月に発表された作品が複数存在する場合は、底本とした単行本における収録順にならい配列した。単行本未収録の作品は、単行本収録作品の後に続けた。

一、底本は、著者生前の最後の刊本とした。単行本等に未収録の作品の場合は、初出雑誌等を底本とした。詳細は巻末の解題を参照されたい。版ごとの異同等についても、解題を参照されたい。

一、明白な誤字・脱字・誤植と思われるものは適宜修正した。

一、原則として、新字新かなとした。底本が正字旧かなの場合も、新字新かなとした。拡張新字体も原則として採用しているが、底本が正字を用いている場合は、それに従った。

一、ルビは原則として底本のままとした。

一、底本において、数詞（十／一〇、など）や助数詞（米／メートル、など）、外国語のカタカナ表記等に不統一が見られる場合、同一作品内で統一すべく適宜修正したが、本集成全体として統一することはしなかった。なお、同一作品内における漢字・ひらがなの表記の揺れ（走る／はしる、など）に関しては、著者の文体にかかわるものと判断し底本のままとした。

一、作品中には今日の観点からみると不適切と思われる表現も散見されるが、作品が書かれた時代背景、作品が持つ文学的・芸術的価値、また著者が故人であるという事情に鑑み、底本のままとした。

女

山根権之助は名前に似ぬやさしい男であるが、彼は友人を自分の家によびよせようとするクセがある。たとえば彼は、遠野にこんなふうにさそいかける。

「遠野君、この日曜日に僕の家にきてくれないか、君も知っている空地に麦がのびてね。とてもいい眺めだ。それにヒバリがチチチとないて空へ舞上る。それだけじゃない。僕の家は××が原といって、昔、大砲を最初にうちあげたところで、百科辞典にものっている」

遠野は山根がチチチとヒバリをまねてないてみせるのを意地悪く見ている。それは二度目の話だからだ。××原のことについては、もうたしか、三度目である。こういうことはどうでもいい。さいごに山根は、こんなふうにいう。

「また、家の女房がそろそろ君をつれてきてくれといっているんだ。すまないが一つまたたのむよ」

「そうね、こんどの日曜日は何日だったかしら」

遠野はめんどくさいことだ、と思っていながら心の中で多少いい気持になっている。しかしそれとは別に一つだけ彼が心をひかれることは、山根が、君をつれてきてくれ、といってるんだということを平気でいっていることである。それがなければ彼は出かけようとは思わないであろう。

山根の家は、本人が宣伝するように、武蔵野の中にある。新開地でフロヤのエントツがいやに目立ったり、八百屋が二軒もならんでいて翌月にはあわてて一軒が姿を消してかわりに菓子屋があらわれる、といった、一劃である。雨が降ると道路に川が氾濫して水びたしになり、あとに小川の川底に、小さいながら水流の変化が見えたりするような、ところである。

山根の家は以前には、遠野の家から歩いて十五分たらずのところにあった。山根のつとめている役所のパンフレットの印刷を遠野のつとめ先きの新聞社でやっているという関係で二人は、四、五年来のつきあいだが、最初は遠野の方が山根を訪ねた。山根のルスに遠野は山根の妻と二回ばかり近所の映画館へ行った。一回は子供連れで、帰ってくると、山根がもどってきていた。一回は二人だけで行った。帰りみちで山根にあって、一緒に家にもどってきた。そのとき、山根の妻の三枝は、

「お父さん、と見たってちっとも面白くないんだもの」

と往来でいった。山根はふしぎそうに三枝の横顔を見ているのを、遠野は眺めていた。最初のときに、三枝が、

「遠野さんにねだってごらんなさい」

といった。次のときは、

「遠野さん、映画に行きましょう。当分帰ってこないわ。その間、つきあって下さい」

といった。

山根がもどってから夜おそくまで遠野は酒をのみながら話しているうちに、途中から山根はそわそわしてきて隣室へ立つと、

「せっかく遠野君がきているのに、なぜ出てこないんだ。遠野君とは話しがしたいんだろう」

といっているのがきこえてきた。部屋へもどってくると、いらいらしながら、

「早く出てくればいいんだ。いつも、君が帰ると、お父さんとばかり話しをして、つまらない、というくせに、呼びに行かなきゃ出てこない。まるで僕がジャマしてるように思ってるんだからな」

と遠野に呟やいた。

「三枝！　早く出てきな、今日の映画の話でもしなさい。せっかく遠野君がきてくれてるんだから」

「そうガミガミいわないでよ。女はいろいろと仕事があるのよ。お父さん、自分のことしか考えていないんだもの。まったくいやんなっちまう」

「いいから、映画の話でもしなさい。楽しくなるよ」

「ごまかそうと思ってるの。お父さんは。ほんとうに誠意というものがないんだから。いやんなっちまう」

「何が誠意がないんだ。僕は出来るだけのことはしていますよ。それは僕は俳句にこったりしているけど」

「貧しければ貧しいように、いっしょになって相談にのってくれればいいんだけど、すぐそんなことを知らないもの、なんていうでしょう。そんなお父さんなんか、いらないわよ。家も改造しなくっちゃ、このままではどうにもならないわ。遠野さんにもきいてごらんなさい。どこの家だって、子供が大きくなれば、何とかしなくっちゃ。この前だって遠野さん、お父さんは、娘に『親爺のやつ、夜這いにきた！』っていわれてるんですからね」

「だってそれはきみの気持一つだよ。僕がきみや娘のいる部屋へ入って行かなけりゃならんようにしむけるから、そんなことになるんだ」

「だって、私、イヤよ。お父さんみたいな人。お父さんらしいことをしないのに何ができるもんですか。いやらしいったらありゃしない。この人の考えていることは、こんなことばかりなのよ、遠野さん」

「男に変りはないよ、ねえ遠野君」

「いいえちがうわ。遠野さんは、そんなことないわ。女には分るんです。ちゃんと」

映画館の中で、遠野は、その姦通映画、「喝采」を見ながら、三枝とはなるべく身体をふれあわないように離れていた。これに似た夫婦の生活は今にはじまったものでない以上は、遠野はそうすることがたやすいかも知れないと思いながら、その気にならなかった。

「どんな映画だったの」

遠野はすっかり酔っていた。こんなに酔ってしまっては、三枝にいいたいことをいわせるだけだ、と思いながら、遠野はだまって坐っていた。

「知りたければ、自分で見に行きなさいよ」

「三技、こんな話、していても、遠野君は面白くないよ。もう来てくれなくなるよ。僕達のことは僕達のことなんだから」

山根はそういいながら居眠りしはじめていた。

「そんなことはないわよ」

「そんなことないって、君がいうのはオカシイよ」

「ほんとにお爺ちゃんだわ。居眠りなんかして」

「だから、僕も君のいう通り、別れるなり何なりしたい、とは思うんだが、いつもお前の方から折れてくるじゃないか」

「食べて行けないからよ、口惜しいったらありゃしない。あんなことは、平気でいうんですもの。あらお帰りになる、私、送って行くわ」

遠野は自分たち夫婦のことをずっと考えていた。普通なら山根のいうようにタイクツしてしまう話を黙ってあきもせず、きいていたのはそのためであった。山根は三枝よりも一まわりも年上で、もう老年にはいっている。山根はいつか遠野の新聞社で仕事のことで昼間いっしょに外へ出たときのことだった。電車の中でふと気がつくと、隣りに腰かけている山根の痩せた長い顔が、ゆれている。電車にのって物の一分もたたないのだから、よほど眠かったにちがいない、と思いながら、わざとそのまま眠らせておいた。コックリする度に、山根の顔は膝近くまでおちかかって、とうとううつむいたまま眠ってしまった。遠野は車の中の視線がこちらに集っているので、山根をおこして、眠ければ、うしろにもたれた方が楽ですよ、といった。

するとと山根はそうしながら、この頃は夜中に目がさめるくせに、車にのると、とたんに眠くなるんだ。といった。

山根夫婦は年令の上では不自然な夫婦かも知れないが、二人の間をこのような状態にしているものは、自分達夫婦の中にもないとはいえない。遠野は、新聞社の関係で、ニュースの売り込みなどをしているので、山根よりはいくぶん収入が多い。その分だけ、山根の方にまわせば、この夫婦はもっと穏やかな夫婦になるだろう。そのことは、前から分っているから、遠野は、三枝が自分に願っているらしいと知っていても、彼は三枝をよろこばす言葉をいったことがなかった。

「奥さん、着物がよく似合いますね」

外へ出ると遠野はこういった。

「こんなもの、似合うもんですか」

三枝はそれをいいながらよりそってきた。

「私、この家、そとから見られていると思うと、やりきれないわ。こんな家、ここらへんで、私の家一軒ですもの」

「でも、奥さん、それは山根さんも心の中ではいろいろ考えていることなんですから」

「そうかしら。そんな人じゃないんですのよ。あなたの前では、つくろっているのよ。あの人。私はあなたの前では、あけすけよ。男って男の味方ばかりするのね、にくらしいわ」

三枝は両手をのばして遠野の手首をにぎるとそれを強くふった。

「こんど、あなたの家へ出かけて行くわ。相談にのって下さいね」

「ええ」

遠野が歩きだしてから、三枝は暗がりにまだそのまま佇んでいるので、ふりかえると、

「早くお帰りなさい。そのまま、さっさとお帰りなさい。立止ったらいやよ」

とよびかけてきた。三枝のいっている意味が反対であることはわかっていたが、遠野はさっき三枝が、「外ではいいことばかりいっているのよ」と夫のことをいった言葉がよみがえってきたのだ。

今自分がいっているようなことは、妻から見れば、「いいことばかりいっている」と思うだろう。と遠野は思った。もし自分の妻が他人の自分に三枝のようなことをいえば、やはりおなじようなことをいうであろう。

三枝がその後、いくにちかたって、遠野の家へあらわれた。三枝のことは、遠野はあたらずさわらずに話しておいたが、三枝が盛装しているうえに、色白でお嬢さんふうないい方をするのが、遠野の妻の栄子を立腹させた。

三枝は坐りこむと遠野の方に身体をむけて、なるべく栄子をそらそうとしている。

「だって、私の方だって、そんな他所様のことを考えたりする余裕はないんですよ。足りない、足りないで。私もやりかたが下手でしょうが、きっとあなたも下手なんですよ」

「主人は、そういうんですが、私にいったって出来ないんですもの。私はそういうふうに育ってきていないんですから」

「あら、育ってきてないって。それは誰だって昔よりはつらいですわよ。だけど奥様、あなただって、内職をして、山根さんを助けてあげるくらいのことをなさらなくっちゃ」

「でも、私だって、恥をしのんで、化粧品を売りに歩いたりしたんですよ」

「化粧品でも、保険の外交でも、あれですよ。他人の家へきて、グチばかりこぼしている人と、どんどし商売を

して行く人とありますよ」

「私はダメなんです」

三枝はもう助け船が出そうなものだ、というふうに、遠野の方を眺めるようすをしたが、

「山根さんに何かいい仕事を考えていますから、もう少し待ってください。何も建増はそう急ぐことはないのですから」

「もうはじめましたわ」

栄子はあきれた、といった表情を露骨にだして、

「とにかく、山根さんを責めてもムリですね。あの人だって、あの人なりの生き方があるのでしょうからね」

三枝が帰ってから、栄子はいった。

「あんなことといって、あの人ゼイタクなのよ。見てごらんなさい。私があんな着物もっていて。私なんか戦争でみんななくしたのよ。まだ買えないでいるのに。あの人はそのままもっているじゃないの」

「しかしあれは、染め直し染め直ししたものだろう」

「私なんか染め直すも、染め直すものがないじゃありませんか。何だって他人の家へ自分で金を借りにくるんです。山根さんがくれば話しはわかるけれど。あの人なんか、妾にでもなんでもなればいいんじゃないの。そういうタイプよ」

さいごの栄子の言葉はしんらつで、遠野のハラワタにしみた。その言葉は妥当でもあった。しかし栄子の口をかりていわれると、それはまた別であった。

遠野は山根の内職の仕事をさがしたが、山根の力でできることはついに見つからなかった。遠野は金がほしいと思った。そしていつのまにやら、自分の臨時収入が栄子の手に渡るとき、これが三枝の手に渡るなら、と思うようになった。そのくせ彼は自分が三枝に心を動かされているわけでも、男の意地からそう想っているわけでも

なかった。それはまったく奇妙な気持で、世間のどの家のこともおなじように気にかかるといったものであった。そして気にかかることを果すには、妻の栄子に目をつぶってもらわねばならないし、そうであるなら、他人の家のことは、まったく意味をなさぬことになるのである。

それは三枝だけではない、妻の栄子はモチロンだし、ちょっと通りすがりの買物籠をさげた女であってもいい。冬のある日のことであった。それはたまには訪れた雪国で、いま晴れていても、五分後に吹雪いてきて、十分先きには、もう先きが見えなくなるかも知れないような、日本海に面した町であった。雪をかぶった大きな山脈がそびえていて、海からくる風をはねかえすのである。裏通りでは雪はかなりつもっていた。彼が歩いて行く前方を一人の「妻」が子供をおぶり、ズボンにレインシューズをはいて歩いて行く。子供の上には背負着がかぶさっていた。

遠野はしまいにはそのあとをつけていた。女のあとをつけるということは、少年時代にある。そのときにはやるせなくて、やるせなくて彼はうしろから声をかけたが、と思い、そういうことがまたできるはずもなかった。そのために毎日その女の子が電車をおりてくる時刻に建物のかげにかくれていて、何米かあいだをおいて、ずっとつける。

彼はその子供をおぶった女をつけながら、少年時代とおなじような気持になっていた。一口でいえば、その女性に満ち足りないものがあれば、それをみたして、「ああ、わたし幸福だわ」といわせたい、という気持である。その女はこじんまりとした美しい姿をしていることが、背負着に半身かくれていてもよく分った。その身体がスミズミまで分るような気がした。といってその身体を求めているのでも、またその夫から奪おうというのでもない。夫がいることはやるせないが、しかしそれは大したことではない。

女は一軒の下駄屋に入って、その地方言葉で話しはじめた。彼もまた中へ入って、下駄を一足もとめて、女が去ったあと、下駄屋のおかみさんに、

「あの人よくくる人ですか」

とたずねた。市役所に出ているサラリーマンの妻で、土地の者かときくと、そうだ、と答えた。

「この町にはきれいな人が多いですね」

「お客さん、早よう家へ帰らねば。旅のせいだども」

遠野は下駄屋を出て、だいぶん間のあいてしまった女のあとをつけはじめた。冷たいものが首すじにふれたので空を見上げると、雲が一つ近いところを走っており、と思う間に目の中へ雪がおちてきた。次の瞬間、吹雪になって遠野の視界がさえぎられてしまった。

遠野はその女の家を見とどけて、その前に立って、その家を眺めてみるつもりでいたが、その前に吹雪が立ちふさがってしまった。

いそいで宿にもどってくると、それまでに、もう吹雪はやんでいた。

宣伝放送をその町でやっていた。四六時中、一組の商業宣伝が町にながれて、宿の二階にも流れている。辻々のマイクは、おなじ声をあたりに散らしているが、その一番近いマイクから流れる女の声が、もう一つ先きのマイクからの声と、ふしぎなダブリとなってかきくどくように、たえいるように、遠野の耳にはいってくる。いや、それは遠野の耳に、といってはまちがいだ。遠野はききながら、障子を通して部屋にはいってくるその声が、万人が共有すべき美しい声のように思われるのであった。雪のふる日も、晴れた日も、その声はだきとめたいように美しくて、宿の女中の話では、とくに上手なのは、先生格の人で、下手なのは新入のアナウンサーで、目下見習いなのだ、ということであった。

宣伝会社は町はずれの汚ない民家の二階になっていて、その前を通ってみると、一人田舎じみた女の子が椅子に腰をおろしてしょんぼりしていた。ちょっとのぞいて、何をしているのか、ときいてみると、アナウンサーの試験をうけにきたので、入ったら見習いをするのだがもう前にも人がいるので、パスするかどうか分らない、と答えた。

二階に宣伝放送会社の看板が大きくかかり、二階の窓は、すっかりかくれてしまっていた。放送はその奥でやっているらしいが、のぞいてみるすべはなかった。夕方になると、お別れの言葉をのべ、それから「蛍の光」がきこえる。

毎日、遠野はその声が流れはじめると、胸がうずきはじめ、灯がともりはじめる頃、声が去ると、ホッとためいきをつく。そんなに美しくきこえるのは、たしかにその空気のせいである。彼が女のあとを追ったのも、女と自分の間にある空気のせいだったかもしれない。しかし、こんなにうずきはじめるのは、いうまでもなく、彼が「幸福」にするのに、一番手近かなものが、そこにある、と感じるからなのだ。

幸福になりたいと思うが、そのためには、女を幸福にしなければならない。幸福なんてものは、ありはしないと遠野は長い間思ってきた。とくに女の幸福ほど彼が無視してきたものはない。その罰のようにして、「幸福にしてやりたい」「そして自分からも幸福になりたい」と思っている。

栄子の「妾になればいいのよ」といったのに、遠野が目がさめたように思ったのは、栄子がむざんに、彼の夢をやぶってしまったからだ。

三枝は建増しをし、その金はそのままのこってしまった。山根は少しばかり内職をしたがその金まではまわらなかった。山根は社であったとき、別れるつもりで、目下下宿をさがしているといった。

「そんなことをして、あと三技さんどうしてくらして行くの」

「僕は知りませんよ。いくらきいてもいわないので分らない。きみにならきっと話すと思うんだが……このごろ遠野さん、どうして家へきてくれないの？　この前、私が訪ねたのがわるかったのかしら、といっていたがね」

「でも別れると決っておれば、僕も遠慮した方がいいし。あなたは生活費は出さないつもりでしょう」

「僕は子供も二人引取りますから、渡せませんよ。ただあとになって戻るようなことになると、いらざる出費だから、はっきりした証文をとっておこうとは思うんだが」

「証文があったって、事実、三枝さんが困ればおなじことだから、よく別れたあとのことをたしかめておかないと」

「あんたは、よく考えてくれるなあ」

考えるだけで何もしてくれない、という意味にもとれないことはない。山根は、アパートの権利金の金策にかけまわっているといっている。

その金を出してやりたいが、栄子のことを考えただけで、遠野は栄子をいつわってまで山根に尽すことができない。それはいうまでもなく、遠野が小さな自分の幸福をぜったいにとりはずされたくない、と吝嗇なほどすがりついているからだが、それだからこそ、誰かれかまわず、他人の不幸にもおせっかいになり、また自分の幸福の小ささにあきたらず、他人の中にありそうな幸福にのぞき見したく思うのだろう。

三枝と山根はとうとう別れなかった。三枝の計画は、山根の去ったあと、家をアパートに直して、その利益で食べて行こうというのであったが、その入智恵をした大工が、まったくいいかげんなことをいっていることが分った、と、山根はいった。

「三枝はあの家にいると、通りがやかましくて眠れないというんだ。夜明けまで、サァーという音が止まないんだからね。あの家を売ってこんどはもっと武蔵野の奥に入るんだ」

「引越しはいつ」

「もう家内や子供は引越して僕はルスをしているんだ、代りのものが入ってくる迄ね。こんどの引越しで借金は返せるし、うまいんだ。ただね。困ったことが一つあるんでね」

「困ったこと？」

「前には僕の三畳間が一つあったが、こんどは一部屋少くなってね。こんどは僕の部屋がないんだ。三枝と僕とは、こんどは夫婦であって夫婦でないことになる。しかし、とにかく遠いが、遊びにきてくれよ。家内も喜ぶかね」

「きみ、どうするの」

「僕はこれからちょっと、あの女の子をつれて家へ帰る。幸い僕一人だからね」

「そう、奥さんがそうなら、仕方がないけど」

そのおでん屋へ山根は屢々、くるものと見える。目のくりくりした赤ら顔の女の子が、山根のほうを見ないようにして客に愛嬌をふりまいている。山根は遠野の耳にささやいた。

「あの子は、きみ、あんなに見えても、ここの誰とも関係があるんだよ。何も僕だけとくべつじゃないんだ。あれは僕の近所のアパートに住んでいてね。相手の女の子にさえ分らなければ、思いきったことをするんだよ」

「あの子が自分でよければ、それはそれでいいことだね」

遠野はそういいながら、自分がそうしたことを一度もしたことがないことを思いだした。

少年から青年にうつる頃のことだ。遠野は友人と離れ島へ旅行したことがある。そこの宿に泊った夜、酒をのんでいると、友人が女中をからかいはじめた。

それは言葉だけのものであるが、遠野は女中が帰ったあとで、腹を立てて、君とは絶交だ、といって翌日早々に一人で島を出発してしまった。あとの話では、その男は女中と仲よくなり、十分にたのしんだ、ということであった。彼はそのときには、煩らわしいとも、腹立たしいとも思わず、ただ茫然とした。女があのようなことで男に身体をまかせることが信じられなかったからだ。

遠野は新聞畠にいながら、今になっても、その頃とおなじ気持が自分の中にひそんでいるのに、むしろおどろいた。なぜならばあの女の子に、山根のするようなことをしようと思いもしないのだろう。

山根が武蔵野の中の新開地へ引越してから、ふたたび、強い訪問の誘いをうけたとき、またもや山根が家内が会いたがっているんだ、といっているのをうなずきながら、今更のように、自分がそういうようなことを他人に頼むとしたら、どういうときであろうか、と考えた。

それはただ、頼まれたから、そうしているというだけのことであろう。しかし娘がバイオリンの先生につきたいから、とヒステリックに三枝にいわれて、山根がどうやら、さいごに先生をさがしてきたり、息子が自転車を買ってくれ、といっているというので三枝にわめかれて、とうとう頷いたり（そして自転車は彼の考えていたより高価なものが買われたのだが）するのとおなじように思っているのだろうか。

その場で彼は居眠りをはじめるであろう。

「おい、三枝、遠野君をつれてきてあげたよ」

彼はこういうにきまっている。

山根は遠野を待ちあわせて郊外電車のある大きな駅のフォームで待っていた。そうした事務的なはからいは、実に着実で、時間におくれることもなかった。遠野は山根がしゃんとして約束のフォームの売店の位置に立っているのを見ると、「三枝が会いたがっている」というような、不思議ないいかたをする男には見えなかった。遠野は安心もし、裏切られたような気にもなった。

ところが山根は電車にのって、新しい家のあり場所が、ここからいくつめの駅だ、といったことを話しているうちはよかったが、ふと声がしないので、ふりむくと、山根は頭を前後に動かしながら、眠りはじめていた。ほってておけば乗りすごす。彼はこの線にうつってからも、乗りすごして、三十分も先きまで連れて行かれて、またもどってくる愚をくりかえす、と語ったことがあるが、今日もその口であろう。

遠野は山根をおこして、彼といっしょに連れだって駅をおりて踏切りをわたると、すでにくれはじめ、あかい色が僅かにのこしている空を見ながら、切通しになった坂道を歩きはじめた。

山根はこのあたりの地所はもう調べたものと見えて、切通しの出来た時期だの、周辺の学校の数だの、武蔵野の景色はこのへんではあのあたりだの、この家並は最近に出来たのだが、それは、一人の商人が忽ちにして建てて、自分はその権利で食っているだの、さいごに自分の家の目印は、あのフロ屋のエントツであそこをまがれば、何軒目だといったことを次々と語った。

切通しのはてには、高くそびえた左手の丘の上に数軒家が建ちはじめて、石段が辿りついていた。彼はその階段が百五十段ある、といった。

そうして、御用ききがメイワクするが、いちばん困るのは、オワイ屋でおりるときは大変なもんだった、といって面白がった。

山根はいったいこのようにまわりのことに詳しいが、自分のことになると、こうして他人を招く。

これは山根本人にも気がついていないことだが、自分のことが、他人を交えたことで、茫漠としたまま、一つの安定をうるという智恵をこの男は何となくわきまえているのではなかろうか。

ことによったら山根は、自分を招いて三枝と話をさせ、三枝の気持をほぐし、そうしてそのあとで、三枝と何カ月ぶりの営みをしようと考えているのかもしれない。

「きみ、ヒバリはねぐらへもどったよ。ここに麦畑があるんだ、一反ばかりのね」

山根は麦畑を案内しようとしたために、二人は山根の家の裏手へまわり、裏手からその家をながめることになった。

「これだけの部屋だよ。あれが僕の部屋」

「これが家内と家内の母親の部屋」

「あら、何をそんなところでいっているのよ。見っともないじゃありませんか、裏から案内して、ほんとにお父さんたら、いやになっちまう」

三枝はなげくようにいった。

「ほら、これを途中で買ってきたんだ。これは肉だよ」

「これどうするの」

「どうするのって、料理するんですよ。何でもいいじゃないか」

「何でもいいってわけには行かないわよ」

山根はカバンの中から包みを出したところをみると、待合わせる前に、デパートでそれを買いもとめたものであろう。

「せっかくきていただいて、そんないいかげんなことしたくないの。あなたには、女の気持ってものが、分らないのよ。ちゃんと、することをして、あらかじめいって下されば……。私、今夜は何もかもきいてもらう」

「それがいいよ。よくお話ししなさい。お母さん、ずいぶんお尻が大きくなったな」

「いやらしい。この人、お客さんの前で」

三枝は戸をバタリとしめると、廊下を去っていった。なるほど山根のいうように彼女は一年の間にずっと肥っていて、動くのも大儀そうであった。

「遠野君、ほんとうにあれのお尻は一まわりばかり大きくなっただろう。そう思わない」

遠野は炊事場の三枝の声に耳をすませた。

感情旅行《センチメンタル・ジャーニィ》

1

汽車が清水トンネルをのぼっているとき新緑を背景にした山の景色の中から、とつぜんスクーターにのった男が身近かにせまってきて、私の顔とすれすれになった。その顔はどこかで見た顔だ、と思っているうちに、視界からきえてしまった。

その顔がどんな顔だったか、思いだそうとしたが、もうよく思いだせない。東京の街の中で一度あったことがあるのか、と思ってみるが、その記憶の綱は辿れない。そうしてみると、私はその男を見たときに、ほんの一秒の何分の一かのあいだ、目をあいたまま夢を見て、その次の瞬間にその男の顔を見たとき、ああ、見おぼえがあると思ったのだろうか。そうとすれば、それは、私があくせくと、夢ともうつつともつかぬ日々を送ってきている証拠かも知れない。と思っているうちに、私はふとその顔がほかならぬ、この自分の顔ではなかったか、と思うと襟元が急に寒くなるように感じた。

汽車は横川駅についていたので、私は顔を洗い生水をのみにフォームへおりることにした。そこにも人があふれていたので順番を待ってから私は引返してくると、

「山根さあん」

と呼ぶ女の声がきこえたので、その方をふりかえった。二等車の窓からのぞいている顔の中から、友人Kの妻のノリ子の顔が笑っていた。

私はノリ子の笑い顔というものを今までに見たこともないので意外に思ったが、それより彼女が一人旅をしているらしいのにびっくりした。

「ああ、おどろいた」

とノリ子はいった。

「まだ心臓がドキドキしているくらいよ。猫背の人がいると思ったら、それがあなたよ」

「どこまで?」

「家へ帰るのよ」

「家って、あなたの家はもう売られたのではなかったのですか」

「そうだわ。寺へ行くのよ。私、主人と喧嘩して、代りにきちゃったの。主人がきていたら、あなたと会ってこうして話をしているでしょう。それを思うとユカイでならないわね。こちらへいらっしゃらない」

「でもここは二等車ですね」

「ええ、主人やあなたは、三等でけっこうよ。私は動くのはいやですわ。こっちへいらっしゃいよ」

私はノリ子の色白な小さい顔をながめながら、私の知っている彼女とは、こんなにちがうのはどうしたことだろう、と思った。

Kの家には、私がときどきでかけるが、もともとKの方が私のアパートの部屋にきたのだ。Kはノリ子との争いのあと、後輩の私の部屋にうつってきて一カ月くらした。ノリ子が私のアパートに夫のことでたずねてきたとき、私はその小さな美しい顔の中の広い額を見て、思わず、

「奥さんは、オデコですね」

といった。私のくに言葉では、額の広いことをいうのだし、私は夫をかくまっている自分の立場に私はいくぶんドウテンしていたのだ。

「オデコじゃありませんわ。額が広いんです」

ノリ子はすぐにそう答えた。それから、

「あなたは、主人の方に同情してるんでしょう。だからそんなことをいうんでしょう。どうしてもきいてもらうわ、私の言分」

といった。

「Kさんがいないときに、あなたお一人のお話は僕にはきけないんです。今日はお帰りなさい。Kさんはルスなんです」

「わかりましたわ。あなたは、ここに一人で住んでいらっしゃるのね」

「家内に死なれましたからね」

「それで今では、よその主人を連れこむってわけですね」

「その通りです」

ノリ子は玄関に立ったまま、その口ぶりははるかに悄然としていた。私は自分の口がすぎたことを後悔してきたので、

「ちょっとおあがり下さいませんか」

「私ね、あなたに同情してくれといってるんじゃありません。私、あの人とできれば別れたいんです。でも、食べて行けないでしょう。それがくやしいのよ。女手でじゃんじゃん働いている人知ってるんですけど、私、うらやましいと思うわ。でも恥も外聞もないってわけには行きませんもの」

「おあがり下さい、ここでは何ですから」

「いいえ帰ります」

「Kさんには、あなたがこられたことをいっていいんですか」

「そうですね。いわないでおいて下さい」

Kはその後自分の家にもどって行ったが、こぜりあいは、あいかわらず続いた。そしてKは私を電話で家へよんだ。

「きみ、今日僕のルスに行ってくれないか。お金がなくて映画も行けない、っていっていたけど、きみ一つ家内を連れ出して楽しませてやってくれよ。君にたかるわけじゃないけど、一つ頼むよ」

私はそんなときには、ことわったが、日曜日にたずねたときには、Kがルスで、彼女の方から誘いかけた。

「帰ってくるまで間があるわ。それまでどこかへ行きましょう。くさくさしていたのよ」

「でも、また出直してきましょう」

「主人に会いにこられたのでしょう。それなら主人が帰るまでいいでしょう」

「それはそうですが」

「主人はあなたに世話になったのですもの」

私はノリ子のその言葉の中にいくぶん自分勝手なものを認めたが、それがどこからきているのか分らぬままに、連れ立って街へ出かけることにした。

「奥さん何をしていらっしゃるのですか」

ノリ子が奥へ引っこんだまま出てこないので、私は声をかけた。

「ちょっと待って、私、いま、サンドウィッチをこさえているところなの。かるく映画でも見て、静かなところでいただきましょう。子供が出かけたので、こさえてやったノコリよ」

「そんなにしないでも」

「私はこんなこと大キライよ。どこかのレストランで食べる方がもちろん好きよ」

「それなら、御馳走しましょう。あとでKさんに羨しがらせてやりましょう。羨しがらせるには、お酒でなくっちゃダメかな」

「だからよ、いつもならそうよ。でも今日はいいでしょ。私はへんな殊勝な気持になったの。あなた、千曲川って知っている」

「知っていますよ。一度行ったこともありますよ。千曲川がどうしたのですか」

「ちょっと、子供のころを思いだしたもんですから」

私はノリ子とはおなじ年輩の自分と外へ出るのに、弁当をこさえて出る彼女を奇妙なものに感じた。Kは郷里の信州のM高等学校にいたじぶんのことを話してくれたことがある。Kはノリ子とおなじ千曲川のほとりの部落の息子で、親セキ関係にあるノリ子と結婚したが、そのずっと前のことだ。

彼はM市に下宿しているとき、彼は下宿の主人の妹で人妻である、ある婦人と深い仲になった。彼らがあいびきをするとき、きまって戸倉温泉に出かけて行き、宿でとりよせた飯をにぎって弁当を作り、やはり、附近を流れている、千曲川のほとりを散策したということだ。この川は私の想像では、ノリ子の家の下を流れ、Kの生家の下を流れ、そしてまたこの温泉場をめぐって流れているように思えた。Kがその話を私にしたのは、私のアパートに同居しているときで、別れるつもりでノリ子と離れているために、若い昔の日のことが思いだされたものと見える。

その話をきいたとき、私は主人のある女が、どのようにして抜けだして泊ったりすることができるかふしぎに思わぬわけではなかったが、そういう話にはあまり興味がなかったのできいても見なかった。それというのも、人妻が主人でない男と泊ったあげく、このような世帯じみた優しい所作をするということ、そのことにすっかり心を奪われて茫然としていたからであろう。もしそのようなことを主人が知ったとしたら、はたしてどんな気持になるものか。もしそれが自分であったら、きいただけで目の前が真暗になってしまう。自分の死んだ妻にそういうことはあったと思えぬが、世の中というものが急に信じられなくなったことも事実である。ついにKはその女性を自分の生家にも連れてきた。

父母も当時健在で、近所の目もうるさい田舎へ彼は連れてきたわけではない。彼は自分の生家や墓のある巨大な邸と、田圃と千曲川が一望の下に見わたせる、山つつじの咲いている小山の上に連れてきた。そこには、由緒ある、前方後円の古蹟があって、Kの祖先がそこに居を定めたのも、そこらあたりが、色々の点で好都合であったのであろう。Kの話では、それは将軍塚とよばれ、四道将軍が派遣されたころのもので、その配下にあった信濃の国の造《みやつこ》の墓だそうである。

Kは女をその古蹟のところまで連れて行って自分の祖先のことを説明してきかせた。もっともその間、女はKの話に合槌をうつばかりでほとんどきいてはいなかった、ということである。

歓楽のあとに、そのときの女性が弁当をこさえて出かけたという話がうかんできて、ノリ子のサンドウィッチは、私にある警戒心をおこさせたが、次の瞬間、私はその警戒心をおこしたことを恥しく思った。やがてあらわれたノリ子は、それまではいつも和服であったのに洋服を着ていた。すました堅い表情をしていた。ノリ子は往来からふりかえり、

「私、この家イヤだわ。これが自分の住んでいる家かと思うと……」

「この家がですか」と私はふりかえりながらいった。「家があるだけいいじゃありませんか」

「だって私、田舎の家を売ってきたんですのよ。それがあなた、この家と僅かなお金でしょ。そのお金も戦後何年もたったら、とうになくなっちゃったのよ。主人のせいよ。あの人ってとてもダメなのよ」

「それはしかし」

「しかしって？」

「しかし、仕方のないことですよ」

「そうかしら」

私は心の中で、あなただって、おんなじことではないか、というつもりであった。私は自分が小さな会社に関係しているが、いつ日がたって行くか、一月先のことが分らない。再婚したくない一つの理由はそのためだが、大なり小なり世の中の人はみんなそんな生き方をしている。おそくから役所勤めをしはじめたKが、あまりめぐまれないといっても、それはゼイタクといえばいえないことはない。

映画を途中から出て、日曜日でもあまり人の行かない公園をと、ノリ子は求めたが、そんなところはどこにもありはしない。すると、とつぜんノリ子が、

「あなたの会社、このあたりだったわね。その屋上はどうかしら」

人のいないところは、そういうところしかないのだから、名案かも知れない。昼を過ぎて大分時間がたっていた。私はノリ子が何を考えているのだろうか、と思ったが、そういうことは考えまいとした。誰の発案かベンチが一つ前からおいてあった。そこへ腰をおろすと、ノリ子が包みをひろげた。私は彼女の指先きをながめていた。

「あなた、私の指を見ていらっしゃるのね。きたない指だと思ってらっしゃるでしょう」

「僕はちがいますよ」

「何が？」

私はだまって指から眼をはなした。私はなるほど彼女の指を見ていたが、きたないと思っていたわけでもない。しかし、いずれにしても、彼女が口にするようなふうに、私は見ていたわけではなかった。しばらくたってノリ子がいった。

「ねえ、私、主人がなくなったら、どうしようかしら。そのときは、あなた助けて下さるわね」

私はノリ子の見上げるようにする、その目から、自分の視線をはずし、それからもう一度みた。私はそうしなければ、卑怯だ、と思ったからだ。こうして一緒に食事をしている以上、この唐突な質問にこたえなければならないと思ったからだ。ところが私は、そのとき、返事のかわりに何ともいえないにがい笑いをもらしてしまった。

「あら」

ノリ子はこういって私から視線をそらした。そうしてもう一度私の方を見たが、私はその眼とぶつかると、やはりおなじ表情しかできなかった。二人はだまってしまったので重苦しい時間が流れた。私は胃のあたりがムカついてくるのを感じた。それをのがれるのにどうしようか、と考えていると、とつぜんノリ子がハンカチをとり出して、

「あっ」

と小さな叫び声をあげた。

「トイレは？　トイレはどこ？　教えて、自分でいくからいいわ」

立ちあがった彼女は、私の手をさえぎった。私はトイレの場所を教えただけで、ベンチにまた腰をおろした。ベンチの上のハンド・バックと包みを眺めながら、ハンカチを口にあてがって、吐いた。吐きながら、今の仕事は一月たたぬうちに、ダメなことが分るのではないかと思っていた。

ノリ子とKとは一まわり以上も年がちがう。ただそれだけのことで、このように「主人が死んだら」というのはどういうことだろう。胸がおさまったとき、私はハンド・バックのトメ金に見なれない飾りがあしらってあるのを見て、いつかKが、Kの家の紋章のことを語ったのを思いだした。それは戦前にノリ子の母親が特別に作らせたもので、バックそのものはその頃のものとは思えぬが、トメ金だけは、おなじものである。

Kは藩の家老をつとめたノリ子の家に養子に入ってKと名のったが、Kの話では、先代が代議士に立候補して次点でおちたが、そのときに残った財産はあらかたすってしまった。そこへ戦争がやってきた。田地はとりあげ

られた。のこった家邸を売りはらって東京へ出てきた。

ノリ子がもどってくると、私たちは自然に外へ出て、ノリ子を家まで私は送って行った。家へ入ったとき、Kが何時間も前からもどってきていたことが分った。

汽車が動きだす前に私はノリ子の前に腰をおろした。

「どこへいらっしゃるの」

「仕事で長野へ行くんです」

「長野？」

私の会社の仕事は、あたらしい局面を開かなければならない。そのために、私は自分からいいだして出てきたのだから、私は車も三等車にしたのだが、こちらの事情は、ノリ子に話しても仕様がないので、くわしいことは、例によってふせておくことにした。

「とっても急ぐ？」

「まあね」

「まあね？　それなら急がないとおなじね。あなたは、こんどは、私をあなたの先輩のKと思って下さるわね」

「Kさんだというと？」

ノリ子はがらっとかわった快活な調子は消えないばかりか、かえって度をました。

「私がKだったら、いっしょに旅行するのは、あなたイヤじゃないでしょ。私は郷里のSへ行って寺参りしたあと墓を作り、系図合わせに、K家の発生地へ行くのよ。ここへは、私も主人もまだ行ったことがないんですけど、そこにK家の本家の家が一軒あるの。そこで色々の仕事があるのよ」

「それがそんなに楽しいのですか」

「楽しいって？」

「だって、あなたには楽しそうに見えるもんですから」

「イジワルね」といってから「そうよ。そうだったら、一緒にきて下さる？　Kもよろこぶわよ」

「Kさんが？」

「ええそうよ。どうせ、あなたはKの生家へも行くでしょ。私の家とは川一つへだてたところなんですから。Kはあなたが、いつかいっしょに行きたいものだ、といっていた、と話したことがあるわ。Kはあなたのことでウソをつく人じゃないから、ほんとでしょ。Kとならできることが、私といっしょでできないということはないわ」

　ノリ子のいうように、以前私はKの生家やら、K家の祖先の地をいっしょに訪ねたいといったことがある。それとこれとをおなじにされてはこまるが、ノリ子の口吻によると、彼女は自分の夫のKとおなじに考えようとということになる。ノリ子の「主人が死んだら助けて下さるわね」というふしぎなあくどい言葉は、彼女が夫とどんなことにも奇妙な争いを演じようとしているのが、ただたまたま私という人間をとおしてあらわれたのにすぎないのではあるまいか。

　あるいは、それは、男と女といった間柄のことは、もともとあまり関係のない、奥底の何ものかのためであるのかもしれない。ノリ子の快活さのなかには、そうした、女というものからはなれた小気味のよさが、におわぬでもない。

　ノリ子の膝のかたわら、座席の上にれいのハンド・バックがおいてあった。それをながめながら、彼女の不可解な熱情みたいなものに、ひかされるより仕方がないと私は思いはじめていた。そこには私にはよく分らないが、何か一すじに追い求めているものがある。それにくらべれば、私が今、長野へ出かけてきているというようなことは、ただの情勢にすぎない。

　平素はそれほどでないが、夜中にふと目をさましたときに、どうにも生きていることが心配でならぬことが、自分にはある。助けをよびたいが、部屋の中には自分のほかには、人はいない。たとえ女がいたとしても、自分のこのおびえる気持がどうして女に分ってもらうことができよう。そんなふうに思っているときに、Kは私の部屋に自分の方から望んでやってきたのだ。私はKと一カ月以上くらしたが、そのあいだに、私はやはり夜中に目がさめて、寝ているKの顔をながめたことがある。そのKがパッチリと目をひらいて、

「眠れないのかい」

ときいたときには、思わず
「いや、何でもない、夢を見たので」

と私は答えた。

「僕はこのごろ眠れないことはないが、家にいるときは眠れないことがあった。ここにいると、そうでもない。故郷のことがふしぎにうかんでくる。ノリ子や僕の祖先が僕の背後につながっている気がするんだ」

彼がいいかげんのことをいっているのでないとすれば、私の手の届かない世界だ、と思い、私は憎らしくもなっていった。

「そういうものがほんとに感じられるんですか、Kさんは」

「ああ、自然に応じられるんだ。なんだか僕のこのやせた身体に重みが出てくるような気がするのかな。夜になると、とりわけそうした気持になるんだ。僕はもう自分の墓石を村に作ってある。そのために、金も大分払ったがね。これもきみのおかげかも知れない」

「どうしてお宅にいてはダメなんですか」

「おなじような育ちの連中が二人も顔をつきあわせていると、いらいらしてくるんだ。自分が腹立たしくなるね」

私は、自分を待ちうけているノリ子に、

「じゃ、僕も行きましょう」

といった。

「一泊か二泊ぐらいは、どこかで、しなければならないわ。主人が自分で行くつもりで予約しといたのが、たしか……」

ノリ子は紋章のついたトメ金をはずすと、メモをとり出して呟やいた。

「戸倉と草津だったわ。私の家は人手にわたっているもんですから、泊れないのよ。ごめんなさい、林檎の花がさいているわ。何年ぶりかしら」

「あれが花ですか、何だか、僕には、新聞紙のように見えるんだが」

「バカね。あれは選花して紙でつつんであるのよ。そうでなくて、あの白いの」

「ええ、見えます。僕はこの花ははじめてだ。蜜柑の木は知っているが、林檎の花は知らない。あれで何年ぐらいのものですか。あなたや僕の子供のころにはなかった木かな」

「五十年にはなるわね」

千曲川の流域がひらけはじめたところから、黒々とした幹が枝をひろげて窓の外でくるくるまわりはじめた。

2

私は戸倉でおりるノリ子と別れて一応予定通り長野へ行くとそこで仕事の話をしたが、急にどうともなるようには見えなかった。こちらに自信があるふりをしなければ、相手はいくら同窓の先輩とはいえ話においそれとのってくるはずはない。その実、こちらに確たるものが、あるわけではなかった。親しい相手だと思ってやってきたのが、甘い考えであった。親しい男であるためにかえって、相手は痛烈に、その弱点をついてきた。出直おしてくるといいながら、はたしてそれができるかどうか、心もとない次第であった。

公園の中の料亭を出ると、目の前に藤棚があった。花というものは、目の前にあっても長いあいだながめたことがない。林檎の花と教えられても、私は何の感慨もおきなかったのに、藤棚にはうまれてはじめて、去りがたいほど心をひかれた。その男はいくぶん和らいだ顔をしていった。今村という名だ。

「藤はこのあたりの名物だから、よく観賞しとくといいよ。ぼくらの理想の女のタイプはこの花だな。強い匂いもあるし、色だって淡くはないよ。それでいて女らしさでいっぱいだな。それにくらべると桜の花は若武者の花だな。男だよ。花はみんな女だと思うのはまちがいだ。あれは女ではないよ。林檎の花ときたら、花というものではないね。あっという間に子供をうむ女だよ。話はちがうが、きみは、Kという男知っているか。僕と同級だからきみなんかよりずっと先輩だがね。名家の人だから、こっちではよく知られているんだ」

「あったことはありますよ」

「あれは養子にいったので、もとはHという男なんだ」

Kの妻のノリ子と、待ち合わせることになっているのに、そのKの話が、この男の口からきいたことは思いがけぬことだが、高等学校の同窓であるのだから、考えてみれば、そんなにふしぎなことではない、と私は思いかえした。

「Kが学生時代つきあっていた、みさ子さんという婦人がいるんだ。きみも知っているだろう。学校の前の川柳堂という文房具屋の娘でね。僕らはその婦人のことを、藤の花にたとえていたよ」

「Kさんとどういうつながりがあるんですか」

「Kと?　みさ子さんが人妻となってからよくあの男が出歩いていたのだ。あいつは僕らの羨望の的だったよ。何しろ美男子で、名家の三男息子だろう。三男息子だということさえ、僕らは今になってもおぼえているくらいだからね。Kは京都へ出て学生運動をしたりして、放校になったり、劇団に足をつっこんだりしているうちに、みさ子さんとは疎遠になったし、そのころには、みさ子さんの主人が事情を知ったからね。この婦人はきみ将軍塚の上で自殺したんだ」

「将軍塚の上で？」

「そのことは新聞に出なかったが、それは、KがK家へ養子に入ることに決っていたからなんだ。Kのことはどうだっていいが、藤といえば、そのみさ子さんのことを思い出すね」

「Kさんはそういう人があるのにどうしてノリ子さんと結婚したんでしょうね」

「ノリ子さん？　きみは名前知ってるの」

「ええ、一度聞いたことがあるもんだから」

男は瞬間うたがわしそうな顔をしたが、すぐもとの表情にかえって続けた。

「それはきみ、今でこそ何だが、名家というものは、人の心をひきつけるものだからな。みさ子だって、一つはそれがあったんだ。僕やきみだって、そうでないとはいえないよ。きみの時代には、ゴールズウワージーの『林檎の木《アップル・トリー》』という本は学校で習わなかったかね。僕らのころは、毎年、ある教師がテキストにつかったけどね」

私はずっと記憶の奥にある昔のことを思いだした。M高等学校に赴任してきた若い英語の教師が毎年このテキストをつかいだし、私たちはいっぱい書きこみのある先輩の古本を求めて、そいつで試験をまにあわしたものだが、私のころには、その教師は中年になっていた。その恋愛物語は、林檎の木にかこまれたこのあたりの学校では、他人のこととは思えないようなところがあった。試験の前にあわてて通読していると、授業にマジメに出ないのがよかったと思うほど、テキストに不向きな内容をもった、はげしいものであった。

中年になった夫婦がある村をおとずれるところから、その小説ははじまっていた。女が画架を立ててスケッチしているあいだに、男は村の中を散歩をする。小径と小径とが交り合う十字路のかたわらに、小さな土饅頭があるので、男は通りかかりの百姓にきいてみる。

「どうしてこんなところに墓があるのかね」

「これは気の毒な自殺者の墓で、何でもメガンという女の子の墓なんですよ。自殺したものは、こうしたところに埋めることになっているんでさあ」

「メガン？　メガンという、その女の子はどうして自殺したのかね」

「昔のことでよくは分らないが、何でも、ある夏に大学生がここへ休暇で遊びにきて足をいためたんで、メガンの家に泊りこんだんでさあ。男はメガンをすてて行ってしまったので、あとで自殺したのでさあ、こらえきれなくてね」

「こらえきれなくて？」

「こらえきれなくて、林檎の木の下で死んでいたんだ。何でも、そこのところで、アイビキしていたということだ。気の毒な子ですよ」

男は思いだす。その大学生とは、自分のことだ。小説はそこから何十年前の、夏の日にもどることになっている。私たちの胸を高鳴らせたのは、メガンが丘の小道を青い空を背景にしておりてくるところである。籠をさげた腕の間には、あかるい空がふちどられて見える。その小女メガンにどこか泊るところはないか、足の傷が疼いて歩けないと話しかける。大学生は二人である。傷のある男の方が一人のこる。

やがて二階の窓の灯が消えるまでメガンは闇の中にたたずんだり、男のベッドを直しながら、その枕に人知れず頬をふれ、だきしめるようになる。

男はメガンと駈落ちを実行することにきめて町へメガンの服を買いにでかける。男は街でステラに出あう。ステラとは今の妻である。彼はこの都会的な女性にひきとめられるうち、もはやメガンのところへ帰ることができなくなってしまう。

メガンは毎夜思い出のある林檎の林の中にさまよい出て、男をしのぶうちに遂にこらえきれなくなって自殺する。これが「林檎の木」の筋だ。

「僕らはあの小説を読まされたおかげで、すっかり萎縮しちゃった。ところがあいつは思いきったことをして、みさ子さんとつきあったうえ、殺してしまった。僕の考えでは、Kはみさ子さんに、この小説の筋を話したような気がするんだ。みさ子さんだって、メガンとおんなじだ。引取手がないので、僕の寺で葬ってやった。そのことを知っているのは、僕の家の者とみさ子さんの夫とだけだがね」

「それではあなたの家はお寺なのですか」

「そうさ。S村のK家の祖先が開基した寺で、K家が没落《ぼつらく》したときには、僕の寺も食えなくなったよ。ノリ子さんという人は今、K君とうまく行ってるかね」

私はよく分らない、といったふうに首をかしげてみせた。

「勝気な人で、道であったりすると、まっすぐこちらを向いて歩いてくる。一まわりも年がちがうのに、眩ゆいような人だったがね。戦後ああいう人がどうなったか、知りたいくらいだね」

藤棚を見たのがもとで、仕事の上で訪ねたその男、今村がこうして縷々と昔話をするうちに、いつしか私たちは善光寺を通り駅の方へ歩いてきていた。善光寺の境内では、仏像をなでては自分の背中の子供になすりつけている女を指さして、今村はこういった。

「弘化の頃にここで大地震があって何千人と死んだということは、誰でも知っている。一方あの寺がたおれなかったというので、みんなはありがたがっている。僕はこういった見えすいた矛盾が、やりきれなかったが、僕は仕事のことをのぞいては、矛盾だらけという気がしてきた。僕はね、自分の力でみさ子さんを死なせたかった、と思っているくらいだからね」

「僕は、仕事の方でも、徹底できません」

「もう一度想をねって出なおしてきたまえ。ノリ子さんによろしくね」

今村とは駅の近くで別れた。

今村が「よろしくね」といったノリ子は戸倉温泉の宿で待っていることになっている。それはふしぎなめぐりあわせのために、自分でもおかしいほど胸の鼓動が高まっているのに、私は気がついた。

私は戸倉方面行きの上りの汽車にのってからも、横川駅で見たとおなじような、白昼夢を見ているのではないか、と疑うほどであった。頭を冷すために、窓をあけると、

「林檎の花の匂いがする」

ととなりの女学生が叫んだ。

「ほんとにする。ここまでにおってきた？」

私はその女学生に話しかけた。

「ええ、でもさっきよ。もう今はしないね。私がいったとき、すぐ顔を出せばよかった」

「戸倉温泉というのは、どんなところ？」

「どんなところって」

彼女は前にすわった、友達と顔を見合わせて笑った。

「おじさん戸倉へいらっしゃるんですか」

「ああ」

「それじゃ行ったら分るわね。私たちも行きたいな」

というと、もう一人の女学生の方は、笑いだした。そして手にもった、小さくたたんだハンカチで、ほつれたビンをかきあげるようにした。するとそのあたりが、ほんのりと赤くそまってくるのが見えた。

3

宿へつくとノリ子は湯をあびて、化粧をなおしこの地方の新聞をながめていた。

「おそくなっちゃった」

「うまく行って？」

「まあまあというところ」

「それじゃ、いいということね」

とノリ子は車中でいったとおなじようなことをくりかえして、

「ほんとは、そんなこと、私にはどうでもいいわ」

「すぐ食事にしましょうか、それとも」

「まだすんでいないのですか」

「あたりまえだわ。湯に入っていらっしゃい。あなたは私の主人ということになってるんだから、万事そのつもりでいてね。あとであなたにお願いすることあるのよ。事務的なことよ」

湯から帰って食膳の前に向きあうと、

「あなた、Kときたら、どんな話する？」

ここにKがいたら、あなたのことをこちらからきくかも知れない。といいかけてあわてて口を閉じた。

「きて見なければ分らない」

「Kはあなたの再婚の話、何にもしないの」

「再婚の話？」

「ええそうよ。私このごろ、いつもいってるんだけど。どんな人がいいかしら、と思って私、考えてきたんだけど」

「Kさんはそんなこといいませんよ。僕がその気がないこと分ってるんだから」

「はりあいがないわね。ねえ、あなた、まだいつかのこと気にしてる」

「いつかのことって」

「ビルの屋上のことよ」

「ああ」

「ああって、おぼえている？　おぼえていたら忘れた方がいいわね。あんなこと、どうだっていいのよ。でなくっちゃ、あなたに一緒にきてくれなんていえないわ」

「奥さん、あなた、今村って人知ってるでしょう」

「今村、どこの今村なの」

「S村のですよ」

「ああ源林寺の今村？　それがどうしたの」

「さっきあった人が、その人なんです。あなたのことは、オムツをつけていたころから全部きかせてもらいました」

「あら、あんなことといってる。それはKのいいぐさよ。Kはすぐオムツのつけてはっていた頃から知っているので、一人前のことをいうとおかしいというんでしょ。一カ月のうちにずいぶん私の悪口をきいたのね」

「あなたによろしく、といっていました」

「いいわよ、私どうせ赤ん坊だから。ねえ、私先ず最初に、Kの生れた家の裏の将軍塚へ連れてってあげるわ。山へ登るときは、私の手をひっぱって下さるのよ。つぎに川をこえて私の村へ行くわ。将軍塚からは私の生家も見えるのよ。そこで、源林寺の位碑がほんとに塗りかえてあるか、しらべるの。それからつぎに、私たちの墓石に供養してもらうの。私は三十四代目なの。私そのあいだにあなたにお願いあるの。生家に預けてある系図や古文書もうつしておいていただきたいのよ」

「あなたがたの墓石がもう出来て、お二人の名前がきざんであるんですか」

私はおどろいてそう叫んだ。彼女はうなずいた。

「いつ、そのお墓はできたのですか」

「戦後すぐ作るはずだったのよ。それがあなた、お金がないので、のびのびになっていたの。それに私ね、Kと名をつらねるのがイヤだったのよ。源林寺は何かいいました?」

「今村さんのことですか」

「そう源林寺よ」

「いいえ」

私はわざとウソをついた。

「実はその墓のほかにもう一つ私だけの墓を作ることにしたのよ。主人には内緒よ」

「そんなことをして、奥さん、墓を二つも作るなんてのは、ずいぶん……」

「かまいませんわ」

「どうしてあなたがたは、そんなお若いのに墓にこだわるのですか」

「だってみんなそうしてきたのよ、私の家では。それにあなた、私の家も私で最後みたいなものですわ。子供たちはS村のことなんか、念頭にもないんですもの。子供に任せておけないのよ。わかって。あなた踊らない。ここは踊れるようになっているのよ」

「この服装のままですか」

「どうせみんなそうなのよ」

　私は墓石とダンスとの取り合わせに、どぎもをぬかれながら、長いまがりくねった廊下を渡っていった。途中で出あった女中にきいてみると、最近の建物で、ほとんど昔の面影はないということであった。ノリ子は私に先きへ行っているようにいった。Ｋがみさ子という婦人をつれてやってきてから二十五、六年になる。Ｋがえらんだこの宿に、はからずも、私とＫの妻のノリ子がこうして踊ろうとしているのは、今では何か自然のように、私が思いはじめているのに、私はおどろいた。

　バーといっしょになったダンス場で一時間すごしたあと、私たちは引きあげてくると、別々の部屋に床が一つ一つしいてあったのは、ノリ子がさっき女中にいいつけておいたのであろう。

　襖をへだてて私が目をつぶりかけたとき、

「あなたは何を考えているの」

　とノリ子がきいてきた。

「何も考えていませんよ。アパートの方が寝心地がいいようですね」

「Ｋといっしょのとき、あなたはよく眠れないといってらっしたそうだけど、今夜は眠れて？」

　それに答えずに、私は問いかえした。

「あなたは何を考えていらっしゃいますか」

「私？　筑前守、討死す。ということを口ずさんでいたの」

「それはいったい何のことです」

「明日になれば分るわ。このあたりで戦死した祖先のことよ。もうやすみますわ。もう何をおっしゃっても、返事しないわよ、いいこと。私こんなに心の休まることなかったわ」

　とノリ子のいう声がかすかにきこえた。それはＫがいつかアパートで私に洩した言葉とよく似ていた。おなじことをノリ子がいった。私は彼女の寝息をききながら、自分がノリ子に対し余裕があるのを喜び、となりにいるのはKであるような気さえしてくるのだった。

私は起きあがって帳場へ行くと会社へ電報をうった。急病で二、三日おくれると書き、地図を買って将軍塚の位置やS村の位置をたしかめた。地図にはS村の源林寺ものこっている。犀川と千曲川との合流する地点の中州、川中島は、S村と将軍塚のある地域より長野よりで、この温泉からもっとも遠い川中島も五、六里とはなれていない。川中島のところには、刀と刀とが、組み合わさった、大きな合戦のしるしがあった。

茶臼山は千曲川の将軍塚からいくらも離れていない。ここに謙信が陣地をしき、信玄は八幡原の陣地をおそわれて犀川をわたり、千曲川の反対側、妻女山に陣をしいた。妻女山とは、S村の近くである。ノリ子がさきほど口にした、筑前守というのはこの戦争と何か関係があるらしい。

「S村のこのあたりは、たしかに戦争中に大本営をおいて、天皇をおうつしする計画があったところですね」

私はふとおぼろげな記憶にさそわれて、番頭にたずねてみた。

番頭はテレビを見ているところだったが、

「へい」

といってふりむき、

「大分工事も進んでいたようですな。第三国人も相当つかわれていたそうですよ。私なども、当時はこれでして」と兵隊が銃をかつぐマネをしてみせた。「よく存じませんが。もう少し戦争が進んでいたら、大変なことでしたよ、このあたりも。川中島で何万という人が死に、またここでそんなことではね」

「ここはどうしてそんなにいろんなことが起るんだろう」

「それは、あなた、ここは越後、木曽、甲斐の三方から道が集まるところですから。ちゃんと千五百年も前の将軍塚があるのだから、あなた」

「戸倉温泉は大したところだね」

「だんなは、その歴史の方に何か興味を？」

「いいや、ただ、このあたりに最初住みついた人たちは、なかなかのものだった、と思っているんだ」

「だんな、おつれさんは？」

急に番頭は笑いながら話題をかえた。

「ああ、もうやすんだよ。疲れているのでね」

「あの人、S村のKでしょう」

「きみ知人かね」

私はそっけなく呟やくようにいって地図を見ていた。

「いいえ、うちの奥さんの学校友だちなんですよ。さっきちょっと踊り場であなたとおどっていらっしゃるもんですから、奥さんがびっくりなさいましてね。これは奥さんに内緒ですよ。Kさんから手紙がきていたものですから、御主人をお待ちしているのですよ。あの方なら昔からのお客さんですから。昨日も源林寺の住職がここの主人の七回忌にきましてね。Kさんをお待ちしていると申しておりましたよ」

「いいかね、僕とあの人は別に何ということない人だから、いらん吹聴するのをやめてくれ。これとっときなさい。きみから奥さんによくいっときなさいよ」

私は番頭の手前、わざとすぐに部屋にもどるのはやめて、バーで酒をのみ時間をつぶした。

4

翌朝宿を出たときには番頭と女中が送りに出ただけで、ノリ子の友達という女主人は姿を見せなかった。どうせどこかの物影からのぞいていることはわかっていたが、ノリ子はそういうことには気がつかない模様であった。

車は千曲川を渡ってしばらく走りJ駅から折れてふたたび川を渡ると池のふちを通って山かげの一つの部落にたどりついた。つい十日前に篠井市に合併されたその村では、すんだばかりの選挙をこれから行うところで、村の公民館が選挙事務所にあてられて看板がいくつもたてかけてあった。山から流れてきた小川のほとりに中風ぎみの二人の男女の老人が腰を下して話しをしていたが車がとまると、こちらを見上げた。

「Kの生家はそこをまがったところよ。あなたよかったら一人で見てきなさい。竜安寺に似せた庭があるけど、いまはその中に菜種が生えているわ。留守番がいるはずよ」

「あなたは？」

「さきにのぼっているわ」

「ほんとにのぼるんですか」

ノリ子は返事をせずに、もう灌木やつつじの生えた山をのぼりはじめたので、私はいそいで教えられた方向へ歩いた。Kの家は南に平野をのぞんだところに小さな城のように建っていた。門から奥へゆくほど高くなり、そのうしろに林檎畑を一段おいてKの祖先、すなわちH家の墓がまばらな松の木かげに十基ばかりそびえてみえた。

将軍塚が出来たころは、このあたりは湖水のほとりであったというのだから、そのT家がここに住むようになり、地主となったのは、その後ずっとあとになってからだ。Kの父は銀行家でもあり、村の消防長でもあり、私たちが廻ってきた池のほとりでは、温泉の穴掘りをやったりしたということである。その温泉掘りは、Kの父親が、硫黄の匂いがするというので、下男をつれて掘りおこしはじめたところ、篠井の土建業者がその一帯を買いとって掘りはじめた。温泉は湧いてこなかった。出てきたのは、ダイナマイトのしかけののこりで、硫黄のにおいは、ほかならぬダイナマイトのにおいであった。

Kは子供のとき、父に連れられて、K家の主人、つまり、ノリ子の父親に長野の公園の中の料亭であった。そのほかにも親戚の者がいた。ことによったら、私が今村にあったところかも知れない。そこで話が終ったとき、饅頭が一つのこっていた。誰もそれに手を出すものがいない。するとノリ子の父親はとっさに手をのばし箸でのこりものの柔かな実につきさすと、それを逆さにして皆の目の前へもって行き、とりわけKの目の前につきつけ

「信州の者のわるいくせだ。そしりをおそれて誰も手を出さぬ。私が悪者になってやるよ。いいかね坊や。こういうときには、私がしたようにするものだ。後学のためにおぼえておきなさい。これは私のおじいさんの松山先生が弟子たちに教えられたことだが、佐久間象山先生の日記にも記してある。いつまでたっても、信州人はこの山国根性がなおりませぬ。こんなことでは山をおりると、人に嫌われますぞ」

といった。豪農のせがれであるKの父はもどってくると感服して、さすがはS藩の御家老の家はちがう、祖先の血が流れているだけでなくて、その教えが守られている、とKに語ったという。消防ポンプが入るように門には門柱があるだけがよく、その門の間もなるべく広くすべきだ、という自説にもとづいてつくられた門の両側に低い土塀が這うように道をふちどっていた。それはなるほど、ノリ子のいうように、竜安寺の庭の塀を思わせた。家の中をのぞくのは門がないもおなじだからたやすい。大きな石がいくつも埋めてあるが、その間をぬって菜種が黄色く、その奥に椿とつつじとが山国らしく時をおなじくして咲いている。

私はみさ子という婦人がやはりこうして外から家の中をのぞいてから、私がそうするように裏山の将軍塚へのぼったであろうと想像しないわけには行かなかった。

見あげると、ノリ子は裏山をゆっくりのぼっていたのだ。ノリ子の小さい姿のいい後姿が低い赤松の間をぬって見えかくれしながら動いていたが、私は彼女の姿を長く見ることができなかった。まだまだ近すぎる。近すぎる距離で彼女を見ると、どうしても、肉体をかんじてしまう。私は今まで自分が一度もまともにノリ子の姿を見たことがないことに気がついた。たった一度見た時は、たちまちあとににがい経験につらなっていた。もし私がノリ子の身体を近くにじっと見るときは、たしかに私は夫の領分に侵入したことになる。りくつぬきで私にはそ

う思われる。そのときにはもう彼女と肉体交渉をもたぬことが、かえって不真面目のように思われる。眼だけはいつわることはできない。それで私は近づくにつれて眼をそらした。

山の中の陽だまりを虻が円をえがいてとんでいる。あえぎながら山頂にたどりつくと、ノリ子は苔の生えた石に腰をかけていた。善光寺平野が一望のもとに見渡された。私たちの立っているところが将軍塚である。

「これが家来の墓よ。その前に池があるでしょ。その向うをめぐって道がつづいているでしょ。あれがあの峠をこえて松本へ出るのよ。ねえ、いいこと、これでKへの義理は果せるようなものよ。Kならまっさきにここへ連れてくるんですものね」

見渡すかぎりの平野が湖であったころの情景を思いうかべ、それはくりかえし呟やいているKの声がきこえるような気がする。

「山根さん」

ノリ子が立ちあがってよんだ。

「あなた勇気のない人ね。ここは宿とはちがうわよ。ほら私から眼をそらす。いくらでもそうしていなさい。あなたが何もいま見ていないことは分っていますから」

「さあ下りましょう。次の予定があるはずですよ」

「あたりまえよ。ほんきにしたの。汗ばんじゃった。あなたどう」

ノリ子は私のあとからついてきた。

「僕だっておなじですよ。僕は早くあなたの生れたところへ行きたい」

「こちらの方がいいのよ。こっちへいらっしゃい。そらみなさい」

ズルズルと足もとがすべった。あわててつかまる小枝をさがしているうちに、身体のバランスが一層くずれてしまった。そのために私は仰向けにたおれて、そのまま一間ほどすべった。私は右の背中を岩でしたたか打ったと見えて立ちあがれないほどいたんだ。空はおなじ色をしていた。

「山で私のいう通りしなくちゃダメなのよ。年なのよ、あまりいい気になっているからよ」

「年って、僕の年はあなたとおなじですよ」

「おなじ年のくせに、ひどく若い気でいるんだから、そんなことになるの、ここが痛むの？　骨がどうかなったかしら」

「それほどじゃありませんよ。将軍塚の罰があたったんですよ」

「にくらしい人ね。さあ立ってごらんなさい。こんなことでは、私の裏の山なんかとてものぼれやしない」

「いかぬ前から、あなたの村が想像がつく」

私は顔をしかめながらいった。

「笑いごとじゃないわよ。ほんとに大丈夫なの、山根さん。私でよかった。主人なら軽蔑しますよ」

「もう大丈夫ですよ」

「さあこちらへいらっしゃい。そんなことだから奥さんもらう気もおこらないんだわ。あなたの昨夜の寝言は大へんだった！」

「どうしてそんなとっぴなことをいうんです。僕はまだ痛いんですよ」

と私は大げさにいった。

「あらごめんなさい。不愉快？」

「いいえ、僕は愉快ですよ。あなたが愉快なら、僕も愉快ですよ。……どうしたんですか」

「何だか私もすべりそうになっちゃったの」

「うそいいなさい。そんなところで誰がすべるもんですか」

私はノリ子の目に涙がにじんでいるのを知って、さきに立ってT家の屋根の見える方へ急いで下った。林檎畑からカスリを着た若い女がチラとふりむいたが、すぐしげみの中へ顔をもどした。それを見ると仕事のことがうかんできたが、私はそれをふりきった。

5

源林寺は村のはずれにあった。ワラぶきと瓦屋根をかねたかなり大きな曹洞宗の寺で、K家の開基による。私はこの村はKの友人の歴史家というふれこみの手はずになっていた。私はノリ子に戸倉温泉で番頭のいったことを車の中で話した。和尚が宿屋に出入りし、弟の今村が長野で私とあっている以上、いずれ私が何者であるかはKにも知れるし、村にも知れるにきまっている。ノリ子はしかし、そのような疑いは一切かまわないといった。一応私たちは今東京からついたばかりという顔をすることにした。

今村とよく似た、今村より年下に見える色の白い住職があらわれて、私にチラと視線をおくり、

「御主人がこられると思っていましたが、これはお嬢さま御自身で御出で下さいまして」

とあいさつをした。私が歴史家だというと、すぐ、

「新品そっくりの位碑をごらん下さい。カメラはもってこられましたか」

「もっていないんですが」

「それは惜しい。このごろの研究家はみんなカメラでうつして行かれるのですが、ちょっとあかるいところへ出しましょう。あなた手伝って下さい、お嬢さま、これは一万円なら安いものですよ。修理といっても、外側はぜんぶやり直しでしょうが。これができるのは長野の仏壇師でも一人しかいませんから。その男が、私の子供のときからの、知り合いなもんで、特別安くやってくれました」

「和尚さまのおかげでお安くなりましたの？　ほんとなら、いくらくらいかかるところでしょうか」

「ほんとならですか」和尚は歩きながら眼をそらした。

「一万五千円はかかりましょうか」

ギシギシなる廊下を歩いて、位碑堂へ近づくと、並んだ位碑の一番右のところに、一つきわだって大きな位碑が、金色にふちどられて、うつむきかげんに見下していた。

「ちょっとおろしてみませんか、あなた」

住職は私にいった。人の身体のように重かった。

「先々代さまあたりに、おなおしになっておけば、お楽でしたのに、運悪く今ごろになって、でも、これは何です。何しろもとが頑丈にできておりますので、修理がきいたのてす。これであと百年はこのままでもちますよ。貞親様の作られた代々の御位碑です。本山が開築したときの、生みの親です。嘉永四年にお作りなられたもので、あなた写しておきなさい」

と住職は私にいった。

「嘉永四年というと、今から百年前ですね」

「さよう、これは百年前の位碑で、開基はそれより四百年はさかのぼります。貞親さまが中興の祖といったところですな」

「ありがとうございました」

とノリ子はいってから、

「私の墓の方は?」

とたずねた。

「用意はしてありますが、御主人様は御承知で?」

「いいから私のいう通りにしてちょうだい。お金はあれでいいでしょ。これじゃ、前供養できないじゃありませんか」

「しかし源林寺としましては、どうもそのようなことは……」

「私がK家の者よ。K家の本人の私がいうのだからいいじゃありませんか」

「でも世間の……」

「誰が笑う者ですか。この村だってあと十年もたてば、みんなK家のことは忘れてしまいます。K家のことは私の胸の中にあるだけじゃありませんか。あなたが位碑の寺の修理のといったつて、東京の私の子供の代になったら、どうせ見向きもしないのよ」

「わかりました、御嬢さま。あの金額では小さなものしかできませんよ」

「私はちゃんと東京の墓石屋に値段から大きさから、みな当った上でお願いしたのよ。こちらの方がお安いはずじゃありませんか」

「東京の墓石屋がどんな仕事をするか、出来てみなければわかりません。源林寺は昔から墓石屋とは知合いの仲なんですよ」

「あなたの知合の仲はわかっています」

「では、こちらさまも」と私の方を見て「証人になっていただいて、多少品物はおちるかも分りませんが、建てることだけは請負いましょう。私どもとしては、あなたさまのことを考えて申しているだけのことですから」

「お嬢さま、近いうちに位碑に魂入れをいたしませんと、これではこの位碑は死んでいたも同然ですからね」

「というと、あなたは今まで供養なさらなかったという意味ですか」

と私は思わず嘴を入れてしまった。

「あなたは何をいいますか。あなたは、お嬢さまの何ですか。K家のことは、源林寺以外のものに口をきく資格はありませんよ」

「山根さん」ノリ子は、私をたしなめるようにいった。

「あなた先きに車で私の生家へ行って古文書を倉から出させて見といて下さい。それから車を返して下さい。これを持って行けば、私がきている証拠になりますわ」

といってハンド・バックを私によこした。

私はいわれるままにノリ子のバックをもって源林寺を去ってK家へ向った。運転手はそのあり場所をちゃんと知っていたので、数分で私はH家よりはるかに古くて大きなK家の山門のような門の前に立った。その門には五つの会社の札がかけてあるのが目についた。この家が戦後といえ、四十万で手放された、とはウソのようであった。倉は売払われて今では一つになっていたが、その構えからすると三つはあったように見うけられる。附近は武家屋敷のあとにはちがいないが、町からはなれた一劃をなしていた。

私は広い庭に立ったとき、今日は日曜日であることに気がついた。部屋の中には畳の上にデスクが並んでおりスリッパが乱雑に廊下にぬぎすててあるのが見えた。このように事務所になっておるとすると、誰にハンド・バックを見せていいのか、私には何かノリ子がひそかに企みごとをしているのではないか、と疑われるくらいであった。

私は倉の方へまわってみると、昔の下男小屋らしきものの中に一人の老婆が鍋の尻を庖丁でけずっているのが見えたので、その方へ近より、

「僕はそこまでK家のお嬢さんと、いっしょにきたのですが……」

と前おきして、ハンド・バックの紋章を見せながら、ノリ子は源林寺にきているから、古文書を見せてほしいといった。老婆は立ちあがってその紋章を見ていたが、すぐに納得した。そして、自分がお育て申したのだといった。

老婆が倉をあけると、その中にはほとんどが書籍でうずまり、右の上段の棚に、K家古文書と記した紙きれが

下っていた。そしてそのところに「K家系図」と記した一冊が出てきた。それをもって倉を出ると、私は数匹の熊蜂の襲撃におびえながら、日当りのいい縁側でひろげることにした。系図は源林寺を建立した貞親が整理したものと見える。貞親のあとが一代毎に筆蹟がかわっていた。

おどろくことは、古く祖先は清和天皇から発しているのはともかくとして、上田城主真田昌幸の属城である上州沼田の真田家に仕え、真田家とインセキ関係にある。天文年間に上田の真田家へ客家老として迎えられ、その後分家のS藩に仕えてきている。なおおどろくことは、今そのくわしい姓ははばかるが、Kとよばれるのは、源頼朝がそれに一枚加っているのである。

源林寺の「源」も、ことによったら、そのせいかも分らない、と私は思った。

私は自分の職業をはじて今までわざと書かなかったが、既刊の書籍を焼直おしたり、貸本屋向きの書籍を作ったりする、小さな出版社の編集者なのだ。これだけをやっておれば、どうやら無事であったものを、気負いたって、日本古典文学全集を刊行した。それが命とりになり、次にあわてて私が企劃した子供向きの全集が失敗した。今村に会ったのは、この県の青年向けの立志譚で、融資と配本とをあわせて頼みにきたのだった。誰でも知っているように、信州だけは、今でも一つの読書王国をなしている。

私がこのようなことを書くのはほかでもない。私は古典文学全集の中の「吾妻鏡」（五十二巻）という鎌倉幕府の記録の出版校正をしたことがあるので、上州浅間山麓でおこなった巻狩りのことを、いくぶんおぼえていたからである。その中ではたしかその地方の豪士雲野某が勲功を立てたというのである。この苗字はくりかえすが今ここであげるわけに行かないが、それは、雲野をあらためてKとせよと頼朝がくれた苗字であることをはっきりと示していた。それを裏書きする事実が系図にのっている。そしてKがしばしばいっていたように、そのようによむ苗字は、日本国中をさがしてもほかにはないという特別の姓なのである。

上州沼田藩に属していたK家は分家して現在のK家となっている。

まったく口伝によったのか、そのあいだに兵火の難にあったために記録が失われたのか、このような重要な記録はたった一行ですまされてある。なかでもおどろくことは、(私はまったくおどろいたのだ)筑前守貞義にあてた武田信玄の礼状を軸にしたのが、信玄の花押をともなった、大切に系図本の下から出てきたことである。(真田家は甲斐の信玄に仕えたおり、その後徳川にそむいた)

この筑前守は、系図では、「永禄二年討死す」と簡単に記されている。筑前守は川中島の大会戦で討死したものと見える。

表装されたこの礼状の色あせようからすると、K家では最近まで常時床の間にかけぬにしても、ことあるごとにかけて賓客に見せていたにちがいない。ノリ子がこの軸ものを子供の頃から誇りにし、一つの空想世界をつくっていることは想像にかたくない。

ノリ子の言動について、荒唐無稽と見えたものが、こうして古文書を眺めているうちに、次第に強烈な現実になってくることは、赤の他人の私にも感じられるのだ。

6

車のとまる音がして、ノリ子が

「かわってしまったね」

といいながら門の中へ入ってくるなり、

「わかって?」

といった。私が系図を書きうつしているのを見ると、満足そうな顔をして、

「ゆっくりでいいわ、今夜は草津へ出るだけだから」

「本家へいらっしゃるというと、そこへはおいでになったことがあるのですか」

「それが行ったことがないのよ。嘉永四年に、その貞親が出かけて行って自分の位碑をおいてから誰も行ってはいないのよ」

「なぜ行かなかったのでしょう」

「私には分らないわ。父は政治に夢中になって死ぬまで本家訪問を思いつかなかったのよ。お爺さまの時代は、時代がかわってそれどころではなかったと思うの。ところが先だってテレビがこわれたので、修理をたのんだのよ」

ノリ子の話では、そのテレビ修理にきた男がKの苗字を見て、これは何と読むのか、といった。教えると、ふしぎなことですね、それでは、私の苗字とおなじですが、と前おきして、

「御出身は？」

「信州のSなのよ」

「御親類は上田か上州かにございませんか」

「たしか私の本家は上州のはずですが」

「それでは、ことによったら、手前どもとは御親類の間柄かも分りませんね。私の本家も上州です」

テレビ修理屋の本家は浅間山麓N町にあり、二代前に分家した。彼は養子に入ったのだがその妻に死なれて、姓だけは名のっているが、血のつながりは絶えた、ということだ。

ノリ子は早速、N町あたりを含む草津周辺の測量地図を買いもとめてみると、K村というのがあり、その附近に竹林寺という寺があり、K神社という社まであることが分った。系図ではK村竹林寺には、嘉永四年に源林寺と同時に位碑をおいたと記してある。果してそんな村があるかと思ったところ、地図にK村と記されてあるのには、ノリ子は一驚した。

Kはこの K家祖先の地を訪ねたい意向をもっていたが、ノリ子は自分で出かけてきたのである。誰でも祖先の血が流れているが、私は自分が系図も何もない家に育っているのを知っている。私はあわただしい、とりとめのない日々をおくりながら、祖先のことを考えたことは一度もない。いろいろな時代を生きてきたというしるしがノリ子の見せた系図の中に生きた姿を見せているように私は思った。

天皇とか皇族とか華族とかという血統ならかえってなにものでもない。消えかかりながら消えもせずに歴史に知名な人物とつながりをもって、歴史に小さな脚光をあびせながらこうしてつながりをあきらかにしていることのなかには、私の心をとらえるものがある。

それにしてもノリ子が私にこんなことをさせるのは、ただの親しさや愛情みたいなものだろうか。

私はそのとき、みさ子という女がKに心をひかれたのを、「誰でも名家というものには心の底ではひかれるものだからね」というように説明したことを思い出した。私は名家にひかれているのではない、それとは違う。しかしノリ子は、Kがみさ子にしたように私におなじことを求めているのだろうか。私の中に、何か彼女の心を安らかにするものを感じとっているとすれば、それは家柄のちがう私といると、Kとはちがって心のおちつきをおぼえるのだろうか。

しかし彼女は手帳をとりだして、呟やきながら書きこんでいた。

「墓守に二千円、垣根代に五千円、これで三年前の寺の修理費の五万円とあわせると、みんなで、十万をこすわね。あなた大本営にするつもりだった洞穴みる?」

「それより僕は早くK村へ行きたい」

ノリ子は疑わしげに、私の顔をのぞいた。そして、

「明日はお天気かしら。雨具の用意をしてこなかったわ」といって空を見あげ急に私の方をふりかえると「今村があなたに無縁仏のこと話したわね。おどろいたわ。Kはあの仏の供養に毎年金を送ってきているのよ」

私はきこえぬふりをして黙って古文書をたたんで倉へ返しに行った。そして老婆に千円札一枚わたした。私のふところの金はそれだけ一層心細くなった。

私はそのとき、彼女が墓守代や墓代を私が払うことを何となく期待しているのではないかと今まで一度も考えたことのないことがひらめいた。私が首がまわらぬことはノリ子は知らない。

「その代金をあなたが一人で工面されるのは大へんですね」

「この金だけは家を売ったお金の中からのこしてあったのよ。これがすめば、ほんとにもう何もないわ。そしたら化粧品でも売って歩こうかしら」

S村の中からやってきた車にのりこんだあと、私は自分のさもしい考えをひそかに後悔していると、横むきになって顔をなおしていたノリ子は、町をふりかえりながら

「この町へあといつくるか分らないわね」

と溜息をつきながらいった。私はアゴにホクロがあるのを見てあわてて顔をそむけた。源林寺の鐘がちょうどそのときゆっくりと鳴りはじめた。

7

軽井沢から草軽電鉄にのったのは六時だが、トンネル一つないこの電車が三時間かからなければ草津につかない。そのことは前から分っていたことだが、タライに水を入れてゆさぶるように、前後左右にゆられるうちに、今日一日こらえていた肩のいたみがもどってきた。そっと肩に手をやるといくぶん熱がある。宿についたら、早く休みたいと思っているうちに、ノリ子は青い顔になって横になり、自然に私の膝を枕にした。彼女はハンカチで顔をおおっていた。ヘンカチのすみに口ベニがついているのが、うす暗い電灯の下でもはっきり見えた。乗客

の目がそこに何となく集中するので、私は自分のハンカチをそしらぬ顔をしてかぶせた。

そうしているうちに、私の中に今だにないある感情がおこってきはじめた。それはこのうすぐらいところに、こうしているためかも知れない。何年も前から一緒にくらしている男のように思えてきたのだ。私は自分の肩のいたみが強くなることを、ひそかに願った。乗客はそういうことで車を早く走らせようとでもするように、口々に、おそいおそいといいだした。

「まったく、おそいな、この車は」

「いま、なんじ？」

ノリ子はハンカチの下でいった。

「八時です。もう着きます」

「歩いてること思えばいいわ。昔の人は、歩いたんだもの」

私は思わず笑った。するとハンカチの下で彼女の顔が動きだした。そして笑いながら、

「もうおきるわ」

といいながら、さっきからとまっている車の中から駅をのぞいて、

「あら、N駅だわ。K村はここの奥だわね」

そして、

「雨だわ。とうとう降ってきたわ」

「ぐずぐずしているから降りだしたんだ」

「あなた、顔色がわるいわよ、どうかした」

「いいえ」

電車が乗客の呪の声の中を草津についたとき、ここでも宿から迎えがあったので雨にぬれず宿の中へ入ること

ができた。ノリ子はさきに立って階段をのぼり部屋に入ると窓をあけはなしたが、

「あら、これKときたところよ、十五年前だわ、いやな人、この家だったのね。部屋もおんなじだわ」あたりを見渡しながら、「私、このお部屋イヤ。懸物までおんなじよねえ、かえてもらうわ。連絡して下さらない」

戸倉がKの思い出のあるところであり、これはまたK夫婦が、昔きた宿ということは、すこしもふしぎではない。Kは自分が出かけてくる予定であったのだから。ノリ子がそれに気がつかなかった方がどうかしているくらいだ。

帳場へ電話をしてみると、番頭が部屋はみなふさがっているといった。この部屋が指定だったので、何日も前からとってあるのだから、カンベンして貰いたい、と答えた。ノリ子があきらめるまでには時間がかかった。

「あなたさえよければ」

と最後にノリ子はいった。

「ノリ子さん」

「なあに」

「今夜は早くやすみましょう」

「私だって疲れたわ、山で手をひっぱってあげたんだもの」

私はもう自分は大丈夫だ、と思いながらフロへ入ると見せて帳場へおりて行き、薬屋から膏薬をとりよせてもらうように頼んで、男湯の脱衣場でしばらく横になっていた。それからもう一度帳場へおりて行って膏薬をうけとった。もどってくるとノリ子は鏡に向っているところで、

「おそいのね」

といってふりむいた顔を見て、そのこい化粧に私はハッとおどろいた。

8

九時に出発する高原バスにのって妻恋川に沿ってL村まできたところで私たちはおりた。雨は明方に小降りになっていたが、L村へきたときには、本降りになっていた。ノリ子は草津を出るとき、停留所から一丁ほど手前のところで傘を買っていたが、L村からK村までは山道をのぼりになっているので、二里の道は楽ではない。車をやとうにも、もう一つ下ったN町まで行かなければならないし、車代も節約しなければ、東京へ帰れるかどうかおぼつかなかった。だからノリ子がぜひ歩いて行きたいといっているのが、かえって私には好都合であった。しかし困ったことは、膏薬のききめはあまりかんばしくなく、冷え冷えとした山地の五月雨にふりこめられていると、寒気がひどくなってくるし、右手を動かすたびに右半身がうずいた。

「早く出かけましょうか、道がすべって歩きにくくなるわ」

「K村にはKという家は一軒しかないのだろうか」

「それは分らないわ。テレビ修理屋の話では、たしかそのはずだけど」

「一軒ならさがすのに骨は折れないな」

ノリ子は立ちどまって、私の顔に手をふれた。

「あら、あなたやっぱり気分わるいのね」

私はレイン・コートの襟を立てながら、

「いいや、大丈夫ですよ」と私はいった。「ノリ子さん、本家では、あなたをどう迎えるだろうか。本家というものは、分家に対して、何かこういばったりするんじゃないかな」

「そんなことかまわないわ」

「だけど、それでは、あなたが気の毒だな。こうして訪ねて行くのだからな。ノリ子さん、まだ浅間の裾野は見えないかしら」

「たぶん、この峠をこせばK村も見えるし、高原もひろがるはずよ。こんな天気じゃ、さきが見えないわね」

私の耳には深い谷の底をおちて行く水の音がきこえてた。新緑の間をすかして水の色が見えたと思ったが、音だけで十分だという気がするのは、疲れている証拠だった。

「ノリ子さん」

と私はよびかけた。

「なによ、私一人しかいないのに名前よぶことないわ。今までずっと名前なんかよんだこともないくせに」

「あなたは、ここへ一人でくることを予定していたんですね」

「そうよ。あなた大丈夫なの？　あらハネだらけね」

「ノリ子さん、僕は何だか、こういうところをこうして歩くことがあるような気がしていた」

「うそおっしゃい」

「うそじゃない。今そんな気がする」

「一休みしましょうか。K村へ行けばきっと晴れるわ。雲がきれてきたようよ」

坂をのぼりきったところに、畠から掘りだしたものらしい大きな熔岩が道路ぎわにいくつかころがっていた。その上に腰をおろした。十分後雨は、小止みになったので、歩きだした道は、平坦になり、百姓家が視界に入った。とっつきの百姓家までは、そこから十五分ばかりであった。十字路を折れると、坂になった道のまんなかを水路が一直線に走っているのが異様であった。そこで二人はうつぶせになって水をのんだ。

頑丈な古い二階家がずらりと道にそって並んでいるのを私達はぼんやり眺めていたが、ノリ子はそのうちの一軒に入って行った。家へ入る前に横の窓から二、三人の女がこちらをのぞいた。ノリ子は思いなおしてその窓の方へ歩いた。

「ちょっとおうかがいしますが、この村はK村と申しますね」

「そうですよ」

そのうちの年長の三十五、六になる女が答えた。あとの二人はそっぽを向いてしまった。

「Kという人がここにおいでになるはずですが、どこでしょうか。親セキの者ですが」

「K？　Kなら五年ばかり前に、東京とか、うつりましたよ。家はありますが、ほかの人が住んでおりますよ」

「東京の住所は御存知ないでしょうね」

「さあ、役場へ行けば分りますよ」

ノリ子はがっかりしたようにこちらをふりむいたが、勇気をふるいおこしたようにふたたびたずねた。

「竹林寺とK神社はございますね」

相手はうなずいた。

「竹林寺はありますが、去年の夏、東京の学生がきて泊ったときに、丸焼けにしましたよ。今、金を集めているが、何しろ檀家が金がないのでね。竹林寺では開基したK家に寄附を申しこんだり、なんでもS村のKの親類にも出してもらう、といっています。大へんな位碑をあずかっているといっていますよ。K神社はありますよ」

「それはどこですか」

「この道をまっすぐのぼれば、そのはずれのところにあるよ。どこからおいでになったかね」

「東京からですが」

「そりゃ、Kさんなら東京をさがした方が、早いよ。ほかの家の者は動かないのに、K村のKが動いたのはおかしなこったが、寺とか位碑とか、金がかかってやりきれないからね。それにここはダメなところでね。発展性がないよ」

「そのKさんは、ここで何をしていましたかしら」

「分教場の先生をしていましたよ」

「そう、ありがとうございました。ねえK神社へ行きましょう」

Ｋ神社へ行く途中に、Ｋ本家が道から引っこんだところにあつた。そこには他所者の、教師が住んでいた。家は隣近所とあまり変らぬ二階建の家だが、百年以上たっている、とその家の女主人がいった。馬小屋をなおして炊事場と風呂場にしたのだ、とつけ加えた。その部分だけ新しい木材が目立つところを見ると、なるほどとうなずけた。嘉永四年に、信州のS村から位碑をとどけ供養をしたさいには、貞親はこの家へ立ちよったにちがいない。家の軒下に赤ちゃけた鐘がおいてあった。

「これはどうしたのですか」

「竹林寺の鐘で、寺が掘立なんです。私どもがあずかっているんです。私はここの者ですから、ダイコクさんとは女学校の友達なんで、たのまれたんですわ。この鐘は天明の浅間の爆発のときにあの谷まで流されていたのを拾いあげて使っていたんですが、このひっかけるところがこわれているので戦時中は供出を免がれたのです。Kの祖先がとくに念入りに鐘の名手に作らせたのだそうで、いい音がしていましたよ」

「このあたりに、ちょっと、休むような宿はありませんか」

「宿？　宿ではないが、学生が夏泊るところはありますよ」

竹林寺はこの村から半みちはあるので、その宿に行こう、というとノリ子もうなずいた。が、

「あなた休んでいらっしゃい。私ちょっと竹林寺の位碑が気になるから、一人で行ってくるわ」

と思いなおしたようにいった。私は今更のように、ノリ子の顔をながめた。ノリ子は青い顔をしてぶるぶるふるえていた。

霧がはれてきたので、荒涼とした浅間山の裾が少しずつあらわれてきた。一人で歩いて行くノリ子の後姿を見

ていると、私にはそれがそっくり墓石のように思われてきた。その姿がそのとき、しずむようにくずれた。

「ノリ子さあん」

私はよろよろしながらノリ子を追いかけて行った。ノリ子はたちあがると、二、三歩もどってきた。そうして私の方にたおれかかりながら、

「あなた、やっぱりはじめから、私が好きだったのね」

といって目をとじた。

ある作家の手記

小説家夏村一郎は春山三太の部屋の前にあたる道にたつとあまりしげしげとやってくる自分にさすが気がひけて仕方がない。春山は郊外電車の停留所から、まだ武蔵野の風情ののこっている一劃を通って物の十分も歩いたところにある古い家の応接間をかりている。途中に高名なある作家の家がそびえていて、夏村は、十段ばかり花崗岩をつんだ崖の裾を歩きながら、あの作家は今なにをしているのだろうか、と思う。この作家は最近ベスト・セラー作家になると大きな家を建てた。広い芝生のすみに松の木がそびえており、その松の木のそばのベンチに何げなく腰を下している大柄なデップリした写真がよくのっていたが、大きな家がうしろにのぞいていた。忙しいので、ある本は、編集者に語ったのがテープにおさめられて、それが若干の手を加えられてそのまま本になったともいわれているが、内容はりっぱなものであった。その洋式の家は外からみると、煖房冷房がきくようにできているように見える。いつも坂になった路地を入った玄関のわきには、一台の大型自動車がとまっているが、あれは彼の息子がこのごろ運転をしているのか、それとも編集者がずっと居坐りをつづけているのだろうか。夏村が気になることはその高名作家江頭《えがしら》兵衛氏が今仕事をしているか、それともうたたねをしているか、それとも、その細君が茶を運んでくると子供の将来についてニコヤカに話しあっているか、それとも仏文学者でもある江頭氏は外国の小説を読みながら、これは日本の小説に使えるが、しかし早まってはいけない、やはり古典的方法をとった方が無事である、と考えているか、といったことである。

それだけではない。果してほんとうに江頭氏の細君は夫に満足し、江頭氏は満足しきっているかどうかといったことである。

夏村は城壁のような石垣の下をこんなことをいつも考えて歩いているが、もし江頭氏ではなく細君にあったら、という空想を必ずといっていいほどする。それはこれといってコンタンがあるわけではなく、いつも進歩的批評家からはけなされ、またおなじ批評家からは、思い出したように賞められる、あの「私小説」的興味のためである。そうして細君はかなり金を貰い、そうでなくとも費用はかさみ、江頭氏は何をしなくとも今までの作品で金が入ってくるとしても決して生活はそう楽とはいえないのではないか、といったよけいなことである。

江頭氏の隣には実にみすぼらしい家があって、大きな欅の木がその家をおおっているのが、武蔵野的である。その部分だけが武蔵野的であるのがひどくおかしいが、その家から夏になると男のサルマタをはいた中年の肥った女が表へ出てくるのが、ふしぎな感慨を催させるのである。

そんなことを考えながら、夏村は今日もそこにぽつんとある菓子屋で何か買おうと思う。菓子屋には色の白い三十がらみの女が店番をしていて、主婦であるために家庭的なフンイキを店頭まではこんでくる。冬ならばコタツの中のキナクサイ臭いを運んでくるし、こんな夏の日には、身体の線がはっきり出たびっくりするほど肉づきのいい身体をはこんでくる。その身体をあっという間に想像されていることを知ってか知らずか、彼女は金歯の光る、口紅がはげて、地があらわれて、タテ皺が一つ一つ見える脣を小さく動かして、

「何を差しあげましょうか」

という。

「さあ、春山君には何がいいかな、やっぱり落花生にするか」

「南京豆ですか。どれがよろしいでしょうか」

「そうだな、どれがいいかな。バターのついたのがいいかな。あの男は胃が弱いから、このカワのついたのがいいかな。それともほかのものにするか」

夏村はそういいながら、自分がよけいな「春山くんには」という言葉を出したことに、一種情ないような、やるせないような、許してくれろ、といったような気持をいだいている。なぜそういったかよく分らない。それにこたえて、

「春山さんてどこの方？　この御近所ですか」

と問われればありがたい、と心の奥ではたしか考えているのである。

春山と彼女とは何の関係もないのに、なぜそんなことを自分がいうのだろうか。それは腹立たしいほどタワケた理由からなのだ。春山くんはこのあたりに住んでいる男だ。彼女はこの菓子屋の主婦だ。この二人が、自分の仲立ちで、空中で何か電波を発しあって一種のつながりをもつという、ただそれだけのことが、夏村に望ましいと見える。お互に二人がぜんぜん知り合わなくともいい。任意の二人が、任意の二人であるだけに、そういうふうに、ああ、そんな人がいるの、と思うだけでいい。これは自分が小説家だからだろうか。それとも自分が何ものかを求めているのだろうか。

ここで夏村は顔から火が出るような気持になった。それは彼が何ともいえないイヤなことを、ほんの少しだが考えていることが、小説家の洞察力というやつで分っているからだ。ほかでもない。夏村は、次に、江頭先生の名をだし、それをもとにして、自分も江頭先生とおなじ商売の男性だ、ということをほのめかそうと思っているらしいことである。

そこまでくると、夏村はいつものように、もうとてもかなわない、ここに立っていては、どんなことになるか

分らぬと思う。そうして思い直し思い直しして、

「それではやっぱりバタピーナツにしてもらおうか」というのである。

しかし彼は一度そこを出て、往来を歩きはじめると、それが天下の往来であるためかそんなことをいちいち考えていて生きていけるか、と思い、また、いやこういう心がけでは、きっとどこかへソのつながっていない小説を書くことになるぞ、とヘソのことを何かにつけて出す、ある小説家のことを思いだす。

長い街道をバスが通って行く。菓子屋の前を左へ折れて少しのぼり夏村は暗い木立の中へ入りながら、自分は樹木というものに少しも関心がないが、これはいつか復讐されるのではないか。花のことも木のことも考えないやつは、いずれそのコヤシになる身の上なのだから、死ぬときはともかくとして、その十年位前から急にザンキに堪えぬようにして、盆栽いじりをはじめ、他人にも花や木や石のことを得々と語るようになるのではあるまいか。

それよりも、問題の春山くんは在宅しているだろうか。

春山はある社会学研究所に一週に三回出かけて行き、あとはラジオのモニターなどをやっている。彼の細君は毎日働きに行く。三十歳になる彼は、ラジオをきいたり、本を読んだり、昼間から寝たりしている。夏村が水曜日になるとあらわれるということは決めたわけではないが、春山は水曜日には大ていい在宅するのは、夏村の訪問は水曜日が多いので、心待ちにしているというだけのことだ。

夏村は春山くんの部屋の前に立ち、自分が何をしにきたか、今更のように思いついた。そしてまたもや自分の身体をもてあました。

「春山くん、いるかい」

「アッ」

春山はさっきから物音がするのでカーテンの隙間からそとをのぞいていたものと見える。その返事のしようで、

夏村は、春山は自分でないほかの人物がここにあらわれるのを期待していたのではないか、と思い、羨望に近い気持をもった。

夏村は春山くんの部屋に入りこむ前に、そこに下駄箱があるのに気がつく。春山は半年前ごろから憂ウツで憂ウツでたまらなかった。その原因の一つは、この下駄箱にある。下駄箱はいくらで買ったのか知らないが、それを春山は細君と散歩のついでに買ってきた。春山は細君に前からいわれていたが、好まなかった。遂に春山くんはそれを買ってしまった。小さな下駄箱をドアの前に、細君が据えつけたとき、彼は、もう自分はダメだ、と思ったのである。

「ダメというのは？」

春山は軽蔑したように夏村を見て、

「夏村さん、あなたには分ると思ったがな。僕はもう立派な夫にならなければならない。もう夫婦は離れることができない、と認めたようなもんだからですよ」

「僕は……」

夏村はそのとき、ほかのことを考えていた、といいかかってよしにした。夏村は春山の細君のキャシャな薄底の靴が下駄箱の上にのっているのに目を奪われていたからである。女靴というものはどうして男心をそそるのだろう。夏村は我に返ってこの夫婦のつながりというものからこんなに自由になろう、とする男がもしえらい、たとえば江頭兵衛先生のような、知名の社会学者であったなら、このことを書いただけで読者は、小説よりもおもしろがって読むだろうがなあ、と考えた。

春山は夏村の手から南京豆の袋をうけとると、茶をわかしはじめる。夏村はそのあいだに彼の部屋を一わたり眺めて、

「誰か待っていたの」

という。そういいながら、夏村は自分がさっき、「春山くん」と呼ぶ前に、ポストの中をのぞいていたことを思いだしたのだ。

「夏村さんがくるような気がしていたのだが、ちょっと寝て物を考えていたので」

「きみは何を考えていたの」

「何って、それは何もいうほどのことはありませんよ。あなたにかかっちゃ叶わないな」

「何のことかしら」

「何って、せんだって僕が昔忍者がこのへんに住んでいたって話をしたでしょう。床屋にきいた話をさ」

「ああ、あれか、申訳ない」

夏村はそうこたえながら、腹が立ってきた。江頭先生の邸宅の横の道をまっすぐにのぼって行くと一軒の床屋がある。そこの親父がヘンクツ者で、江頭先生も度々そこへ頭をからせに行くそうだが、その親父が江頭先生の邸宅のあるあたりから、菓子屋のあたり、春山くんの住んでいる家のあたり一帯に昔、隠密村があった、という話をし、江頭先生も行くときいて夏村はあわててその話を目立たない雑誌に小説にして書いたが、春山くんは、何か自分が専門の分野で扱おうと思っていたと見える。それも某《なにがし》の金になったが、最初はその半分を、いや五分の四ぐらいを、夏村は春山くんに贈ろうと思っていたのに、とうとうその金も、自分の家の改築につぎこんでしまった。貧乏でもないが金持でもない。いわんや、中産階級なんてものでもない。夏村は自分の家の改築のことを考えると、身体がふるえだすことがある。こわいのではなくて立腹しているのだ。いや、いらっしゃるのだ。なぜ「いらっしゃる」とおきかえなければならぬかというと、それは彼がそんなことでは大作家にはなれぬぞ、という別な心があるから、余裕をもって自分を見ようとしているのである。夏村の家はこの五年間に三度改築した。改築したところをまた改築し、こんどは前からの部分を改築しつつある。夏村は前に、自分の家の中に馬がすみこみ、馬と細君が話をしはじめる、という小説を書いた。細君が、「あなたのタメよ、あなたのタメよ」といいながら増築し、ある日気がついてみると馬がいる、というのであるから、それを読んだ細君はおこってしまった。夏村はそれから、改築ノイローゼにかかっているが、夏村はいつのまにかおとなしく住んでいるように見えるし、細君もこんなことをおこっていても大人気ないと思って忘れてしまった。

夏村は今朝も出がけに、自分の家の前に立って、改築した部分をながめ、悪くもない気持になっていた。自分の手で門札を書き、遠くから塀との調和を考えたりしたのだから、彼が立腹しているといっても、誰も承知するはずがない。にもかかわらず彼には、腹を立てている別人がちゃんと住んでいたのである。夏村が高名作家、江頭先生の高い石垣の下を歩きながら、その細君のことを考えたのも当然なのである。夏村はその昔、学生のころに、仏文学者でもある江頭先生に教わったことがある。もっとも彼は先生を教壇で見たのはたった二回である。先生は写真によると髪の毛も白くなったようだが、当時はふさふさとした黒髪をもてあまし気味にして、束になってふりおちてくる髪の毛を、うつむく度に何度ももちあげておられた。既に結婚している文学青年の夏村は、ちょうど今の春山青年とおなじように、女は戦争に行かなくていいなあ、おれだけ戦争に行くのはワリがわるい、といったようなことも時に心の中で呟きながら、細君が勤めに出たあとも、もう一寝入りした。それから起きあがって間に合う講義をしらべてみると、江頭先生の時間がある。というとこれは誰でも書くウソである。夏村はこの先生の講義には出たいと思ってその時間を待っていたのだ。夏村は雑誌に何か書いている江頭先生を尊敬していたし、内心多少憎んでいた。もっともこの憎しみは、もし先生が「夏村くん、きみはよく出来るね」とか、「おい夏村くん、きみのこんど書いた小品はなかなかいいね」と声をかけられれば、忽ちあとかたもなくなるようなものであった。

その江頭先生の授業に遅刻して行ったのは、先生が若い細君をもらい、その細君が夏村の細君よりも若いということを噂にきいていたからである。だからといって遅刻する必要は何もない。夏村はそう思いたかったが、それだけで江頭先生の前途は明るく、自分の前途は暗いと感じ、その明るい前途をもつ江頭兵衛先生の前に出るのがシュンジュンされたのである。

江頭先生は冷静な人で、ニコニコしながら話をすすめていたが、夏村が一番前の席に腰かけ俯いているうちに、誰でもそうであるように、自分のペースにのってくると熱して先生の口からツバがとんできた。江頭先生の話は、何かの種本を上手に集大成したものだったかも知れないが、「十九世紀仏文学史」を語る先生は学識が豊かで、この先生の細君になった女は自分を亭主にもった女とくらべて何と仕合わせなことであろう。このような先生に自分の細君を見せてはならない、と夏村は思った。夏村青年は、急に動きだすことも出来ず、先生の顔や髪や身体ばかり眺めているうちに、あたたかいツバをずいぶん浴びたが、その生々《なまなま》しさに夏村はまいった。夏村は授業がすんでから、外へ出ても、まだツバの感触が頬のあたりにのこっていた。先生は床屋でどういう顔をして廻転椅子に腰かけているだろう、と思った。近いうちに頭を刈って兵隊に行くことを頭においていたのかも知れない。夏村は銀杏並木を外套の襟を立てて歩きながら、いったいこれから自分はどこへ行こうか、と考えた。そうして葉をおとした巨大な銀杏の黒々とした並木の幹や、りっぱな大学の建物や、隙なくしきつめた石だたみなどが、今日もまた許すべからざるもののように思えてきた。

小説家夏村一郎は春山の当然な急襲にあって腹を立てていた。春山の言が当然であり、自分がそうしたことも当然さの点で少し下まわるが、まあ大体に於て当然であると思ったからであった。

しかも夏村は何のためにここへきたか、本人が一番よく知っていた。彼は春山にあの話の顚末をききにきたのであった。

「夏村さん、人の話を面白がらないで、自分で経験しなさいよ。いくらだって世の中には女はいますよ。冒険的精神がないんだな。みなさい、この近所の江頭兵衛先生などは、小説を書かれるについては、ずいぶんお金を使っているし、女を泣かせたり、奥さんとのことで自分も泣いたりしていますよ。それは読んでみれば分ることです」

夏村は、小説家の想像力で、春山くんがこうなじることを予想し、おそれてもいるのであった。

しかし夏村は春山くんに何とかして今日も話さねばならない、と思っていることは依然としておなじであった。そこでソロソロ始める。

「春山くん、きみはどうしてそう女性に縁があるのかな」

「どうしてですか」

春山は用心深そうに茶をつぎながらいった。

「そのポストの中にたしか女の人からの手紙がきていたよ」

「手紙が？」

春山は立ちあがってカーテンの間からポストの中を見た。

「何もないじゃありませんか、夏村さん」

「ない？　オカシイな、たしか、あったと思ったがな」

「だって、さっきは僕はあなたがくる前に手紙をうけとったんだもの」

「手紙を？　誰から？　例の人？」

夏村は口先に似ず、心の中は緊張していた。

「僕はもうあなたにはお話しないことにした。あなたは今日も新聞に妙なことを書いていましたね。他人の家を見て歩くのが趣味だなんて、これ、ほんとうですか、イヤラシイ人だな」

春山はそういうと、棚の上から無造作にたたんだ新聞をなげだした。春山はこういう悪いクセがある。夏村はこの年の若い者は礼儀を知らない。自分が青年のときには、そのようなことは一度もなかった。たとえば、江頭先生にツバをあれだけかけられても、ハンカチをとりだして拭くこともしなかったのは、一つは礼儀を心得ていたこともある、と心の中で思った。

「夏村さん、読んでみますよ」

「読まなくとも僕は分っている」

「しかし、センパイ、確認しといた方がいいですからね」

春山くんが「センパイ、センパイ」よばわりするときには、何かいいがかりをつけることは分っていた。春山くんは節をつけて読みだした。

こんなことをいうと、人に笑われそうだが、僕は、僕たちが家の中に住んでいるということを、ふしぎに思う。朝になると、今まで一軒一軒城みたいにかまえていた家の雨戸があき、物音がしはじめる。人の動く気配がする。そうして寝巻き姿の人がヨソユキの着物に着がえ、主人ならネクタイをなおしながら、戸をあけて外へ出てくる。子供は父親とおなじようにいそいそと学校へ出かけて行く。学校でどんなふうに過しているか知らないが、オヤジ同様にいっぱし仕事をしに行くように歩いて行く。

犬は自分もついて行きたいと思うがクサリにつながれているので、アクビをしながら見送る。奥さんがたは一息ついて新聞をひろげる。もっとも、なかには、新聞をカバンの中に入れて出かける主人もいる。外にいる人々は、みんな家のことを忘れているが、しかるべき時間がくると、この立方体の巣へもどってくる。満員電車の中でひざやひじをこすりつけている男女がみんな自分の家にもどって行くのか、と思うと、僕はその一軒一軒に自分もついていって、そこで寝たいと思ったりする。奇妙な欲張りかただが、実は人々がみな自分の家の中で眠るかと思うと、何か親しみをおぼえるのだ。

こんなわけで僕は、旅に出て家をながめてあるくばかりか、暇のとき、近所の家をながめながら歩くのが、一つの習慣になってきている。

僕の場合は、実をいうと、そこに住む人の職業とか地位とか、お金をどのくらいもうけているか、暮しはラクかどうかといったことなど戸籍しらべのようなことに興味があるわけではない。

その家に人が住んでいるということとそのことに興味があるのだ。空間をしきって、そこを自分たちだけの居場所として、一つの共同生活が行われているということが面白い。

僕はそうしていつも家に人が住んでいることにちょっとおどろく。そのオトナシイ共同ぶりにおどろく。だれでもそういうくせはあるかも知れないが、子供のときに、へいにそって歩きながら、手でへいをさっとなでて行ったことがある。ときには、庭からつき出した枝の葉をむしったりしたものだがいい年をして、今でもそんなことをしかねない気持が残っている。

道路と家との間のこのシキリやそのシキリから顔を出す木の葉には、何かある特殊な、親しみと、それから、それだけではすまない意地悪さをおこさせるものがあるようだ。

家をながめるについて、僕はなるべく裏側は見ないように心がけているが、ひょいと見あげた窓からこちらを見下している人と眼があったり、物干台のよその奥さんと眼があったりするときがある。それがおなじ人であったときには、思わず顔が赤らむ。

こちらは人がいるということをたしかめるだけだ、といいたいがそうすると、まるで空巣みたいでわれながらおかしなことだ、と気がつく。……

「センパイ、あなたは、他人の家のポストものぞいてあるく、と書くべきでしたよ」

夏村はだまっていた。昨日か一昨日か、彼女が今自分の坐っているところに坐っていたにちがいないということを考えていた。春山くんが冬木良助の妻アヤ子という三十五歳になる女性と研究所で知り合い「深い仲」になっているということを、夏村は春山くんの口からきいたのである。夏村はこの夫の名前も妻の名前もおぼえてしまい、その家の在り場所もアタマの中では出来上っている。

新聞に書いたように、夏村は方々を散歩して歩く。夏村の知人のある老人は、今年七十二歳になるが、もともと夏村の買った家に住んでいたことがある。今は電車通りをへだてた向う側の低地に住んでいるが、もう四十年というものを一日欠かさずこの界隈いったい毎朝、人の起きる前に散歩しているふしぎな人物である。家のうつりかわり、改築から増築、庭の植込みの変化はもちろんのこと、そうした樹木の一日々々の変化を日を刻むようにおぼえているということをきいて、夏村はびっくりした。老人は保健のためにはじめたことだが、今では一日でも欠かすと気分がわるいといっている。老人の名は秋川というが、秋川さんは、家を一軒々々見とどける妄執みたいなものができているのではないだろうか、と夏村は思う。夏村の家が改築中であり、群馬県からトラックではこんできたもともとはただの水成岩を夏村が押売りされて買いこんで庭にころがしてあることも、秋川さんは夏村が往来で出あったときに、自分の方から、そのことについて話しかけてきたものだ。

夏村はこの秋川さんの影響をうけたわけではなく、バクゼンと気ままに家を見てあるくのであって、新聞に書いたのは、秋川さんをかなりアタマにおいた架空のところがある。小説家というものは、いつのまにか、何を書いても架空のことを書くクセがつき、読者を面白がらせ、ちょっとおどろかせるために、他人のことも自分のことのように、あるいは自分のことを大ゲサに書く習癖がある。

秋川さんはこの広い界隈をまだ薮や野原であったころから毎朝一時間にわたって歩きまわっているが、退職してからは、暇にあかせて遠く足をのばし、意外なところまで歩きまわっている。秋川さんは江頭兵衛氏の家のありかまで知っているばかりか、江頭氏の近所である、春山くんの下宿さきの家まで知っていた。もっとも、「春山くんという人のことは知らないが、笹田という家がその人の家じゃありませんか。応接間が向って右側にあり、二階建で、庭に何の特徴もないが、木蓮がありました」

「木蓮？　僕は樹のことはよくおぼえていないが、その左側は空地になって、丘につづいています」

「ああ、あの空地のさきには牛乳屋があり、少し折れて駅に向ってもどると、床屋があります。床屋には、背の低いガッシリした主人がいて、表に三時閉店と書いた札がぶら下げてありますよ。三時で閉店したらいつお客をとるのか、とふしぎに思いましたが、牛乳屋の話では、客がきまっていて、そういう客なら裏口から入れるらしいですね、かわった床屋です」

春山くんのいる家はたしかに笹田という。夏村はいつか春山くんから床屋の話をきいたとき、とくに興味をもったのは、秋川さんが春山くんよりさきに、遠くはなれたその床屋のことにふれていたからでもあった。

夏村はその秋川さんに、冬木良助氏の家のことをそれとなく話したことがある。春山くんの洩らしたところでは秋川さんの家からあまり離れていない。ただ冬木氏の家は路地を入った奥の家なので、さすがの秋川さんも知らなかった。そのとき、秋川さんは、おどろいたように、

「夏村さん、おかしなことですね。私が秋川、あなたが夏村、いつかの青年は春山、その人は冬木さん、というとわれわれ四人が偶然に春夏秋冬ということになりますね」

「僕もそのことには気がつかなかった。冬木というのは、ことによると、春山の作ったにせの名前かも知れないな」

夏村はそうひとりごとはいったが、秋川さんは夏村とは別に話しつづけていた。

「何かのめぐり合わせですよ。世の中というものは、テンデバラバラに生活しているように見えて、こんなふうに結ばれているものですよ。あなたは小説家だから、世の中の人がみんなつながりがあると思っているはずでしょうが」

「名前とはかんけいありませんよ」

夏村は秋川に「春夏秋冬」を指摘されて、そのことに気がつかなかったことに、いいようのない不快を感じた。そしてその日はずっと不快で、夜中になってうなされた。もっとも夏村一郎はこのごろでは夜中になると、改築中で同室で夫婦やすまなければならない現状のせいもあって、いつもよりよけいうなされることもある。夏村が

細君と同室になるとなぜうなされるかについて、何と語ったら分っていただけるだろうか。物を書いて人を養って生きて行くことが腹立たしい。腹立たしいことをやり出したのは自分である。その自分がしていることを好きでやっている、と細君は思っている。そういわれればその通りである。これからあるいは書くかも分らない冬木夫婦の怒りが目に見えるようである。冬木さんは、とこう書こう。夜になると、こちらで敬称をつかっておかないとぐあいが悪い。冬木さんは、換骨だったいした作品を見て、まったく自分のことが書かれたとは思うことはあるまい。しかし、しかし、それでいてやはり、冬木さんがおこるように、今から思える。

見たこともないあの床屋が、あの雑誌をよむことは万あるまいが、それでも何かの拍子に彼の目にとまり、夏村という小説家は、と客にぶちまけていないとはかぎらない。いつか、夏村は昔の友人に、きさまを社会的に葬ってやる、という手紙をもらったことがある。そのとき夏村は、もっともなことだ、と思った。そうして葬りたいなら葬っておくれ、自分は決してきみがムリだとは思わない、と手紙を書いた。が、誤解されて、あの野郎ふといやつだ、と相手が思わぬともかぎらない。ちょうど二度目に改築したばかりのときだったが、夏村は火をつけられぬように、家のまわりのカンナ屑をとりかたづけた。ねらうとすれば、家ではないか、と彼は想像したのである。

それから、最近別の友人は、どうしてきさまは、くりかえし、くりかえし、おれのことを書くのか、といってきた。あれはきみのことではない、あの侍は、打ちあけると半分は、僕の知人の春山という男のことである。あとの半分は自分のことで、作者は、自分のことを書くときも、そっくりおなじに書くわけには行かないことがある。それにあの忍術を使う隠密は空想の人物で、床屋は実在の人物である。こう書いて送ったが、とうてい納得されないことは分っている。なぜならその男は、もともと小説家志望である以上夏村とまことによく似た人柄であるので、どこかに夏村の個性をいれれば、いきおいその男にも似てくるからであった。その男は、それならきみは、春山氏という人や床屋にすまないではないか。きみだけがそれで金をもうけて、よい家に住み、何百万という金を一時にもうけるのは、その人物たちに悪いではないか。そうしてきみは、自分の細君にはよい子になっているのだろうから、エゴイストである。きみはもうプロレタリアートの生活のことは分らないだろう。春山氏や、床屋はさだめしプロレタリアートに違いない、とくりかえしいってきた。夏村はこう返事を書いた。

きみはあの原稿料がいくらか知っていますか。僕の書く一枚がいくらになるか。これこれである。きみは、あの城郭のような家に住んでいる江頭兵衛先生のような作家の収入が喧伝されているので、僕のようなものまで、おなじように収入があるとまちがえておる。何なら青色申告の控えをきみに見せてあげてもいい。僕の家内にいい子になっているということだが、僕の妻は、僕が江頭先生でないことを、いつもこぼしている。僕の妻の理想はいつも江頭先生で、江頭先生が二千万円の収入になれば、僕がそれ以下の場合は、僕はマトモな人間でない、と思われるのだ。そして実際の収入は……

夏村はこんなふうに、小説家のくせで、例によっていくぶん誇張して書いて送ったが、その真髄は、あまり的はずれではないつもりだった。収入が少いというと相手がよろこぶことを、夏村は経験で知っている。そのかわり軽蔑もされることも知っている。感動的なウラ悲しい物語をどうして自分は書けないだろう。そうすれば人々は紅涙をしぼらせられているうちに、相手の収入のことなど忘れてしまう。……

夏村はこのようにして、夜半になると半分はウナされたマネをして、細君にきこえるように声を大きくするのである。しかし実際は細君は彼がウソをついていることを心得ている。女性というものは、みんな男が教えたことを習っているのだ、とある有名なフランスの毒舌家がいっているけれども、自分は半ばウソをついているのだと教えたのは、外ならぬ夏村であった。夏村はこんなとき、私小説的、自然主義的感動癖がのこっていて、腹の中におさめておかなければならぬことを、つい口に出していってしまう。そうして田山花袋の書いた小説の主人公のように、フトンにかじりついてムセび泣くというようなことも、実生活の方では時にやっているのである。そしてつきつめて行けば、それもまた一つの策略である。生活のための策略で、彼が一番いいたいことは、この家に、こうしてアンノンらしく寝ていることがガマンがならないということを誰かに知らせておきたいのだ。

だから彼はウナされたアゲク、この家は燃やされる、誰かがつけねらっている、というようなこともほのめかして見たりして、一層混乱し、そうして益々他人の家に人が住んでそこで生活していることに興味ももつし、何かそこで行われているらしいことで感動するのである。もっとも彼は細君に知らせたアト、すっかり安心して、半日ぐらいは、ホッとする。

小説家夏村一郎は春山くんに何とかして、その後のことを語らせたい、と思っていた。

「いったい男はほんとに女が好きになるものかな」

「それは相手によりけりですよ」

「春山くんでもそんなことがほんとにあり得るのかな。きみは最初から女性をバカにしてかかるんだろう。僕らとは世代が違うからな。そこがまたきみのいいところで、僕らとは違うし、マネが出来ないところだ」

「相手によりけりです」

「それでは僕らとあまり違わないじゃないか」

「冬木アヤ子は最初に喫茶店であったとき、私自信がなくなったけど、子供のことを考えると、何とか支えられそうだわ、といったんだ」

「それは初耳だね。そういうことをいわせれば、きみもやはり大したものだ。しかしきみとしても困ったろう」

春山くんは、まだ警戒の手をゆるめず、夏村の顔をときどきうかがっていた。夏村は南京豆の袋をあけて皿の上にあけて、まず自分で一つつまんで、食べないか、と誘った。春山くんは夏村がつまむ恰好を見てちょっと軽蔑心をいだいたらしいが、すぐ顔をそらした。

「春山くん、きみのモニターを先日、プロデューサーに見せてもらったが、あれは面白かった。プロデューサーもありがたがっていた」

「モニター？　いつのですか」

「いつって、最近のだよ、江頭さんのものをやったろう。あれだよ。軽喜劇だよ」

「ああ、あれですか、僕はマトモな論文の方をよく見てもらいたいんだ。冬木アヤ子のも近いうちに論文が出ますよ。僕が大分意見をのべたんですが。ちょっといいもんですよ」

春山くんはいつの間にか、自分から、冬木アヤ子の方へ話をもって行こうとしていることはあきらかであった。

春山くんは、冬木アヤ子、冬木アヤ子と親しげにいった。

「冬木さんと」と夏村はこんどは彼の方が警戒しながらいった。「きみは論文を通じて、互に親しくなったようだね。たぶん亭主は家庭で協力しないし、仕事の理解もまるでないのだろう。それならきみは、冬木さんのためにしているようなもんじゃないか。美徳だと思うな」

「さあ、どうかしら、美徳とはいえないな。それは夏村さん、小説家だってなんにも知らないが、他人の奥さんとつきあうことは、やっぱり、あまりよくないことですよ」

「しかし、きみはイヤになったわけではないだろう」

「イヤじゃありませんよ。ただ時々癪にさわるだけですよ」

「癪にさわる？　自分でつきあっておいて癪にさわるとは、図々しいじゃないか」

夏村一郎は、そこで笑うマネをしたが、彼はそんな器用なことができる男ではなかったので、泣いたような顔になった。

「冬木アヤ子はマジメな女で、我《が》が強い主婦だから、イヤにはなりませんよ。ただそこが何ともいえず、癪なんだ」

「そう。それはそうかも分らないな。僕なんか不勉強だな。きみは旅行の方はよしたの」

「女房にわるいから」

「そう」夏村は分ったように返事をした。「東京の中で会えばいいやね」

「夏村さん、それが、なんだな、これは僕の研究の分野とはちがうが、何だな。僕らは代々木で会うんだ。代々木というのはちょうど、僕の家と彼女の家との中間ですからね」

「春山くん、そこのところは、きみの研究に生かせないかね。生かせるよ」

「これは、小説家の分野ですよ」

「小説じゃないよ。人生そのものだよ。小説になんかするのモッタイないよ、きみ」

「そうかな、僕はそうは思わないですね。江頭さんの『鍵穴』なんか、まだいい方だが、男女を扱ったもので、ウンといわせるものなんか一つもありはしませんよ」

「春山くん、僕はまだよくのみこめないが、冬木という男は、知ってるの。きみたちのことを知ってるの？」

「十中八、九知っていますね」

夏村は溜息をついた。

「十中八、九知っていて、その後きみは、冬木氏にあっているの」

「ええ、僕は何度も冬木アヤ子の家へ参りましたよ」

「冬木氏はそれでどんな話をするの」

夏村一郎は、皿の上へ手を出しながら、芸術家的でない、とかねがね不満に思っている自分の太い指が、みにくく小刻みにふるえているのが目についた。そうしてここで昂奮したり、顔色をかえたりしては九仞の功を一簣に欠く、というふうに思ったが、夏村がそのとき、一軒の家をアタマにえがいていることをいう必要がある。彼は心の中で、「それみたことか」と何かを叱りつけているような気持になっていたのだ。くわしく、そしてうがったいい方をすれば、夏村はいま、冬木良助とアヤ子の「家」をしかりつけているような気分になっていたのである。「家なんてもんは、そんなもんだ」と。

「それは夏村さん、ドストエフスキイの、あれですよ、そら」

「何？　『罪と罰』？」

「いや、ほら、僕は持っていますよ、これですよ」

春山くんは、本棚の奥から一冊の本をとりだした。それはその位置からすると、意識的にかくしていたとしか思えない。春山もなかなか秘密をもっている男だ、と夏村は、春山くんの所作をじっと眺めていた。

「これは『永遠の良人』じゃないか。きみこんな本よむの？」

「冬木アヤ子が送ってよこしたのです」

「どういう意味だろう」

「よく分らぬことをする女で、たぶん読んでみろ、というんでしょうよ」

「なるほど」

「これとそっくりですね」

冬木アヤ子がこの本を送ってくるとすると、冬木アヤ子は、自分の夫がどういう気持でいるか、よく知ったうえでのことだ。夏村も以前にこの本をよんだことがある。自分の妻と関係のあった友人を、妻の死後主人が訪ねてくる。私とあなたは、友人だ、といい、乾杯したりするが、夜、同衾していてふと目をさますと、相手がナイフをもってベッドのわきにつっ立っている、ということが書いてあった、と記憶している。

夏村はこのとき春山に、自分でもおかしい、と思うようにせきこんでいった。そうして自分のいっていることにおどろいた。

「それで冬木氏の家は自分の家かね」

「公庫で建てたのじゃないかな」

「何坪ぐらいなの」

「さあ、僕は、夏村さんとちがって、別に家には興味がないな。下駄箱にさえ興味がないくらいだから」

そこまで話してきて春山くんは、家の話から、急に何事かに気づいたように、ハッとして、夏村の顔を見た。

「春山くん、お茶をのもう。外へ出てお茶をのもう。僕はこういうことは、きみたちのような若いものに任せるよ」

春山はまだ夏村の顔から視線をはずさないままで、腹立たしげにいった。

「センパイ、このことは、書いたら承知しませんよ。もう絶交ですからね。センパイ、あんたも自分で冒険しないよ、冒険を。ひとの経験じゃおもしろくありませんよ」

「お茶をのみに行こう。何なら酒でもいいよ、金はあるんだ」

「センパイ、僕は床屋へ行きますよ」

「僕も行くかな」

「センパイ、あの床屋には連れて行きませんよ。いいですか、あなたがこれ以上書いたりしたら、僕はあの人から面白い話がきけなくなりますよ。床屋の話は、僕の研究の資料にもなるんですから」

「僕が書くと思っているの？　僕は書きませんよ。君と絶交したくありませんからね」

と夏村はいった。それから思いだしたようにいった。

「春山くん、今日は相撲は、栃錦と誰だったかな」

「玉乃海ですよ」

春山くんはキゲンを直し後向きになるとラジオにスイッチを入れながら、

「今はじまるところですよ、夏村さんは、どちらですか」

「僕はどっちも好きなんだが、栃錦に勝たせたいな」

「僕もですよ。栃錦というのは、いい相撲ですね。あれはいいですよ」

「僕もいいと思うな、春山くん、冬木さんというのは、相撲など好き?」

「センパイ、もし名前をよぶのなら、冬木アヤ子とはっきりいってもらいたいですよ」

「僕は両方のことをいってるんだ。それに冬木アヤ子とよぶのは、僕には気がひけるんだよ。とても気がひけるんだよ」

小説家の夏村とそれから社会学者の春山くんとは、ラジオに耳を傾けた。そして溜息をついた。

「栃が勝った。うん、これでいい」

と春山くんがいった。

栃錦が勝ったので二人は仲よくいっしょに外に出たが、春山は一人で床屋の方へ折れようとしてふりかえった。

「どうしたの」

「いや、女房が帰ってくるかも知れない、と思って」

「ああ、奥さん、奥さんなら会ったら、僕が床屋へ行ったといっときますよ」

「センパイ」

春山は今まで示したことのない、心から不快さがこみあげてくる、といった表情をして、僕の家のことまで興味をもつのですか、といっているように見えた。それをしおに夏村と別れた。かえりには夏村はそのまま、まっすぐに駅の方へ下ってきた。そこらあたりに、どこの郊外の駅にもある、あまり賑やかでもない商店街があった。このあたりへくると、夏村は店先で買物をしている主婦たちを見る。一人の背の高い、レイン・コートをきた見おぼえのある婦人が肉屋の前に立っていた。夏村は一目でそれが春山の細君であることが分った。彼女がふりかえったとき夏村の顔がさっと赤らんだ。

「あら」

と彼女は小さく叫んだ。往来で見ると、見なれた女性が、どうしてこんなに新鮮に見えるのだろう。夏村はそう感じたことで、たのしさに酔って誰にもめったに見せない微笑をうかべた。

「春山くんは、床屋へ参りましたよ、何ですか、肉ですか、春山くんは……」

彼女は買物をあわただしくフロシキの中につつみこんで、一つ頭をさげると、急ぎ足で夏村がきた道をのぼって行った。夏村とあっても話をするな、と春山にいいふくめられているのであろう、と夏村は思った。

冬木良助という男が、……その男の名は春山からきかされることはなかったし、夏村もきき出しはしなかったが、夏村は秋川さんからきいて大分前から知っていた。冬木良助と書いた標札のほかに、妻のアヤ子と子供の良太郎という名前まで書きつらねてある。まるで三人が一軒のアパートの中の一つ一つの部屋に住んでいるようだ、と秋川さんが語っていた。

夏村が話してから、秋川さんは自分の散歩のコースからはずれて、度々、その行きどまりの家の前まで早朝の散歩をおこなっているらしい。それというのも、「春夏秋冬」のふしぎな結合に因縁をかんじているらしいのであって、元気であるとはいえ、何か年齢を思わせるものがある、と思いながら秋川さんの話をきいているのである。ぜったいに夜は他人の家をながめない、という主義を、秋川さんはもっているのに、ある日道であうと秋川さんがいった言葉は、夏村をひどくおどろかした。夏村は冬木良助、アヤ子夫婦というものが、どこかに実在しているということが、小説家としてか、実生活者としてか知らぬが、夏村の毎日を何か生甲斐あらしめていることは事実である。（この二つのものが、何かこのごろ一層こんがらかってきたのは、……夏村はこれはたぶん時代の特色ではないか、と思ったりするが、その理由は彼にも分っているわけではない）

秋川さんはこういった。

「冬木アヤ子という良助の妻は、年の頃三十五、六であるが、あれですよ。まったくケシカラン女ですな。自分の家の前まで若い男をつれてきて別れをおしんでいましたよ」

「夜のことですね」

「夜です。私は昨晩孫が連れて行かないので犬を散歩につれて歩いたのですがね。昼間なら家へつれて入りますよ。自分の家だと思っていい気になっている」

秋川さんは夜の散歩をしたことに、大分ひけめをかんじている模様であるが、その男が春山くんであることを知ったら、どんなに腹を立てるだろう。彼は四十年来の散歩をふっつりとやめるかも知れない。

「別れるとか、別れないとか、いっていませんでしたか。あなたはこのごろ冷淡だとか、それとも、死にたいとか、あなたと私とは最初から別の世界に住んでいたとか、私がそのうちおばあさんになって死んだとき、あなたは葬式にきてくれなくともいいの、とか、いいませんでしたか。それとも彼女はその男と別れて自分の家に入ったとき良助氏と何げない話をし、いずれかといえばその若い男ががっかりするようなことはありませんでしたか」

「夏村さん、あなたはどうかしたのではありませんか。いったいそれは男のいうセリフですか、女のセリフなのですか」

といいながら秋川さんはいぶかしげな視線を夏村に放った。秋川さんは途中からまったくきいていないことが分った。しかし夏村はそれにもかかわらず酔っぱらったようにしゃべりつづけた。道行く人が夏村たちをふりかえって通った。が、あとでのべるような事情でこの小説家は夢中になっていた。

「それはモチロン、その女、つまり、冬木アヤ子のセリフのつもりですよ」

夏村はがっかりしたようにいったが、ふたたび勢をもりかえした。

「女はセンチメンタルなことをいい、男はそれをきくと、いよいよ散文的になりはしなかったですか。まさか二人で社会学のことについて話しあったりはしなかったでしょうね。女は離婚して夫との縁を切った生活をしたいとか、いやこれは江頭氏の小説の筋だが……」

「夏村さん、あんたそれは何ですか」

「これですか」夏村はいくぶん口惜しそうに口を歪めた。「いまいったところの一部分は、フランスの小説家、バルビュスの『地獄』の中の筋ですが、春山のやつ」

どんな顔をして、といいかけた。

「春山？　何が春山ですか。それともその男がれいの春山とでもいうのですか」

夏村は黙ってしまった。

「夏村さん、あんた少し変だな。自分の奥さんのことでも考えた方がいいですよ。冬木良助の妻があんなだとは……」

「あなたは御存じですか」

「誰ですか」

「良助さんを」

「いや、誰が知るものですか。私ゃ、秋川と冬木と何か名前が似てるだけでも不愉快でならないよ。顔なんか見たくもない」

小説家夏村一郎は、あれは『地獄』の中の筋ですよ、と答えたとき、秋川さんが、ちょうど春山くんの場合とおなじように、なんだ、自分の経験かと思ったら、他人の小説の筋ですか、とこバカにしたような顔をしたことを思いだして、一人になると不愉快になった。あげくの果てに、自分の細君に気をつけた方がいいよ、といわれたのである。

夏村は秋川と別れて自分の家へもどってきた。彼は自分の家に近づくとあるときは、なぜとも知らず無性に腹が立ってくることがあった。それからあるときは、何か恥ずかしくてマトモに外から見ていられない、と思うことがあった。そしてあるときは、生垣のあたりに犬の糞がしてあると、いてもたってもいられない気持にかられることがあった。「犬に糞をさせるな」という貼札をしてあるところが、このごろ散歩をしていると目立ってきた。今日は玄関さきにつんだ砂の上に新しい糞がのっていた。さっき秋川さんは犬をつれていた。話に夢中になって犬には気がつかなかったが、あの犬がここで糞をしたのではないだろうか。夏村は秋川さんがそういうハシタないことをしたことに腹の虫をすえかねた。これなら生垣のそばに長時間誰のものとも分らぬ自動車がパークしてあるよりもなお気になるのである。

夏村は玄関から家の中へ入っていった。そうするといつものように、そこが一つの行きどまりであることに何か許しがたいものを感じた。当然であることに許しがたいと感じることが、夏村を苛立たせ、そうして小説家であるので、これは小説になる、と思った。それからその原因のまた原因は、春山のように自分が冬木アヤ子という女性と冒険をしていない、ということで、それは自分が細君に縛られているショウコである、と思った。

改築も終って細君は婦人雑誌の小説をよんでいた。顔をあげた細君が、現実にかえって子供のことを二言三言いった。夏村はそれを肩のあたりでききながし、やがてまったくきいてはいない顔をした。

「それはお前の勤めだろう。おれに相談することはないじゃないか」

夏村は心の中で、何だ小説なんぞ読んでいやがって、というつもりであった。江頭先生は近ごろこういう雑誌にさかんに書いていて好評であるのだから、そのサシ絵を横眼で見ても、だいたい彼のものだ、と想像がつくのである。そのくせ夏村は自分の小説ののった雑誌は、送ってくるとかくしてしまっているのは、半分ぐらいの小説家のすることに似ている。

「何をおこっているのよ」

「何もおこっていやしない。改築がすんだら、少しは自分で子供のことも考えたらいいじゃないか」

「考えているわよ。考えているから、いうんじゃないの」

「おれは仕事のことを考えているんだ」

「いばることはないわ。誰だって仕事はしているじゃないの。あなたっていう人は」

「おれがどうした」

「あなたっていう人は……」

細君が泣きだしたとき、夏村はこわくなって外を見た。そこには大きな庭石が無表情にころがっているのが見えた。このような手放しの泣きかたを見たことは、今までにないことなので、夏村は寒気がした。そして次の言葉をおびえながら待っていた。

「あなたっていう人は、女というものが分らないのよ。そんなことで小説なんぞ書けるものですか」

「おれは、おれのことだって分っちゃいない」

「あなたはズルイ」

「ズルくない。正直なんだ」

「正直なもんですか」

シャクリあげながらも彼女は一歩もあとへはひかなかった。これは勝手がちがった、と夏村は思った。ここで感動的場面が展開するはずなのに、いっこうに効き目がない。

夏村一郎はこのあたりで家をとび出して、どこかへ行くべきだ、と思ったが、あいにく彼にはこういうときに行くところが、まるでなかった。小説が雑誌にのるようになってから、むかしの彼の友人は次第に遠のいた。多かれ少かれ彼の小説の中の登場人物になっていたので、あたりまえのことである。たった一人、春山くんがいるが、春山くんには最近あったばかりで、夏村がこんなにヒンパンにあらわれると、カーテンの間からのぞいて居留守をつかわないともかぎらない。しかもどこへ行っても話す話というものは、何もないのだ。

小説家夏村一郎は、やはりこの家にこのままいるのが一番ラクだと思わざるを得なかった。それに不和なままで外に出る勇気というものがなかった。そこで夏村はまた自分を自然と擁護する術として、感動的になった。

「お前は江頭先生みたいな人ならいいと思ってるんだろう。好きな人があったら、自分のいいようにしていいんだよ」

夏村はそういって、彼女が「何をいってんのよ」と答えるのを期待したことはモチロンである。どんなにハスッパであっても、容赦することができる。しかし彼女の言葉はちょっと意外であった。

「そうね。でもあの人、ふとりすぎたわね。あんたの卒業写真にうつっている江頭さんは、何といっても若さがあったわね」

「二十三貫はあるだろうな」

「頓死するんじゃないかしら、あんなの」

「血管が細くなっているからな、心臓が血を送るのに骨が折れるからな」

多くの男の作家というものは、女性が男にとって意外なことを口にするということを発見して小説家らしくなる、という説がある。夏村はやはり真実は身近なところにある、というふうに思って、次に何といおうかと考えた。そうして口をついて出てきた言葉は春山くんのことであった。

「春山くんには、女がいるんだよ」

「女って、奥さんがいるんじゃない」

細君は一向に興味がないように、涙をハンカチでふきとっていた。

「よその奥さんのことさ」

「子供があるの、その人」

「あるらしいな」

「春山さんにそんな魅力があるのかしら。ねえあなた、子供のことをもっと考えてやらなくっちゃ、あとになってきっと後悔するわよ。どこだって家庭教師をつけてるんだから」

夏村一郎は、しぶい顔にもどって、いくども頷いたが、それは今までの惰勢にすぎなかった。

「しかし、あいつは親に頼りすぎるな。この家だって自分のものになると子供のくせに思いこんでいるんだから。……家庭教師といや、春山はどうだろう」

「春山さん？　気持がわるいわよ、そんなことする人。世の中にはいくらも人がいるのよ。あんたは、二、三人しかいないと思ってるんだから。どうしてそうなのよ」

夏村はもっともだ、と思った。おれは今では世の中の人間は、二、三人だと思っているかも知れないぞ。そしてすっかりふさぎの虫にとりつかれてしまった。

夏村一郎はその夜、会合に出てその帰り十一時頃に新宿のある飲屋の前を通った。雨が降っている上に風が横なぐりに吹きつけてくる中を連れと別れてあるいていた。彼はこういうところへめったに現われたことはないが、その店だけはずっと前に一度きたことがあった。夏村が連れと別れたのは、その店へ冬木良助がよくくるということを、春山くんからきいていたからである。夏村はもし冬木と顔を合わせれば、百年の知己のように自分が何か話しかけ、酔った拍子に春山と冬木の妻とのこともおせっかいをやきかねないことを何となく知っていた。いくら何でもそれだけはこまる。この一カ月間その誘惑にうちかってきたのであった。しかし夏村は風が吹いたり、雨が降ったりしているせいか、自分の気持をゴマかしかけていた。それはちょうど、夜陰に乗じて盗人がしのびこんだりするのとふしぎに似ていた。夏村は酔ってもいたので、良心というものもすてさるのに好都合であった。おまけに、これからの小説は「悪魔的」でなければいけないという批評家の意見なども影響をあたえていないとはいえない。

夏村は日本的な目鼻立ちをした、関西弁もつかうやわらかいかんじのその女が冬木良助の気に入っており、そのことを、妻の前でもいっているということを、春山くんからきいて知っていた。つまりこの女性は、冬木アヤ子とはまったく違った型の女性であるわけだ。その女性はよくおくめんもなく客の膝に尻をのせたりする。夏村もそうされたことがあって、あたりを見渡しながら困りはてて、女の肩越しに、もうほしくもない酒の追加をたのんだ経験があった。その晩彼は女の家へ送りとどけさせられて、彼女の家で夜明けまで茶をのみ、庭を見たりしておなじ道をひっかえして家へもどってきた。

店には今夜も客が溢れていた。顔見知りの客は一人もいないことが、夏村一郎を安心させた。彼の知った顔の者の中には、彼の小説の批評をしたり、登場人物になったりしている者がいるはずだからだ。おまけに、彼がこの女を膝にのせたばかりに、そこにいあわせた批評家にどこかで「この作家は近ごろいい気になっている」といわれやせぬか、とよけいな心配をしたことを思いだした。

「あら久しぶりね」

夏村は女にこういわれながら、一番スミの椅子に腰をかけた。彼女は別の男の膝の上にのっていた。

「夏村さん、待っててね、今あなたの膝のうえに行くわ」

夏村は手でもう沢山だ、といった仕種をして、見知らぬものばかりとはいえ、自分がそうしたことに満足した。

「ねえ、冬木さんという人くる？」

「冬木さん？　あら、しずかにしてよ。その人よ」

「この人？」

その男は夏村の隣の席でカウンターにもたれかかって軽くいびきをかきながら、眠っていた。

「今、ねんねしていやはるの。夏村さん、冬木さん知ってるのやったら連れて帰ってね。此の人の家、ちょっと雨がふると浸水するんやって」

「低いところなんだな」

「今待ってね、あなたのところへ行くわ」

「もういいよ」

「あら、江頭先生だって、この前車の中で私の膝に手をのせたわよ」

夏村は思わず顔をそむけながら、

「そんなことをするの」

「だって五十男はみんなそうよ」

夏村は、かっぷくのいい江頭先生が、あの流行作家で、美しい妻をもった先生が、自分とおなじように車にのって彼女を送りとどけ夜明けまでいて、その後あの家にもどって行っただけではなく、それから車の中でそうしたことをしたことに、羨望をかんじ、そうして一方これで彼も小説の人物になった、と思ったが、その人物は江頭先生がもう自分で書いていることに気がつかなかった。江頭先生の話をきいているうちに夏村は冬木のことを忘れていた。冬木は見たところ夏村と同年輩で、細い髪の毛はてっぺんのあたりが大分うすくなっていた。理科学研究所につとめているその男は、夏村の予想とはちがって髪の毛に油をぜんぜんぬっていないので、うすよごれたまま、両側にわかれており、レイン・コートの襟がよごれているのを、夏村は酔眼で眺めていた。夏村はこうしてそばで見ているうちに、自分が少しの同情もこの男にもっていないので心配になってきた。夏村は冬木良助の腕をとっておこした。冬木良助は、重くたおれてきた。

「冬木良助さん、帰りましょう」

「よし、帰るぞ」

「送ってあげますよ」

「送る？　送るっておれの家をお前が知っているのか」

「奥さんところへ連れてってやる」

「奥さん、冬木アヤ子か。冬木アヤ子はおれの女房だ」

「そして子供さんは、冬木良太郎でしょう」

「その通り」

夏村はその男をつれて暴風雨の中で車をさがしているうちに、だんだん意地悪くなってきた。

「こんなときには、おれの家は水浸しになるんだ。二十二号のタイフウの時は、鴨居まできやがった」

「あなたはそのときいたのですか」

「おれ？　おれは友達の家にいってて帰れなかった。春山って野郎だ」

「奥さんたちはどうしたのですか」

「鴨居につかまっていやがったよ」

夏村はそれをきいて、冬木の腕を思いきりつよくしめながら、自分が、冬木アヤ子とその子供をしっかりとつかまえて、

「僕につかまっておれば、だいじょうぶですよ」

と叫んでいるのを、酔った頭の中で想像していた。

すると冬木良助は、今気がついたようにもう一度いった。

「きさまは、どうして他人《ひと》の家を知ってるんだ」

棲処

生垣をへだてて外ばかり見ているうち、ちょっと眼をそらすと黒いものが土のうえにあるのに気がついた。生垣のこちら側だ。それは物の三秒もすると動きだしたので物でないことが分った。そいつは懸命に動いている。それは何者であっても、生垣の外へ出すまい、と私はすぐ思った。それが虫のように小さいものなら、そうは思いはしなかったであろう。

私はそいつが生垣の外へ出る瞬間につかまえて連れもどしてやろうと考えた。そして、そんなことに力こぶを入れていることが分ると、私は急に便意を催してくるのをかんじた。私は本屋へ入ったり、美しい景色の中にとつぜん入ったりするとそんな身体の調子になることがあったが、これはまたあまり経験のないことであった。私はわざと自分の注意をはぐらかし、いよいよ自分が出かけて行くまでその正体をつきとめるのを保留した。

それは立止り、動き、立止り、動きといったぐあいにしているらしいが、私はタバコを吸い垣根の外を眺めていた。私のコンタンを少しも知らないらしいことや、もし知ったとしても、その速力では、たとえ私が近づいても鳥のように逃げ去ってしまうことができないことが、私にゼイタクきわまる余裕をもたせた。

その男があらわれる前に、生物は垣根の一番はずれにつきあたり、思案をしているらしいことが分った。あいつはこんどは、右に折れて垣根の下から外へ出ようと今考えているところだ。つきあたって仕方なしに方向転換をするということが、私をよろこばせた。誰だってそうするのだ。お前だけがそうしないわけには行かないぞ、と私は思った。

そこまでくると、土くれとほとんどおなじに見える。しかし私はちゃんと土くれではないことを心得ている。私は下駄をひっかけて、何も生物のいない池のふちを通って近づいて行った。するとその生物はまったく動くのをやめてしまった。私はその瞬間そいつを叩きつぶしてやりたくなった。

それは亀だった。亀がおれの家の中へ入ってきた、と私はつぶやいた。私の家には押売や、八百屋や、ソバヤや、郵便配達や、保険屋や、犬や猫やそれからいつかおーむがきたことがあった。おーむはユキコという名を私や私の姪を見るとくりかえした。

「ユキコ」「ユキコ」とよそでおぼえてきた名でよばれると、私はともかく姪の光枝はいてもたってもおれなくなり、頭の病気がわるくなりそうなので、放してしまった。しかしもともと好きでまいこんできたこの草色の鳥、正式には黄帽子インコは、「ユキコ、ユキコ」といいながら私の家の庭の木を伝っていく日も逃げて行かなかったので往生した。

学校を休んで療養中の光枝はにげて行く自分をつかまえようとして、毎日あせっており、血みどろになっている。それはこの病気を知らない人には分らないが、まったく悪戦苦闘をし、はてしない勝負を見えぬ糸にあやつられて行っているのである。にげて行くのがこわくてならないものだから、クスリをのませてねかせてあるときのほかは、私のそばからはなれない。私は仕事は家でするようにし炊事から、色々な雑用までやって彼女の止り木になってやっている。

餌をやらなければいつかないだろうと思っていたが、三日間私の家にいた。光枝の話では去るときになって、この鳥はようやく別の言葉をおぼえた。

「ミツエ、ナニモコワクナイヨ」

私はいつも一日に何回となく、

「光枝、なにもこわくないよ。こわくないということがよく分れば、お前の病気はなおるのだから。なにもこわくないよ。なあ光枝何もこわくないのだよ」

とくりかえしていっているので、おーむはついにこの、わが家の言葉をおぼえたと見えるが、それは光枝のいうことだからアテにはならない。

こわさを吹きこんでがんじがらみにしている正体というものは、なかなか光枝には分らない。彼女はおーむが家にあらわれれば、おーむが正体だ、と思っておびえるが正体はふかいふかい淵の中にひそんでいる。たぶんそれは、何か生き物のように光枝には思われるのであろう。だから彼女が、おーむに、どこともしれない家の名をもちこまれると途方にくれるのである。

亀はこんどは最初から私の家におちつく気持がないことは、私にわかっていた。こいつはただ、私の家のゴミ箱をあさっていつもフタをあけっぱなしにしていくいまいましい屑屋のように、私の家の垣根のところに車をすえつけて傍若無人な警笛をならして去って行くあの男のように、ただ私の庭を通りすぎてどこかへ去って行くつもりである。私はその様子で、それが亀であることがわかる前から、知っていたわけだ。

亀は甲羅だけになってうずくまっていた。甲羅は泥でよごれて浮浪人のようで、何か軽蔑を待ち望んでいるように見えた。しかも何というたわけたやつであろう。こうしてうずくまっておれば、何ものかだと思っている。こいつは私が一日中こうしておれば、自分の方も一日中こうしているだろう。その愚かさに私は涙が出そうになった。

しかし私は甲羅をもってつかみあげた。そうしてこいつはいったいどこからやってきたのだろうと、私は考えた。甲羅には右の端に穴があけてあったところを見ると、そこへ紐を通して何かに結びつけてあったのだが、どうして紐をほどけたのだろう。紐がほどけたときこいつは急にさきへさきへと進むことができるので、自由におどろき、一散に、といってもこうしてノロノロと歩きだしたのであろう。こいつは、その家の庭から道路へ出て、先ず道路わきを通るべきだということをカンでさとったのだろうか。子供に見つけられずに車にひかれずに私の庭へ闖入するまでには、道路をいくつか横断したにちがいない。そうして今、味をおぼえて次の旅に出ようとする。それとも私の庭を安全なところとでも思って忍びこんできたのであろうか。私はかすかに自分がふるえているのを知った。

私は光枝に知られぬようにそっと池のそばまできて、裏側を見ずに甲羅を洗ってやった。生物はこの甲羅の下にある。私は笑った。

「洗われていやがる」

泥をおとすと私はふと甲羅の上に、甲羅とはまったくちがうものがくっついているのに気がついた。それは青ペンキであった。私は甲羅を手にもったまま少し遠ざけて見て、それが文字になっているのを発見した。

「なるほど、持主の名が書いてある」

それは「野原」とよめた。野原という姓は、この附近には思いあたらなかった。すると相当に遠いところから、やってきたのであろう、と爪ではがしながら思った。

私は亀を石の上において、座敷にあがると、光枝の枕下を通って小抽斗の中からいつか郵便屋が配達していった小包を結んであった紐をとりだした。その小包には光枝の病気について、ある医者から送られてきた専門書が入っていた。

亀の穴は他人が錐でもってあけたものである。野原某があけた穴の中に紐を通すのは、私には口惜しい気持と、何か安心とを与えた。私は紐の長さをどのくらいにしようか、と考えた。紐の長さはすなわち亀の自由の範囲である。私はそのことに思いあたると、心がうきうきしてくるのであった。しかしじっさいは紐は私の家には、その小包の紐だけしかなかったので、長くしようにもしようがなかった。こうして亀はそれだけの長さの紐をつけて池の中へおちた。おちたと見せかけて、私が石のようにおとしたのであったが。

亀は底にしずむと、頭と脚を出して泳ぎはじめた。そのとき紐は穴からすっぽりと抜けてしまったので、私は水の中へ手をつっこんで甲羅にふれると、忽ち亀は底の石のようにうずくまった。

私は亀をひきあげて、穴をしらべ、一つの新しい事実を発見した。穴から甲羅の端にむかって細い割れ目が入っているので、紐がぬけてしまうのである。亀が野原某の家から逃亡してきたのは、甲羅が何かにぶつかるうち穴がそこにあいているために割れやすくなったのであろう。私は錐をもってきて反対側のところに錐をまわすと、黒い粉みたいなものが、僅かばかり出て穴があいた。そのあいだ亀は石の上でじっとしていた。私は穴に紐を通すとそのまま亀を池の中に放りこんだ。

自動車がやってきた。カーブのところで大きな音を立てて垣根の方へまわると池の真向うのところにいつものように横附けにしてドアをパタンとしめると前の家へ入って行った。三十五、六の男だがいつも昼やってくる。ほとんど話もしたことがないが、この家の主人のるすに男が忍んでくることだけは、私に分っている。私はとくにこの男や女に興味があるわけではないが、自動車をこちら側にこうしてすえたうえで、何時間か過していることが気になってならないのだ。ときどき車をとめたまま、警笛をならす。この車がカーブの近くにあるがために、ほかの車は警笛をならす。こんなことがあると、光枝はこわがってしかたがないのだ。光枝はこの黒い車がここに何時間もあると、いつこれが去って行くのか、その時刻のことがアタマにこびりついて、去るまではいらいらし、私にすがりつく。光枝にとってはその場合には、この車が、彼女を不安にしている正体のように思われるのだ。しかし、くりかえすが、正体はもっと深い淵のようなものだ、と私は思う。

光枝は二カ月前のこと、教室の中にいるとふいに森の中にいるように思えてきた。といったときに病状がはじまった。彼女の父はやはり自分が自分の中から逃亡を企てるといって妻、つまり光枝の母親をこまらせていたが、ある夜彼自身が失踪して近所の用水池の中に身をなげて死んだ。誰もこの男を理解してやる者がなく、医者は、自分の中に錐ばかりさしこんで、自分はくるしくて仕方がない、くるしくて仕方がないといっていたが、彼はとうとう理解者を得ずじまいになった。

光枝三歳のとき、よくおびえたが誰もそのおびえがどこからくるのか分らない。父親の症状もまだ出ていなかった。それはそのうち治ってしまった。

光枝は目をさました。

「気分がよかったら、散歩したりした方がよいよ。いつでもついて行ってあげるし、一人で行けたら、行ってきてごらん。つらくなったら、道ばたででもどこででも、ぼくの名をよびなさい。ぼくがどこにでもついていると思うんだよ。はずかしがってはだめだ。まだこわいの」

「わたし、このごろ、家がこわい。あの中に人がいるかと思うとこわい」

「こわければこわいというのがいいんだ。だまっているのが一番いけない」

「またきているのね、あの車。あの人、家の中へ入っていったの?」

私は光枝を観察する。このごろ肉体的な症状はだいぶんおさまった。気の毒に、このこわれた娘は私がその眼を見つめると一番いやがる。私までが信用できなくなったら、最後の人間を失うことになる。だけれども私は光枝の深淵をのぞくには、この眼しかないし、私が光枝に眼をあわせないようにして背中からながめれば、気がついたとき一番冷酷な仕打ちだと思い、一刻もゆだんがならないというふうに思うであろう。

車は見せないようにしなければならないので奥の部屋へつれて行き、彼女ととくべつな会話と作業をはじめる。ふいと自信のメドがつけば、光枝はぬけでられるにちがいないからである。

光枝には積木をやらせる。気に入ったものを作らせる。絵をかかせる。今日も積木は一列にならべてしまう。

絵にはうつぶせになった人の姿がかかれる。どの男も女もうつぶせになっている。

「くるしい。私がにげる。どうしてもにげる。とてもつかまえようがない」

その眼には涙をためている。

「私だけかしら」とはいわない。そういう気持さえもない。

私はそこでこういうようにいうより仕方がない。

「光枝、ほらごらん」

私は光枝をつれて庭の池の中を見せる。

「何がいるの、兄さん」

彼女は私のことをおじさんといわないでこうよぶ。

「紐につながれた亀さ。お前よく見てごらん。ああしてあれはつかまっているんだ」

光枝は池の中をのぞいていたが、

「何もいないわよ。私には見えない」

「そんなことはない。亀は水の中にいるはずだ」

しかしたしかに亀はいなかった。紐をたどって行くと陸のしげみのかげにかくれていた。紐はぴんとはられていて、生垣の方をめざしていることはあきらかであった。何ともいえぬ憎しみが沸々とわいてきた。私は甲羅だけになったやつをにぎりながら、ひねりつぶしてやりたかったが、外にあらわさなかった。しかし私の心の中を亀は知っているように思えた。

「水の中に入れてやろう。こいつはおーむとちがって何もしゃべりはしない」

「紐をつないだのは、兄さんなの」

光枝はくるしそうに首をふり、みけんに冷汗をうかべはじめたので、私はいった。

にうつきおとした。

「光枝、おまえの力でできるんだよ」

亀はそのままじっとしていなかった。私の眼の前で又もや岸にはいあがり逃げようとしはじめた。私は水の中

「光枝、こいつに餌をやって飼ってごらん、煮肴をくうはずだよ」

「人間のたべるものをたべるの」

「そうさ。しかしお前、亀の甲羅に自分の好きなことを書いてやってもいいんだよ」

光枝はぼんやり亀の行方を追っていた。亀はまた岸にはいあがり、前とはいくぶん方向はちがうが、生垣に向って進み、しげみに達しないで止ってしまった。それっきりもどろうともしないでじっとしていた。

いくらくりかえしたっておなじことだ。それなのに、どうしてこいつは、しょうこりもなく逃亡を企てるんだろう。

「とにかく笹山という名をこの甲羅に書いてやろう。つまりお前の所有にするんだ」

「私のものになるかしら」

心悸昂進している。

「ちょっと待って、いますぐお前の手をにぎってあげるから」

光枝はふるえながらうなずいた。下駄箱のスミにペンキがあった。

私は子供の頃、この家で父が「おもと」に白ペンキを塗っているのを見たことがある。生きた葉にほどこしたこの塗装は、私には目あたらしいことであったが、それにくらべると、甲羅は動物の背中とはいっても、ほとんど石みたいなものであった。父の頃のペンキは、じっさいは何年もたってはいないので、まだ使用にたえた。

「笹山と書いてやろう。こんなに陸にいるなら、すぐかわくだろうから」

私は池の向う側まで行って甲羅に「笹山」と書いた。いうまでもなくそこまで出むいたについては、私の中に

憎しみがあった。

「放してやって」と光枝がいった。私は甲羅にペンキで名前を書きながら、

「こいつは何も音をたてない。小ざかしい口もきかない。こいつを飼いならして逃亡がどんなことかよく見ておいた方がいいんだ」

光枝は私のいうことをきいてうなずいた。私は彼女の両手をにぎってやった。十七歳のこの少女は度重なる恐怖の襲撃にあって、羞恥を少しずつ忘れていったように見える。私はこういうとき、童話をはなしてやりたいと思う。しかし童話というやつは、ときに消しがたい傷や、重い荷をおわせることがあるので、気をつけなければならない。

「ある日夜があけて家々の上に昼がやってきた。夜は少しずつかわきはじめた。郵便屋と八百屋と、借金とりがやってきた。それから亀がやってきた。それから……あの男が生垣の外へ車でやってきた」

私の机の上の日記を光枝は何げなく読んだ。それは私がさっき紐をとりに行ったときに、立止って認めておいた記録なのだが。これが光枝にとって童話となるのだろうか。いやこれも見せてはならない。私は記録の頁をふせた。

亀を石の上にのせて肴をやると、しばらくして首がのびてきた。首ぜんたいが口になった。そうして岸まで歩いて行き、水の中に石ころのようにおちた。水の中におちると忽ち敏捷に餌を追跡し、せっせと食いはじめた。あれだけ逃亡を企てたやつが、今、せっせと食いはじめた。そしてまた一息ついたら紐の距離だけ進むだろう。

「やっと帰って行くわ」

ドアの音がして黒い車が垣根をはなれた。車が去ると、生垣からその家の妻が見送っているのが見えた。

「兄さん、私、家ってこわい。あの家って何だろう」

「家があるのは、地面があったり、夜があったり、昼があったり、八百屋がきたりするように何でもないこと

だ」

「兄さん私、くるしい。とってもくるしい」

光枝には長い長い眠りが必要なのだが、短い眠りでゴマかしている。さびて折れた釘みたいな眠りである。さびた折れた釘がもとの釘にもどらぬようにとうていもとにもどらぬかもしれない。

亀はある日から池の藻の下にかくれて餌をやっても出てこなくなった。ひきあげて餌をやると、あわててもぐりこんだままである。逃亡は池の下へもぐることだと考えたのであろうが、とりだしてみると、甲羅までふやけ、ペンキさえもはげかかっている。

私は陸へひきあげて池へとどかないところに結びつけた。亀はまたもや生垣へむかって逃亡をはじめた。

私はなるべく光枝に庭へ出て徐々に空があること、家があることだけでなく、亀をつかまえていることになれさせようとしたのであるが、ある日急に私をさけて部屋のスミにひきさがりはじめた。壁にむかって頭をつけるようになった。

「ほら、こっちへ出ておいで、顔を見せてごらん、さあ、そこからさきへは行けないのだよ。こっちがあいている。僕はここにいるんだよ」

「兄さん、あなたは、あなたは、私に紐をつけている！　私はにげられない」

光枝はしきりに壁に眉間をこすりつけるので、そばへよって仰向けにすると、皮がむけていることが分った。

これは一番わるい徴候である。これがこうじると彼女自身が私の家から逃げだして、道をさまようようになる。道をさまようという不安定にはしんぼうができるはずはないから、そのうち池へ身をなげるようなことになる。彼女の父がやったことだ。

だからといって私は急に亀を手放すことは出来ぬようになってしまったとすれば、亀をしばりつけたのは、光枝のためというよりは自分のためであったのかもしれない。

私は光枝を奥の部屋にうつして、北からの光線の中で暮させ、光枝に信頼をさせるために光枝のおきているうちは、以前のようにそのそばをはなれないようにした。

その後ある日のこと、軒下の地面で何か気ぜわしく動くけはいがしたので、見ると仰向けになった亀が、人間でいえば右手でドブ鼠と戦っているのであった。私が、光枝の目をさまさぬように声を殺して追いはらおうとしてからも、鼠はまだくいついてはなれなかったが、諦めたように姿を消した。鼠はにげるとき私の眼を見た。

亀は仰向けになってもがいていた。私はこの亀のこうした姿はほとんど見たことがない。いつも背中ばかり眺めていてひっくりかえしたことがない。それが今、自転車をこぐように脚で空中をこいでいた。その姿は見るからに憎しみをかきたてるような姿であった。

紐は灌木の根に四重五重になっているので、亀の行動半径はちぢみ、鼠とたたかううちに、何しろ紐がピンとはっているために、かんたんにひっくりかえってしまったように思われる。血がしたたりおちているので、私はそっと座敷へあがって赤チンをとりだして、大きな高い岩の上で怪我の部分にぬってやった。亀がそのうえにうずくまっていたのは、ほんの暫くであった。首をだすと、自分から一回転して、そのはずみで岩の上から下の岩の上にコツンと音をたてておち、それからもう一つ下の岩の上にまたコツン、コツンとおち、そうしてそのはずみで水の中におち、沈むとすぐに動いて藻の下へ隠れてしまった。岩の上には赤チンと血がいりまじって残っている。

私にはまだ憎しみがのこっていた。あのようにころがれば、そのうち池の中へ入れるというコンタンに、私は腹が立ってならない。もうこいつは、あといく日も決して出てくることはないだろう。

コツンコツンと甲羅を岩にぶつける音は、私が座敷へあがってからでも容易に私の耳からはなれない。何というコンタンであろう。何というコンタンであろう、あいつは。私はこうくりかえしながら、涙が出てきてならないが、これはいうまでもなく、悲しみなんてもんではない。

私は今日も仕事の金を請求し、それから八百屋からキャベツを買い、御用ききにきた魚屋から魚肉を求め、煮つけると光枝といっしょに食事をした。ひところはほとんど私のあたえる食事には手をつけられなかったが、食道に空気が入り、胃袋は空気を入れたために、食事の入る余地がなかった。それは今ではなくなっている。午後私はフロをたき、彼女を洗ってやった。私はそうしながら、自分が亀の裏側を見なかった理由が分ったような気がして、顔が赤くなってくるのを感じた。

私はこの少女の何もかも知っている。羞恥心のない彼女は私に丸太を洗うように洗わせるのである。そうしてもし彼女がそうでなければ、私たちは生活はできないのである。光枝はぬけがらのようになりながらまだ身体は成長しつつある。この何カ月かの間にも、乳房もゆたかになり、デン部も発達してきていた。私が姪の光枝の手をとりつづけていながら、二人の間に何ごともないのは、くりかえすが、彼女がはずかしがらないからであった。

しかしすこしも彼女は恢復してはいないのに、今日は光枝に今までにないあやしげな気持がおきてくるのを知って、私は少からずおどろいた。

私が亀の裏側を見たからだろうか。私は光枝の洗髪をふいてやり、櫛けずってかっこうをつけて紅をさしてやった。しかし彼女は一向によろこびはしなかった。こんなに何ものかに思いつめ、それから逃れられぬなら、光枝を十日も一週間も眠らせた方がいいのではないだろうか。脳をやすめて、朝の光のようなあたらしい力をふきこんでやるよりほかはないだろう。

「兄さん、亀はどうしたの」

光枝はふいに、風のおとずれるようにそう呟いた。

「亀？　亀はもうにがしてやった」

「そう、もういないのね。おーむのようにいなくなったのね。ミツエ、こわくはないっていわなかった」

「そういったかもしれないな」

「きっとそういったわね。どこまで行ったかしら」

「道のふちを歩いていくから大丈夫だよ。車にひかれたりなんかしないよ。だから安心して、積木をおやり、今日は上へつんでごらん。家をこさえてごらん。きっと出来るから」

「兄さん、車がきたわ。またきたわ」

「いいや、きやしないよ」

「いいえ、ずっと向うの通りを今やってくるところよ。私にはわかるの」

「ちょっとお前はここにいなさい」

私はそういって光枝を奥の間にのこすと、庭へ出た。私は生垣の向うの通りをビッコをひきながら入念に歩いている亀を発見した。それがビッコをひきひき動いていなかったら、私の眼にとまることはなかったのだが、何しろそれは奇妙な醜いかっこうであった。紐は池の中にのこっている。紐は長い間水にふやけたために弱くなっていたのにちがいない。何かやっと獲得した自由を失うまいとして用心深く、草の上へ歩いている。

私は亀ばかり眺めていた。私は五分もしてから、又つかまえてきて池の中へ放りこむ気でいたのである。大きな黒い影がその上におしかかってきた。眼をあげると、車の中の男の視線が私の視線とぶつかった。彼はおしつぶした亀のことは気がついていない。何回もきていながら、彼が私に気がついたのは、これがはじめてであった。彼は見られていることに苛立ったようにドアをパタンとしめると、何か特別の用事でもあるように、ゆっくりと歩いていった。しばらくして玄関のタタキの上で、はずれかけて、くるくるまわっているその男の靴のカカトの金具がカチンと音をたてるのがきこえた。

「兄さん」

光枝がうしろから私によびかけた。光枝は私のうしろからついてきて一部始終を見たのだろうか。私を見ている光枝の眼は、自分でも気づかぬままに何か私をひどく咎めている。それはこんなふうに訴えている。

「私をくるしめているのは、あなたです。あなたが、その正体です」

冷たい風

私は、机をへだてて自分の前にいる別の男が私の様子をうかがっているのを知っている。もうしばらくたったら、その男は、

「どうかされましたか」

というだろう。するとそれが、私の一番腹の立つ瞬間なのだ。

「きみがそこにいると、どういうわけかこんなふうになってくる」

もちろん私はそういいはしないが、そのことだけは確実に分っている。彼の笑い方かもしれない。歩き方かもしれない。それともその男がカバン代りにしているフロシキのせいかもしれない。私がだまっているのは、その男に口をきかせないためだ。私はこの男に口をきいて貰いたくないのだ。

　この男をデスクの前につれてきたのは、ほかならぬ私なのだ。だから彼は私が信用していると思っているが、私は彼が笑いながら入ってくる前に、しばらく、そのフロシキ包みをながめながら、そこへやがて彼がもどってきたときには、今日だけでも「アンハッピイ・フェイス」というやつを見せないでおきたいものだと思った。そ

のためには、……私は外を見る。そこで、私は彼がきっと、

「今日はお寒いですね。何度ぐらいあったでしょうか」

といいだすのを思いうかべてしまうのである。

「何度？　そんなこと僕は知らないよ」

私はこんなふうにきっと答える。私はこういう答え方は自分でも許しがたいと思っているし、彼以外の人間に今まで使ったことは一度もない。それなのに、私はホースから水道がほとばしりでるように、一気にそういって、あとは声を立てて溜息をつく。しかもその溜息には効を奏することはないが、ちゃんと私の計算がある。

いったい、「アンハッピイ・フェイス」と英語でいったのは、この男なのだ。彼は私がここへくるまでに何事か不幸な事件にぶつかったために、あるいは、天候が快適でないために、あるいは、二日酔のために、電車が混雑したために、あるいは私の胃の調子がわるいために私が不幸だと思っている。それればかりではない。私がそういう顔を自分でたのしんでいるので、そのことを口にすることで、私の気分が転換するだろう、と考えているらしいのである。そして一番いけないことは、私が度量のある人間だ、と彼が信じこんでいることだ。そして私は自分が度量のある人間だと思わせたいという気持はじゅうぶんにあった。

私は何年も前にこの男とおなじところに働いていたが、まったく別の部署にいた。ある日彼は私のデスクにやってきて、私に自分の仕事のことでいろいろたずねた。それは私にきかなくとも分ることであったので、（私たちは外国語の教師という職業であったので、彼はある動詞につく前置詞についてたずねた）、私の答えるようなていどのことは、彼は心得ていた。そうしてなおもいろいろ追求し、ノートをとりだして、私の意見をきこうとする。そのノートというのが手帳ではなくて、学生の使うノートであった。そのノートに、私がなかば出まかせにいうことを筆記していた。その鉛筆がまた、女の子の使う、桃色の六角の鉛筆であった。

その後、私はほとんど直接に話すことはなかったが、彼は留学生試験に合格して外国へ出かけて行くことにな

り、そのアイサツに私たちのいる部屋へやってきた。その服装を見て私は彼がにくくなった。彼は大き目のハデな上衣を着ているのはともかくとしてネクタイが片方襟の外に出ている。彼の顔は微笑をうかべているので、彼が自分でちゃんと知っていてそうしているようにも見える。しかもそんなはずはないので、私はいつかのことを思いだし、彼から目をそらしてしまったことをおぼえている。

ところが彼のルス中にあたるが、ある日新聞の夕刊を見ていると、仮名をもちいてはあるが、そのほかの条件からしてぴったり彼と一致する人物の家に事件がおこった。彼の妻が幼児を乳房で圧死させたというのだ。私はそのころには今の勤先にかわっていたので、彼の言葉を間接的にきいたばかりだが、彼は手紙でこういってきたというのである。

「なにしろ私の家はせまいもんだから……」

私はこの言葉をまわりまわって耳にしたとき、この事件にはそれまで大へん同情していたにもかかわらず、一ぺんにその気持がふきとぶのを知った。

いかにも彼の家はせまかった。私の家のように。だが、しかし、……これはおかしいじゃないか。しかし私には自分が立腹する理由が分っていたわけではない。

そのくせ、私は自分が彼の行った外国へ、その順番がまわってきて、何年後に出かけるときになって、自分のあとの仕事を彼にゆずった。

それというのも彼がタイミングよく私をたずねてきたからであった。外国のことを色々おそわるうちに、

「あなたが私のあとの時間をもつ話はだいたいひきうけました」

と自分の方からいってしまった。

私が出発する日、彼は自転車にのってやってくると、日本の切手を何枚もとりだした。そうしてこれでもぜんぶで一ドルぐらいにはなりますよ、といった。私の顔がいつしかゆがんで行きつつあると思っていると、彼がい

った。

「外国ではあなたは、なぜそんなにアンハッピイなんですか、といわれますよ。私なんかよくいわれたくらいですから。あなたなんか、あれでしょう。どちらかというと、ムッツリの方でしょう」

「まあそうでしょう」

「外国では眼につきますよ。心配してくれていろいろしてくれますが、それがこちらにはメイワクでしょう」

「そうかもしれませんね。しかし僕は、いつもいつもしかめっつらしているわけではありませんよ」

私は益々顔をゆがめてそういった。

「では、失礼します。御元気で」

彼は笑いながら自転車にまたがると、私の家の曲り角から消えていった。私は彼ののこした言葉と自分の顔をくらべるような困ったハメにおちいった。

彼のいったことはウソではなかった。彼が眼の前にいなくとも、私はけっこうアンハッピイになった。それは第二、第三の彼が外国にいたからではなく、外国へ行っただけでかなりアンハッピイになった。私にはたしかにそうなる傾向がつよいともいえるが、その度に彼の言葉がうかんできて、私はよけいアンハッピイになったことは事実である。

私の送った写真をどこで見たのか、彼は、

「あなたは、アンハッピイではなく、サッドになられましたね」

といったふうのことを、いってきた。それは普通便でゆっくり時間をかけ、転送につぐ転送で広い外国をまわりまわり、不足税さえもくっついて私の手許についた。私は発送の日附を見て、二カ月半かかっているのを見て、何か堪らない気がした。

私はそういったことは、普通ならユーモアとして受けとってよろこぶ方であるが、彼がいってくると、そうした余裕をなくしてしまうのは、自分でもふしぎであった。

彼は私がもとのデスクへもどってからも、あるていどの仕事をつづけることになった。

「自分の中に出会うとどうにも不快になる男が一人いる。一週に一回しか会わないが、確実に同じ気持になる。しかもその理由がわからない」

「いや、分らぬということはおかしい。考えればわかる。わかってしまえば、そんな気持はなくなるさ」

私は彼ののこしていった、よれよれのフロシキ包みを眺めながら、そう思っていた。

彼は顔をあげた。

「今日はとなりの部屋であなたの声がよくきこえましたよ、あなたの声はよく透る声ですね」

「いや、そんなことありませんよ。たぶんあの壁がうすいんでしょうよ」

「壁？　そういえばあそこの壁はうすいかもしれませんね」

彼は私の顔つきを知っていて調子を合せてそういっている。私は調子を合せてもらいたくないが、調子を合せてもらわなかったら、こうした場合よけいどうにもならなくなるだろう。

私は今では不快になるばかりでなく、この男の仕事を出来るだけへらしてやろうとさえ思いかかってきているのを知っている。私はついせんだって、

「あなたは来年は今まで通りというわけには行かないかもしれないので、それを考えるとてもアタマがいたいのですがね」

といっておいた。するとその直後、彼は私の家に石鹸を一箱もってきた。私は彼の生活が外国へまで行っていてもラクでないことや、子供を圧死させた彼の妻が、雑貨店をひらいて小遣銭にしていることを知っている。

「これは店の品物ですから、私たちの腹はいたまないので……」

彼は私にそういった。次に別の日彼はある劇場の切符を、よかったら私にくれるといった。

「これはあの例の店の同業者の招待の切符ですがね」

それを観にわざわざ出かけて行くつもりは私にはなかったが、だからといってそれが彼の咎であろうか。それでいて私はこの二つの出来事で一層、そのやり口が彼らしいと思った。といって、何が、彼らしいのか？　こういうときにいったいほかに何か方法があるとして、私は困りはしないだろうか。彼は私によけいな責任をかんじさせないようにという気持も働いていないとはいえない。

「今日あの人は、例によってやってやっていらっしゃいますね」

「ああ、やっていますよ」

私はきつくこういってその方を見た。だからといって何ですか、といわぬばかりに。そこには一人の老人がうつぶせになって帳面を見ている。七十いくつになるが、ものを見るとき、眼鏡をはずしひどい近眼の人のように眼を紙面スレスレに近づける。紙面と顔とのあいだには、見ていると、少しの隙間もないように見える。その姿はそれだけで好感をあたえないようだ。

彼は私の中学時代の校長である。彼は私がここにきたとき、ここにも長年つとめていて今年は停年になった。彼の働く時間や収入はずっとへってしまったのだが、一時間でもよけい時間を求めている。ところが上からの話では、この人は年々仕事をへらし、遠からずここを去ってもらうことになっている。その一番大きな理由は、年齢とは別に、いま彼がそうしてそこでうずくまっているということなのである。

彼がしているのは、金の計算だ。帳面には仕事のことも書いてあるが、すぐその下からその日の収入支出が書きこんである。いつからそうなってしまったかしれないが、私ははじめて会議に出たとき、この老人が私の横でさかんにこの動作をしているのに、多くの眼があつまっているのを見て、おしとどめたく思ったことがある。しかしやがて彼が私にこう話しかけたとき、真相の一部を知った。

「ねえ、きみ、彼が校長をしていたときとはちがうよ。みんな自分のことばかり考えているんで、僕らのいう正しいことには誰も耳をかさないですよ。ところでちょっときみに内密に話しがあるけれど」

彼は私たちの仕事の相手である学生に、自分の作ったテキストの売込みをするので私も協力するように頼みはじめた。通常テキストは直接売るときには、値引きをすることになっているが、老人はそうしないで、本屋との間のサヤを自分のフトコロに入れようと思っている。そのために、自分がテキストを運んで金を集めなければならないことになる。


私は彼のいう通りにして大して苦にもならないどころか、私も過去にそんなことをしたことがあるので協力することにした。が、しかしこの行為が彼の不評判の一つの理由になっていることが次第にわかった。私はその事実を知ったときに、何ともいえぬ快感をかんじ、それはそういうことをかんずる自分への不快さを上まわっていた。


私は中学生のころ、ある不良学生を懲罰会議に附したことがある。そのとき私はそのクラスの自治委員をさせられていて、この学生の放校処分を決定して校長に報告した。学生が何をしたか、もうおぼえていない。当時、校長であったこの老人はいうまでもなくまだ壮年であった。彼はこの報告におどろいていたらしいが、その眼に涙が一しずくだけあらわれて、それからまわれ右をして歩きながら、

「そんなにヒドイ罰に決めたのかね」

といい、それから、ふりむいて、

「僕も思いきったことをしてきたが、きみらはずいぶん思いきったことを考えるね。それではきみ、この僕が可哀想だよ」

といった。

なぜ彼が可哀想なのか、私らには分りもしなかったが、もう一度会議をやりなおすことになった。その結果学生は謹慎の処罰をうけるだけに終った。

私が老人についておぼえていることの一番大きなことは、こんなことである。

ある日、例の男が老人のことで私にこんなことをささやいた。

「あの人はあれですね」彼は声をひそめた。「あちこちで追われてきたそうですね。御存じですか」

「いいや、僕は昔のことと、今のことしか知らない」

「それじゃわるいですね」

彼は微笑をうかべた。

「わるいってどんなことなのですか」

「私のほうがさきに知っているってのは、ぐあいがわるいことですね」

「………」

まだ、微笑をうかべていた。しかしよくその口許と目を見ると、笑っているのではないのかもしれなかった。こういう時にこの男の唇はこんなふうになるだけのことかもしれない。やはり笑っているのを知って私は希望を失った。ところが、彼はクスクス音を立てはじめた。あきらかにこうなると笑っているとしか思えない。何がおかしいのであろうか、と私はその顔をながめていた。そうしているうちに話をきくようなふりをして、私はその顔ばかりながめはじめた。そうして煮えくりかえるように自分に腹が立ってきた。

「あの人は、文部省から外国へ留学させられたとき、三年間国内にひそんでいたそうです」

「へえ！　僕は知らない」

「それからもうあと三つのところでやめさせられたらしいですね」

「どうしてだろう。僕は知らない」

「何だか、私もよくは知りませんが」彼はクスクス笑いつづけた。言葉が笑声の上で小躍りしているようにきこえた。私は笑声の方ばかりに気をとられている様子をしてみせた。「あまりエゲツないことをされるからららしいですよ」

「そう。きみはよく知っていますね。僕は初耳です」

私はこの話はぜんぜん知らなかったわけではない。私が知っていることを、この男はたぶん心得ている。それなのに、私のウソにのってこういうふうに話しつづけたにちがいないと思った。私は自分がどんな顔になっているか、分りすぎるくらい分っていた。

老人が坐っていると、そのまわりの者は、小さな声で老人を話題にした。もしこれがこの男とでなかったなら、私もこの老人を話題にすることは、かえって歓迎したかもしれない。そんなことで、みな溜飲を下げ、ウサ晴しをしていることも事実だ。

「あの人の仕事がへることはへりますが、しかしそれも急にというわけには行きませんし、あんたに……」

「いや、それは分っています。前からうかがっています。そんなつもりでいったんではありません。あなたは誤解される方ではない、と思っていますが」

私には分っている。この男は、老人を話題にして私のキゲンをとろうとしたのであろう。

「――くん、ちょっと」

老人は計算をおえたのか、計算の下の部分に記入するカンタンな日記を書きおえたのか、眼鏡をかけて私をよんだ。

「ねえあなた、この人ね、この人の出来はあなたの方ではどうなっていますか」

「どの人です?」

「ちょっと待って。いま番号を書き出します。四五五六番です」

「さあ」

私は自分の書類をしらべてみる。

「それはよくありませんね」

「よくない？　よくない。そうですか。まあよく眼をかけてやって下さい。眼をかけてやってくれればいいのです」

「ところで話はちがいますがね」老人はいつもの話をきり出すときのきまり文句を口にした。私は彼が眼をかけてやってくれという意味はだいたい分っていた。そういうことでも悪評はたっていた。

「ええ、そうします」

「ねえ、来年も私の仕事は、もう少し増してもらわねばこまるので。部長にも理事にもいってあるんですが。今年はあんまりヒドイですよ。私はあなたを信頼していたのです。来年は一つ……」

「ええよく相談しましょう」

「おたがいに外国へまで行っている者が、食えないんですから」

私はうなずいてみせる。私はどういうものかこの人と話しているのが不快でない。不快ではないが、だからといってこの人の仕事を増すために尽力しようという気は毛頭ない。その意味では、あの男の場合とおなじことだ。

私はひそかに控室のデスクを見わたす。ここに二、三十人の人がいる。この人たちと私はうちとけて話をしたことがあるだろうか。私が一番話をするのは、この二人のようである。

私はしらぬうちに眼をとじている。私は自分がかすかにふるえているのを知っている。そのわけも知っている。私はここで誰も愛していないということが分っているからだ。

さっき読んできた詩が、アタマの中をながれる。

In the room the women come and go
Talking of Michelangelo.

部屋の中を、女たちが行き来する
ミケランジェロを語りながら

（エリオット作）


事務兼給仕の少女たちが部屋の中を、コッコッと音をたてて行ったりきたりしている。私はその中へ入って行きたいと思って今、眼をつぶっている。少女。しずかに眼をあけまた眼を閉じる。しかし実際は彼女らはツイタテの向うにいる。

「ねえ、これ誰もとりにこないのよ。わたし今朝、エサをとってきてやったのだけど」

「名前きいておかなかったの？」

「ええ。私の番じゃなかったんですもの。たってもらいたいといった人はおぼえているにちがいないわよ」

「それもそうね」

「ねえ、スゴくかわいいじゃない」

「わたし、あんまり小鳥って好きじゃないの。死にやしないか、と気をつかうのイヤだもの」

「そんなこと考えていちゃ、何だってかわいがれないわよ」

「でもわたし、自分の手がふれたものが死ぬのイヤ」

「あら、何だって死ぬじゃないの、人間だって何だってそうじゃない？」

「だって人間の場合はあれでしょ。何てたってなかなか死なないでしょ。それに死ぬまで長いじゃない」

「それはそうだけど」

この子達は私がじっとしているので、私だけまだツイタテのこちらにのこっているのに気づかずにいると見える。私は微笑する。彼女らは私たちの食事の注文の電話もするが、出欠もチェックしている。そして私は思わず呟く。

「ハハなるほどな、忘れていた」

私はそれから、もう取りに行かねばと思いながら、とうとうその機会をのがしてしまった。それは私が先週ゆずりうけると約束したもので一昨日もって帰るはずだったがボール箱の中に入れてあったので気がつかなかったのだ。私はそこで苦笑して別の出口から出て行くことにした。

私が一時間の仕事を終え、タバコを買ってもどってくると、老人は一人の若者をつれてきて自分の横に坐らせ、外国語の文章をこれから読ませるところであった。

Let us go then, you and I.
When the evening is spread out against the sky
Like a patient etherised upon a table;
では行こうよ、君と僕
夕暮がひろがる時、空を背にして
手術台の麻酔をかけられた患者のような

その若者はいうまでもなく四五五六番である。彼はいまさっき私が読んできて、もうそろそろその感情を忘れようとしているエリオットの詩を老人に教わっている。このテキストは老人のえらんだもので、彼が註をつけて出したものだ。

「いいかねきみ、ここの etherised というのは文法的に……」

私はタバコに火をつけながら、男の方を見た。彼はそこにいるはずだったのだが、あるのはよれよれのフロシキ包みだけだった。彼は受付台のところからもどってくるところで、その腕にボール箱をかかえていた。彼は私にいった。

「もらい手がないので、これ貰ってきました。かわいいですよ」

「もらった？　何です、それは」

老人は途中で顔をあげた。

「小鳥ですよ」

「小鳥？」

四五五六番も顔をあげてその箱を見ると、

「小鳥なら僕の家でもたくさん飼っています。ボール箱じゃ可哀想ですよ」

「生き物は私はたくさんだ。さあきみそこを読んで」

と老人がいった。


男と私は外に出た。

私はこの男と街を歩いていることだけでも不満であったのに、彼が例のボール箱を持っているのだから、私は今までで最も面白くない顔をしている。それは通る人を見ても分った。彼等は私の顔を見て、すぐ眼をそらしてしまった。アンハッピイ・フェイス。

「ねえ、きみ、きみはほんとにそれ飼うつもりなのか？」

「ええ、もらった以上飼いますが。私の家はせまいですけど、小鳥ぐらいは……。子供とちがって鳥籠は上からつるすんですから」

彼はクスクス笑いはじめた。その笑いを見ると私は彼とわかれることにした。

私は橋のタモトに立ってしばらくじっとしていた。川向うから吹きあげてくる風はつめたい。私につめたいものなら誰にもつめたい。私は自分の「アンハッピイ・フェイス」をなおすことにしたが、冷たい風が顔をこわばらせるものだから急になおりそうもなかった。仕事は彼や、老人ばかりではない。私もまた自分の顔をととのえて、これから仕事をさがしに出かけねばならない。風は誰にも冷たい。

季節の恋

1

安野一郎は勤めの帰りに、いつもの坂道を歩いていた。昼ごろより降りはじめた雨はボタン雪にかわり、会社を出たころよりはいくぶん暖くなっていた。

安野は白いものの中にふと赤いものを見たような気がして立ちどまった。そんなものはどこにも見えなかった。しかしそれはどこかにあることはたしかだった。

(脳の中に見えたのだ。あれを脳の中に見たのだ)

と安野は思って歩きだした。それからまた一つの記憶につきあたって立ちどまった。赤く見えたのは娘の血だった。

彼の娘はさいきん初潮を見た。一年も前から乳房がふくらんできていたが、ある日父親の彼に前をひらいてみせた。母親がいないからあたりまえだといえるが、そのせいばかりではない。そういうことが平気なのだ。

「なにもびっくりすることはないよ。誰でも女の子はそうなるんだし、りっぱなことなんだから」

「知ってるわよ。みんな学校でも早くこないかな、もしこないとカタワだわ、って待ってるんだもの」

「それじゃ、きた人はみんな互いに分っているの」

「だって、私きたわよ、っていうんだもの」

「いうって、どんなふうに」

学校というのは小学校のことだ。安野はこの大人になりかかっている子供の世界におどろきながら、きいた。

「なかのいい子に耳打ちするの。男の子にはぜったい知らさないの」

「そう。もうすっかりすんだの」

「パパ、それがまだあるのよ。わたし、多い方かしら」

それから、トイレへ姿を消したと思うと、

「ちょっと、パパ助けて！」

と叫んだ。必要な品物をもっと沢山早くもってきてくれという意味であった。そしてそんなあとでは、洋式便所の白いタイルの上にそれとすぐ分る鮮明な色がついていて、それに気がつくと安野は悪いものを見たようにふきとった。

安野は罐の中にたまったものは、紙につつんで鞄のなかに入れ、会社のおなじような目的のための罐の中へそっと入れておくことにした。

安野には娘のことで前にこんな経験があった。

それは娘がまだ四つのときのことだ。縄とびのゴム綱を買ってくれというものだから、彼女の母親がそのとおりしたが、いざとぼうとするととべないのだ。

「あの子の年頃だってみんなとんでいるのよ」

と子供の母親がいった。

「そんなことはない。早くからムリにいろんなことはさせない方がいい」

と安野はいいながら庭に出た。そうして目の前で綱をもてあましている小さな娘を見た。たしかに彼女とおなじ年ぐらいの子供がきれいにとんでいたのを、彼も見たことがある。娘が買ってくれるように頼んだのは、彼女もそういうことを知っているからだ。安野は奥にしりぞいた妻にかわって縁側に立っていた。そのうち、やり方をおしえれば、きっとできるとこう思った。そしてそれは自分ならおしえることができる、と何となく信じこんでいた。

「ねえ、ヨッちゃん、ほら、こんなふうにしてごらん」

彼女は父親の方を見た。そうして娘は、とんで見たが、身体が思うとおりに動かなかった。

「そら、こんなふうに、手と脚とを」

彼女は父親の方を見ないで、二度、三度つづけたが、依然としてできなかった。

「ほら、こちらを見なさいといったら」

彼女はチラと見たが、父親の語気があらくなっているのを知ると、すぐ眼をふせて、とぼうとした。しかしもう彼女はそうしようと思うだけで、身体が地面に生えたように動かなくなってしまった。

「ヨシ子、やって見なさい。やりだしたらやってごらん。誰だってできるんだ。他人のすることができないのか？　できるんだ。やればちゃんとできるんだ」

「………」

彼女の小さな身体は、全身にモチをつけられた鳥のように動かないばかりか、小きざみにふるえている。

安野は自分が危険な状態にまで入りこんでいることを知っていたが、おしとどめることができなかった。そうしてとうとう大きな声をだした。娘はふるえつづけていたが、真赤になった顔を涙がつたうのが見えた。

「泣いたってダメだ。女だって男だって、できないと思ってやる気をすてるのは一番イケナイ。お前はできるんだ」

「デキナイ。パパ、わたしはデキナイのよ」

「そう。そんなら勝手にするがいい。いつまでも泣いていろ」

安野は大きな声をだしつづけていた。妻がかけつけてきて、安野にくってかかった。

「いいかげんにして下さい。鬼のような声をださないでちょうだい。何なのよ。縄トビぐらい」

「縄トビぐらいということはない」

こんどは安野は妻にどなりかえした。

安野はバクゼンと一つの不安を心にかんじていた。それはこの子は一人前のことができないのではないか、ということだ。それは何でもないことかもしれない。しかしその発見ははじめてのことで、そのおどろきの大きさのために、彼はヤッキになっているのであった。その悪いキザシをうち消せるものなら、一刻も早くうち消してしまいたいと思っているのであった。そしてそれが子供にとってどんなに不当なことか、彼は分りすぎるくらいわかってもいた。

しかし、悪いキザシはうち消すことはできないばかりか、母親に抱かれるようにしてあがってきた子供は、安野から顔をかくして通りすぎて行った。道で大きな犬にあったときに彼女はよく顔だけ横に向けて通ることがあった。まったくこっけいなかっこうだったが、いまそのときとそっくりだ。

安野はそのときのことを忘れることができない。あのとき、この小さな娘が、父親にどのくらい威圧と絶望をかんじたか、その心の中を考えると、実にせつない、情けない、許すべからざることだ、といった気持になった。

小娘は、そのときすでに病気の症状があらわれていたのだ。その前にかかった原因不明の熱病で身体の自由が次第にきかなくなりはじめていた。手当てが早かったので、ビッコになるだけでとりとめた。

母親は生前、郊外の一劃に小さい喫茶店兼貸本屋をいとなんだ。娘が八つのとき、母親はなくなった。そのあと、適当な人が見つからなかったが、今はミネ子という十八になる女の子が二つの店を一人できりまわしている。

妻の姪だ。

ある日の午後、貸本部にいるミネ子が庭で何か物音がするので、どうせヒマな店をそのままにしてきてみると、顔を赤くするような情景が展開していた。庭は垣根が破れっぱなしになっていて犬が始終はいりこんできては、一あばれあばれてもどって行くことが前から度々あった。

その日は二匹の犬がいた。そして一匹の犬はないていた。ミネ子は犬を追いはらおうとしたのは、自分がその家の店をきりまわしている習慣のせいもあったが、ヨシ子が家の中のどこかにもどっていることを知っていたからだった。

「シッシッ、向うへ行きな。早く行きな」

ミネ子は縁側を足でふみつけながら、声をかけた。

「お姉ちゃん、かわいそうだわよ。そんなことをしたら」

それはヨシ子の声であった。ヨシ子は本を読みながら、犬がそこで自然の営みをしているのを知り、許容していたのだ。ミネ子はおどろいていった。

「あんた、もう帰っていたの」

「だってさっき、あんたに只今したでしょ。これ、お店の本よ」

たしかにそのとおりだ。

ヨシ子は父親がもどってくると、早速その話をした。犬はヨシ子にいわせれば顔見知りの犬であった。

「パパ、犬は大人になったのね」

「そうね、大人になるのは、動物は早いからね」

父親はまぶしそうにいった。

「ねえ、パパ、ママも私とそっくりおなじだった？」

何のことをいっているのか、父親にはよく分らなかった
「ミネ子姉さんだっておなじでしょう」

「ああ、そのことか。そうですよ」

「わたし、大人になって行くんでしょう。犬だからって追払うのはよくないわ」

父親は、今さらのように娘の顔をながめた。

ミネ子は店の方にいた。いまはレコードがきこえてくるところを見ると、喫茶部の方にいるのだ。彼女がくるくるとよく動いて二つの仕事をきりまわしている。喫茶部の名は「冬の恋」という。

この名をつけたのは、ミネ子で、彼女は店におちつくことになったときに、店名をきりかえるようにいった。

父親が店にくる客とトイレがおなじであることが気になりだしたのは、ヨシ子が大人になりかかってきてからだ。

父親はある日、大工をつれてきて別の便所の設計をさせた。その理由は、二人の女の子のどちらもよく分らないと見え、ムダなことをするといった顔をした。

「おじさんは経済観念がないな」

とミネ子がいった。

「しかし、おじさんの考えではね、あれだろう、将来、こちらはヨシ子がおムコさんといっしょに住んで貰い、店の方は改造してミネ子さん夫婦に住んで貰うつもりだから、そうなれば、トイレが二つあるのは、好都合じゃないか」

安野のいったことは、ほとんど口から出任せであったが、いっているうちに、そういうことをハッキリいったことは、いいことだ、と思った。

「そうしたら、おじさんはいったいどこへ住むの？」

「そうね。そいつは考えていなかったな」

「もちろんパパはわたしといっしょだわ」

とヨシ子がいった。

ミネ子の視線がヨシ子の身体にはしった。安野はミネ子には、ヨシ子の身体のことについてはいっさい口に出させないようにいいふくめてあった。だからミネ子はじっさい口に出していったことはなかった。しかしこうしたとき、娘の脚のことをすぐ念頭にうかべている模様だとすると、ヨシ子は大人になりかかっているが、将来思うような相手が見つかるかしら、と心の中で思っているにちがいない。

一方ヨシ子はまた口に出しては何もいわないが、いつか彼女の書いた綴方があまり端的にいいたいことをのべているのでおどろいた担任の教師が、安野に注意をしてきたことがあった。

そこにはこんなことが書いてあった。


私の家にミネ子ちゃんというお姉さんがいます。十六のときからきてもう三年になります。細長いきれいな顔をしています。髪の毛は柔らかくて、ウエーブをしていると、そめなくとも外国人の髪のようです。眼は蒼いのでよけい外人のようです。でも顔のかたちはほんとに、日本人らしいかたちです。笑うと大へん口が大きくなりますが、店へくるお客さんは、それがかわいらしいといっているそうです。ミネ子ちゃんが、いっしょに寝ているときに、そういいました。お父さんに話すと、バカな子だね。お客さんはおせいじをいってるんだ。人間は心の美しい方が大切で、ほんとに可愛い人は心の美しい人だ、とおっしゃいました。私もそうだ、と思います。

しかしミネ子ちゃんは、私に親切にしてくれます。私が脚がわるいので、学校のコンクリートのかたい運動場で体操をしたり、遊んだりしたあとは、よい方の脚がいたむことがあるので、電気マッサージをかけてくれるのです。そのとき自分のくにの民謡をそんな時によくうたってきかせてくれます。すりきれてしまっていますが、民謡のレコードが店にあるので、店へくる人もみんなよくおぼえています。私はミネちゃんは自分のくにから御褒美をもらわなくっちゃ、といってやったこともあります。

またあるとき、ミネちゃんはマッサージをかけながら、

「ヨッちゃん、なぜあたいが『冬の恋』って名をつけたか分る？　分らないでしょう」

というので、

「わかっている、きかなくともわかっている」

といってやりました。私はウソをついてやったのです。私は自分だけ知ったかぶりをするのはキライなので、意地悪してやりました。

「いや、分らないはすよ。あんたに分るもんですか」

「いや、わかっている。ミネちゃんの知っていることなんか、みんなわかっているの」

「どうしてそんなに意地をはるの」

私はしばらく返事をしませんでした。それから、こういってやりました。

「あたいは、ビッコだからよ」

ミネちゃんは、

「あら」

といってマッサージをするのをやめると、

「ヒドイ、ヒドイ、ヨッちゃんたら、ヒドイ」

といって泣きだしました。ヒドイ、ヒドイが、シドイ、シドイときこえました。

「シドイ、シドイ」

と私はいってやりました。

「ああ、すごくヒドイひと」

が、

「ああ、しぐく、シドイシト」

ときこえました。

「もうヨッちゃんには何もいわないからいい」

「いってもいわなくともいいの」

「あたいはどういわれても、どうバカにされても、ちっとも損をしないけど、そんなこと、いう人のほうが損をするのよ」

「ミネちゃんは、たくさんいいお客さんがくるので、うれしがっているのよ。あたい、よく知っている。毎日くる人だってあるんだ、この前もあたいがお店をのぞいたら、顔をそむけたわ。あの人。いつもマスクをかけてくる人」

「だって、ヨッちゃん、お店はショウバイじゃないの。ただそれだけのことよ。そんなこと誰だって知っていることよ」

「でもミネちゃんは、きれいだもの」

「せっかく話してあげようと思った話、もう話しそびれちゃった。ヨッちゃんが、あたいをいじめるもんだから」

私は何にもききたくない、知りたくない、といってやりましたので、ミネちゃんはあきらめてしまいました。

しかし私は、きかなくとも知っているのです。いつかミネちゃんがお父さんに話しているのを立ちぎきした。

たからです。私のお父さんと、なくなったお母さんとのことです。でも私はミネちゃんがお父さんにその話をしているのが、しゃくにさわったのです。大切な話は私とお父さんだけ知っておればいいのです。ミネちゃんが知った顔をして私に話してきかせるので、私はことわってやったのでした。

しかし、私はミネちゃんにはわるいことをしたと思いました。

お父さんとデパートへ行ったとき、ミネちゃんに何かお土産かってってあげようと、私はいいましたら、お父さんも賛成して下さいましたので、ベレー帽を買ってあげました。ベレー帽のなかに、

「ミネちゃん、このまえのことは、すみませんでした」

と書いた紙きれをいれておきました。

2

雪の中で佇んでいると、安野の前を影絵のような姿が通りすぎて行った。道を歩いていても会社にいても、自分がひとの女を見てもほとんど何もかんじなくなっていることに安野は気がついた。

すると十年前が感慨をもって思いだされた。

こんな雪のふる季節に、東北の日本海岸のある町へ社用で出かけて宿に逗留したことがある。そこへはじめてきて、冬がこんなにあわただしいかんじのするものであることを知らされた。晴れているものとばかり思って町を歩いているうち、気がつくと粉雪がななめにふきつけてくる。次の瞬間には、もう目の前が真白になり、ふしぎなことに白いにもかかわらず暗闇のように思えた。口の中は獣の手でも押しこまれたように、理不尽なかんじであった。山の中にいるように心もとなくなった。

ところが、しばらくすると、また彼は晴れた街を歩いている自分を発見した。そのとき彼は前方を、子供を背

負い買物かごを下げゴム靴をはいた一人の女が大またで歩いているのに心をひかれた。彼女はこの地方の女がよくそうしているように、マント代りの一種の毛布をはおっていた。安野はどの女にも気がそそられる年頃はすぎていたのだが、どういうものか、その女の姿は彼をひきつけた。

その理由は人通りがほとんどなかったからであったかもしれない。その冷たい洗われたような風景の中を背中を見せて歩いて行くのが、いじらしかったのだろうか。それとも遠くすんだ声でひびいてくる教会の鐘の音があおりたてたのだろうか。

安野は仕事も終っていたので、そのあとをつけることにした。女はすらりとした美しい姿をしていた。彼はそのころ出たある有名な小説家の小説を拾い読みしたなかで、挙措動作の美しい女は、心もまた美しい、というので、ある女と結婚する文章をちょっと思いうかべた。小説の主人公は、その女を京都の三条の橋の付近のある家の縁先きで見かけて、また友人と見に出かけるような筋のものであった。

「トンボといえども完全で均セイのとれた動きをするから美しい。美しいとはそうしたものだ」

というような意味のことも書いてあった。

安野は平凡な勤人でそういうことをとりわけ深く考えたこともなかったが、ふしぎとその文章がいまきこえてくる鐘の音のようになりひびいた。しかし、その女は子持ちである以上、他人の妻である。それなのに、まるで自分の結婚の相手のように思ってしまったのは、どうしてだか、分らない。

女は下駄屋へ入っていったので、彼もまた何くわぬ顔をしてあとから入って行った。

女は高下駄の歯を入れにきた様子で、鼻緒も見立てていた。頭巾をとった横顔は割にととのっていた。が、彼をおどろかしたのは、その女が意外にわかいことであった。

「何を差しあげましょうか」

といった意味のことを下駄屋は、この地方のナマリのある言葉でいった。

「僕にも高下駄をください」

「高下駄？」

すると女が安野の方をふりむいた。そうしてすぐもとへ顔をもどし、

「フフフ」

とかすかに含みわらいを洩した。

「いや」安野は顔を赤らめながら、「女の高下駄を下さい」

「お客さんの奥さんのですか」

といった意味のことをいった。安野はうなずいた。安野はその女とおなじようなものを買うつもりになっていたので、ついそういってしまってから独身であるのに、妙なウソをついたものだ、と苦笑した。するとその女はもう一度、

「フフフ」

と首をふりながら笑った。その様子を、安野はかわいらしいと思った。

「子供さんはよくなりそうですかい」

下駄屋はなじみと見えて、女にこんなふうのことをいった。

「病院通いは大へんだけど、姉さんが行けばもっと大へんでしょ」

「えらいな。わかい人はそういう子供をつれて歩くことはイヤがるものなのにな」

といってから、下駄屋はわるいことをいったと思ったのか、話をそらした。

安野はこの子供は姉の子だったのか、と思いながら、その背負われている子供の方を見た。

毛布の下にかくれていたが、よく見ると、その脚はカギカッコのようなかっこうで無慚にひろがっていた。病院でそういった子供を安野は見たことがある。腰と脚とつながるところが脱臼しているために、ビッコになって

しまう。それを治すためには、ギブスをはめて一年も通わなければならない。いざギブスをとってみると、完全に骨が正規の位置にもどっていない。そうすると何もかもまた最初からやりなおしということになる。そのあいだ親は、木の枝のような動かない脚をした子供の世話をいろいろ見なければならない。

「でも自分の子供でないから、かえって連れて歩けるのよ。自分の子供はこんなになると、わたし思っていないもの。でもだんだん情がうつって、このごろはつらい」

安野は女が去ってから、遠くはなれてあとをつけた。川にそって行くと女は右へ折れたので、その路地に足をふみ入れたときにはすっかり姿を見失っていた。彼は帰りに下駄屋へよって住所と名前をきこうか、と思ったが、そうすることが卑しい気がしてできない。そのころからまた吹雪いてきた。安野はそのなかを一歩々々辿るようにしてようやく宿にもどった。

安野は宿で一夜ほとんど眠らなかった。あけがたになったとき、モウロウとしたアタマで、ふとこんなことをつぶやいた。

(おれは姿が美しいから、あの女に心をひかれたと思ったが、ほんとは、あの背中の子供の不具の脚のことに気がついていたのではないか。不具の子供を背負っているので、心がひかれたのではないか。あの小説家のいったのは、何かウソのような気がする。何かくるしみ、犠牲をはらっている女しか、おれには美しいと思えない。もしそうとしたら、おれという人間は、なぜそうなのだろう。それとも男というものが、みんなそうなのか)

安野は夏になってまたその町へやってきたとき、けっこう日差しもつよく、むしあついのに意外な気がした。教会の鐘の音が冬にきこえたのとはぜんぜん音色がちがっていた。町を行く女の姿は都会とおなじであった。

安野はそのときは、心の中ではやるものがあったが、なるべくその女に出会うまいとした。そうして早々に仕事をきりあげて汽車に乗りこんだとき、はじめて惜しいことをした、手オクレになるのではないか、と思った。そうして、こういう自分のガンコさに、自分でふしぎな気がした。

しかし安野にこの町の冬より先きに訪れたものがあった。二十八になっていた安野に召集令状がきて、秋口に入隊して外地へ行った。

安野は北支から南方へまわされたが、司令部勤務が多くて無事にもどってきた。そのあいだ彼は名前も何もしらないままに、女の後姿と横顔と笑い声とを頼りに、ときどき思いだしていた。帰ってきたとき、三十二になっていた。行くときも帰るときも、彼はその女の幻影をいだいていた。もうその幻影もふたしかなものになり、ただ頬をうち口をおしあけて入ってくる横なぐりの吹雪だけが今でも鮮烈な印象としてのこっていた。

安野は会社の建直しに一役かったあと、仕事をかねて二月末にその町へやってきた。下駄屋のあった通りには真中にマーケットができて、食物店が溢れていたり、教会の鐘の音のかわりに、宣伝会社のスピーカーからたえまなく女の声が流れてきた。教会の鐘は供出されてしまった、ということを耳にした。

安野はまず下駄屋へよって見たが、出てきた男は見なれぬわかい男で、下駄を一足かって引返した。吹雪いてきた空に、アナウンスする女の声が追いかけてきた。五時までその声はきこえつづけた。翌朝八時半になると、またアナウンスは開始した。

「みなさま、お早うございます。どうぞ今日一日を心にうるおいをもっていきて下さいませ。こちらは中丸通り角から北へ三軒目……」

「あれはこの町の人がやっているのですか」

彼は常宿の女にきいてみた。

「町の人です。夏ごろとくらべると、声がきれいにきこえますでしょ。きびしいお天気のときは、きれいにきこえるようでございます」

「そういえば、少しナマリがあるようですね」

「いつか、業界新聞に出ていましたです。川岸通りの人で、未亡人ということです」

「川岸通りというと」

「ええ、佐野川の岸でございますよ」

「それはそうですね」彼は笑った。

「あのへんは御存知ですか。前々代の町長さんの堀内さんの娘さんですよ。今は田地をなくしてこまっておられるはずです」

女のいうことはナマリをとればこんなぐあいだ。

安野のさがしていた女が、その堀内という女性であることは、ほぼまちがいなかった。そういえば、わずかな言葉しかおぼえていないが、空をつたわってくるその声が似ていないこともない。

安野はその宣伝放送会社と看坂をかかげた二階屋のあたりまででかけていった。大きな看板は二階をすっかりおおっていて、屋根だけ、そのうえからのぞいていた。

六時ごろになって安野の前に三人の女が連れだってあらわれた。その中の一番年輩の女が堀内であることは、すぐに分った。

安野はその女の名をよんだ。

その女がふりかえったところへ、安野が、

「僕はおぼえていますがあなたは僕をおぼえていらっしゃらないでしょう」

「お名前は？」

「いや僕の名は御存知のはずはありません。僕だって今日はじめて知ったくらいですから。四年前から存じあげているのですが」

堀内延子はどうしても安野のことを思いださなかったが、下駄屋へはよく行ったことがあるし、姉の子供を連れて病院通いをしたこともある、といった。

「ミネ子はもうすっかりよくなりました。自分ではもう不自由したこともおぼえていませんわ」

「とても僕は分がわるいな。僕がいいかげんなことをいっていたとしてもおんなじですからね」

「フフフ」彼女は笑った。「そんなふうには思いませんけど。何だか」

「何だか？」

「ふしぎですわ。私が知らないのに、あなたが何年間も知っていらしったということは。私、たいへん損をしましたわ」

「うまいことをいいますね」

川岸まで送りとどけてから、帰ろうとすると、堀内延子はふりかえって、

「ここであなたを見送らせて下さいね。こんどはあなたのことをよくおぼえておいて、あなたに追いつきますわ。……さあ、どうぞお歩きになって。後生ですからふりかえらないで下さいね」

おかしなことをいう女だ、と彼は思ったが、いわれるとおりにした。二、三丁してふりかえると、彼女はまだおなじところに立っていた。そのとき彼は延子との結婚を決心していた。安野は大通りへ出るとぬかるみの中をバチャバチャ音を立てながら走りだした。そして延子に先夫の子供がないのが、かえって物足りないと思った。

3

安野の妻となってから何年かして延子がなくなった。

延子の姉の娘、ミネ子が、延子のやっていた仕事をひきうけた。

安野は雪をはらいながら家へもどってくると、いつものクセで店の方を先ずのぞいた。貸本部と喫茶室のあい

だは自由に動けるようになっている。ミネ子は喫茶室にいた。

「冬の恋」という店の看板を見ると、いままでテレくさい気がしていたが、娘のヨシ子が女になってからというものは、ふしぎに、気にならなくなっていた。

「おかえりなさい。ヨッちゃんはお食事して勉強にでかけましたわ」

「そう、ごくろうさん」

安野はそう答えながら、うずくまるようにして、安野とミネ子との会話をきいている青年に気がついた。

（またこの男がいる）

その男の名は水島といった。友だちもないらしくていつも一人でやってくる。自分のレコードをもってきて、ミネ子にかけさせたりして、おそくまでいた。帰りには本を借りだした。眼が女のようにきれいで、少し前かがみになっているが、上背もあった。気になることが一つあった。それはこの男がいつもカゼをひいているといってマスクをかけていることだった。ミネ子の話では、音楽だけが好きで飲物は一切すかないということだ。それで、コーヒー代はちゃんと払っていった。安野がミネ子にいった。

「ヨシ子も店へ出てきた？」

「ええ。どうして？」

「いや別に何ということはないが」

「帰ってきたら、ここであそばせないでくれ」

安野は、ヨシ子が綴方の中で、お客さんといっているのは、この水島という男であるということに気がついていた。水島はどこかこの奥の地主の息子で、ある大学に通っている。

（もう何カ月になるかな）

安野は居室からその男の動静をうかがっている自分に気がついた。客のなかでも水島一人が何だか気になってならない。便所を奥につけるようにしたのも、水島をアタマにおいていたのだ、といえないこともなかった。そうして客が気になるということは、それだけで不快千万なことだ。

安野はその男にシット心をいだいているわけではなかった。妻の延子が背負っていたミネ子が成人して自分のそばにいるというだけで、安野は妻がまだ身近かにいる気がするといったていどであった。しかし娘のヨシ子が好意をもっているらしい男がミネ子めあてに通っているということは、彼をいら立たせないではおかなかった。

ヨシ子がもどってきた気配がしたので、父親は耳をそばだてた。ドアがあくといっしょに夜になって冷えてきた風が安野のいる部屋にまでかんじられた。

「ヨッちゃん、勉強だって？　大へんだな」

と水島の声がきこえた。

「わたし、水島さんみたいに怠けものじゃなくってよ」

「怠けものとはヒドイな」

「わたしね、怠けものって動物のこと学校で習ったの」

「それ、動物なの」

とミネ子が嘴を入れた

「そうよ、毛の生えた、動物で、マスクをしてるんだって。どうしてマスクをしているかというと、風邪をひいてるんじゃなくってね。それはね、怠けものだからなの。脊椎動物のなかでもあんまり高級のものじゃないって、先生いってたわ」

「水島さん、気にしないでね、ヨッちゃんたら、日によってとても口がわるいんだから」

「僕は怠けものでいいよ。それよか、ヨッちゃん、お父さんがよんでたよ」

「そうそう忘れてたわ。ほんとにそうよ」

「ふん、パパかえってるの。用なんかないんでしょ。わたしに早く奥へこいっていうんでしょ」

娘はこういいながら父親のいる部屋へあがってきた。

「ただいま！」

「ああ、おかえり」

「何か御用？」

「いや、あそこは大人の集るところだから、いない方がいいんだよ、ヨッちゃん」

「だって、あたいただ通っただけよ、パパ」

「それはそうだよ。でもママだってお前があっちへ行くと、向うへ行きなさいっていっていたろう」

「うん。あのころは、ヨシ子は、小さかったんだもの。ママなら、いま、そんなことはいわないわ、きっと」

「………」

もしこれ以上いうと、いつかの縄トビのときのように、子供は自分をおそれて、顔をそむけてしまうだろう。ママがいたら、自分はたしなめられるところかもしれない。そう思って安野は口をつぐむことにした。

「しかし怠けものはよかったな」

「あの人、怠けものじゃないわ」

娘はさっきと反対のことをいうと走るように机の方へ動いた。急に動くときあきらかにビッコの症状がきわだってつよくあらわれた。

4

「パパ、もう冬がおわったのね」

ある日ヨシ子がいった。ミネ子は店が公休日なので朝からベレー帽をかぶってでかけていた。郊外には春の訪れるのが早い。冬のあいだ寒風に吹きさらされたせいでそう感じるのかもしれない。しかしいずれにしても春がきておどろくのは、少年のころと、その年頃の子供をもった自分たちだ、と安野は思った。

今日は冬といっしょにこの世を去った、妻の命日にあたっていた。安野はよく妻とつれだって散歩にでかけた場所へ子供をつれて行くことにした。歩きながら安野は、

「ママといっしょにきたころはね、ここからさきはぜんぶ畑だったがな」

「ママは畑がすきだったの」

「ママはあそこの丘がすきだったんだ。ああいう丘はママの育ったところにはないからね。ママはね、むかし国木田独歩の『武蔵野』という文章の中の一節が好きだった。武蔵野を歩くと道が急になくなってしまって、またあらわれる、というところだ」

「ママはだから早死したのね。きっとそうよ」

「さあ」

「きっとそうよ」

おなじ散歩するのなら人のいないところの方が、不具の子供をつれて歩くのに、父親は気が楽だ。丘の上にはケヤキが今でも数本立っていた。そこからさきはかなり深い谷になって竹藪と雑木林が斜面にのこっている。丘に近づくと安野は上気した娘の顔を見ながら、

「ヨッちゃん、腰を下さないか。鳥がないてるよ」

「何の鳥だろう」

「さあ何だろうな」

「何にもしらないの、パパは」

父親は娘の中にある血のことを考えながらふりかえった。それから、十数歩あるいて雑木林の中を見た。彼はそこにベレー帽をかぶったミネ子と水島がちょうど自分たちとおなじように坐りこんでいる姿を発見した。水島は黒いセーターを着ていたが、今日もマスクをしていた。そのむこうに音を立てて乳牛が草をはんでいる。

安野はこの場を早くたちのかなければならないと思いながら、娘のところへもどろうとした。しかし娘はもう立ちあがって自分の方へ歩いてきた。そのとき、女の叫び声と人のかける音がした。

安野はヨシ子をとめることができなかった。ヨシ子は音のする方へ走りだしたからだ。

かけのぼってくるのはミネ子で、彼女は安野の姿に気がつかないようにまっすぐこちらに向ってきた。

安野の眼にはうつぶせになって泣くような声をだしている水島が見えた。そのそばにマスクとベレー帽がころがっていた。

ミネ子は自分の眼の前に誰がいるのかまだ気がつかなかった。二人の前をあおい顔をしてかけぬけていった。

「ミネちゃん、ミネちゃんったら」

ヨシ子が叫んだ。

「あの人、ミックチなの、ミックチなの。あたいシドイことした、シドイことをした」

「ミネちゃん、ミネちゃん」

ヨシ子がこんどは泣きだした。この子が泣くのを見たのは、安野にはじめてであった。

「あの人、春がきたのに、マスクをとらないんだもの、春がきたのに」

とミネ子はまだ叫びながら走っていた。

家の誘惑

丘の上にあるアパートの窓から外を見ていると、ずっとつづいた家並みの中の道を一台の自動車が近づいてきて丘の下の道路に入ると丘のかげにかくれてしまった。それからしばらくしてほとんど自然にできた坂道を文机とトランクをさげた男がのぼってくるのが見えた。何をしにくるのか、誰が見ても見当がつかないにちがいない。彼は五十をすぎたわりに肥った男で、デパートあたりでは、特価品では間にあわない。あの「中肥満」と称する身体つきをしていた。古びているが、外国製のツイードの洋服を着ていた。頭にはソフトがのっていた。服はハチ切れそうになっている。

江藤は窓からそういった姿をした男が荒い呼吸をしながらのぼってくるのを眺めていた。江藤はその男の家の位置を知っていた。その家は丘の上から見えるところにあったが、屋根と物干台しか見えなかった。その家から男は車にのりこんで、ここまでやってきたのだ。

江藤は眺めながら、自分がこうして窓からずっと男の家を遠く望み、そうして急に見えはじめる道にあらわれてくる男を待っていたのだ。そのように打ち眺めているばかりか、男の呼吸を耳にしながら、まだ眺めつづけている自分に、江藤はふしぎな気がした。

男は妻子をおいて江藤の部屋へ引越しをしてきたのだ。男は靴を靴箱の中の一角へおくことに自分で決めた。あがってきて昔ふうの小さい文机を江藤の机と反対のスミにすえつけると、早速トランクから着換えの服を出して吊した。それから文机の上の塵を軽い鳥の羽根で作ったハケではらうと、

「江藤くん、僕にかまわず自分の仕事をしてくれよ」

といって額の汗をふいた。ふいたあとから汗がまたにじみ出るのを江藤は見ていた。うつぶせになると二重アゴになった。つまり彼は何もかも見ていたのだ。

しかし江藤はこの男が自分の部屋にこれからずっといつづける、という状態にはなれていなかったので、そういわれたから、といって、それでは、といって背中を向けて仕事をするというぐあいには行かなかった。それに江藤はその男を間をおいてにせよ長年知っていた。それにもかかわらずこの男が目の前にあらわれると一刻も目が離れなくなってしまう。

「ここへこられたことは分っているのですか」

「誰？　家のやつ？　さあどうだか」

「すると知らないのですか」

「知らないが、何となく分っているだろう。しかしここにいると思いめぐらすところが面白いじゃないか」それから、「江藤くん、僕のことは気にかけず、仕事をして下さい。僕はちょっと一休みして出かけます」

男は文机の前で横になると、バンドをはずして時計のネジをまいた。そして、

「きみは、僕の白髪がおちているると気になるかね」

「べつに」

「そう。僕の家内はとてもウルサイんだ」

といってうれしそうに笑った。それはうれしそうというよりほかにいいようのない笑い方で、そのひとりよがりなひきつったような声と、そのときだけ深い数本の皺が頬のあたりに出来た。若い頃にも目だっていた、その皺は、今では動かしがたい特徴になっていた。そのころから、今にあの皺はふかくなると思っていた。それが今はおくめんもなくあらわれていた。

その懐中時計はウォルサムで、養家にくるまえからもっている父親の形見のものであることや、彼が白髪を抜いて机の上にならべ、それをきれいに刷毛で払うので畳のうえにおちることや、時にその白髪を紙につつんで外に投げることなど、江藤はすべて知っていた。それは男が自分で話したり、また彼の妻からもきいていることだからだ。両方がおなじことをいうので、どっちがいったとも分らなくなるほどで、その男、つまり宮本は、たとえば、こんなふうにいった。

「僕がフケをおとすといっておこるんだよ。自分で掃いてちょうだいっていうんだな。もちろん、僕はやりゃしない。二人も三人も手があいているのに何も僕がすることはない」

すると彼の妻がまたおなじことを江藤に話す。宮本のいうことに少しもいつわりがない。まるで宮本の家の便所をかりているようなものであった。事実その便所のわきには宮本の家の母親がいた。彼女はめったに客の前に姿を見せなかったが、宮本にいわせれば彼が家を出てきたのは、何といっても、この老人のせいであった。ところが老人といっても宮本といくつも年はちがわず、宮本と彼女が夫婦であっても別にそれほど不自然ではなかった。

しかし宮本は不精のように見えるが決してそうでないことは、江藤の部屋で横になっている、その様子でも分る。彼ははじめは机の前にいたが、やがて壁の方へ少しずつ動いて行き、その肥った身体をくっつけるようにしていた。江藤はときどきふりかえったりしてその動きの一部始終を見ていた。だから宮本がフケをおとしたり、白髪をぬいたりするのは不精のためではなくて、誰かに対する抵抗か、それとも、彼の自分の仕事に夢中になっているしょうこであったのだ。宮本は役所につとめているが、短歌雑誌を長年やっていた。その雑誌は同人組織で、宮本の考えでは、自分がいなくては立ちゆかぬと思いこんでいる模様で、江藤も何冊か寄贈をうけている。それを読むと宮本一家のことが手にとるように分る一種の報告書みたいであった。歌の中では宮本の妻は一番の受難者で、その次の受難者は彼で、そしてそうさせる張本人は便所のわきにいる母親ということになっている。

宮本の家は、江藤にいってみれば主人筋の家にあたっている。くにもとで、この二代ばかり、つまり江藤の父と祖父は、宮本家の墓守りをしてきた。宮本の家は、その墓地のある源林寺の建立者であるので、もともと寺ぐるみ、宮本の家のものみたいであった。江藤の父は墓石をなでていたが、終戦後は直接人間の身体にふれる、指圧業を田舎でやっていた。

江藤は田舎からでてきて小学校の教師をしていたが、現在では建築図面をかいているのは、彼の考案した設計が一度ある建築雑誌に入賞したからだ。

役所に顔を出すといって出て行った宮本は、夜おそくなって酒をのんで帰ってくると、寝ている江藤の横にそっとはいってきた。

「サムイ、サムイ、サムイっていうんだよ」

「サムイって?」

「サムイというんじゃなくって、サムイ、サムイ、サムイなんだよ」

「なんのことですか」

「あいつが口にする言葉だよ」

「あいつって?」

「サトコがいうんだよ。いやというほどくりかえすんだ」

「たしかに急にもぐりこまれたら寒いでしょう」

「しかし、きみ、何も大きな声で叫ばなくてもいいだろう」

「誰のことですか」

「もちろん、サトコのことだよ」

「こまったことですね」

江藤と宮本のあいだには大きな隙間ができていた。もうそれほど寒い季節ではないが、その隙間が何か生物のように息づいていた。

「それが子供たちが僕をバカにする原因なんだ。ちゃんと分っている。今はサトコは母親といっしょの部屋にいる」

「あの四畳半の部屋にですか」

「そうさ。あいつはたとえば今夜みたいに飲んでくると、肩にさわっただけで、クサイ、クサイ、クサイというんだ」

「………」

「江藤くん」

宮本は一つ寝がえりをうって顔をこちらにむけた。

「きみは、夜中に眼をさますこと、あるか」

江藤はあまり近い距離にいるので、だまって首を横にふった。こうして顔だけ見ていると、それが実に珍しいものに見えてきた。

「そうだろうな。僕は三時ごろには目がさめる。夜明けまで眠れなくて、昼間になると電車の中で居眠りをする」

「つかれていらっしゃるだけですよ」

「きみはいいかげんのことをいって、バツを合わせているんです。やっぱりトシですよ。おふくろだってずっと僕とおなじころから目をさましていて、咳払いなんかしやがるんだ。僕はもう感づかれてるんだ。おふくろとおなじようだということをね。娘をそばにおいといて僕の方に咳払いしてみせるんだからな」

宮本はそこまでたてつづけにしゃべっていたが、もう瞼がとじていた。瞼はしかしまだときどき開こうとすると見えてかすかに貝のように口をあけて中のものが光った。わずかに瞼が努力をしていた。

一カ月ほど前に、江藤は坂をおりて溝にそった道を通って橋をこえてそれから大通りへ出てしばらく行ったところにある宮本の家を訪ねた。江藤の窓からも見える物干台が屋根の上にのっていた。そこに今日はいっぱい洗濯物が干してあった。それを窓から見て知っていて江藤はやってきた。日曜日だが歌の会があるというので宮本は出かけていたので、帰ろうとすると、妻がひきとめた。江藤より二つ三つ年上の彼女をよく知っていたが戦前はマトモに話の出来る相手でなかったので、江藤は二人きりで話をするときにもほとんどその顔がマトモに見られなかった。江藤はその家の前にたつといつもしぶるのは、その家が不和だということを十分すぎるくらい知っているからだ。

「いいじゃありませんか、これは、あなたが世話して下さった家ですもの、おあがりなさいな」

戦後宮本より先に田舎から出てきていた江藤は、田舎の家を売って引揚げてくる宮本一家にこの家を世話した。田舎の大きな家は五十万で売れた。家を買ったあとの金は母親がにぎっているという宮本の話で、宮本が江藤のところへころがりこんで家へ一文も入れないかくごをしているのは、その金がのこっているはずだ、と思っているからだ。それは母親がにぎっているので、今では何十分の一の値打になり、それもいくらものこっていなかった。

「何度もいうことですが、この家は高かったとは思いませんが」

「おかあさんが、そういっているだけですわ」

「今なら売ってもかなりの値になります。もっとも土地代だけですが」

「江藤さん、主人は待っていらっしても、ちょっとやそっとでは帰ってきませんよ」

「そうですか」

「何がおもしろくていい年した人がより集っているんでしょう」

「昔からの趣味ですから」

　すると宮本の妻が口をゆがめて笑った。

「出なおしてきましょう」

「映画みたいわ。連れてってくれないんですもの」

「………」

「わたし一人では行けないんですよ。ねえミツ子、いっしょに連れてってもらいましょうよ。おばあちゃんは？」

　ミツ子という娘は、母親より、ずっと背が高くて、長い脚をしていた。身体は宮本に似ていた。

「おばあちゃん、眠っているわ」

「おばあさんにごアイサツしなくっちゃ」

　と江藤がいった。

「いいのよ、いいのよ。ほっとけば、おばあさんは、主人以外の人と出れば、よろこんでいるのよ。意気地なしだから、子供だってキライよ、主人のことは」

「しかし、今は誰だって男というものは……」

「江藤さん、ひとり身のくせに何をいうのよ。知った顔して」

「しかし」

「そういっては悪いわね。奥さんに亡くなられたんだから。でもあなたは、今の方がいいって顔してるわ。ちょっと待って、わたし、サンドウィッチこさえてあるのよ。あとでどこかで食べましょうよ。あなたの分にはちょうど主人の分があるわよ」

「イヤだな、どこかで御馳走してよ」とミツ子はかんだかい声を出した。その声も何か宮本に似ていた。

「いやだわ、我がままな子ね」

「お父さんに似てるのよ」

「ほんとにそうよ、あんたは。ねえ、いいでしょ、そうしなさい」

ミツ子は江藤から顔をそむけていた。

江藤は彼女が今日はつつましやかにサンドウィッチをこさえるかと思うと、明日は朝から気分がわるいといって寝ていたり、するのを知っていた。

外に出ると宮本の妻のサトコは坂の途中で自分の家をふりかえった。

「ねえ、江藤さん、わたしね、この家《うち》いやなのよ。とっても恥ずかしくて。ここに住んでるかと思うと。ねえミツ子」

「そんなことよその人にいうことないわ」

とミツ子がいった。

「家もいやだけど、家の中がいやなのよ」

「およしなさい」

とミツ子が大人のような口をきいた。

「いいじゃないのよ。わたし夜だって眠れないわ。あの大通りをごらんなさい。ひっきりなしに車が通るのよ。お母さんは頭がいたくって、いたくって」

「更年期障害よ」とミツ子がいった。

「あら、そうじゃないわよ。知りもしないくせに」

サトコがムキになっていった。頬が真赤に染った。それがおさまったころ、サトコは江藤をふりむいた。江藤は心の中で笑っていた。その眼つきは、江藤が子供のじぶんに道ばたで出会ったときとおなじで、墓守りの子を見る眼つきにかわっていた。それも今では慣れていた。

「よその人だからいうんだわ。でも、江藤さんはよその人でもないのよ」

「あらそう」

映画館は住宅街をぬって駅に近づいたところにあった。ミツ子は途中で友達にあうと、それを口実ににげていったので映画館に入るときは二人になった。切符を買うあいだ、サトコは線路の方を向いていた。夫のある妻が、夫にかくれて若い男と逢瀬をたのしむ筋で、外国の人気のある逞しい男優が裸になってバスから出てくると、これも昔から人気のある独特なマスクをした女優とだきあう場面があった。結末は悲劇に終っていたので、いかにもそういうことが、結ばれないいか、を示した結果になっていた。サトコは江藤のとなりで、何物かをとりだしていたが、ひょいと彼女の方を向いた拍子に、江藤は眼鏡をかけた神妙な顔にぶつかった。それは実に神妙な顔つきであった。外へ出るとき、サトコはケースの中へ眼鏡をしまいこんだ。歩きながら、サトコは、

「ああ、何だかツマらなかった。気が晴れるものだとよかったんだけど」

江藤はうなずいて、

「どこへ行くつもりですか」

二人は辻のかたすみにたっていた。

「あなたのところがいいわよ」

「僕のところ？」

「あなたんところ、お茶なんかどうしてるの」

「自分でやっていますよ。何もかもそろっていますから」

「そう」

「御心配いりません」

「何も心配してはいませんけど。ねえ、江藤さん」

「何です」

「わたし、不平の多い女かしら。さっき、ツマらないといったでしょ。わたし、ちょっと自分でいやになったわ」

「僕なんかから見れば、御主人はいい人です」

「主人のことといってるんじゃないわ。けっきょく江藤さんは……」

「何です」

「主人の味方なのね」

「いいえ」

「ねえ、あんた何のために私と今日いっしょに出かけてきた?」

「僕が?」

「メンドくさい女だと思ったでしょ。ね、私、映画館入る前に向うをむいていたでしょう。あのとき何を考えていたか分る」

「さあ」

「じゃいいわ。私をどうせおばあさんだ、と思ってるんだから。あの眼鏡は近眼のよ」

「当り前ですよ」

「あなたのいったことで、今の『当り前ですよ』がいちばんよかった」

このときのサトコの方もいつにもなく生き生きしていた。

「ここは私はじめてだけど、ヒドイ坂道なのね。毎日ここをのぼったりおりたりしてらっしゃるの」

「そうしなければ、道へ出られませんもの」

「だけどどうしてこんなところに部屋をかりたの。不便じゃないの。静かは静かだけど」

サトコは江藤の部屋へはいると一通り見まわしてから窓べりによった。

「あら、私の家が見えるはずだわ」

といって咎めるようにふりむいた。江藤は宮本の家へ行った甲斐があった、と思った。もちろん江藤がたくらんだわけではなかったが、近眼のサトコが想像している以上にここからはよく物干台が見えた。その位置からサトコが動いている姿も、ほとんど豆粒ぐらいの大きさであったが、それがサトコであることはハッキリ分った。そこからケシ粒のようにサトコを見ていると、遠さのせいか江藤は心がふくらんでくるのを感じた。そのときには、何もサトコにばかり心ふくらむのではなく、宮本もふくめて、彼の家族に対してそういった気持になる。しかし地上におり、坂道を下ってこの夫婦にあうと、実は心がふくらんでいる、と思ったのは、この家のイザコザを餌食にしているためであることに、気がついた。

江藤がぎょっとしたほど、サトコは気にかけはしなかったので、それから江藤が茶を入れて二人は包みをあけて食事をしはじめた。江藤は、気恥ずかしい気持で宮本の分にあたるその食物を口の中に入れた。

「いいからそれ食べなさいよ。遠慮しなくてもいいのよ」

「宮本さんはこういうものは好きですか」

「あの人？　どういうものか、あの人に食べさせるのが惜しくなるんだからおかしなものね。女ってこんなものかしら。わたし、わざと朝なんかあの人の味噌汁には実を入れてやらないの。お卵だってあの人が起きてくる前に食べて、殻だけ見せびらかしてやりたくなるの」

「それはヒドイな」もうヒドイなどとは思っていなかった。

「だってあの人は私の夢をぶちこわしたんですもの、ヒドクていいのよ」

サトコは笑いはじめた。何がおかしいのか、自分がしていることがおかしいのか、いやそうではない。宮本が食事を前にしておこっている姿がおかしくて笑っているのだ。そのうち、

「あの人ったら」

サトコの笑いはとまらない。サトコは閨房のことまで口にした。江藤がサトコを送って行ったとき、

「もう帰ってくるころだと思った」

といって宮本が出てきた。サトコはくすっと笑った。

「何処へ」と宮本がいった。

「何でもないのよ」

「江藤くん、今日の短歌会で発表したものを見せようか。サトコもいっしょにきいてごらん」

とつぜん音楽が鳴りはじめた。バレーシューズをはいたミツ子がおどっているのが、障子の隙間から見えた。

「ミツ子、よしてよ」

「だって練習してるんだもの」

「おばあちゃん、おばあちゃんはいるの？　少しは叱って下さらなくっちゃ」

宮本はまわりの騒音にまけないように、声をはりあげて読んできかせはじめた。

「ねえ、お父さん」

サトコが障子の向うから声をかけた。

「何だい、今、ちょっとせっかく……」

「ねえ、私、あなたといっしょに墓にするのイヤよ」

ちょうどそのときには、宮本は見晴しのいい日だまりにある故郷の寺の墓のことをうたった歌をよんでいるところであった。

「ぜったいイヤですから」

「というとどうするんだい」

「私は私の墓を作るの」

「それじゃ、お金がかかって仕方がないじゃないか」

「あら、お墓だって、いやだ。およしなさいよ」

とミツ子がバレーをやりながらいった。音楽は小さくなる気配はなかった。

「何をいうのよ、ミツ子。生きているうちにちゃんとお墓を作っておくのは、あたりまえのことよ」

「ヘエ！　あたりまえ？　キチガイだわ、お母さんなんて」

「ミツ子、お前の方がおかしいんだよ。お母さんにそんなことというんじゃない」

「何ですって？　チェッ！　野蛮だな」

「ミツ子、自分が野蛮なくせに。ねえ、お父さん、おばあさんも、墓は二つにする意見ですから」

「おばあさんに出してもらいなさい。みんなおばあさんがもつさ。僕は一切知らないよ。寺の修理代は僕が出した。ミツ子、しずかにしなさい。もう少ししずかにやったらいいじゃないか。ねえ江藤くん。宮本家の祖先の位牌の修理もしなくっちゃならんし、お前さん。江藤くんのお父さんにだって戦後ずっとお金を払っていない。お墓のお守りをしてもらっているのに何もしていないはずだ」

「それはいいんですよ」江藤は小さくなった。

「いいって実際、墓の手入れもしてもらっているんだからな」

「父のことはいいんですよ。あの人は勝手に墓から離れられなくて手入れしてるんですから」

「そうかい」

と宮本が調子をあわせた。それから江藤の眼と宮本の眼とがあった。宮本はすぐ眼をそらした。そのとき、サトコの声があいかわらず障子ごしにきこえてきた。

「江藤さん、もう帰って下さらない」

江藤は腰をあげた。

「お前、そんなことというんじゃないよ」と宮本がいった。

「いや、僕も仕事がありますから」

「ああいう女だからな、サトコは」

江藤が今朝宮本の家へやってきたのは、いま宮本の口から出た、「寺の修理代」の件であった。宮本は払ったといったけれども、まだ寺にはとどいていなかった。何かの行きちがいかもしれないが、ことによったら、ぜんぜん支払ってはいないのかも分らない。江藤のところへ源林寺の言伝てといったかたちで、江藤の父親から催促の手紙がきていたので、様子をさぐりにきたのだ。しかし江藤は自分のカンで、宮本はまだ払ってもいないし、当分払う気はないと思ったのでそれを立てかえて払っておく気になっていた。いつしか宮本家にかんする源林寺の用件は江藤が背負わなければならないようなぐあいになっていた。それは宮本が江藤の口添えで家を買ったとき、江藤がいくぶん自分のフトコロに入れたらしいと故郷で「源林寺」が信じているからであった。そういうことは江藤にはどうでもよかった。

大通りまでくると、モヤの中を車が走ってくるのでなかなか渡ることができなかった。江藤はそのあいだ今日一日を宮本の家のことで空費しながらよろこんでいたことで、怒りにふるえて待っていた。

宮本は岩のかたまりのように、その顔をこっちに向けて、しずかにしずかにゆれていた。ところが、さっきちょっと宮本が動いた拍子に江藤の脚に宮本の足がからまってきた。放っておけば何かの拍子に宮本の足は江藤の脚にふかくからまってくるような気配があったので、江藤は自分の脚をぬいた。すると宮本の足は何かからむものを求める蔦のようにまたのびてきた。江藤は一応そのままにさせておいて、その顔を見ていた。しかし宮本は自分の足のことにはぜんぜん気がついていないようであった。宮本がこんなに近いところにいるということに結局江藤は満足であった。江藤はそのままにして眠ることにした。

江藤は眠りながら、次第に宮本からさけて、タタミの方へ身体をずらせているうちに冷えきってしまったと思ったころ、宮本の声がした。

「もっとこっちへこないと風邪をひくよ」

「…………」

「僕はもう眼がさめちゃった」

彼はフトンのうえに起きあがってタバコをすっているところであった。

「お茶でもわかしましょうか」

と江藤は眼をつぶりながらいった。

「僕が自分でするよ。きみはやすみなさい。また夜明けには眠れるから。江藤くん、何も一生こうして君に厄介になるわけじゃないからね」

江藤があかるくなった朝日の中で眼をさましたときには、宮本は江藤にかぶさるようにしてぐっすりねこんでいた。それから一時間後に起きると、自分でフトンをたたんで押入れに入れて、顔を洗ってヒゲまでそった。洋服にも靴にもブラッシをかけて、出かけるときに外食を誘ったが、江藤はことわったので、

「また今夜」といって帽子をかぶって外へ出た。それからまた引返してくると、

「サトコがきても、僕は帰らないといってくれないか。僕は月給をぜんぶ持ってきたんだから、くるかもしれな

いからね」

それから、

「あいつは、きみには好意をもっているよ」といった。「僕はどういうことがあっても堪えて行くことができる。さあとなれば歌を作っている僕は強靭だからね」

江藤は宮本がいったように、サトコがさがしにくるのではないか、と思っていたが、あらわれなかった。数日後のある快晴の日に、宮本の家の物干台に人の姿が見えたので様子をうかがっていると、洗濯物を干す度にしばらくつったっていた。それはこちらを眺めているようでもあったので、息をこらしていたが、やがて人の姿は洗濯物のかげにかくれてしまった。江藤はその夕方物干台の方にときどき気をくばっていたが、とうとう暗くなるまで誰もあらわれず、干物はそのあくる日も、そのあくる日もそのままになっていた。

宮本はその日は日曜日で朝から文机に向って自分のノートからいくつかの歌をうつしたり、なおしたりしたあと編集の仕事をしていたが、マジメな顔をして、江藤の方をふりむきもしなかった。編集をしながらも自分の作品が自信がないと見えて次第にフキゲンな顔にかわっていった。彼は尻の下に二つ折りにした座ブトンをしいて重心がうしろへ傾くのをさけていた。そうした恰好を江藤に見せていることが面白くないのか、宮本が音をたてる度にちょっと手をやめて座ブトンを平たくしたが、またもとのように二つ折りにした。ここへきてからも、電車の中で眠って乗りすごしたことがいくどかあって、その度に江藤にくわしく陽気にその話をした。そしてそのときの模様からすると、乗りすごしてもどってきた駅のぐあいから判断して彼は一度ぐらいは、自宅によったはずであったが、そのことにはふれなかった。

江藤はたぶん、今宮本のおかれている立場をうたっているにちがいないのだが、それが歌にするのがムズカシクて苦吟しているのであろう、と思った。あるいはそこには江藤のことも歌われているのかもしれない。おそらく江藤のことは、妻のサトコのようにうまく響きの高いしらべにするにはムリなのだ。

江藤がそう思っているとき、ドンと一つドアを叩く音がした。それから太鼓をたたくように、ドドンドンドンときこえた。

「誰ですか」

宮本が江藤よりさきにどなった。江藤は立ち上がってドアの外へ出てみると、そこには誰もいなかった。

「おかしいな、誰もいない」

「誰もいない？　そんなバカな、誰かのイタズラかな、ケシカランやつだな。こんなことは度々あるのかね、江藤くん」

そのいいかたも宮本はいつもより高飛車であった。

「いいえ、はじめてですが」

江藤がドアをしめてもどってきてから、ほんの一分もたたぬうちに、もう一度、前とおなじような音がきこえた。こんども江藤が立ってドアをあけると、人影が階段のスミにかくれるのが見えたが、こんどは見つかることを勘定に入れているようであった。

「なんだ、ミツ子さんたちか」

「見つけたぞ！」とミツ子の弟の幸男がいった。まだ姉のかげにかくれていた。

「見つけたぞ、お父さんがいるんだ。ちゃんと鍵穴から見たんだ」

「いるよ。いるから、あがりなさいよ。さあ、おいでよ」

「いやだ。ねえお姉ちゃん、あがるのなんかいやだね」

「しょうがないオヤジだわ」

「ホントにあがりなさいよ」

「ホントは用事があるんだ」と幸男がいった。

「それならこいよ、ね」

「よし行ってやるか、仕方がない」

姉弟はドアをあけるといきなり部屋の中へ入ってきたが、二人は宮本の方を見なかった。江藤が宮本に何かいう前に幸男が姉にとびついていった。二人は相撲をとりはじめた。幸男になげられもしないのに、声をあげてひっくりかえった。そうしてころころころがって壁のところまで行くと、脚を壁にあげてさかさまになりながら、

「オヤジ、金をよこせ！」とさけんだ。

「金？」

それまでアッケにとられていた宮本はあわてて立ちあがった。彼は自分の外出用の服のそばへかけようろうとしたが、よした。

「用心してやがる。盗りやしないよ」

「お金は、おばあさんからもらいな。ちゃんとお母さんにそういってある」

「ウソだい」

「なにがウソだ。お前たちにやるものはない」

それまで沈黙を守っていたミツ子が、まるで息子をたしなめる母親のようにいった。

「しっかりしなさいよ。そんなこと他人の前でいったりして。恥ずかしくないこと」

「何が恥ずかしいかね」

宮本のキゲンはミツ子のこの言葉に出あってなおったと見えて、赤くなりながら相好をくずした。

「江藤さんところに泊ったりして！　だからお母さんにバカにされるのよ」

「何だ、お前お母さんの代りに探偵にきたのだな。とにかくお父さんは帰らないから、そういいなさい。お母さんの方がみっともないよ。さぐりによこしたりして。江藤くんの前で、じっさいお父さんは恥ずかしいって、い

っておきなさい」

「いいから、金をよこせ」

「あげられない。そのかわり御馳走ならしてあげてもいい」

「それでもいいよ。ねえ、姉ちゃん」

「それじゃ、出よう、江藤くん行ってくるかな。また帰ってくるからね」

「行ってらっしゃい」

と江藤はいった。まもなく宮本が自分の家から出て行くように子供をつれて坂をおりて行く姿が窓にうつった。


午後になって窓からのぞくと、物干台の干物はすっかり消えていた。江藤がぼんやりそれを眺めていると郵便配達人が坂をのぼってくるのが見えたので、窓をあけて声をかけると、郵便物がきているというので、彼は階段をおりて行った。江藤はサトコから手紙がきているような予感がしていたのだが、受取ってみると、一通は、故郷の父からであった。それを知ると顔が赤くなった。まるで恋しているみたいであったからだ。しかし江藤はこの女に恋してはいないということはよく分っていた。


拝啓、先日の手紙と墓守代たしかに受け取りましたよ。また生活費ありがとう。お前がいっさい代理人のようにしているというてあるので、こんども宮本様には手紙は書きませぬが、よろしくいって下されよ。

さて本日、源林寺住職がお立寄りになっての話では、宮本様にはこのたび、御夫婦別々に墓をお作りなさる由、おどろいておられましたよ。御養子とはいえ、宮本様は三十四代宮本家の御方でありますので、これは困ったことであります。しかし二基お作りあそばすのはおにぎやかなこと故、これもまたよろしかろうと申されましたよ。但しその費用もかさみますので、同封の見積りなど御らんの上、御とりきめなさるよう、しかと願いますよ。お前を通じて修理代の方は半金いただいた、と源林寺住職がありがたがっていました。

寺には不正なことはぜったいないから、御位牌の方も近いうちに手入れなさってはいかがか、と思うとの話ですよ。これは大体、一万八千円ぐらいだそうですよ。おれも見せてもらいましたが、台座を入れると二尺五寸ある大層なものですよ。住職の話では、この位牌をこのままにしておくなれば、もはや修理もきかなくなるようになるので、心をいためておるわい、と申されていますよ。おれがいつも、宮本様の御墓を守るようにお前が生きた宮本様をお守りしてもらいたい、と住職が申されますよ。

お前もいつまでもアパートなどにいないで、りっぱな家をたてて、いい嫁を迎えたらどんなものですか。宮本様はさだめし顔も広いこと故、東京でよい人さがしてもらうがよいよ。

今年は麦の出来も上々なれば、先ず安心されたし。

敬具

父より

市太郎どの

(源林寺代筆、口述のままなり、宮本様には簡単なる手紙出しておきました。為念)

その夜十二時頃になってから、はげしくドアをたたく音がした。昼間子供たちが叩いたのとおなじようにドン、ドドンドドンドンがつづけさまにきこえた。江藤は寝ていたのでとびおきた。宮本がはいってきた。

「きみのじゃまをしないようにわざとこんな時間にきました」

といった。

「それに今夜はお客さんがあるんだ」

宮本は酔っていた。江藤にだきついてくると、

「この人、このアパートの人、外であったのだ。いいでしょ、おじゃま?」

「うまいことといってるわ、私の部屋においでになったんですよ。今夜は店ですけど。よろしいんですか」

江藤はその女がアパートに入るのを見かけたことがあったが、ベレー帽などかぶって女学生みたいな恰好をしているので、かくべつ注意を払ったこともなかった。アパートにいることさえよく知らなかった。

「僕の娘をちょっと大きくしたようなもんだ。かわいいね。どう江藤くん、いい人でしょ」

「でも、大人のかたの同宿ってわびしいものね」

とその女はいった。

「江藤くん、僕はこの人が好きなんだ。江藤くんに名刺をあげなさい」

「僕はいらないですよ」

「バカだね、きみは、ゲンジ名の名刺だよ。しかし江藤、この人は僕のものだよ」

「しかし、僕はいりませんよ」

「いらなけりゃ、いいよ。きみは自分で思っているよりブスイな男だよ」

「しかし、ここは店じゃないんだから」

「なるほど、そうか」

宮本はそういうと、やにわにベレー帽のままのその円い顔に自分の頬をよせた。女の眼は江藤の方を見ていた。

「きみの部屋へ行こう。茶ぐらいのませてくれるだろう」

「茶なら僕のところで飲ませますよ」

「ハハン、今日女房がきたな。この人は僕の女房にいいくるめられたんだよ」

「…………」

「わたしにはさっぱり分らない。大人の世界なのね」

女は鼻声でいった。生れつきそういう声なのだろうか。

「江藤くん、僕はね、ここに家庭裁判所の呼出状をもっているんだよ。昨日役所へきたんだ。おどろきましたね。亭主の僕をよび出すんだ。僕は子供に御馳走して様子をさぐってやった。ばあちゃんの入れ智慧だ」

「それが僕に何のかんけいがありますか」

江藤はいつになくくってかかった。

「かんけいはないね、しかし女房と何かあれば、僕は平気だが、かんけいがないとはいえないね。さあ、きみの部屋へ行こう、チエコ」

「ダメ、ダメ、おとなしくおやすみなさいよ」

江藤は宮本がどうするか、だまって見ていると、チエコという女が出ていったあと興ざめた顔をして洋服をぬぐと、それまで江藤が寝ていたフトンにもぐりこんでしまった。

「いったい何のための裁判ですか」

「僕はもう寝ているよ。女房にきいてくれないか」

「奥さんは別れるつもりですね」

「しかし僕は月給は渡せないよ。そのつもりでいてくれ。裁判となったら、僕は墓のことをいってやるんだ、ああ、ああ、せっかくかわいい子にあって、詩境がわいてきたのになあ、アッといわせる歌ができるところだったのになあ。きみももう寝ないか」

「さきに眠って下さい」

江藤は机の前に腰をかけてタバコに火をつけた。明日あたり宮本があの女とどこかであいびきの約束をしたことは、目に見えてた。それにしても、いつの間にチエコという女の部屋に入りこんだのだろうか。江藤には見当がつかなかった。

「江藤くん、どうして、きみは今日はキゲンが悪いんだい。ほんとに女房はきみに相談しなかったかい」

「………」

「そうとすれば、こまったやつだな、あいつは。救いようがないやつだな。きみにも相談しないなんて」

江藤は製図の道具をとりあげたが、たしかにキゲンが悪かった。宮本が自分のアパートの女の子といつのまにかつきあっていたり、宮本の妻がいつのまにか家庭裁判にかけることに決めていたりしていることが、気にくわなかったのかもしれないと自分でも思った。江藤にはそこまでよく分らなかった。宮本がアクビをしながら眼をさますまで江藤は机の前をはなれなかった。

あくる日昼間、仕事のことで外出してもどってくると自分の部屋の窓に人影がうつっているので、不審に思って部屋に入ると、サトコが立ったり坐ったりしていたところであった。彼女は無断で入室したことを一言もわびなかった。

「ヒドい人ね、あなたという人は。私がとび出したって泊めないくせに。男はどこへだって行けるけど、女は行くところなんかないのよ」

「………」

「いいわよ、もう何も頼まないから。だけど、江藤さん、別れるとなると、私はどうしたって生き方を考えて行かなくっちゃならないわ。私ね、ずっと考えていたの。あの家をこわしてアパートでも建てたらどうかと思って。そうしたら、私、あなたに部屋を借りていただくの」

「別れるときまれば、それもいいでしょうね」

「不服なような口ぶりだわ」

「宮本さんは別れるつもりはないですからね」

「でも帰ってこなければおなじことじゃありませんか」

「アパートを建てることなら、相談にのります。あとのことは、……」

「あなたは、ほんとうは私が好きなんでしょう。私だって主人のことはきっぱり忘れようとしているんですもの、あなたなんかもっとハッキリしなくっちゃ。主人だってあなたの気持はよく知ってるのよ」

「しかし、――」

「それじゃ、いったいあなたは、私の家に何しにくるのですか。ミツ子だって昨日帰っていっていたわよ。江藤さんという人は、何ですかって。あの人は私の家の何ですかって。それはあの子だってそういうでしょうよ。私だって分らないわよ」


サトコは壁の方を向いて一気にいった。語気がはげしくなるにつれて宮本にくってかかるときの調子を帯びてきた。

「これであなたは、私に二度も恥をかかせたのよ。不潔でしょうがない、早く結婚なさい。私がいい人を世話したげるわ。私の昔みたいに何《なん》にも知らない、ウブな人を世話したげるわよ。そうして先になって、私のようにブツブツいわれるようになるといいわよ。フッフッフッフッフッ」

その「フッフッフッ」が何か意味のある言葉のように江藤はとった。そうしてそれが、ただの笑い声であることに気がついたとき、サトコが急に立ちあがった。そうしていきなり窓のカーテンをぐっとひいて、

「もうここから見ないでちょうだい」といった。

江藤は盛装したサトコを送って外まで送りだし通りを渡ってだらだら坂になった道を歩いた。


「あなたの方へ源林寺から手紙が参りましたか」

「そんなこと、薮から棒に何ですか。あなたってそんなことしか考えていなかったのね」

「墓のことです」

「あのことなら、もう一度おばあさんが念を押してやりましたわ。その見積りや請求書はみんな役所の方へ送る

ようにいってあります。そのくらいのこと、あたりまえです。あなた、もう帰っていいのよ」

「墓石の石材は何にされるのですか」

「それや、今まで通りのものにしますわよ。小さくとも大理石にしますわ。宮本のだって、そうせぬわけには行きません。墓字はおばあちゃんが書いたわ。ねえ。もう帰って。私を一人にしてよ」

江藤がひっかえしてふりむくと、サトコの今ふんだ二歩三歩がそのままあとがのこっているような気がして、目まいがした。それはサトコにかぎらず、江藤が宮本を見るときにもそういうことがあった。宮本はとびあがるように足をはこばせるが、江藤はやはり目まいがした。

江藤は目まいのしずまるのを待っていた。

「江藤さん、裁判にはあなたもくるのよ。あの人がここにいるのはもうたまらないのよ」

江藤には足のふんだあとがいくつも見え、いま眺めてもいないのに、次々とサトコの足あとが目の前にうかんだ。彼は切通しの崖によりかかって、そのじゃまもののしずまるのを待った。しかししずまりそうにないので、彼は今きた道をはうようにしてアパートにもどった。通りすがりの人がよってきて彼のはうのを見ていた。しかし、裾のひるがえる中を交互に動く白足袋の足は、部屋の中へ入るといっそう鮮明になった。江藤が吐息をつく度に、白足袋は立ちどまった。それからまた歩きだした。

江藤は眠りながら、自分の足もとにその白足袋がくっついて、歩いている、と思った。自分の足がない、足がない、とうめいていることは分っていた。昨夜の女が助けにきてくれないか、と思ったが、その名前を忘れてしまっていた。江藤はベレー帽をかぶった女の部屋へいざりよって行った。足がないからだ。

源林寺の墓場があった。墓場ではない。彼女の部屋をさがしているのだ、と思った。そこでドアを叩いた。

「ドン、ドドン、ドンドン」

と彼は叩いた。そのつもりだったが音がしなかった。

「こちらよ」と鼻にかかった声がきこえた。名前をよんでいないのに、その女の声がした。

「あの人は、夜明けにあなたが眠っているときに私の部屋へきたのよ」

「ベレー帽をとれ」

「イヤよ、これは私の頭よ、ベレー帽じゃないわ。あんたはまちがえているのよ。ここまできてごらんなさい」

「…………」

「こられない？　足がないからよ。夜明けにあの人が私のところへきたのが分らないように自分のことも分らないのよ」

「これは部屋でなくて、墓場じゃないか」

「私の姿が見えて？」

「お前はどこにかくれているのだ。おれの声がきこえないか」

「きこえない。墓のかげよ。ここまできてごらん」

「お前はどうしてそこにかくれている」

「私は墓守よ」

「ウソをつけ」

「墓の中には、あんたの足があるのよ。かわいそうで、淋しそうだから、私が守っているのよ」

「…………」

「淋しいでしょう」

「淋しくない。ぜったいに淋しくない。おれは、これが淋しくないのだ」

「いいえ」とベレー帽がいった。鼻声だった。「あなたの足が泣いている」

「いいや、それは蜂の音だ。墓場には蜂が群を作ってとんでいた。あの音だ。手桶に水を汲んでくると、親父が石を洗っていた。この人たちは生きているときから代々墓を作った。今にサトコさんの墓もこのあたりに作るのだ、といっていた。おれがみがくか、お前がみがくか、だといっていた。すると蜂がとんでくる。墓にぶつかって手桶の中におちる。蜂の音だ」

江藤は金しばりにあったように身体が動かないので、じっと寝ていた。急にあかるくなった。入ってきた宮本の様子はかわっていた。かわっていると思ってぼんやり眺めていた。宮本は頬ぺたがはれあがっていた。チョッキのボタンが二つばかりちぎれていた。帽子はかぶっていなかった。カメラを肩にかけていた。そのカメラをじっと見ていた。彼のカメラをもった姿ははじめてであったので、これは勘定に入れておかなければ、と思った。江藤はフトンも着ずに寝たまま、ぼんやり宮本を眺めていた。電灯をつけたのは宮本であった。宮本は洋服を着かえると黙って机の前に坐った。そしてしばらくフケをおとした。それから手帖を胸のポケットからとり出すと、何か書きこみはじめた。

「今夜はヒドい目にあったおかげでいい歌ができた。ヒドい目にあわなければダメだね。僕らはヒドい目にあうチャンスを探しているようなもんだ」

と呟いた。彼は陽気であった。江藤はじっとまだ寝ていた。

「江藤くん、今日僕は約束のところへ出かけたんだ。ウナギ屋の二階で、オカミを知っているので何でもできるとこなんだ。きみもこんど利用するといい。教えてあげるよ。ところがあいつこないんだ。駅で一時間待たされたあげくこないんだ。それで僕は店へよってやった。僕をはぐらかしたことはオクビにも出さないもんだから、ちょっとカマをかけてやっていたら、若いやつにこの通りなぐられた」

「…………」

「僕はあの子を写してやろうと思ってカメラを借りて行ったのにな。カメラがこわれなかったのは、不幸中の幸だがね」

「帽子をなくしましたね」

「そうなんだよ。しかし江藤くん、僕はまだあきらめないよ。おなじアパートにいるというのは、何といってもチャンスだからな。きみはどこか悪いの？　カゼをひくよ。僕は女房を自分の物にするときも、その手でいったのだがね」

「裁判はいつでした？」

「あさってだよ。きみも行くか。きみもこいよ。女房の顔が見られるよ。女房もよろこぶよ」

「………」

「ホントにどこかわるいの？」

「頭がいたいだけです」

「それじゃ、もういっしょに寝ようじゃないか。寝てからだって話はできるからね。歌はよんでくれるかね」

「こんどにします」


江藤はこのところほとんど眠れなかった。眠りつづけていたが、いつも目がさめていた。そのくせ目をあけて宮本を眺めているつもりであった。宮本が部屋にいるときも、部屋の中にいることは分っていたが、何をしていたか、ということがあとになるとよく思いだせなかった。その日一時になると、勤めを休んでいた宮本が部屋に姿をあらわして、

「今あの子の部屋へ行ってきた。こんどはデパートに行くんで約束してくれた」といった。

「江藤くん、物は相談だが、あれを僕に貸してくれないか」

「あれ？」

「きみは大分金を溜めているじゃないか。貯金通帳だけでもあのくらいあるんだから、どうせきみのことだから、動かしているのがあるだろう。その代り僕は部屋代はきみの分は払うよ。マトマッたのがほしいんだ」

「マトマッたもの？　墓のことですか」

「墓のこと？　あれはおふくろが払うべきものだよ。家を売ったときの金がのこってるんだ。僕のいうのはね」

彼はいいにくそうに肥った身体をモジモジさせた。彼の足もとに江藤の視線がおちた。そこに靴下をはいた小さな足があった。その足は毎晩のように江藤の脚をさぐってきた。それが宮本の身体を支えてマトモな用を足しているのがふしぎなくらいだ、と、今江藤は思った。

「僕のいうのはね、チエコに店をもたせたいのだ」

江藤は宮本が自分の机の引出しをあけたとき、他人のことのようにボンヤリきいていた。彼の頭はまだ半分眠っていたのだ。

「あの子の要求なんだよ」

「そんなバカな」

「店はもうかるアテがあるのだから、利子をつけて返すよ」

「それはダメですよ。あれは僕にアテがあるんだ」

「アテがあるって？　きみに」

それから思い直したように「それはあるだろうな、金をもっている以上は」

宮本は今までになく鄭重な言葉づかいでいった。

「そうですか。それでは参りましょう。またキゲンのいいときにしましょう。江藤くん、今ごろ女房のやつも出かけるところですよ。ここから見えないのがザンネンだな。物干台しか見えない。まだワイシャツはもってきませんか、江藤くん」

「僕のタンスの引出しに入れてあります」

宮本はワイシャツに手をとおしながら、

「江藤くん、きみと女房とのことは、分っているんだ。何《なん》にもないはずはないんだ」

江藤は頭をもみながら、

「気分がわるいんだ」

「もしないとすれば、きみがよっぽどバカなんだよ。あいつは、いかにも女だよ。僕は二十年の生活で知っているが、まったくの女だよ。それにコロッと参るように僕がしむけてやっているじゃありませんか。しかし、僕は信用しない。誰が信用するものか。昨日だってあいつは来ているんだ。管理人にきいて知っている。ねえ、きみが金を貸せば僕は女房に生活を保護して別れてやる。きみとのことも黙認する」

「気分がわるいのです」

「まさか、女房にふられたのじゃないでしょうね」

宮本がびっくりしたように江藤をながめた。宮本の頬のハレはまだ完全にひいたわけではなかった。片側の深い皺がハレのために途中できれているのが、その顔に愛嬌をもたせていた。ただし皮肉のつもりで口を歪めるときも、意のままに動かず、おなじように愛嬌をとどめていた。歩きだしたとき、江藤の脚はもつれて宮本の足の甲の端のところをふんだ。二人は部屋の中で重なるようにころがった。江藤はしばらくおきあがれなかった。

宮本は電車の中でも、今の話のつづきを話し、チエコに会ってよくきいてくれ、といった。あのときチエコが宮本を待合せなかったのは、チエコが彼をなぐった男に出会って離さなかったからだ、といった。そして二人はただのかんけいではない、といって江藤の顔をのぞくようにした。そして最後に、きみの出ようによって、自分の今日の態度はハッキリする、といった。江藤は返事をしなかった。そうして口を開いたとき、今日一日で何も決まることではない、といった。

チエコに自分が金をもっていることを話したのか、といって江藤がきいたとき、江藤は宮本が返事をしないことに気がついた。宮本がいつもの状態に入っていた。そして自分も疲れたように目を閉じた。宮本は江藤がおこさなかったら、いつまでも眠りつづけているところであった。江藤は「気分がわるい」とつぶやいた。

江藤と宮本がその役所へ到着したときまでに宮本はさっきまでとは人が変ったように威厳をそなえていた、というより威厳を傷つけられることをおそれて、かまえていた。彼は道々帽子をかぶっていないことを、苦にしている様子で、通りすがりに飾窓に姿をうつしたりしたが、どういう意図があってか、今日もカメラを肩にかけていた。受付で宮本がたずねると、まだ妻のサトコはきていないことが分った。宮本はカメラを江藤に手わたして、待合所に腰を下して、タバコを吸いはじめ、重大なことに気がついたようにいった。

「江藤くん、僕は昨日サトコにあったんだ。彼女はそのときの様子じゃ、今日は欠席するらしいよ」

「………」

「ほんとに会ったんだ。それで相談したんだ。きみのお金のことなんだ」

宮本はそういいながら、横を向いた。そこに四角な拡声器があって、出番の人の名をよぶ女の声が流れたあと、昼食代の支払いのことを話す声がつづいてきこえた。親子丼という言葉もきこえた。江藤はそれをきいて笑いだした。宮本は勢いづいたように、

「もし、きみが僕の申出をきいてくれたら、それでよし、ということになった。つまりもうすんでいるんだ。だからもし家庭裁判ということになれば、きみの腹一つだ」

「いうことをきかなければ」あえぐように江藤がいった。

「それは、きみ、どうしてもそういうことなら、僕はどうしたら、一番きみの気に入るのだろうか」

江藤は立ちあがって、

「別れないことです。家へ帰って下さい」

といって歩きだした。宮本もあとからついてきた。

「僕はあなたがたに、僕の好みにあった設計の家をこさえてあげます。今の家を売りたければ売ったらいいですよ。そのかわりその家は、僕の名儀です。あなたがたは、死ぬまでそこに住むのです」

宮本は昂奮して我を忘れた江藤の顔をじっと見つめて、溜息をついた。そしてがっかりしたように、

「バカなことを考えたもんだな。溝へすてるようなもんだ」

といった。それから思いついたように、

「僕はそんないい家に住んだら、歌が作れなくなるんだよ。それでは僕の自滅だ」

しかし江藤は宮本の言葉には耳をかさなかった。


江藤は暇さえあれば寝ていた、というより毎日ほとんど寝つづけで、宮本はその様子を見ると、江藤にいわれるまでもなく、同衾するわけには行かなかった。江藤は宮本が自分のフトンの中にいるということにも無頓着なのだから、寝ていても、きゅうくつできゅうくつで仕方がなかった。その翌日宮本が持ってきた荷物をマトめて引きあげて行くときも見送りもしなかった。

しかし江藤はそのあいだ、何物かとたたかっているようにもがいて暮した。それは医者にかかってもどうにもならないことは江藤が自分で知っていた。そのあいだに、江藤は、墓石代を送り、例によって父親へは毎月の費用を送り、あとの金は印カンごと銀行へ預けてしまい、あとは時たま食事をするほか毎日うなっていた。

一ト月近くたったころ江藤は起きて仕事をしたり窓をあけて外を見たり、切通しの春の坂道を散歩したりしはじめた。そうして久しぶりで宮本に元気になったことを告げようと電話に立ったとき、江藤は受話器に額をつけて考えこんでしまった。江藤は宮本の家をとうに作ってやっていたように思っていたが、それは自分の錯覚らし

いということに気がついたからだ。

江藤は宮本の役所にでかけて行き彼にあった。宮本と二人で外へ出るとき、宮本は手にラケットをもっていた。江藤はそれは何であるか、とたずねてみた。宮本のことにはどんな些細なことも気がついて、センサクするくせがようやく起ってきたのであって、宮本もそれをよろこぶようにいった。

「これは、ミツ子がテニスの真似ごとをするので、わざと中古をゆずってもらったんですよ」

「中古とはどういうことですか」

「つまり、持って歩くだけなんですよ。新しいと初心者に見えるでしょ」

「それで奥さんはどうしたのですか」

宮本は嬉々として答えた。

「あいつは僕とおなじように度々、きみのところへ見舞にいったんだが、きみがドアをあけないので、かわいそうなことをしましたよ。今、バーに勤めています。それも、きみに電話したら、きみは、家内の名をどうして思いだせないのだ。かわいそうなことをしましたよ」

「バーに?」

「チエコにきみにアパートであったのです。チエコと話しているうちにバーに出ることに決めたんだ。名はきみ、本名の逆さで出ているよ」

「すると」

「君は僕の女房の名を忘れたの?」

江藤は苦しげな表情をした。

「サトコですよ。サトコ」

宮本はあきらかに不愉快な顔をして、帽子をかぶりなおした。江藤はその帽子が前の帽子であることに気がついた。それがかえって彼を苦しめた。

「きみの恢復を待って僕らはみんな協力しているってわけですよ」

「バーに勤めて幾日になるのですか」

「一週間です。今はよろこんで出かけていますが、つづきませんよ。江藤くん、きみはシットするかもしれないが、夜もどってくるととなりの部屋でおふくろと、客の話をするんで寝られないんだ。おふくろも、大きな声で受け答えしているんだから。つまり情況は一向によくならないどころか」

「………」

「僕はきみのいう通りになるのを楽しみにしているということをぜひ分ってもらいたいんだ。『るんば』へ行こう」

「『るんば』?」

「サトコのいる店だよ」

江藤はかぶりを横にふったので、宮本は江藤をつれて酒場へ入ろうとすると、江藤は食堂のある喫茶店へ行きたいといった。二人はビールをのんで食事をした。宮本は食事が終ると爪ヨージを請求して口にはさみながら、新作の歌を読んできかせた。このところ作る歌にはツヤがないのでこまっているといった。

二人は十一時ごろになって店を追われて外へ出ると電車にのって帰る途中宮本は江藤に自宅へきてくれ、自宅へきてくれ、といったが、江藤はことわった。足がもつれてきて、早く寝なければ、道ばたで倒れるかもしれない、と思った。

「江藤くん、ちょっと僕は忘れていましたよ。食いもの店はもうやっていないかな。食い物だけじゃないんだ。娘と家内の買物があるんだ」

江藤はいっしょうけんめいに、宮本の話をきこうとした。どうしてもこいつはきいておかなければならない、と思った。

「これだよ、これ、江藤くん」

宮本は江藤の「気分がわるい」ことには無関心だった。宮本は灯のあるところへ江藤をつれて行くと、胸のポケットから一枚の紙きれを出した。

「これは僕の机の上に娘と家内が書いておくのだよ。最後にお願いします。二重丸のうったのは、ぜったいに忘れないで、と書いてある。字が似ているんだ」

「何が書いてあるのですか」

江藤はつられてしぼるように声を出した。

「買物です。朝のパンだとか、チーズだとか、米の場合もある。これは化粧品だ。せんだってベーコンと書いてあるから、買っていったら、きみ、鯨のベーコンだっていやがるんだ。こんなもの食べられやしない。というんだ」

「ベーコンにはたしか鯨のがありますね」

「僕は知らなかったね。それできみ、この一枚は、僕が渡した金の用途だ。項目に分けてトータルまで出してある。ところがよく見てごらん、江藤さん、よくここのところを見てごらん、ぜんぜんこの計算はまちがっているんだ。デタラメなんだ。……店はあいていないなあ」

江藤は部屋にもどると窓にもたれて電灯もつけず、他人の頭をかかえるように、自分の頭をかかえこんでいるうちに、小一時間もしたころ、往来で声がするので、我に返った。

江藤が窓からのぞくと、一人の女がフラフラと歩いてくるあとから自転車をかかえるようにした洋服に下駄ばきの男が、何かわめきながらついてくるのが見えた。

「あんた、何しに駅へなんか迎えにくるのよ」

「何しにってお前、ゆうべの話じゃ、駅まで若い者がついてきてこまるといっていたじゃないか。僕ぐらいの年のものが、車でお前を送ってきたたって、それはいいよ。身体に怪我はないからね」

「よけいなお世話よ」

「いや、若い者はあぶない」

「何も頼みもしないことしてくれなくともいいっていっているんじゃない」

「毎日のことだから、お前」

「わたし、もう今夜でよしたのよ」

「よした？　もうよしたのかい。あんまり早すぎるじゃないか。お前、それじゃ着物を買うために行ったようなもんじゃないか」

女は笑いだした。けたたましく笑いだした。

「ねえ、サトコ、あいつがもうすぐやってくるからな」

「江藤？」

「そうだ。あいつ今寝てるんだ。明日あたりはくるよ。淋しくて仕方がないのに、こらえていやがるんだ」

「ふん、江藤か」

「あいつは、犬だよ。尾をふってくるんだ」

女は笑いだした。けたたましく笑いだした。

(今になって自分は健康に戻る。健康になったら家を建ててやる）と江藤は思った。思ったが、身体はまた音をたててふるえはじめていた。(ずっと思いつめてきたのがいけないが、すぐ健康になる）と江藤は思った。

洪水

1

山本の家は川ぷちの道路をへだてたところに建っている。勤めに通うときには、二十メートル下手にある橋をわたって向う岸に行き、そこから少し砂利の道をのぼる。この道はやがて少しまた下りになっていくつか曲りくねって、路地に入ると生垣から中がすけて見えるので、まるで家の庭の中を歩いているような気がする。それから大通りへ出ると、また上りになって踏切へ出る。するともう駅が目と鼻のところにある。

山本は通勤時の往復にこのコースを辿りながら、道がのぼりくだりになるのが、気になっていた。もともと武蔵野の一劃で、さいきんまで農地だったところだからそうしたところがあるのは当然である。しかし、それが何か胸をやくような悲しみとしてかんじられることがあった。

一つには、雨が降ると坂になった部分にはきまって水がたまっていたからだ。そこを通るときは池の中を渡るようである。砂利がしかれるようになったのは最近のことだが、水がはけかかるまでは、物の用にたたなかった。なかには高い土台の上に立っている家もあるが、庭も水に浸っている屋敷があった。彼が庭を通っているようなかんじがしたのは、雨のときの一めんの俄か池のせいもあった。

山本は雨の日にこの道を通るとき、胸がいたんだあと、そのように屋敷の中にも池を作って知らん顔をしている人々や、自分はその道を通るくせに、高台に住んでいるためにそしらぬ顔をしていると思える住人に、バクゼンと腹を立てていた。それはまことに些細なことであるし、しかるべきところへ訴えたとしても、急にどうなることではない。「訴える」と思っただけで、山本は何かいきり立つのだが、雨の日になるまでその感情もいつしかうすれていた。しかし勾配をのぼるときの、何かやるせない気持はおなじであった。それは近ごろ彼が太ってきたからかもしれなかった。

山本がもう一つ胸の中がやけるように思うことがあった。それは夜になると川の水の中へドサッと物が落ちる音をきくときで、ラジオをきいているときでも、テレビを見ているときでも、その音がすると、

「またやったな」

と思うのだ。

今の音はとなりの老夫人のものだ。それはバケツに柄がぶつかる音がカランカランとなるのでそれと分った。あるときは、もっと大きな音がする。入れ物が大きくてかぶせるシカケになっている蓋は家へおいてくる。したがってこの場合は、ドサッという音だけだ。川の中へすてられた炊事場の屑は川底に高く盛りあがり、そのあたりに州ができあがっていた。それだけでなく、堤はずっと埋って、川幅は半分ぐらいになっていた。

いつか、「ここへゴミを捨てると罰せられます。区役所」という立札が立てられたとき、山本はそれを見ていた。それ以来山本は立札を立てたのが自分であるように思うほど、この立札が立ちながら、いっこうに実施されないのを気にしていた。となりの若夫人は、関西生れの身体のきゃしゃな女で、道であうと、山本はテイネイにあいさつをした。女の方も物腰がおだやかで、山本はこの女をもった夫をひそかに羨んでいた。しかし、立札が立ってから夜中に屑をすてはじめたのを何げなく通りあわせて知ったとき、山本は失望してしまった。あの女があんなことをするのだから、家の中ではどんな女だか分りゃしない、と思った。

「いまに見ろ、お前たちの家を泥水が洗うようになるから」

その夫人は白いすきとおるような肌をしていた。彼の一族も、山本の妻も、そのような肌はもちあわせていなかった。そういう恨みが妙なぐあいに重なって自分の口から、ほとんど自分以外、誰にもきこえないほどの声にせよ、外に出たことは、それだけよけいに山本を口惜しい気持にした。

2

その日は山本は朝勤めに出ると、暴風雨の注意報がでたので、昼すぎには駅へもどってきていた。

山本が駅へおりたとき、傘はもうさせなかったので、ビショ濡れになるのをかくごで歩きだした。大通りから路地へ入るとき、一人の女が角の肉屋の戸をたたいているのが見えた。

「戸があかないわ。買物しないとこまっちゃうわ」

女が通りすがりの者に応援をたのむようにさけんでいるのがとぎれとぎれにきこえた。レイン・コートを着てビニールのフロシキをかぶっているので気がつかなかったが、山本はそれがとなりの女であることに気がついたので、自分も何か買物をしておくべきだ、と思った。そうしてだまって戸の前に立つと、女といっしょになって戸をたたき、どなった。戸は風上の方になっていたので、山本は裏へまわってガラスの窓をたたいた。山本もその女とおなじ物を買って通いなれた路に入ったとき、女は彼の後ろからついてきていた。

「どないしましょう。えらい水ですわ」

山本は電車にのっているあいだ、この路が深い池になっていることを想像していたが、今は池でなくて川の淵になっていることが分った。泥水は、一つの流れとなって一つの方向を指していた。それが実に小にくらしいくらいであった。

山本が女の手をひきながら、長靴のまま水の中をわたり、勾配の高いところに出たとき、自分の心臓の鼓動が彼をおいかけてきた。もし彼がはなさなければ、まだ女は彼の手にすがっているように見えたが、山本は女の手を放した。そして、

「御主人は帰ってきそうですか」

といって、一息ついた。

「出張です」

「出張？　帰ろうにも帰れませんな」

「そうです」

女は「です」というところを尻上りに発音したのが、この場にそぐわないように、山本は思った。女は歩きだしもしないでそのまま立ってふるえていた。

「主人がいないうちにもしものことがあったら、どないしたらええでしょう。昨年植えたばかりの植木が……」

山本の指には女の指の感触が、生温くのこっていたことに急に気がついた。しかも女の方は無関心だ。結婚して十年近くになるのに子供もうまず、二言めに主人、主人といっている。山本は今それをきくと、この女といっしょになって戸をたたいたりしなければよかった、と思った。

山本が勾配をおりだしたとき、そこの坂を水が蛇のようにスルスルとかけおりて行くのが見えた。その行先は分っていた。川だ。さっきの流れも、実はけっきょく川へ川へと廻り道をしながら、走っているとすると……。

橋が見えるところへやってきたとき、山本はそこに巨大な脊椎動物がいるとすぐ思った。岸から五十センチぐらいしかないところまでふくれあがった泥水が、揺れるべきところで揺れ、ハネ返るところでハネ返りながら、一つの調子をとって、動いていた。水はいま彼がやってきた側の岸から、川に向って滝のようにおちこんで、おされた水は反対側の方へよりかかり、やがてあとからくるものの力とかさなりあって、コブのようなものを作っ

ていたので、そいつがつながって川に脊椎が一本通っているように見えるのだ。

山本はそのときになって、はじめて自分が大きな忘れ物をしていたことに気づいた。それは山本の家の方とくらべると、こちらの岸の方は、ぜんたいとして高く、岸より一メートル近く高いところにあるということだ。山本が口惜しがった低い路にしたって山本の家のある岸よりは高いところにある。

(そういうことをいっさい知らずにこの女の亭主は出張をしている。いや、自分の家の並びの家の者は、あの老夫妻だって知っちゃいない。しかし、知っていないのは、それだけではない。おれの方だって……)

彼の家は雨戸をしめて、外のことにまったく気づいていない。

山本の家のあたりも水はたえず流れて川にそそいでいた。が、庭は水に溢れているだけであった。大雨のときはいつもそうなるのである。

山本は隣りの女にちょっとアイサツしただけで自分の家へもどった。家へ入るなり、

「おい、こんなもの買ってきておいたよ」

といった。山本の妻は二人の子供と昼食を終ったところで、後片づけをしていたが、びっくりしたようにふりかえった。

「おや、こんなに早く」

「となりの主人は出張だ、といっていた」

「おあいになったの」

「いっしょに買物をしてきた」

といって肉の包みを出して、肉屋の戸をたたいたことを話した。

「ごくろうさまですこと」

「ごくろうさまということはないだろう」

「だってねぎらってあげているんじゃありませんか。何をフクレているんです」

「フクレているのはお前さ。これだけはハッキリしておかなくっちゃ」

山本は肉を買ったことも、あの女とあったことも、今、こうして妻にわけを話したこともいっさい後悔していた。こんなことといっしょに一方で水のことを考えねばならぬことがイマイマしかった。彼はワザと外の状態を話さなかった。この土地を見つけて家を建てるようにもっていったのは、山本である。そのときに、山本の妻はかくべつ反対はしなかったが、今、水のことをいえば、勢にのって山本の判断のあやまりを口にするに決っていた。そしてそれは万事につけて山本の判断がまちがっている、ということになりかねない。

「おい」

しかし山本は声をかけた。

「大事なものは、タンスの上の方へ入れておいたらどうかな」

「なんですって、あぶないんですか」

「そのていどのことは、しておこうじゃないか。僕には、お前の大事なものというのが、よく分らないんだ」

「大事なものなんかありませんわよ。水浸しになるんですか。ハッキリしてちょうだいよ」

「ハッキリする？　僕の力で水がとめられるわけはないじゃないか」

「そんなバカなことをいう人とは思わなかったわ」

「ホウ、何だこれは。水だな、水がきた。これは水じゃないか」

山本はさっきから、坐っている尻のあたりが冷え冷えするのをかんじていたが、それはビショぬれになってかえってきたせいとばかり思っていた。ところが板の間の一カ所に雨もりのかたまりのようなものが見えた、と思うまに、伏兵がアタマをもたげるようにかたまりはいくつも盛りあがった。山本にも自分のいっていることが冗談のようにきこえた。

「あっ！」

と山本の妻は悲鳴をあげた。

「大事なものをもってにげよう。お前のオフクロの家へ行こう」

「大事なものなんか。すぐ実家だなんていうんだもの」

山本の妻は涙声になった。

「お父さん、これ水、ほんとに水なの」

と上の男の子がいった。

下の男の子供が足でビチャビチャやりだした。

「これ、およしなさい。家の中よ」

と山本の妻がいった。

「大事なものをもってにげよう。靴をはきなさい」

「大事なものなんかないっていっているじゃありませんか」

「なければいい。このままでればいい。僕にとっちゃ、みんな大事なものだからな。さあ靴をはきなさいったら」

「長靴？」

「長靴でも何でもいいのだよ」

「あっ靴がうかんでやがら」

と下の子供がいった。

そのあいだに山本は、山本の妻の衣類と自分の洋服とをフロシキに包んで押入の上の棚の中に放りこみ、そのあとから子供の冬物の衣類の入っている箱を押しこもうとしたが、山本の妻ははげしくせきこみ始めた。持病の

ゼンソクの発作がおこったのだ。その発作にあうと、山本はいつも、

「あなたのせいよ、あなたのせいよ」

ときこえて、その度に胸の動悸が高まるのだ。急に動いたせいもあって、彼の心臓はまた妻のセキといっしょにあばれはじめた。

山本は下の子供を背負って外に出るとドアに鍵をかけた。そのあいだ妻はせきつづけていた。とぎれとぎれに、

「なぜのんびりしていたのよ」

とさけんだ。上の子供は彼の尻につかまっていた。そのつかまりかたが、何か気に入らなかった。水は膝頭のところまできていた。山本はあらためて方向をさだめるためにふりむいた。

たしかに「のんびりして」いたうちに、川の姿は消えてしまい、彼の家が大きな川の真中にあった。まだ雨は降りつづけていたが、見渡すかぎりどの家を見ても、彼の家より低いところにあるものはなかった。隣家の女は二階にのぼっているだろう。あの家は二階があるのだから。

(しかし流されるとなったら、おんなじことだ)

と山本は思った。

(それにしても、いったい三十分のあいだにどうしてこんなことになったのだ)

「あの線路のドテがいけないんだ。橋がつまって流れないいんだ。それとも何か別のことがおこったんだぞ」

妻は子供の手をひきながらまたせきこんだ。原因をつきとめているのだ。

「重くて、あなた、水が重くて」

「重いのは仕方がないよ。まわりを見てはいけないよ」

山本たちは、自分の家の裏手の方へ動いて行った。二十分ぐらい歩いたときに、足がかるくなり、そのうち自分の靴が見えてきた。緩慢な坂をのぼってきていたのだ。ここにも坂があったのだ。

ふりむくと水かさは前より増していたが、彼の家はよその家のかげにかくれて見えなかった。彼の妻はせきこみ、坐りこんだ。山本も子供を背負ったまま、腰をおろした。心臓がしめつけられるようにいたんだ。泳いできたようであった。

「ゼンソクの注射はもってきているだろうね」

山本の妻はだまってかぶりを横にふった。

「もってこなかったのか」

「だって、何にももたずに出かければいいといったじゃない」

山本はどなりつけるように誰にいうとなくさけんだ。

「いま、出かけてきたら、おぼれていた」

「パパ、お水のみたい」

と背中の子供がいった。

「塩っからいものを食べたからだろう」

そういういいかたをする自分が山本は実にたまらなかった。が、彼は一息つくと、あの女はどうするだろうか、ということを考えていた。

3

あくる日、山本は妻と二人で自分の家を見に出かけた。昨夜考えていたことは、とにかく家族の生命が助かってよかった、ということだった。しかし悪臭がたてこめるなかをもどってくると、自分の家の中に泥水が入ってきた腹立ちがよみがえってきた。悪臭がよびよせたみたいであった。川は前とおなじように元のサヤにおさまって流れていた。あたりで健全なものは川だけであった。川はセッセ、セッセと流れていた。まったくの川であった。白ッバクレていた。猫の死骸が浮き沈み、くるっ、くるっと向きをかえながら流れていった。そのあとから女の下駄が、これまたまわりながら、橋の方に消えた。それを見ていることぐらいバカげたことはなかった。

「あなた」と妻がよんだ。「戸をあけると水がいっぺんに流れ出してくるんじゃないかしら」

ドアの前に立っていた山本の妻がいった。

「それはそうかもしれないな」

と山本はいいながら、鍵をあけた。

「水は出てこないじゃないの」

水は一滴も流れでてはこなかった。

山本はむしろ失望した。水は入ってまた出ていったのだ。

家の中にはまったく見なれぬ光景があった。沼の底のように泥の層がつもっているばかりではない。ありとあらゆるものが横倒しになり、冷蔵庫も、ラジオも、子供の机もテレビも前にあった部屋からずっとはなれた奥の部屋で、折り重なるようにしてたおれていた。

しかももっともっとおかしなことがあった。廊下をわたった離れの部屋に、ビールのアキビンが何本もころがっていることであった。ひさしく彼は酒はのまない生活をつづけているが、土間のスミに埃にまみれてすててあったそのアキビンが、ぜんぶ山本の部屋へ移動しているのであった。このごろ山本は妻と別々にその部屋で寝起きするようになっていた。壁という壁は、鴨居のすぐ下のところまで泥がべったりくっついていた。妻の声がした。

「あなた、押入のなかに、肉の包みもいっしょに入れといたのね」

「肉の包み？　おぼえていないな」

山本の妻は机を足場にして着物が無事であるかどうかしらべていた。山本はほんとうにおぼえていなかった。

「こんなところへ入れとくなんて、あなた。くさってるわよ」

「くさってる?」

「くさってるわよ」

「………」

「わたしおとなりへ見舞いにいってくるわ。あの人たち無事だったかしら」

山本は妻が出ていったあと、一人になってからタンスの抽出をあけようとしたが、どうしてもあかなかった。それはまるでタンスに拒否されているようであった。それから押入をあけてフトンをとり出そうとすると、それが彼を拒否した。一人の力では動きそうもなかった。ようやく彼はそれをひきずりおろして縁側まではこんだ。こんどは戸があかなかった。まず戸をあけることからはじめなければならないのに、自分はいったい何をしているのだろう、と思った。どうしても戸をあけなくては。彼は戸につかまってゆすぶった。

そのとき妻が靴のままのぼってくる音がした。

「ねえあなた、あの人、お年寄りといっしょに屋根の上で助けをよんでいたんですって!」

「屋根の上で?」

「救命ボートをよんだんだけども助けてくれなかったそうよ」

「救命ボート? 幅二、三間の川の氾濫に救命ボートが。しかし、僕らだっておなじことじゃないか」

「そりゃ、そうだけど。……わたしもうここイヤ。イヤだわ、ここは」

山本はまたせきはじめるにちがいない、と思いながら、妻の手から包みをとった。炊出しの大きな握飯が二つ出てきた。ちゃんと二つあるのがおかしいようだった。

小さな歴史

私は川の前の宿にいた。その宿で家並みはつきて提と川原がつづいていた。川原の砂地に町の者が殺到してイモや麦を作ったが、今ではもとの砂地になっていた。十何年たっていたが川だけは変らなかった。いや変らぬものといわれている川も水脈が少しかわった。しかし私にはどう変ったとも分らなかった。

私はそこへ、その市の一つの歴史をまとめにきていた。ある年、その町の青年が戦争に参加してほとんど全滅した。生き残りの者が資料をあつめたから一つの文章にしたいといっていた。

生きのこりの一人に私は十年前にこの川の橋の上であった。みればみるほど、その男であった。彼は麦をかついでいる私をじっと見た。砂地からとれた麦は一カ月の食料しかあたらなかった。

「するとぼくらの中隊で生きのこったのは」

「僕とあともう一人だけだ。君知ってるだろう」

その名前はおぼえていた。この男もその男も、どちらもいい身体をしていた。この男は機関銃の射手だった。

「あの人はデパートへもどった」

「それで、きみは」

「僕はハタヤだ」

デパートへもどった男は、私より一年上で軍隊では被服係りをしていた。

その男は話しながら、珍らしそうに私を見ていた。私は途中原隊ではずれてその戦争に参加しなかった。その私が自分とおなじように生きているのがふしぎなのだ。

私は心おぼえの兵隊の名を口にした。

「みんな死んだんだよ」

彼は不服そうにいった。

男は南の島で食った虫の話をした。橋の上であったのでちょうど今のように風が気持よかった。男は食物の話をつづけた。男は前とおなじように強いアゴをもっていた。何を食った話をきいても、私はあまりおどろかなかった。それが悲しいと思ったがおどろけなかった。男は栄養失調でひどい身体をしてもどってきたといったが今みるところでは、りっぱに肉がついていた。まだこれから戦争に行きそうな身体つきであった。

しかし男は死にもしなかった一人の男のことにはふれなかった。ある日、私はその男に街であった。

家の大半は焼けたが、戸籍の台本はぜんぶ倉庫にしまって無事であった。

私は焼跡のために抄本を一通うけとって外へ出た。私はまだ自分の抄本がうけとれることが信じられなかった。私がつとめることになっていた学校は、もとの兵舎を校舎にしていた。何もかも焼けていた。この倉庫と兵舎と、刑務所と、あと一部分の市しかのこってはいなかった。

すると前を焼跡にふさわしい姿が歩いていた。

小さい舟底形の靴のついた仮の鉛色の義足が兵隊ズボンの下で機械的な動きをしながら地面からはなれ、それからまた地面におさまった。そのとき船底はチャリンと音を立てた。焼けたついでにすっかり道を広げるつもりなので、道はまたひどく、やけたトタンの屋根に、石ばかりがごろごろしており、屋根の上にもいくつかのっていた。麦がのびていた。ここにくるときも麦が目についた。生えている麦が盗み心をおこすならともかく直接私の食欲をそそった。その男は私の隊にいたが、もともと鉄道につとめていた。途中から鉄道部隊に転属した。済南でP三十八が走っている汽車の汽罐車をねらった。運転手をしていた彼は車からおちるとそのまま動けなかった。

「このあたりまであるの」

と私はきいた。

彼は私より五つもわかくランニングが速かった。膝の上までだ、という恰好をした。膝の下に傷をうけたのにしては、上の方まで切りすぎた、と思った、といったがそれ以上語らなかった。

彼の住む家はもと兵営のすぐそばにあった。そこまでステップの高いボギー電車が通っていた。その線路と平行して山があり、山をこすと川がながれていた。五月にもなると山の緑は電車通りにまでせまり、みずみずしいというより、何か息ぐるしかった。

私は川向うの畑へよく出かけたが、そのころこの男の近くに部屋を借りていた。彼にあうまで、こんな近くにいたことを知らなかった。

彼は家で皿の絵をかいているということだったが、訪ねてみると、義足をはずして坐りこんだまま、何枚もおなじ絵をつづけざまにかいいた。

彼はたしかに前より無口になっていたが、兵隊のころのことを較べるのが、もともとムリなことだ、と思った。私は壁に火焔がのぼっている中に立っている不動明王の絵がかかっているのに気がついていた。私は前から彼の顔が不動明王に酷似していると思っていたので、ちょっとおどろいた。

彼は用事を思い出して立ちあがろうとして私が手を出すまえに中心を失ってころがった。

「まだ脚があるつもりでいるんだ」

とおきあがりながら彼はいった。

「もうひとりでとんで歩くことはできるんだが、切断をすると、こんなふうに忘れるもんだ」

彼は柱につかまると、平均をとるかまえをして、それから片脚でヒョイヒョイとんでいった。

あるとき、私が訪ねて行くと、家の中から大きな叫び声がきこえた。棟梁をしている父親が顔を出した。私はこの人を見るのがはじめてだった。

「いま、あの子はキゲンがわるいのです」

私は父親と外へ出た。電車通りに沿って歩きながら父親の話をきいた。

彼は済南の病院にいるとき、はじめて義足をつけたときには、すぐたおれてしまった。義足を動かして前へ進むのに、いく日もかかったが、自分の力で立つことができたときにはひどくうれしくて、その喜びはとうてい他人には伝えられない、といった、と話した。

しかし歩きはじめると、切り口の皮膚が切れてしまった。切れてしまっても、歩きなれないことには、その部分はかたくならない。

それから彼はずっと立って歩けるようになったのだが、ある速度でしか歩けない。彼がわめくのは、その速度をふみあやまって、たおれるときだ。

「あるときには、たおれると自分で笑いますが、別のときには、八つ当りします」

「何もかも知っている人ですから」

と私はいった。

「こんどいよいよ、本義足が下るのです」

「何年に一回というふうに下るのですか」

「二年に一回です。義足はいたむそうです。しかし、私どもは、別に大して気にやんでいませんから」

「そうでしょうとも」

「しかし、あなたはよろしいですな」

と父はいった。私は別れた。私はこの日は彼の家で食糧の融通をつけてもらうつもりできていた。棟梁である彼の父は建築費の代りに、農家から十分にそういうものをもらっているはずであった。だが、私には喉まででかかっていたが、とうとういえなかった。

私が勤めるようになったのは、盲人学校であった。古くからある学校であったが、再建できるまで、とりあえず兵舎を間に合わせることになっていた。

兵営はほとんど前のままで、衛門に立哨している兵隊の姿がないだけで、周囲の鉄条網のはりめぐらした土提のイバラなど青々と針をのばしていた。練兵場は引揚者の開墾地になって、もうすっかり掘りおこされていた。

兵舎にはいくつもの学校が入り、そのシキリにベニヤ板がはられていて、生徒たちはベニヤ板をへだてて口喧嘩をした。始業、終業の時間がちがうので、互いにじゃまになった。しかしその乱雑さがかえって、その時代にふさわしかったともいえる。兵舎には銃架がそのままのこっていて、その下の釘に生徒たちは荷物やカバンをぶらさげた。

兵舎の一画は復員事務所になっていたので、外地からもどってきた、もと兵隊が、兵舎の中に生徒が声をあげて英語をならったり、歌をうたったりしてるのをながめる姿が、われわれの方からも見えた。彼らは毎日々々、あたらしくやってきた。そうしてこれから何かいいことが待ちかまえているように門を出ていった。門のあたりにはドラム罐がいくつもころがしてあったが、中に何か入っているとすれば、誰か踏んで行くものがあるかもしれない、と思いながら、彼等の姿をながめた。盗みたがっているのは私自身であった。だがそう思うだけで、私はその勇気がなかったし、盗みだしかたも分らなかった。しかし誰かが盗みだせば、きっとひどく後悔するにちがいなかった。

毎日々々彼らはやってきた。私はバクゼンと追いぬかれて行くのではないかと心配した。

子供たちは、小学校の一年から、中学生までいた。

私は小学校の一年生をもたされた。何かの都合であった。戦争中で手当てのおくれたのもいた。五人の生徒のうち、三人までは先天性のものだが、あとの一人はさいきん突然に失明したものだった。そのうちの先天性の子供の一人は、この学校の教師が農村をまわって、父兄の反対するのを、ムリにつれてきたのだ。

山根というその子は、紐をつけて柱の周囲しか動けぬようにしてあった。そのために学校へきても、なかなか自分ひとりで便所へ行くようになれず手間がかかった。

しかし便所に近づくと山根でもほとんどまちがいなく目標に向って進んで行くことができた。兵舎の中の油のにおいは、子供たちはかぎわけていた。

彼等はまだ兵隊服をきている私にさわって、教師がいかなるものか、をさぐった。私の声は誰それに似ている、と活溌にいった。度がすぎてウルサイほどだった。

「先生はメアキかメクラか」

といった。

私はそういうことは当然知っていると思ったので、意外だった。さすが彼等は私の眼にはさわっていなかった。しかたがないので、本当のことをいった。

「なんだメアキか」

一人の子供がいった。

「戦争が終ってからは、メアキも、メクラみたいなもんじゃ、というておったわ」

「誰がいうた」

別の子供がいった。ボソボソいった。よく耳をすませないと、何をいっているか分らなかった。その子供の声が小さいために、部屋の中は陰気くさくなった。

「僕の父うちゃんだ」

「僕の父うちゃんだ」といった子供は下田といった。突然失明だった。下田の父は下士官だった。下田が父親につれられて学校へきた。この学校では下学年は、父兄がこなければ、家へ帰れなかった。下田はヒステリックに大きな声で物をいうか、と思うと、次に「おれに何をさせようとしても、してやらんぞ」といった。

下田の父親は、初年兵受領に現地からやってきた幹部のひとりだったので、私はおぼえていたが、先方はしばらくして、部隊を変ったので、気がつかなかった。彼は姿勢を正し、身体を折って私にアイサツした。自分のせいだ、といった。

「奥さんや、ほかの子供さんはどうなっているのですか」

彼は侮辱されたようにだまってしまった。そうして、

「ほかの子供とちがって、にわかメクラですから、宜しくお願いいたします」

と切口上でいった。

下田の子供が、潜伏したつよい中国の女の菌がもとで、メクラになったことは、ちゃんと分っていた。にわかメクラがメクラの仲間でも厄介ものであることは、私にも想像がついた。

下田のようなケースは、わかい教員を歯ぎしりさせた。学校の教員には、戦争中に教師をやめて、もっと景気のいい工場の指導者になり、こんどまた帰って来た者が数人いた。出て行くときには何のためか知らぬが啖呵をきって行った、とつたえられていた。そうした出もどり組の中にいると、それだけでわかい者は腹がたつのはあたりまえだった。

そのわかい教員は、口ぐせのように、メクラのいるのは、国の政治の責任だ、といった。盲人はなるほど貧し

い者に多かった。

出もどり組のひとりは、まだ大学にも籍があるわか者に、

「きみのいう通りになったら、きみは失業するんだ」

といった。

「僕はそうしたら、ほかの職業につくんだ」

わか者はいった。

「どんな職業だってひとを利用して生きているんだよ」

「だから、メクラメクラ、というが、僕らがいるから食えるんだ、という子供がいるんですよ」

「子供がそんなことをいうとしたら、それはきみらのようなひとがいるからだ」

彼等のどちらのいうことも、きいていて私には反対するものが何もなかった。私にハッキリした意見をもった者が、そうでない者をぐんぐん追いぬいていくということのオソレがあった。

私は仲裁にはいろうとして、自分がどちらにも喜ばれず、しかもどちらも敵にしたくない気持に気がつくので、何もいえなくなった。現に私はどちらの家にもでかけて行っていた。出もどりの男の家は川にまじわるもう一つの川の上流にあった。電車に一時間のり、それから川にそって三里、のぼりづめにのぼったところに小さい村があった。ここで私はリュックいっぱい食糧を分けてもらい、たらふく腹をふくらせて酒をのんだので、動悸がはげしくなった。まだ雪ののこっている戸外へ出た。そこで私は地べたにうつぶせになり、まさか、ここで死ぬことはあるまい、と思った。吐こうとしても胃袋は入れた分を吐きだす意志はないのか、何も出てこなかった。今たらふく食った餅は消化されて血になろうとしていたにちがいなかった。

私はその男が、私をさがしにくるまえに起きあがって、冷たい空気も御馳走の一つだった、という顔をしてイロリのある部屋にもどらなければならない、と思っていた。

川の瀬の音が地面にひびいて耳につたわってきた。その男はその学校へもう一度もどってきたことをとても気にしていた。私は新顔のひとりなので、向うは気がねがいらなかった。

「きみなんかの年頃で、あんなところにいるほうがおかしいですよ」

彼は遠まわしにいいわけをしていたが、それが別にみにくいとも見えなかったのは、彼の世話になっているためだけではないことがわかっていた。彼が故郷をもっていることだ。それが彼をりっぱにしていた。今ではもう一度そういうものはいらないと私は思っている。しかし当時は厄介なことがあっても、昔からの家のある故郷がうらやましかった。

私は盲学校へきてから、うつむいて、能の足ぶみのように爪先をあげるように、床をするようにして歩く子供たちを見ていると、これがつまり自分の姿であるように思えることがあった。

ある日教室へ入って行くと、銃架の下で下田が泣いていた。子供たちは親もとをはなれているし、気にいらぬことが多いので、何かにつけて涙を出したり、舌打ちをしたりした。

「おいどうしたんだ。いじめたのか」

ほかの子供たちは、めいめい私の前にうつむいていた。

「なぜだまっているんだ。下田をいじめてはいけないといっているだろう」

子供たちは頑強にだまりつづけた。

「よし、それならそれでいい」

私はこちらは見えているが向うは見えていないことで、奇妙な自負心をもった。なれないとそうしてうつむいて耳に神経をあつめている姿勢は、ただ意地をはっているだけのように見えた。

四、五日のあいだ、私は気まずい思いで彼らに会っていた。ソロバンをはじめて習うとき特別大きなソロバンが教室にかけてあったことをおぼえているが、この教室にもそれとよく似た大きな点字教材がかけてある。それに指をさわらせて、あ、い、う、え、お、と教えて行くのだ。

その日も私は山根の指をもってさわらせていると、彼は急に私の身体にまつわりついてきて、こんな意味のことをいった。

「僕らはイジめたのとちがう。僕がひやこいと思ったので、ひやこいじゃないかというたら、下田くんが泣きだしたのです。僕はそれで舌打ちをしたのです」

きいてみると、下田が水のはいったバケツに雑巾をつっこんだままふりまわしたので、そのとばっちりがふいにとんできたのだ。

この子たちは、じっさいに音をたてて舌打ちをした。物をいわず不平を相手に通じさせるのには、舌打ちが一番都合がいいからそうなるのだ。彼等の間では、互いの舌打ちは相当に大きな音となってひびいてくるのだ。私はまつわりつかれながらわかったよ、わかったよ、といった。

私にまつわりついた子供は、とくべつに臭いに敏感で、私の弁当の中味をいいあてた。風上にいると私が立っていることがわかった。それから、この部屋のにおいが、いつまでたってもくさい、このにおいがきらいだ、といった。子供たちの寮もこの一画にあったのだから、このにおいからにげようがなかった。

ある日足を失った兵隊、大田が私のところへ訪ねてきた。彼はあけっぱなしの仮義足ではなく、ちゃんと靴をはいていた。立っていると常人とすこしも変らなかった。杖をもっていたが、それもステッキといったもので、知らぬ人がみればショウシャな印象をあたえた。しかし彼の額には汗のタマがいっぱいうかんでいるところを見るとここまでくるのに重いものを引きずってきたということが分った。父親が、「おかみからさがる」といっていた実物大の義足はズボンの下にかくれていた。

大田はしばらくして、このごろ皿の絵ではなくて、普通の絵をかいているので、見てくれないかといった。大田はカチンと膝の横のところを操作すると、脚が膝のところで折れて、横だおしに坐ることができた。だがいかにもそれは器具というかんじであった。その音をきいたとき、私は忘れかけていた、義足のことを思いだした。

私の部屋のそとには、もとの練兵場が見えた。雨が降っていた。山向うの砂地まで最近サツマイモを植付にいったときの肥料はこびの苦労は大変だったからそこの畑がほしい、と思う気持でいっぱいだった。

大田について歩いた。彼は傘を自分でさしながらステッキをついて、いくぶん身体をふりながら、一定の速さで歩いていった。

「メクラの子は山とか川とか、いったものは分るのですか」

と大田はいった。

「知らないでしょう」

「それを教えるのでしょうね」

「たぶん……」

「どうしたら山ということが分り、川ということが分るのでしょうかね」

「実地にふれさせてやらなければ」

「そう。……だからといって、あまやかす必要はない」

大田は汗を出しながらいった。

「これでも、じっさいの脚の重さの半分しかないんだ。歩きにくいのは重さのせいじゃありません。地面にうまく義足をのせようと思って苦労するんです」

大田の家の前をボギー車の中を買出しの客が鈴なりになってぶらさがっていた。私は気になってしかたがなかった。そこまでくると、山の濃緑が道路にくずれかかるように迫っていた。

「義足のことは僕は気にもならんです。人がいうほど大へんなことでもないし。ただ僕は親が死んだ子供を愛惜するように愛惜するだけです。僕をはなれた脚が可愛いだけのことで、のこされた僕のことは、大したことじゃない」

大田は大げさないいかたをしたわけでもない。それが彼の画題であるということをいいたかったのだ。

彼は義足をとると、さきに部屋へ通ってくれといった。部屋の中には、五、六枚のパステル画がおいてあった。空をとんでいたり、花につつまれていたり、煙りにつつまれていたりするものは、脚のようだった。別にグロテスクなかんじはなかった。一枚の絵には、「この煙も私の煙だ」と文字が書きこんであった。脚を焼いた火葬場の煙という意味だ。しかし、それらの絵とは別にまったく女の身体をかいた絵の方が私にはよく出来ていると思えた。

私は大田の家で御馳走になり、ドブロクを飲み、平生の渇をいやしすっかりいい気持になってふらつきながら、くらい家の中を通った。大田は飛ぶようにして、私のあとをついてきた。私はそのとき躓いてころんで前のめりになったいきおいで土間におちた。このあたりの家は、表から土間が裏庭までまっすぐ通るように作られていたし、敷居は文字どおり高かった。にぶい音を立てて私といっしょに土間におちたものがあった。それはズボンをはいた大田の義足だった。

私はたちあがりながら、

「どうも、これは」

「けがはないですか。僕のくそったれ足がころがっていたのです」

「けがはありませんが」

「せんだって親セキの子供が木馬のマネをしていました。大切なものですが、愛着はありませんから」

大田は何でもないといった口調でそういったあと、

「こんど、学校へ出かけて行きます」といった。それから「あなたはこれから何をして行かれるのですか」と米の入った紙袋をわたしながらいった。二升ばかり入っていることが重さで分った。

「五里霧中ですね。家族をよびよせなきゃならないし」

私はもらった一袋の米のかわりにもっとすっきりした返事をしたかったが、それができないものだから、腹立たしい気持で雨に打たれながら歩きだした。しばらくして私は、自分の脚がこうして勝手にまちがいなく歩いているのはどうしたことだろう、と思った。

私にまつわりついてきた子供はほかの子供とおなじように寝小便をしたりしたが、物おぼえが大へんよかったし、好奇心もつよかった。例のわかい教師は二年生の子供を遠足につれていって、雨が降ったので茶店で雨やどりしていたら、

「遠足とは、雨やどりすることですかね」

といわれてこまった、といった。彼はこういうこともすべて政治の貧困にむすびつけてやがて憤慨した。彼は党員になっていると、われわれのなかでの噂であったが、この学校の教師が、上から下まで腰かけにきている、といってわめくところが、青年らしくて、この学校ではめずらしいことだった。彼は生徒たちがもとの兵舎にくらしていることを憤った。町の大部分が焼けたのに兵舎がまだそのままのかたちであることがもともと怒りの種子でもあった。あんまのような職業でなくて、もっとほかの職業にだってつけられるはずだ、と腹を立てていた。彼は生徒たちの希望職業のアンケートをとった。私の教室の子供にまで口頭できいた。その結果、「金もうけがしたい。雞をかいたい。メアキを使って仕事ができるように、するために金がもうけたい」というような答えが少なくなかったが、あんまより仕方がない、という答えが圧倒的であった。しかし彼はあんま、というのが気に入らなかった。彼は動物を学校で飼う計画をいずれは実行しそうな気配があった。

寮でそのことをきいた子供たちは、そのことを教室でも口にするようになった。そうして私がとまどっていると、露骨に舌打ちをした。

動物園は公園にあったが、大半は戦争中に肉になったが、いくらか、戦後になって動物や鳥が入っていた。ま

だ私のクラスの子供には遠足は早かったが、ある日、彼等を引率して出かけた。大田のいうように山や川はもちろん、知らないことが実にたくさんあった。

百貨店へ出かけたのは、屋上に猿や小鳥がいたはずだからだった。そこの方が公園よりずっと近かった。被服係りをしていた男は、三階の紳士服の売場に立って客に頭をさげていた。私はそばへ行って声をかけた。

「ああ、きみか」

彼はすぐにこちらへきてもいいはずだと思った。彼はセビロを着て髪の毛をのばしていたが昔のおもかげがあった。肩をふって大マタで歩く歩きかたをした。

彼は私にあってそのあいだにいうことを考えていたようだった。デパートとは名ばかりで品物は少なく、駅前のハルピン帰りの作っている闇市の方に客はながれていた。

「きみはうまいことをしたな。副官どのはダルマになって帰ってこられたが、このまえ死なれたよ。病院へ見舞に行ってきた」

「そうですか」

「知らなかった？　そうか、知らなかったのか」

彼はその位置からチラッチラッと、視線をおくった。

「きみ、ほらあいつ知ってるだろう」

私にまつわってきた子供とおなじ名前であった。がしかしそれは将校の名だった。私は忘れかかっていた。

「あいつ、大きなことをいっていたが、実戦ではヒドいもんだったよ。生きて帰ってきて、今、九州にいるそうだ」

「そうですか」

「きみ、この子供はみんなメクラか」

耳をかたむけている子供たちのかたまりに気がついて彼はいった。

「何しにきたのだ。見物か？　見るわけにはいかんだろうが」

「屋上へ行くのですが」

「屋上？　いまあがれないことになっている。修理中だ。わるかったな」

「小鳥はいますか」

と子供がいった。

「いることはいるよ。何がおったかな」

彼は兵舎に前、鳩がいたのだから、鳩でも飼ったらどうだ、といった。それからあんなものつかまえてくるのは、わけはない、といって笑った。その笑いかたがその日のように明るかった。

「いそがしくなけりゃ、よその学校のをつかまえてきてやるんだがな」

「ではみんな公園へ行こうか」

「ありがとうございました」

子供たちは礼をいった。彼等は便所から教室にかえってくると、「ありがとうございます」ということになっていた。これがまた若い教師が憤慨していることだった。「戦争中とおなじことだ」といった。

「しつけがいいな」

とデパートの店員になった男はいった。それから「いらっしゃいまし」と客の方をむいたが、われわれに追いかけるようにいった。

「兵舎にきみらがいたとは知らなかった」

子供たちはデパートを手をつないで歩きながら、「いらっしゃいまし」をくりかえした。子供たちは、耳からきこえたことをこんなふうにくりかえした。はじめてその学校にきたとき、私はなれないものだから、びっくりしたものだった。もし十メートルはなれたところにわれわれの一団がいたのであっても、このようにくりかえしたにちがいなかった。小さな呟やきが、彼等の耳に吸いこまれるように入りこみ、たちまち、彼等の口からそのままとびだしてきた。関心をもっていようがいまいが、問題ではなかった。

往来には露店がいっぱいにせりだして、道は敗残兵がそのまま街にあらわれたように兵隊服がたくさん見られた。私もその一人で、冬のラシャの軍服を売って米にかえたことを後悔した。ラシャのあの服だけが、私のもっているもので、一番たしかなものだった。子供たちは何も見えていない。「いらっしゃいまし」の次に彼等の耳に入ってくる露店からの声を、もう口の中でつぶやいていた。

「ああ手ごろな古自転車があるな」

と私はつぶやいた。

「ああ、手ごろな古自転車があるな」

と子供たちがいった。そのひとりが、

「先生、自転車がほしいか」

といった。

「ほしいな」

「戦争で何にもなくなったのでね。僕知っている。家が焼けたのも知っている」

「ああ、下田はじっさい見て知っているのだな」

公園まで歩かせることはとても出来ないので電車にのせた。電車をおりて少し歩くと色々ななき声がきこえたものだ。今は孔雀が一羽と鶴と白鳥が別々の籠の中にいたが声を出さねば何もならないと心配であった。そのほかは何もいなかった。孔雀もたしか昔は二羽いたはずだった。いいあんばいに鳥はときどき鳴いた。鳥は私が思っていたよりよくなくものだった。じっさいよくなくものだった。そうして鳥がそっと柵に近づくと子供たちはサッと身をひいた。

「ああ、クジャクにさわりたい」

とひとりがいった。

「さわりたい」「さわりたい」とほかのものまで口をそろえていいだした。

「ここのはさわることの出来ない鳥ばかりでダメだ。ほんとに鳩を飼うことにしような」

子供たちはなきごえをマネた。あまり信用はできないといっているようにきこえた。

私は川向うの砂地に植えたイモ苗のことが気になっていた。川向うの丘のかげにある若い教師の家がイモ苗を安く分けてくれた。彼の家にあるリヤカーで盲学校から肥料をはこんだ。山のすそにそって、大田の前を通りぐるっと山をまわって公園を通り川をこえて向う岸をはるか川上まではバカにならぬ距離だったが、われわれは、当時暇だけはタップリあった。そこでわれわれは砂地へでかけた。

橋の上で彼等は緊張して物をいわなくなった。高いところにかかっていることをよく知っていた。ずっと手をつないで彼等は歩いていた。岸に沿って行くとあたりが静かなので、彼等の鼻は魚のかおりと、彼等の耳はせせらぎの音でいっぱいになり、私の手をにぎっている子供の手がだんだんつよくしめてきた。

「みんな、川だよ」

子供たちは返事をしなかった。私は子供たちが小さいとそれまでも思ってきていたが、彼等は、今までになく小さく見えた。そして何か思索する哲人のように見えた。

彼等は砂地にくると砂を握ったり、川原の石をなげてあそびだした。私の畑を見たがるものはいないので、川の中へ入らぬようにいってイモ苗を見てまわった。どうやら枯れずに育つように見えた。水が出れば、ひとたまりもないが、そんなこと当り前のことだ。私は他人の畑を盗み見た。そして先だって抜いたばかりなのに、もうウネに生えてきている雑草を手の及ぶところだけひき抜いた。満足に抜くには出なおしてくるより仕方がなかった。それも当り前のことだ。

私はひっかえして、子供たちの様子を見ていた。さかんに彼等は川の中流にむかって石を放りなげていた。石のおちる音で水の深さをさぐっていることはいうまでもなかった。彼等の運動不足の為に腕では向う岸までとどかなかった。

するると、

「あっ、いたい」

という声がした。

「いたい？　誰だ、きみか。きみにあたったのか」

石は手からすっぽりぬけたので、あたった子供も大していたくなかったと見える。

すると離れたところで、どなる声がした。子供たちの声ではなかった。

「もうがまんならん」

老人が立ちあがった。川原は急に低くなっているので、そこに人がいるとは、私も気がつかなかった。魚が網にかかるのを待っていたのだ。

「いつまで待っていたらやめるんか。お前さんは、この子供の何だ」

老人は私を発見していった。

「しつれいしました。この子たちは眼がわるいのです」

「メクラか。こんなところまでメクラがやってくるのかね」

老人はそれから、私をじっと眺めていた。

「あんた、兵隊服を着とるが、復員者だろう」

私はうなずいた。

すると老人の眼が真赤になった。

「あっちへつれてってくれ、わしはメクラはきらいじゃ。復員者もキライじゃ」

下田が舌打ちをした。「とろくさい爺じゃ」と口のなかでいった。川にひびくような大きな音であった。ほかの者が笑い出した。

子供たちはその夜、いっせいに寝小便をして、あくる日はあおい顔をしてうつむいていた。下田の眼はまだ常人のようにふくらんでいたが、多くの子供は眼がくぼんでいた。水晶体が次第に衰えてしまいにはなくなってしまうのだ。下田は、始終目をおさえていた。私が教わったところでは眼に圧力がかかり指でつよくおさえていないと、ムズがゆく、重っくるしくて仕方がないのだ。

「ゆうべ、ドラム罐が盗まれたと寮母さんがいうておったが、何のことですか。みんなうまいことをした、うまいことをした、といっていたが」

という意味のことをいった。私にまつわりついた山根という子だ。

「自分の洪水のことはどうでもええのか、とろくさい！」

と下田がいった。下田はいいたいことをいうようになった。

洪水というのは寝小便のことだ。ドラム罐は、今朝くるときには見あたらなかったのを、私は思いだした。

「盗んだのは分っておると、寮母さんがいっていた。ここにいる者の父うちゃんやといっていた」

「とろくさい！」

下田がいって机をたたいた。

「みんな、しずかにせんのか」

「ドラム罐をうったら、僕らのほしいもの、買えるのとちがいますか」

「きみら、ドラム罐が何だか、知っておるのか」

「知りません」

とみんなは口をそろえていった。

「知りもしないもののことを、ああのこうのというな。大方、あれは中に油が入っていない空かもしれん。盗られたかどうかも分らん」

「ちがう。寮母さんがしらべて知っていたのや。僕はドラム罐は知っておる。あの中にガソリンが入っておる」

このことを最初に口に出した子供がいった。

「僕はくやしいな」

舌打ちをした。舌打ちは物すごく大きくきこえた。平手打ちのようにきこえた。

「メクラは阿呆や。メクラの学校の先生も阿呆や。とろくさい人しか来んといっていたが、その通りや」

この部屋がくさくてかなわんと、今だに毎日一度はいう子だ。不平の多い子だ。しかし、くやしがる子は、この子にかぎらない。子供たちは何かにつけてくやしがりようは尋常でなかった。しかしきいていると、彼のいっていることは、われわれの心の中にあることと少しも変らなかった。

下田の父親が数名の者とトラックでドラム罐をはこんだことは、学校の中で話題になった。しかし午後になると、その熱もさめてしまった。山の中に家をもつ例の教師は町の中に下宿していたが、一週に一回もどって行くたびに、衣類を仕入れて背負ってかえった。休みが多いのはハルピン街や売物のありそうな家をまわっているからだった。彼は食うに困るからしているのではなくて商売がおもしろくなっていたのだ。

若い教師は学校の中で養雞をやるといっているが、その利益については腹づもりがあることは、われわれはみんな知っていた。私が彼等の世話になっているのも、一つの口止料みたいでもあった。しかしそれでも若い教師はさいごまで息まいて、下田の父をつれてきて、ぜんぶ返送させる、といった。

下田の父がしたということが分ったのは、彼が寮へやってきて、トラックにのせて一緒につれて帰ろうというつもりであった。もっとましないい盲学校に入れてやるとか、手術をすれば少しは見えるようになるから、といったからだ。

学校の規則として、かってに連れて帰ることは許されない。下田は捨ゼリフをのこして帰って行ったが、そのとき腹を立てた寮母が外へ出てトラックにのりこむのを見たのだ。下田は子供に、

「お前の眼はきっと治る」

といった。そしてそれは下田の父のまったくの思いちがいだった。治るはずなぞなかった。若い教師をなだめたのは、私だった。彼がおとなしくなったとき、私は実に不愉快になってしまった。

兵舎をこわして鳩舎を作った。直接にぎらせねばならぬので、先ずただの巣箱ではダメだった。それからある日、私は鳩を買いにでかけた。私は昔飼ったことのある、色々の小鳥のことを考えていた。しかしそうした小さい美しい鳥をあの構内へ入れて子供達の相手にする気になれなかった。鳥屋がどこにあるか、分らなかったが、大田にきけば知っているだろうと思った。

大田は山の麓の電車通りを自転車にのって行ったりきたりしているところだった。義足をはめていなかったので、片方のペダルがくるくるまわっていた。自転車にのるときは義足はじゃまになるし、おりたときには義足がないと困るが、こんだ電車にのるよりはいいといった。

「僕はこんど結婚するんだ」

「きみはいくつだったかしら」

「二十三だよ」

「それや、もう結婚すべきだね。きみは家もあるし。しかし危険じゃないかしら」

「自転車のこと？」

「ああ」

「他人が思うほどのことはないよ」

「それで義足の方はどうするの」

「自転車につけて行くさ。僕のイイナズケがそういうんだ」

「そう、おもしろい人だな。スケッチにも行けるし、君が仕事のしあがりをはこぶこともできるし」

「しあがりの方はこんどはその人がはこんでくれるのだ」

「よかったな」

「僕もあんな絵ばかり書いていても仕方がないね。あかるくなりたいんだ」

暑い日差しがレールにてりつけていた。私は鳩のことをきく気がなくなっていたので大田と別れて歩きだした。彼の結婚を祝福する気持と別のものが私の中に動いていた。それはまことに悲しむべきものだった。

レールが生き物のようにごうごう鳴りだした。買出しの人をのせた重いボギー車が警笛をならしながらやってきた。復員者がのっているのが分った。音が通りすぎたあと、身体中から汗がにじみでた。

「あかるくなりたい」

それはもっともなことだ。と私は思った。

鳩は川のたもとの鳥屋にいた。一つがいの鳩をアメリカのレイショの空箱に入れてもどった。

鳩は兵舎の中の、箱の中に住むようになった。

子供はひとりひとり鳩をだきしめることになった。この小さい動物は目玉を動かして相手の眼をのぞきこんだが相手はその眼にこたえなかった。下田ともうひとりの子供が胸におしあてていた。

「ぬくい、ぬくい。ぶるぶるふるえている」

下田の方はだまっていた。彼は前から鳩が何ものかはよく知っていたので、何もいわなかった。しかし最初に手を出したのは彼だった。

「バタバタさせとる。生きとる、生きとるショウコや」と鳩をもたない山根がいった。ドラム罐のことをいった子供だった。

「バタバタしているのは羽根や」

と下田がいった。彼はまだ抱きしめていた。

「生きているショウコや」といわれた鳩はきゅうくつそうにしながら、目の玉を動かしていた。鳩はこのようにシツヨウに抱かれてた経験がないにちがいなかった。

「先生、やっぱり川よりこっちの方がええ」

と抱いている子供がいった。

「川は僕、おそろしかったのや」

「そんなこといって、僕にかしてみんことには、僕はわからん」

と山根がいった。鳩を抱いている子が鳩をもったまままいった。

「お前ももうくさい学校におるのはいやじゃといわんようになるわ。どこへ行くところもないのや」

鳩はくっくうと鳴いて助けを求めるように私の方を見た。

「さあ、そのへんでコウタイじゃ」と私はいった。

「山へはいつ行くのですか、先生」

「山か?　山はな」

「そう、あんまり、世話をかけるない」

と、あたらしく鳩をうけとった子供がいった。

船の上

私は船が陸地をはなれてから、ボーイに頼んだスーツ・ケースが気になったので、ひとまず部屋にもどることにした。自分の投げたテープが風に吹かれて桟橋にとどかなかったことや、桟橋からなげてくるテープを受け損じた情けなさが、まだまだ消えなかった。そういうことを気にしていることもまことにおもしろくなかった。私は自分のスーツ・ケースが無事に部屋に入っていたら、しばらくベッドの上で横になり、もう当分誰の顔も見ないつもりだった。私はこの船が気に入らなかった。その金ピカぶりと、一種の何ともいえないにおいが気に入らなかった。そのにおいは金ピカと何かかんけいがあるように思えた。しかしそういうことを考えたら、その国へ行くことがはじめから無意味になってしまうので、けっきょくしばらくひとりになりたかった。

私が見送りの人を案内した部屋にがっしりしたボーイが鍵をあけてこれから入ろうとするところなので、私はその荷物でまちがいない、とうなずいて、さて、と思った。するとその時、開いたドアをもう少しあけてひとりの男が微笑をうかべながら入ってきた。

私はその男を見たとき、白人でないことはもちろんだが、日本人でもないしどこか南方の人種だ、と判断した。

そうして「これは僕の部屋だ」といいかけた。私はその時の自分の顔が、むりやりに闖入された怒りをぶちまけていることを知っていた。そうしてそのはげしさに自分でもおどろいた。

「僕もこの部屋です」

　とその男は日本語でいった。

「あなたと二人の部屋です。僕はこういうものです。僕は二世です」

「そうですか」

　私はかっこうのつかない返事をした。私はその部屋が自分の個室だとばかり思っていた。相客があれば、それが日本語のできる男なら、むしろ私は歓迎であったわけなのだが、私は自分の表情がなかなか柔らかくならないので、こまってしまった。彼は坂口といい、ハワイの交通公社につとめており、一世をつれて日本を案内して仕事が終ったので、これから帰るところだ、といった。彼はどちらのベッドを私が使うつもりか、ときいた。どちらでもいいというと、それでは、僕は上の段にするといった。すべて日本語であった。一つのベッドは壁の中にかくれていた。それを彼がひきずりおろしたとき、自分が個室と誤解したのは、このベッドがかくれていたせいだ、と分った。私の部屋へ入ってきた家族や友人は、誰もそのことに気がつかず、何か羨しいような声を出した。その手前、私はさっき、はげしく腹を立てたらしかった。何も文句をいう筋はないのに、この分でいくと、自分はみみっちいヘマをくりかえすにちがいあるまい、という予感がした。

　私はベッドに横になって、二世の気配にそれとなく注意をはらっていた。この男はどこかわれわれと違うだろう。日本語をつかっていたが、外へ出ればベラベラ英語を話し、まったくアメリカ人ふうに暮してきたのだから、その正体をあらわすに決っている。私はそう思って、忽ち情けないことを考えている男だな、と自分をさげすんだ。

　彼は中肉中背、五尺六寸、色は黒いがととのった身体をしていた。毛はかなり濃い、と私は彼が洋服をぬいでハンガーにかけてタンスの中にしまい、スーツ・ケースから別の服を出し、ワイシャツとタイを吟味しながら、それもあとからハンガーにかけるのを見ていた。それから黄色のバス・タブをひきだしたとき、自分はそういうものを持ってきていない、と思った。

彼はハワイへ行くまでの必要な衣類をのこらずタンスにしまいこむと、「寝巻きは着ない方がいいですね」といって私の身体の上のベッドへよじのぼった。

部屋はせまいので、ひとりが着物をぬいだり着たりしていると、もうひとりはベッドにいるというふうにしなければならない。

「僕はあなたのことは交通公社からきいて世話をするようにいいつかっているのですから、何でも分らんことはきいていいですよ。ハワイからあとは、もう様子が分るでしょう。親舟にのったつもりでいていいですよ」

という声が上からきこえてきた。「親舟にのったつもり」というのが、あまりうがったいいかたなので、私はへんな気がした。

「あなたのもっておられる、たしかバス・タブというのは、もっていないと不便でしょうね」

「日本では着ておらなかったの」

「僕は着ていなかったのです」

「そう。それはやはり、いるね。アメリカ人はみんなもっておるよ」

私はつい気を許しておろかな質問をしたものだ、と思って顔が染ってくるのをかんじた。

「横浜の玉ずしというのは、あそこはおいしかったア。安うておいしかったア。横浜は安うて僕は好きよ。京都は高い。だいたい観光旅館は僕らから金をとろうとするのはいかんよ。せっかくの日本のイムプレッションは悪いよ」

私は彼の広島弁を注意ぶかくききながら適当な返事をした。船は日本の海域を走っており、まだあまり揺れてはいなかった。

彼がかすかに寝息をたてはじめると私は眼をとじた。しかしこの男といっしょになることを考えてもいなかったウカツさがまた私をなやましはじめた。それは別なウカツさを思いおこさせた。

私はでかける日の朝、妻とはげしい口論をした。そのくらいの喧嘩をやれば、普通なら私は計画をいっぺんに取り消してしまうところであった。しかしこんどの出発は、もう私ひとりが取りやめをするというわけには行かない。私のために金を出す相手方のアメリカ合衆国の財団は腹を立てる。正直いうと私は大分前から日本をはなれるのがイヤな気持が半分ばかりあった。出発するかしないか、どちらにもなるときは、私は楽しい気分にひたっていた。それがいざ手続が終って、どうしても行かなければならぬとなると、私はワナにかけられているような不快さをおぼえた。そのワナをかけたのは誰でもない自分自身である。

そういう不都合な自分の性質は今までにいくどもあった。私は引越をするとき、いよいよ当日になると、引越をしたってロクなことはない、今までのところがよかった、といった。そうできないことになっているので、ワナにかけられたと思い、引越先きへ移ると、ケチをつけることがある。しかしそれもしばらくするとケチをつけることを忘れてしまう。しかし、そうかといって完全に忘れたかというと、かならずしもそうではない。一年もたつたころになって、引越すべきでなかった、といいだしたりする。そうしてけっきょく多いときには私は一年に数回も引越をしてきている。

私はスーツ・ケースを出発の前日まで買いととのえてはいなかった。着てゆく服は前日の夕方になってはじめてとどいた。おなじく夕方とどいた靴は小さくてはけなかった。そうして私の家には友人が泊って夜を明かした。友人が気がきかないからでなくて、呼びよせて名残をおしんだのは、私であった。

私はその前日、つまり、前の前の晩に喧嘩をした。その時、私は妻をなぐり、なぐりかえされた。物すごいいきおいで彼女は私の胸ぐらをとった。私は相手が男にしろ女にしろ、そういう目にあったことは、あまりない。

私は自分の柔かい頬がメチャメチャになるのではないか、と思った。そうして、「柔かい頬が」と思ったことを不甲斐ないと思った。そこで、

「みんなおれが悪いんだよ」

といったとき、私の手応えのなさの、一種の無責任さに彼女はアッケにとられた。彼女がそうすることは当り前だった。私自身がアッケにとられていたのだから。そして前にも増してはげしい怒りにふるえながら、大粒の涙を流し、歯ぎしりしながらわめいた。それは、

「そんなことだから、あんたはロクな物が書けないんだ。女の気持ってものが分らないんだ」

そのあとにもっと強い言葉がつづいておこったようだが、そのときには、もう私の耳の方が何もうけつけなかった。私は苦しみにとざされて、気持が動顛していたからだ。

ことのおこりは、私があとに残す子供のことについて少しも細かい計画を立てないで、さっさと逃げ出そうとしているということであった。ところが私は逃げ出すより、むしろ逃げだしたくない、と心の中で思っていた。それを今さらいうわけには行かないので、口にしないだけであった。しかし子供のことではたしかに私はまったく計画をたてる気がなかった。その子供のことがあるために、彼女は私と一生に一度の機会の外国旅行を思いとどまっているのであるから、たしかに私は何か大きなものを落している。そうして必死になって、何かしらを抱きしめている。そしてそういうこともおしつめて行けば、私が僅かな資本をもとに物を書いているからだ。

しかし私は眼をとじても、

「そんなことだから、あんたはロクな物が書けないんだ。女の気持ってものが分らないんだ」

という言葉がきこえてくる。私は自分がそれでギャフンと参ったなどとは少しも思っていないが、彼女がそういう言葉を、泣きながらいったことが私をおびやかしているらしいのだ。

ずっと昔のことだ。この子供が小児マヒの症状を呈していたとき、復員者であった私は毎晩妻とねることを考

えていたが、どうもこの子供のことを考えると、ひどく重荷であった。普通の父親のすることはしたが、その化けの皮がはがれてしまった。あるとき子供をおしっこにおこすと、寝ぼけてフトンの上にしはじめた。そのとき、私はその子供を逆さに吊して屋根の上からぶらさげた。それはそうなるワケがいろいろあった。腹がへっていて、妻の方は長い間寝こんでいた。しかし私は神経衰弱になっていたわけでもない。自分のしていることも知っていた。その時、彼女は起きあがり、

「この野郎、この鬼め！」

とさけんだ。

「おれが鬼？　このおれが鬼？　鬼どころか、このおれは」

といいかけたが、あとの言葉がさっぱり出てこなかった。くたくたになってしまって私はフトンの上に坐ったまま、

「みんなおれが悪いんだよ」

といった。

私はその子供や、その妹が桟橋にいるときその方へむかってまるでお義理のように投げたテープが風に吹きちぎられて海の中へおちてしまったことを思いだした。桟橋は長いあいだかかって少しずつ小さくなり、最後にいっぱい人がのっているのがおかしいようにかんじはじめた。するとその碁石のような人が少しずつ動きだした。それからそういうものを含めて日本が一つの陸になり、しまいに山になってしまった。

「ああ、あんた」

といいながら、坂口はおりてきた。

「食堂のシートをきめましたか」

「いいえ」

「きめてないの？　やっぱりそれではあんた飯が食えないよ。シートがあるんかな、まあ僕といっしょにくるんだよ。おお、僕が先に着かえるから、きみはあと」

彼はヒゲをそり、クリームをぬりこんだ。それから髪をきれいになでつけてから、ズボン下をはかず直接ズボンの中へ脚をつっこんだ。そうして服は自分達はあまりいい物を買わない。イージーオーダーで六〇ドルだ、その代りいくつか持っていて着すてるのだ、と説明した。そして、

「きみのはいくら」

といった。私のもそのくらいだ、と答えた。彼は先きに食堂へ行っているから、といって出て行った。テーブルの席をあらかじめ決めておいて、二週間はいつもそこに腰かけて話し合いながら食事をする、ということは、たしかに私もどこかで読んで知っていたが、すっかり忘れていた。旅行案内書も買入れて必要なところは目を通したつもりでいたが、見おとしていたと見える。日本人どうし飯を食っても相手に好感がもてるように話せるかどうか分らぬのに、二週間おなじテーブルでは向うでも私をもてあましてしまうだろう。

船はまだあまり揺れていないが、歩きはじめるととても重い。傾きはじめると、スベスベした黄色の壁が重い力でのしかかってくるようである。私は大きな豪華な船にのっていることを、不快に思っている一面が自分の中にあることをかんじていた。私は自分に冒険心が欠けていることを出発前から気にしていた。小さな舟にのって太平洋を操縦しながら横断する人があるのに、と私は自分にいいきかせることもあった。しかし、そうしたことならば、自分はあまりいやではないどころか、身体さえもっと頑健なら、するのではないか。私がとつおいつしているのは、それは私が自尊心というものにこだわっているからだ。自尊心といえば、奥の奥の方に、私は日本人を見せるなら、自分ひとりで沢山だ、何も恥さらしを二人ですることはない。おれの家からおれひとり出ればいいじゃないか、というまことに他人にはいえぬような気持があった……。

食堂ではにおいがしていた。私は自分の顔が前々から気に入っていなかったが、その二世の顔よりずっと気に

入らなかった。そしてそれは坂口が出て行ったあと鏡を見てハッキリした。私はズボン下を坂口にマネてぬいできた。その方が少しでもかっこうがよくなるか、と思ったのである。しかし食堂の前の鏡に全身をうつすと、顔が染ってきた。よくてもわるくても自分という人間がここにいるのだから、何が文句があるか、と当然私は思いなおしたが、しかしあまり効果がなかった。

しかし、食堂のある片隅の、つまり入口に一番近いテーブルに私はつくことができた。私は坂口と同席になり、私の前には坂口、その右には何国人とも分らぬ東南アジヤの青年がいた。このテーブルの右手奥には、インド人と、中国人の夫婦とがいた。そしてずっと奥に、これまた私の前の青年とおなじようなかんじの大家族が一つのテーブルを陣取っていた。そのほかにはすべて白人の家族が花をまいたようにテーブルのまわりにばらまかれてもう食事のコースがかなり進んでいるところと見えた。

ライオンの雌雄のようなたくましく美しく大きな夫婦が数人の子供と食事をしながら、チラチラと私の方を見ていた。それを見ると私は何か気が遠くなるような気がした。実に彼等は美しく見えた。私は子供のころ、「ジークフリート」というドイツの無声映画を見たことがある。「ニーベルンゲンの歌」をもとにしたものと思うが、その中に出てくるジークフリートと王妃とを恋したことがある。不死身のジークフリートがたった一つの急所である背中を刺されて死んだとき、その遺骸を前にして王妃がなげき、復讐をちかうのを見て、二人に同情した。私は今、この白人の夫婦を見て、私の感情が、そのままわいてくるのをかんじた。

しかし、私はいくつかの夫婦のうち、別なテーブルに男と女の子をあいだにはさんで食事をしている別の夫婦を見て、見おぼえがあると思った。その男はドラが鳴ったとき、桟橋にいる友達夫婦と大きな声でわめきあい、テープを投げていた。そしてそれが友人にとどくと哄笑した。この船にはアメリカの将校が本国へ帰るのが多いということであるから、おそらく、中尉か大尉であろう。そしてさっきのあのライオンのような夫婦は少佐か中佐といったところだろうか。この男は善良ないかにもアメリカ人といった顔をしていた。アメリカ人としては格別大きい方でもないが逞しかった。そしてその妻は英国女王の顔をもう少し長くしたような顔をしていた。娘と息子はまだ幼児といったところだ。

私はこうして見渡しながら、バカにされまいと思った。バカにされまいと思うだけで、坂口が助け舟を出してくれなければ、食事の選択さえも出来なかった。しかし私はバカにされるとき、こんなことはバカにする必要のないことだ、と知らせる方法というものがまるでないことは勿論だった。

「きみはフィリッピン人だね」

と坂口は英語でその青年にいった。青年は無愛想な表情でうなずいた。私は彼がこのテーブルが何か気にくわないのかと瞬間考えた。

「きみが大使の甥だということも分っている。僕は乗船者名簿というものをもっているから。つまり僕はこの船とはふかいかんけいなんだ。まあお得意さんだな」

坂口のいいかたは私には何か乱暴にきこえた。英語で話すと、この男は私に対してもこんなふうに横柄になるのだろうか。そうとすれば、これは気をつけた方がいい、と私は思った。

「ふん。そう。なかなかえらいんだな」

と青年はあしらうように鼻の先きで答えた。私はこの返答をもっともだ、とも思い同時にこの青年は誰に対してもこうなのかもしれぬ、気をつけねばならぬ、と思った。

坂口は私を紹介した。すると彼は耳を傾けていたが、気のない返事をした。坂口は、私のことはよく知らぬのに、何か宣伝をした。そしてしばらくしてから、

「きみは大学へどうして行かないの」

「行きたくないんだ」

「へえ？　大学へ行かないで何をしているのか知らんが、よくないね」

青年は神経質そうに眉をひそめて、
「よくないということはないでしょう」
といった。
「アメリカへせっかくきたのに、ちゃんと得るものは得た方がいい。この日本人だって大学へ行こうとしているんだ」

私はこの二人をふしぎな気持で眺めていた。となりでは中国人夫婦とインド人が大きな声で話していた。インド人は貿易商で、中国人はカナダの医者だ、と坂口がささやいた。しかしその二人は、食事が終ったとき、とつぜん今まで歓談していたとはとうてい思えない白々しい顔になった。

坂口は立ちあがる前に、青年とトランプの話をしはじめた。そして私も誘ったが私はことわった。それなら日本の将棋をやらないか、といったが、それもことわった。そしてことわらねばならぬことを、大へん不快に思った。

私は海を眺めそれから自分の部屋にかえった。私はさっき見た夫婦のことが頭にあった。私は早くもライオンの夫婦のような夫婦に尊敬をいだき、忘れられないものになっていた。それからもう一夫婦に対しては親しみをおぼえ、とくにその世帯じみた妻のことが忘れられなくなったのである。私はボンヤリ上衣だけぬいでベッドに横になりながら、いったいこれはどうしたことか、と思った。

私が日本をはなれたのは、つい何時間か前のことではないか。それなのに私の心はこんなふうにつかまえられている。私は、彼女たちのことを考えているのではない。それならば、私は何に関心をいだいているのか。彼等の夫婦に対してである。

自分の家にいる家族のことがうかぶと暗くなり、それから今見た家族のことを考えると明るくなり、その二つが、船の揺れるたびに入りまじり、もつれあって顔を出すのである。

私はベッドから起きあがると出かけようとした。どこへ？　私は坂口たちのいるはずの休憩室へ行くより仕方がない。そこでまず私は鏡を見た。私が最初に見たときとくらべると、私の顔は私の考えていたものとちがっていた。私には他人じみてきていた。私の顔にはあのライオンの男のような、それともあの大尉のトムか何かのような顔があるものとつい信じてしまっているのだ。つまり鏡を見ていないとき、タバコを吸っているとき、歩いているとき、考えているとき、私は私と別の頭がのっかっていると思いこんでいるのだ。

休憩室には坂口と青年が何枚かのトランプを手にもちテーブルの上のカードに視線をおくっていた。青年は身体も小さくライト・グレイの服を着て頬のあたりがやせていた。坂口は濃紺の服を着ていた。私は次のテーブルのところから、彼等の様子をうかがっていた。

坂口が切札を一枚出した。それで勝負はついたらしく、

「どうだ。それ見たことか」

といったふうのことを彼はいった。

「まだやるか。やる？　何度やってもおなじことだが、なかなかきみらのような青二才では歯がたたないようにできてるんだ」

こんなふうに彼はいっているようにきこえる。彼の英語は早くてそのくらい離れていると、こまかいところがよく分らなかった。

「もう一度やろう」

と青年はいった。

「もう一度？　よし、それではやろうか」私はボンヤリ成行きを眺めていた。しばらくするとケリがついた。こんども圧倒的に坂口が勝ったようだ。

「トランプあそびなら、どんな種類のあそびだって僕は相手になってやるよ。また明日やるか」

青年は立ちあがった。そして自分のイトコの方を向いて歩いて行った。急に彼は子供じみた声を出して別のあそびにとりかかった。私ははじめて青年の笑い顔を見た。

「あいつ、いい気になっていやがる」

と坂口は日本語でいった。

「大使ぐらい何や。日本人をバカにするようなソブリを見せたら承知せんからの」

「バカにしていたのですか」

私は不審に思ってきいた。私はそういう解釈がつけられるということを考えたこともなかった。

「バカにしているよ。僕も、きみもバカにされているよ。自分はあのテーブルにくるものじゃない、と思っておる」

「そうですか」

「そうだよ。あんたなんか気をつけた方がいいよ。きみ、小田原というところはヒドイところよ。僕は二年前に用事であそこへ行ったんよ。飲物屋に入って、ジュースをくれといったが、知らん顔をしとる。僕をうらんでいるのかね。それともバカにしておるのか。あんなことでは大国民になれんよ」

「それはヒドイですね」

「僕はこんどの観光案内で報告書を出すことになっておる。しかしあんた、僕は自分の父さん母さんの国の悪口はいいたくないよ」

私は彼の「父さん、母さん」という言葉をアタマの中でくりかえした。

「あんた、あんたも、そろそろ英語を使うようにせんと、あとで困るんよ」

「それはそうです」

「僕と使いなさい。僕は日本語を好きよ。日本語をショウバイにしておるから、勉強をしておるんよ。あんたのためを思っているのよ」

といった。

私は味気ない気持で彼と途中で別れた。すぐさま英語にきりかえる、ということが、どうして出来よう。テレくさくて仕方がない。私は彼と日本語を話してきたことを後悔した。

私はトイレへ行こうとさっきから思っていた。船へ入って一回だけ使用した。それはいかにも白人ふうな大きなもので、爪立たなければとどかなかった。そして別のものは今入ってみると大きくて、ゆったりとしており、かえって一種いうにいわれぬ悲しみがおそってくるのだ。私はとなりにいる男の大きな靴を見た。となりのしきりは途中からで、立てば互いに顔が見えるようになっていた。

私は小さい自分の靴を恥じた。この靴さえみれば誰が入っているかすぐ分ってしまう。

私の靴ととなりの靴はまるで比較するためにそこにあるように並んでいた。その男がでてゆくまで私は待っていた。

その靴の主がせきばらいし、大きな音を立てて手を洗い、出て行ったあと子供の声がした。そうして私のとなりへやがて子供が入ってきた。子供の足はとどかないので宙にういていると見えて私の眼に入らなかった。

「パパがあとからくるから、それまでおとなしくしているんだよ」

父親はこういってドアの外へ出て行った。私はしばらくまだ中にいた。そうしていろいろのことを考えたが、それはありとあらゆることで、自分でも今何を考えていたのか分らないくらいであった。しかし私の関心はずっととなりの子供にあった。

私はやがて外へ出て手を洗い、紙で手をふき鏡を見た。そして今まで自分が別の顔である錯覚にやはりおちいっていたことを知った。私はそのとき泣く声をきいた。

「ダディ、ダディ」

子供は泣いていた。私はもう鏡など眺めてはいないで、ボンヤリとその声をきいていた。

「ダディ、ダディ。もうすんだよ。早くきてよう。アアアア」

私はそれが次第に自分の子供の小さいときの叫声にホンヤクされてうかんできた。

「すんだよう。アアアアア」

私はその扉の方に近づいてそっと戸をあけた。当然だが扉には鍵がかけてなかった。

「ダディはすぐくるよ。ねえ、もうすぐくるよ。待っておいで。すぐくるよ」

「アアアア。ダディ、ダディ。こわいよう。こわいよう」

「こわくないよ。こわくないよ。何でもないよ。ダディはすぐくるよ」

「こわいよう、こわいよう」

「こわくないよ。こわくないよ」

私はいいつづけているうちに、残忍なものがこみあげてくるのをかんじた。それをもし放っておけば、いつかのとき自分の子供にしたように、何をしでかすかもしれない。

「ね、待っておいで」

私はそういって扉をしめてそこからはなれた。それとさっきの男が入ってくるのと同時だった。私はいった。

「彼は泣いています。あなたを呼んでいます。可哀相です」

「そうですか。ありがとう。ありがとう」

その男は笑いながらいった。彼はテープを放りあげ大きな声で友人夫婦とわめきあっていた大尉（?）であった。

私はあくる日、二世、坂口と英語で、アイサツをしそれから食堂へ出かけ、彼のいうなりのチップをボーイに渡し、次に坂口と話す会話のことを考えながら、ソウロウと足にくいこむ靴をひきずって歩いてくると、掲示板にたくさんのスナップ写真がはりつけて、一枚一ドルと書いてあるのを見た。

私がふらつきながら人だかりの中からのぞくようにすると、出帆するとき、船の上から写真師がさかんにカメラをあちこちにむけ私の方にもむけていたことを思いだした。

私は私が大尉（？）夫婦を背景に大きく写っている写真と、それから、桟橋の上で手をふっている二人の子供が人ごみにもまれて小さくなっているのを発見した。妻はずっとはなれたところに、私の知人の娘たちといっしょに抱きかかえられるようにして立っていた。

私はそのいずれの写真も長く見ていることができず、揺れながら足をひきずりながら海の方へ出て行った。海は波がなくなり、食後の散歩のつもりか大きな声をはりあげて、まるで競歩のように歩いている巨大な二人連れの男がいた。そしてふと視線をはずすと、デッキ・チェアの上にあのライオン夫婦が長い逞しい身体をならべて何か話をしているところであった。その婦人のスカートが海風にゆられてときどきひらめいた。

カフス・ボタン

遠藤は今日という今日は、借りた金を返してしまいたいと思って山下の家へやってきた。

金額は今の金にするとほぼ二百万になっていた。戦後、遠藤は合成樹脂の仕事をはじめるとき、高等学校の水泳部後輩の山下に二度、三度と借金をした。戦前の高等学校の運動部というものはそういう親しさがあった。

その頃としては大金の十数万の金を遠藤に貸した山下はありあまった金をもっていたかというと、そうではなかった。まもなく山下の出版社はつぶれてしまった。

遠藤はそのとき早速、金をかき集めて借金の一部を返しにもって行ったが、山下は
「返しにきたのですか」

と、まったく期待していないようにいった。借りたとき返済期日も決めてあったのだが、遠藤は山下のサイソクのあるまで放っておいたところが、山下からは何の音沙汰もなかったのだ。山下はいった。

「つぶれてしまったのだから、かえって金はじゃまですよ」

「それでも僕の気持ちがすまないから」

「私の負債は僅かなもの、じゃまなんだから、またこんどマトメていただきますよ。先輩ウンともうけて下さい」

遠藤は出した三十万の金をひっこめて、ウイスキーをのんで、若いころの部の生活のことなど話してもどった。もう今では泳ぎはダメだ、年をとったというようないい気分になり、あとはそのまま借金を返さずにいた。そのとき遠藤は十分につとめを果たしたような話になった。そのじつ二人とも四十歳になっていなかった。

遠藤がある日新聞をひらいてみると、山下の本名で本が出版されているのを発見した。三段ぬきの大きな広告には、山下が出版事業の内幕をもとにした小説であると書いてあった。遠藤は早速その本を書店で求めると、自分の名がどこかに出ていないか、とさがしたが、見当たらなかったので、遠藤はがっかりした。しかしその本の評判はよくて一流の週刊誌などにも取りあげられた。つづいて山下の戦争小説が三部作で出て、ベスト・セラーになった。

わずかのあいだに何千万という金をかせいだ山下は、その収入をぜんぶ出版社の借金にあててしまったことが、週刊誌のトピックになった。そこには借金の返済をことわっているというようなことが書いてあった。

普通出版社がつぶれると、在庫品を整理したりして売れるものは負債の一部にあて、あとは長い期間かかってなしくずしにして行くものであった。このようにすぐ負債を返すのは常識にはずれたものだ。その常識はおれと遠藤との間の常識はずれの行ないが話題になっているのであったが、遠藤の名は仮名になっていた。

遠藤はこの山下の行為を知ってできるだけ早く借金を全部返してしまいたくなったのだ。

そのためには山下がもう一度失意のドン底におちいってくれればいいと思った。そうでなければ、たとえ受取ってくれるとしても機会でなければ返しても値打ちが半減してしまうからだ。

二種類の本が売れたあと山下は何も書かず、出版社からも手を切ったらしいということがわかったが、その後の様子が知れていないので、電話で週刊誌に問い合わせてみると、記者がこう語った。

「山下さんは、こんどは染色の仕事に手を出したのですが、素人でこれは失敗。今では家を売りたがっていますよ。借金で建てた家ですがね」

「家を売るのですって」

「あなたはどなたでしたっけね」

記者はいった。

「私は後藤という、昔の友人です」

遠藤はこうウソをついた。

＊

遠藤は山下の家へ入るとき（この家も売ろうとしているのか）と呟やいた。（そんなにこまっているのなら、こんどこそ金を受け取るだろう）
遠藤の会社はどうやら軌道にのりかかっていた。
山下の家は新築で見渡したところ、十分に金がかかっていたので、五十坪ばかりの、その家は百坪の土地と合わせて、五、六百万に売れそうであった。借金があるとすれば、売っても、二、三百万しかのこらぬだろう。いま自分の返す金を受け取れば、彼は売ることを断念するにちがいない。
遠藤はそういう計算をしてまで返済しなければならないこと、今さらのようにふしぎに思ったが、どうしても返してしまいたかった。
山下は遠藤と応接間で対面すると、歩いて行ってドアにカギをかけた。それから
「何の御用ですか」

と山下はいった。遠藤は先輩にもどって気サクに
「おや、きみはいつもカギをかけるの」

ときいた。

「昔からですよ」

といった。

「そうかなあ。じつは例のもの、今日はどうしてもお返ししたいと思って」

「ああ あれですか。いいですよ、ほんとに困ったら、私の方から頼みますよ。私は貸したものは、戻ってこないと思う主義ですから。最初からそのつもりだったのですから」

山下は何げなくいったが、眉のあたりに不快だ、という様子が見えた。

「それでは、僕が困るよ」

「こまる？　もうその話はよして下さい」

遠藤は札束を鞄から出しかかったが、こんどもあきらめた。

遠藤が黙ってタバコに火をつけたとき、ドアをたたく音がした。山下は立ちあがってドアの上の方にあたる部分のフタのようになった板を上にグルっとまわしてあけた。そうして外に向かって、

「何だ」

といった。

「あなた、また火災保険屋さんよ」

山下の妻の声だ。

「ことわってくれよ。保険はいっさい僕はキライなんだ。それが僕の主義だといったじゃないか」

と山下はどなるようにいった。

きいていて遠藤は、山下はオカシな男だとおもった。それからあたらしいタバコに火をつけながら、山下の背中をじっと見ていた。まださっき吸っていたタバコが灰皿の中でケムリをあげていた。

貸した金を受け取らない。

応接間にカギをかける。

保険屋はキライだ。

この三つのことに何かつながりがあるのだ。

*

山下の家が放火されたという記事が新聞に出たのは、それから一週間たったころだ。

山下は保険に入っていないうえに、火事が起こった場所が火の気のないところであったので、すぐそう判断されたと見える。しかし山下が大火傷をして生命に危険があるかもしれない、ということも、新聞は伝えていた。山下は応接間にカギをかけていつものように片隅のベッドで睡眠薬をのんで眠ってしまい、当夜は折悪しく家人はルスだった。

遠藤は山下のところへ、ほとぼりのさめたころ、出かけて行くつもりだったが、ぐずぐずしていることはできない、と思った。そのうちに山下がこの世を去ってしまわぬともかぎらぬからだ。しかしあまり時期が早すぎては疑われる可能性もあった。

遠藤はそんなわけで、思いたってから二日のあいだをおいた、そして三日目にあらかじめ近所に人をやって在所をしらべていた病院に出かけることにした。

遠藤は妻の渡したワイシャツを受けとって腕を通したとき、いつもハメてあるカフス・ボタンが、片方だけないことに気がついた。

それは百メートルの選手であった彼が水泳部を去るときに後輩から貰った金製のカフスだ。彼が母校の名をあげたというので、とくべつ高価なものだった。彼の名と、学校の名がほりこんであった。

「ボタンがないじゃないか」

遠藤は妻にいった。

「この前、おぬぎになったときからないのですわ」

「この前？　この前というといつかな」

遠藤は妻にはおとなしい口をきく男であった。

「いつって、さあ、山下さんのとこの火事のあった晩かしら」

「火事のあった晩？　そんなことないだろう」

「ええ、よくわかりませんわ。あのときすぐいえばよかったんですが、あなたポケットにでもいれておいでになるかと思ったもんですから」

「ああ、そうかもしれないね。もういいよ」

「やっぱりなくされたんですか、モッタイないことですわね」

「いいったら、化粧でもしたらどうだ、お前は俺のルスになると化粧をする心得が悪いったらありゃしない！」

遠藤はいつになく強い語調でそういうと、だまってカフスのいらぬほかのシャツに着かえはじめた。

妻は遠藤の気配におどろいて「あらっ」といったきりフクれた顔をして去っていった。

遠藤はフロシキ包みをもって外へとび出ると、途々カフス・ボタンをどこでおとしたか、考えはじめた。

（もし、あの物置の中をおしわけ固型燃料に火をつけてきた時だったら）

遠藤は小脇にはさんでいるフロシキ包みが道の上におちたのに気がつかず歩いて行った。

或る一日

1

そのモテルの窓の外では牛が草をはんでいる音がひっきりなしにきこえていた。はじめは何の音かさっぱり分らなかった。人間が何か物をさがしているように思われた。しかしいつまでたってもやみそうにないので女はカーテンをあげ、まったく外の見えない重いスリガラスをもちあげてみると、白い牛がいた。

牛はモテルの裏側の塀の代りにめぐらした金網のすぐ向うに横向きになっていた。その向うに平らな牧場がつづき、それから湖が光ってみえた。大きさからいえば湖というより池といった方がいいにきまっていた。しかしやはりそれでいて、それで何か湖といったかんじであった。

モテルにいるのは三十五になる日本人と三十になる、その妻であった。二人はいまモテルに付属したレストランで食事をしてきたばかりで、それから南北戦争のことを話していた。百年前、ミシシッピイ河をわたった北軍が、あのあたりの草原をひたおしに南へ下って、地元南軍の部隊をはさみうちにしたころにこのあたりは戦場であった。

夫は机の上にあったバイブルを掌にのせてぺらぺらめくっていたが、それから画集をひろげていた。その画集に「深南部風物画集」と書いていた。

二人は満腹していた。昨夜はいつものように、ダブル・ベッドでねた。こうした生活に十分なれていたわけではないので、後悔するほど疲れることがあった。そのあとの食事がすんで、ひとしきり話がすむと二人とも口をつぐんでしまった。牛の草をはむ音が、そのときになって妻にきこえてきた。

妻はそれから白い牛がそこにいるということをずっとかんじつづけていた。夫がとつぜんにいった。

「子供はどうしているだろうな」

「心配することないわ」

「そう書いた手紙を見たのは、二週間前だろう」

「そうよ。あなたのいう通りだわ」

「それからあとは便りを見ていないからな」

「もうあと二週間だわ。手紙はホテルへ先き廻りして待っているんでしょ」

先き廻りをして日本から手紙が届いているようにしたのは夫だった。きっと、手紙はきているだろう。夫もそれを知っていた。夫がいいたいのは、そのことじゃない。こうして今、話しているあいだに日本へおいてきた子供に何事がおこるかもしれない。何事がおこっても、五日たたなければ郵便がとどかない。そのあいだは、何がおこってもおこらないとおなじことになる。そういうことが夫には堪えられぬのだが、そうしたことを、夫はいいたいのではない。そういうことは、今まで何度も口にしてきた。夫が、考えていることは、妻が自分ほどにそういうことを気にしないということだ。

出発前に、夫は妻が子供と別れて一年外国でくらすということに、つらい思いをして外国へ行くことを止めようといいだすか、と思った。妻はそういう様子を見せなかった。ところがこの国へくる途中の船の中でも、最初に住みついた田舎都市でもずっと泣きつづけた。

「かわいそうに、かわいそうに、ママやパパをごめんね」

と泣きじゃくった。

(パパの方だけは余計なことだ)

と夫はそんな時思ったが、口に出すことはよした。そして罐を切ってビールをのんだ。そしてアメリカのビールはまずいと思った。

「一日一日と大きくなって行くのに」

と妻はいった。

「そんなことは問題でない」

と夫は思った。

夫はずっと家計というものをとりしまってきた。この国へきてからも、金はその都度妻に渡すだけであった。夫は妻をこうしてきっちりと自分の腕の下に入れてきたが、妻のこの気持は彼にはどうにもならなかったし、ことんまで口に出していってしまうことができなかった。

妻は一月たたぬうちに、子供のことを思って泣くようなことはなくなった。すると夫の方が心配になってきた。そこで、ある時、妻が子供に手紙を書き終えたとき、そっといってみた。

「お前、何だったら、先きに帰ってもいいよ。僕の方は自分でちゃんとやって行くから」

「あら」

妻は顔をあげたまま、何のことをいわれているのか分らぬ、といった表情を見せた。

「わたし帰りたくなんかないわ」

「帰りたくなければ、帰らなくてもいいさ」

「わたし帰りたくない」

妻はこんどはちょっとムキになっていった。

「それなら何も帰れというはずがないじゃないか」

「わたしの方から何もいわないのに」

「それなら、それでいいんだよ。お前のことを思っていっただけなんだから」

しかし夫は、おれがもしお前なら、いくらせっかくの外国旅行だって、子供の顔を見に先きに帰りたいと、自分の方からいいだすだろう。するとおれはとめるだろう。そこまで考えて夫は自分が二役を演じている愚に気がついて白けた気持になった。そうして妻がこの国に満足してうかれればうかれるほど、

(今、この時間に子供が病気でたおれたら)と思った。

夫はこの女を妻にして以来、にくいと思ったことは一度もなかったといっていい。

今は自分がそう思っているらしい、と気がついた。しかし考えてみれば、あれが「にくい」と思ったことかもしれない、と思いだすことがあった。

彼が仕事でおそくなることがあった。そのうち勤め先きの女と、時間を気にかけながら連れ立って茶をのむようなことがあった。ある夜かえってくると家の中は真暗で妻の姿がなかった。彼は家の中を点検して何の書置きもないことが分ると、もう一度外へ出た。すると茂みの中に蹲っている人の姿が見えたので近よってみると、妻であった。

「何をしていたのだ」

と彼はいった。妻はだまっていた。彼が腕をのばして妻の身体をひきあげようとすると、その手をふりはらった。

「わたしね、将来のことをいろいろ考えていたの」

「何もこんなところで夜露にうたれていなくたっていいだろう」

「いいえ、ここでいいのよ。あなたの家に入りたくない」

夫はこんどはだまってしまった。しばらくして、夫は自分もかがみこみながらいった。

「将来のことって何だ」

「わたしの将来のことよ」

「わたし、とはおかしいじゃないか」

「いいえ、わたしだわ。わたしの将来だわ」

「なぜ、そんなことをいうんだ」

「………」

「おれがお前に財布を渡さぬためか。しかしそのことなら、お前に話しておきたいことがある」

と彼はいった。それから彼は話しはじめた。夜露にうたれながら。

それはイギリスの作家の書いた、アンダー・ザ・クロックという小説のことだった。技師である彼は若い頃、そんな小説を読み、ずっとおぼえていた。若い妻のアニイは結婚して以来、さだめられた金額以上のものを使いそうな気配があると、優しい夫が急におこりはじめるのでおどろいた。その剣幕ははげしくて、常軌を逸したものだった。一年たつうちにアニイはすっかりあきらめ、身も心もしぼむように思った。一年たったある日、夫がアニイにいった。

「さあ、アニイ、明日から、二日間旅行に出かけるのだよ」

夫のウィリアムは旅行積立貯金に積立てをしていたのだった。それから二人は旅行に出かけ、したいことをして暮し、積立てた金は一文ものこさず使ったので、アニイの方が少しのこしておいたら、と思うほどだった。

この夫は外国のウィリアムに感動したことがあったので、財布を渡さぬのではなかったし、旅行積立をしているのではなかったが、根本のところでおなじ考え方をしていた。その意味では、彼は妻のことを考えていた。

妻は夫の話をきいていたのか、いなかったのか、だまっていた。

「私、自分の子供ができたら、どこかへ行ってこっそり生みたい。それから子供を誰かにやって、それから、私はこの世から消えてしまいたい」

夫はそのときは、自分のなかに負目もあったし、妻のひそやかないいかたにふびんをかんじただけだった。夫はやがて早く帰るようになったし、妻は子供をちゃんと産んで誰にもやらず育ててきたし、もちろん、どこにも消えたりしなかった。彼以上に母親として愛情を示してきた。しかし思いだしてみると、何か思いあたるところがあった。しかし夫は次の瞬間自分が、「にくい」と思ったことを恥かしいことだとかんじた。けっきょく子供達には何もおこりはしないのだから、妻の方が正しいのかもしれない。「にくい」と思うより、そう思って、このことを忘れる方がいい。

2

妻はくすっと笑った。白い牛のことを、まだ考えつづけていることがおかしかったからだ。この国へきてから妻は自分が以前より淫蕩になっていることに気がついていた。あまり度々そういうことを試みたためであろう。妻は今まで知らない技術のことまで知るようになっていた。夫が拒むと、妻は夫が大切にしている財布のことを思いだした。

「どうしてなの、ねえ」

妻は今までにない甘ったれたいいかたをしておなじベッドにいる夫をおどろかした。

「どうしてって、お前、何ごとも度をすごすということはよくないよ」

「でも、要求があれば、自然なことじゃない」

そういうとき、夫はまたもや、子供がおなじ時刻に地球の裏側で、学校に通っていたり、芝生の上であそんでいることを考えた。そうして身体をかたくしてこばんだりした。それでも二人はかなりこの道にはげんだ。牛の草をはむ音が少し移動したが、まだきこえていた。牛があくびをするように「モウー」と大きく間が抜けた笑い方をした。

「牛がいたのか」

「あーら、知らなかったの。ずっとさっきからいたじゃない」

「そうか、ぜんぜん気がつかなかったな。お前、気がついていたら、そういってくれればいいのに」

「だって牛のことなんか、いちいち……」

妻はレストランの白人のコックのことを考えていた。彼は昨日も今朝も彼女の顔を眺めていた。夫がトイレへ行っている間にわざわざ自分で近よってきて注文をききながら、

「私は日本にいたのです。二年いました。日本の奥さんはみんなきれいで、私は気に入っています。でもあなたはとりわけ美しい。髪が眼が額が、頬が……」

といった。

今まであちこちで白人に会ってきた。夫が技師なので、相手は大てい技師だったが、そのほかの色々な男にも会ったり話しかけられたりした。

最初に彼等がいたところは、この国でも美しい男女が多いという噂であった。そこにいるとき、おなじようなことを何度いわれたか知れない。その間にこんなふうに自分が動揺していることは一度もなかった。

それはその男のそばにいつも妻がいたせいかもしれない。おなじ男につづけて二回も三回も会わなかったせいかもしれない。最初に「髪が、眼が、額が、頬が……」といったことかもしれない。最初に夫がいないところで会ったせいだろうか。それから、昨日と今日で四回あの男と話している。

「ねえ、あなた、今日お仕事がないのでしょ、街を散歩しましょうよ。夕食は外のレストランにしましょう」

「今から出かけて夜まで散歩するつもりかね」

「ザッツ・ライト（その通り）」

と妻はいった。

この夫婦は一年もいる日本人には珍しく車をもっていなかった。中西部のアイオワ州からここまで汽車とバスでやってきた。

「ねえ、あなた、ガスに火をつけて下さらない。このストーブ、とてもこわいの。ただのストーブじゃないんですもの」

妻は夫が椅子から立ちあがろうともしないで、じっとしているので、そんなことをいってみた。中西部にいる時は、暖房はすべて地下室からあたたかい空気が立ちのぼってくるしかけになっていた。どんなみすぼらしい家でも、夫婦がたずねていった農家でもそうなっていた。地下室を見せてもらうと、片スミに冬の間の子供のあそび場がこさえてあり、棺のような大きな冷凍庫があり、それからドアをあけると、たくさんの棚にぎっしりと自家製の罐詰が並んでいた。そうして真中に大きなヒーティングの装置があって、そのとき、大きな百姓の男の手が把手をひくと、焔が見えた。今、その焔を妻は思いだした。

「ストーブ？」

夫は立ちあがった。

「まったくこいつは化物みたいなストーブだな」

といって用心ぶかく点火して、あちこち操作した。

「もうそろそろメイドさんがくるころよ。ちょっとベッドを直しておくから手伝って下さらない」

「ああ」

夫はストーブをのぞきこんでいた。夫は子供達が火事をおこさなければいいが、とひそかに思っていたので、なかなか立ちあがらなかった。

「ねえ、あなた、メイドさんがきたら、じろじろ見たりしちゃ、いやよ」

「じろじろ見る?」

「そうよ」

「ノロノロ歩いてくるあの黒人のメイドさんか」

「あの人、うすのろのようだけど身体はとっても発達してるのね」

「自分でもそんなこと気がつかないよ」

「なあぜ」

「みんなああしたふうな人だから。そんなこと考えない方がいいんだ。余計なこと考えない方がいいんだよ。バカを見るよ」

夫ははじめて自分が昨日の朝、メイドを眺めていたことに気がついた。しかし、それはただそれだけのことだった。そこで夫は、

「かわいいことをいう女だ。けっきょくかわいい女だ」

と思った。

3

牛が草をはむ音はときどきメイドの立てる音でさえぎられた。メイドは妻のいうように大きなヒップとブレストをもっているが決していい身体をしているわけではなかった。何か歌っているので、黒人の聖歌でも歌ってい

るのかと夫は思ったが、ただの鼻歌の類のようだった。歌にも何にもなっていなかった。車をもたない夫婦がホテルでなくてモテルへ泊ったのは、中西部にいるときの友人の紹介であった。モテルだから一階建てで、鍵かっこ型になっていた。その一つの並びを彼女は足をひきずりながら、一つ一つの部屋のベッドを直し、大ざっぱな掃除をして近づいてくるのだった。今、モテルにいる客はこの夫婦だけで、あとの客はクリスマスを前にして多忙と見えて、朝早く発っていった。

「ねえ、あなた、ベッドを直すのを手伝って下さらない」

(白人の女だって、こんなことは自分でやる)

と夫は思ったが黙っていた。メイドが隣りの部屋のシャワーを流しているのが、まるで彼女が浴びているようにきこえてきた。

「ねえ、あなた、外へ出ないこと。仕度して外へ出ましょうよ。私、二人でこの部屋にいるのを見られるのいやよ。それに」

「それに何だい」

「あなたったら、あの人を見るんだもの」

「見やしないよ」

「そんならいいけど」

夫婦がオーバーを着て、スーツケースの鍵をたしかめて外へ出る時、ちょうどメイドがやってきて、

「グッド・モーニング」

と気のないいい方をした。

「ほら、見やしなかったじゃないか。僕はずっとお前以外の女のことは考えたことはないんだよ」

妻はだまってうなずいた。しかし彼女の眼はレストランの方を向いていた。レストランのガラス窓はくもって

いて、中に人がいることは分ったが、その男の姿をはっきり見ることが出来なかった。彼女はもうすでにその男に裏切られたような気持になった。それにもかかわらず、彼女は今日の会話を思いだすと、心が浮き立ってきた。

「このグラタンはおいしいわね。ねえ、あなた」

妻は夫によりも、コックにきかせたかった。すると夫よりもさきに白人の男が返事をした。

「気に入りましたか。これからどちらへおいでになるので？」

「私たち、ニューオリンズへ下るのよ」

「ああ、ニューオリンズ。それなら、奥さま、あなたはすぐここの料理のことなどお忘れになりますよ」

「そんなことないわよ。ねえ、あなた」

妻は夫に同意をもとめた。

「その通りだよ。お前のいう通りさ」

と夫はいった。しかし、彼はとくべつ、その料理のことには関心がなかった。夫はアパートで妻が作ってくれた日本食とも洋食ともつかぬ料理の方がずっと気に入っていた。

「旅というものはいいものですな」

と白人のコックがいった。

「あそこのエビの料理や、生カキはとてもおいしいんです。エビ料理は海辺まで行っていただいた方がおいしいです。こんなふうにいただくんです」

夫はその恰好を見て愛想笑いをした。しかし妻は笑えなかった。大きな毛の生えた手を動かしてカニを食べるマネなど、その白人にしてもらいたくなかった。

彼等はスタンドで食べていた。もっと離れたところで、働いている彼を見ている方がよかったと彼女は思った。

「あなたがたは子供を故国《くに》においていらっしゃったのですか」

「ああ、そうだ」と夫がすぐ答えた。「二人いるんです」

「あなたは子供いらっして」

「子供？　私はまだ独身ですよ。私はまだ二十六歳です」

「二十六？」

三十をすぎているもの、と彼女は思いこんでいた。

「タイクツされたら、テレビをとりつけるようになさったらいかがですか」

「テレビ？　そうね」

夫はコップの水をぐいとあおって、

「それもいいな」

と答えた。

「この町には見るものは何もありませんが、記念館へおいでになったら、少しは陳列があります、それもニューオリンズとはくらべものになりません。南軍の服や、大砲や、それから私たちの祖先の衣服が並べてあります」

コックは南部ふうの円味をおびた調子でゆっくり跡切れなく話した。身体つきも、どことなくキャシャで、こんなコックが、貴公子の風貌をそなえていた。この男に灰色の軍服をきせたら、どんなによく似合うだろうか、と妻は思った。

4

夫婦は半みちばかりある町まで歩いて行くことにした。モテルの名は、「松の木」といった。そのネオン広告に灯がついていないのか、寒々とかんじられた。

夫婦はハイ・ウェイの横のほとんど人の通らない歩道をあるいていった。歩道からすぐ松林がつらなっており、疎らになると牧場がはじまっていた。

「あら、あそこに見える湖は牧場の牛が水をのむためなのね」

妻は歩道に立ちどまって叫んだ。

「それゃそうだろうな」

「わたし、そのことに今気がついたんだからバカね？」

「バカっていうわけじゃないよ。よその国へくると、一事が万事そうだよ。ちがわないのは、仕事のことだけだが、それだって、時々、意外に思うことがあるからな」

「ねえ、あなた、白人の男の人ったら」

そのあとで白昼口に出せないようなことを妻がいった。ひっきりなしに車が通っていた。

「それゃ、そういうこともあるさ」

それからふりかえっていぶかしそうに夫はきいた。

「なぜ、そんなことをいいだしたんだ」

「なぜって、あなたがあんまり可愛がって下さるんだもの。だからあなたも、白人の女に目をくれたらいやよ」

「だってきみ、白人の女がどうして僕なんか、かまってくれるものか」

「でも黒人の女もいてよ」

「くどいな」

夫は声を荒げた。

「おこったの、スイート・ハート」

夫は、妻の「スイート・ハート」という呼び方も気に入らなかった。自分が教えこんだのだが、妻が不謹慎に見えた。

「おこりはしないが、そんなバカなことといいかげんにしたらいいんだ」

街の中へ入ると、子供をつれた女や、若い女が歩いていた。買物にいそがしいと見えて、彼等夫婦にも気がつかなかった。モテルを出てから、ほとんどはじめて出会った、歩いている人間だった。

「子供だ。顔付きは変っていても、することはおなじだな」

と夫は妻にいった。

母親に手をひかれていた、その女の子は乳母車の中の別の、もっと小さい子供の顔を人形相手のように、指で撫でまわした。子供は眼も口もとざされたので泣きはじめた。

「あなたって、ほんとにいい人ね」

と妻は夫の腕にもたれながら呟いた。

「わたしって子供のころ、とっても円顔だったのよ」

夫はいぶかしげに妻の顔を見た。円顔とか長い顔とか、問題ではなかった。異人種の顔であった。日本人といえば、妻のほかにほとんどいなかったので妻が唯一の自分に似た人種であった。最初のうち妻の顔がおそろしく、自分からかけはなれたものに見えた。アパートへ帰ってきた直後はそうであった。よく子供のことで妻が泣いているころ、その黄色い顔から流れる涙のために夫は、一種の郷愁と安堵をかんじた。

「どちらだって、お前は、それでいいんだよ。僕が気に入っていれば、文句はないじゃないか」

「でも私、長い顔ってきらいなのよ。子供たちも長い顔にならなきゃいいわ」

5

記念館には二十五セントの入場料がいった。二人で五十セント。夫が財布から金を出すのを、妻はぼんやり見ていた。

(二十六だって、あの人、二十六だって)

夫は釣銭をうけとると、ガニ股で肩いからしながら近よってきた。そして妻の腰に手をかけていった。

「さあ、行こう。木造だな。見るほどのことはないが、まあ、コックさんに対する礼儀だな。今夜また話をするときの種になるからな」

「今夜は、やっぱりあそこで食事なさるの」

「そうじゃなかった?」

「さっき、町で食事して帰ることにしたじゃない」

「それでもいいが、せっかくなじみになったのだから、あそこの方が気楽でいいよ、あの男と話すのは、気がけなくていいじゃないか。日本びいきだし」

「腹の中はわかるものですか」

この言葉には、夫婦二人ともすっかりおどろいてしまった。そしてだまりこんでしまった。

この建物は床がきしった。夫と妻は仔細ありげにガラスの中の陳列品を、横に移動しながら眺めていった。コックがいったとおりに、二百年ばかり前からの物が並べてあった。十九世紀の服装をした女が立っていた。その女はもちろんマネキン人形であった。その向うに大きなベッドがあった。それから手廻洗濯器などがあった。

夫は今は、仕事のことを考えていた。

子供のこととおなじように彼は仕事のこともあんまり妻に話せなくなっていた。彼がこちらに出ているうちに、自分のポストは外からやってきた新しい男にとられているらしいということを、また思いうかべた。ただの想像かもしれない、想像と思えばそれだけのことのようでもあった。

しかし夫には次第にへって行く手紙の度数などで分っていた。自分もそのようにしてあのポストに入ったのだから。

こうした意味での仕事のことは夫はいつも考えるのを最後にまわしていた。そろそろ帰国が間近になると、そうばかりはしていられなかったのだ。記念館を出て、写真をとりあって映画を観て、それから夕方モテルへ車でもどってきた。

「ねえ、あなた、子供が大人になって恋をして結婚しておばあさんやおじいさんになって、それから死んでいくなんてふしぎなことね」

「どうして、そんなことというんだ」

「私、あの記念館の陳列見て、そう思ったの」

「今さらでもないよ」

「でも私、こんなに痛切にかんじたの初めてよ」

妻は自分のいいたいことが分らなかった。悲しい時には、こんなこと思いやしない。そうかといって希望に溢れている時も、思いやしないだろう。

松の木はこのモテルの庭の真中に数本立っていた。車はそのぐるりをまわるようになっていた。

夫婦はそのぐるりの道を歩いて、自分の部屋に入った。妻は部屋へ入る前にまたレストランの方をふりかえってドアをしめた。レストランの中はガラスがくもって見えなかった。

部屋へ入ってオーバーをぬぐと、二人は外人ふうに接吻をした。それから妻はシャワーを浴びに浴室に入ったが、夫はあとにするといった。

妻はシャワーを浴びながら、その音の合間から、牛が草をはんでいる音がきこえるような気がした。そんなバカなことはない。このシャワーの音なら、どんな音だって消えてしまうはずだ。シャワーをとめて耳をすましてみると、牛の例の音が、サクサクサクときこえてきた。妻は裸のまま窓をあけてみた。

すると金網の向うのところに牛がいた。湖の色はすっかり黒ずんで見えた。

「お前何をしているのだね、風邪をひくよ」

「ええ、むせてしまったもんだから」

妻はバス・タブへ入るより、こうして立ったままシャワーを浴びる方がずっと好きであった。

しかし彼女は疲れていた。窓をしめるとほんとうは浴びただけで身体にタオルをかけて外へ出た。待ちかまえていたように夫がいった。

「食事に行こうか」

「もう少し待って、髪に水がついたもんだから。私、髪の毛がかたくって。こちらの人はいいわね、私のような髪の毛の人少ないわ」

鏡に向って妻はいった。

「それは色々だよ。日本でもこのごろ、髪の毛を染めているというじゃないか」

「いやあね。たしかに黒い髪はうつりは悪いわ。でも黒い髪のありがたさは、こちらの男の人に会って見なくちゃ分らないわね。ニューオリンズあたりへ行けば、黒髪の人は多いんでしょ」

「ああ、そうだよ」

夫はベッドに横になって目をとじていた。

「あなた、いつ発つの」

「さあ明後日には発たなきゃね」

「そう、それ延ばせないかしら」

「ムリだな」

「ああ、つまんない」

と妻はいった。

「どうしてそう分らないことをいうんだ、子供みたいに」

と夫はいった。そしてまた彼は地球の裏側のことを考えはじめた。妻はふてくされたように鏡の前から動かなかった。牛のなきごえがきこえた。

「だってあなた、ニューオリンズへ行ったら、浮気したくなるでしょ」

夫はとうとう腹を立てて立ちあがった。

「さあ、腹がへった、レストランへ行こう」

ガリレオの胸像

1

二十数年前になるのだが、その田舎都市の中学校へ通う生徒たちは、海軍の陸戦隊のはく白いゲートルをつけていた。ゲートルは靴にかぶさり皮の輪で靴底に定着されるようになっていた。脛のところは、外側を編上靴式に紐でホックを頼りに編みあげて行く、といったものだった。

　それがある年から急に別なゲートルに変ってしまった。陸軍式といったらいいだろうか。巻脚絆というやつだ。このゲートルも陸軍の巻脚絆とはちがって、やはり靴の上にかぶさる部分がついているので、穿くのには必ずしも不便ではないが、脚からはずした時などには、巻物に干いかのようなものがくっついているので、おさまりのわるいものだった。色も、こんどは真黒で、このうつりかわりは生徒たちをおどろかし、落胆させた。

　その張本人は大友庄一郎が四年のときに赴任してきた広井大尉だといわれたが、そのうち、それは広井大尉よりも、ちょうどおなじ頃に赴任してきた城山という校長の発案だという説も出てきた。ゲートルは学校の徽章とおなじものだというので上級生は校長のところへ出かけて行ったが、けっきょく追いかえされた。これらの生徒たちは以前の白ゲートルをはいて通っていたが、半年たたぬうちに、いつのまにか黒い巻脚絆を穿くようになってしまった。そしてそれは広井大尉と城山の一種独特な人柄のためだった。

城山はもともと国語の教師であったが、庄一郎のクラスも一回授業をもっていたし、そのほかのクラスにも顔を出し、欠勤する教師がいると、きまって長身の身体をはこんできてみっちりと生徒をたたきこんでいった。そんなわけで出張でもしないかぎり、学校中のどこにいても城山の姿が見られないということがなかった。体操の時間にも運動着にきかえて割りこんできて、駈足についてきた。ある時はとりつけたばかりの教室のマイクがわめきはじめると、全員で校庭と便所の清掃がはじまった。賑かであわただしく戦争みたいだった。

城山の官舎は校庭のスミにたっていた。だから彼は誰よりも早く学校内に姿をあらわして、誰よりもおそくまでのこっていた。笹野という庄一郎の担任の教師は授業中にこう洩した。

「ゲートルどころじゃない。職員室は神経衰弱にかかっている。しかし文句をいうところは何もない。欠点といえば、勅語を奉読するときに、やけに早く読むことだ」

生徒たちは笑った。たしかに城山の奉読の仕方は教科書を読むように早くて威厳がなかった。一行とばしたことがあった。しかし、おかしいといえばもう一つおかしいことは、庄一郎がある朝学校にいつもより早目に登校してきたとき、城山が官舎の裏口から三人の子供を連れだして運動場を自分といっしょに走らせている光景であった。城山は新しいマラソンの走法を習ってこの学校へやってきていた。思うに日比野式走法というやつだ。その走り方は、二つの足が宙にういている時間をなるべく少くして、走るというより、地面をかするように歩いているという方法だった。また彼は体操の教師に自分流の走法の指導を要求するところまでは行っていなかったが、時には、トラックを黙って走っていたので、ひどく無気味なフンイキを漂わしていた。いずれ彼はその走法を仕込むにちがいなかったからだ。今見ていると、城山は塵一つないグラウンド上をその走法で子供を走らせていた。官舎の裏では彼の妻がぼんやり佇んでいた。庄一郎のそばには生徒の島中が立っていた。島中はマラソンの選手でもあったので、熱心に城山の走法を見ていると思っていると、

「あいつを見ろ、あいつは、せんだって買物をして帰ってきたとき、足で戸をあけたぞ」

といった。城山の妻のことをいっているのだった。しかしこの島中もこの走法で走るようになった。

城山とくらべると広井大尉は、このように割りこんでくるということはなかった。広井は真赤な顔をした青年で、軍帽をぬぐと顔のあたりから髪の地まで実に白くて、庄一郎はある悲しみをおぼえた。広井は兵営のあたりの宿舎から毎日拍車の音をたてて歩いて通っていた。広井はまだ古い白ゲートルをはいている庄一郎を見ると呼びとめて、

「お前は誰だ」

といった。手帳に姓名を書きとめてから、

「明日からやめる、いいか」

とどなったが、すぐそのあとから親しみのある微笑をうかべた。庄一郎は上級生から白ゲートルをぬがぬようにいいふくめられていたが、そのあくる日から、前から買ってあった新しい黒脚絆にかえた。

広井は実際、おこっているのか、微笑しているのか分らぬところがあった。庄一郎はあとになって自分はダマされるのかも分らぬと思うこともあった。しかし教練の時間になっても、怒声と温顔とがいっしょになっているのを度々見るうちに、彼の温顔の方も信じないわけに行かなくなった。

ある日騎兵隊旗手をしていたという広井が先頭に立ってグラウンドの端から端へ声をあげて駈けて行くのを、庄一郎はグラウンドの隅につっ立って眺めていた。その授業を休んで「見学」している庄一郎の前を通って垣根をこえてずっと向うの広場の方へ走っていくと、あとから生徒たちが、つづいて行った。野球場になっていた広場へ声をあげて突き進んでいったあと、グラウンドはおかしいように静寂がおとずれた。

庄一郎はそれから遠くの方で喊声をきいた。彼は今、垣根をこえて遠ざかって行った一隊の中に島中がいることを考えてやるせなくなった。そしてほんとに女学生になってしまいたいと思って、顔が赤くなり、身体がふる

えてきた。広場で喊声をあげたあと、また一隊はこんどは校門を通ってグラウンドめがけて我がちに走ってきた。するとその先頭に島中がその蒼白いしまってはいるが、優しい顔に目深かに制帽をかぶって、着剣姿で走ってきた。そして庄一郎に声をかけて立ちどまった。

この優しい男をなぜ自分はこんなに好きで好きでたまらないのだろう、と庄一郎は深呼吸をしている島中の身体をながめていた。あとから走ってきた広井大尉は、島中を賞めそやした。その表情は庄一郎たちに見せる顔とくらべると、おなじように見えるがまったく変っていた。長いこと広井大尉は島中の顔を眺めていた。眼の中に入れても痛くないというのは、そういう顔をいうのだろう、と庄一郎は思った。

庄一郎は一、二年前から、クラスの生徒の男たちが美しく見えだしてきたが、とりわけ今年から前の席にいる島中のことを、あけてもくれても考えるようになっていた。島中は庄一郎より二つ年上で、その都市から電車で二十分ばかり入ったところの小さい町の呉服屋の息子であった。彼が凹んだ眼をしていること、色の白いこと、黒いカタイ毛が巻いていて、首すじのあたりにもつれているのが、庄一郎の眼の前にいつも見えた。首すじの凹みには時には垢がたまっていることや、運動選手である島中が運動をして家へ帰ったままフロへも入らずに、そのままあくる日に学校へ出てくるせいか、汗くさい臭いがすることがあった。

庄一郎は島中が電車をおりる時刻をよく知っていたので、その時刻になると、駅に待っていて、島中があらわれると、わざと気がつかぬふりをして、学校まで半みちばかりのあいだ、あとをつけて行った。島中の成績はあまりよくなかったし、教室であてられて出来ないと女のようにはにかんで、

「分りません」

といってもじもじした。庄一郎はそんなとき、島中に対する気持はいやが上にも高まってきて、後ろから口を出して応援した。しかし庄一郎は心の中では、島中がそうして困れば困るほどありがたかった。島中が運動選手としてサッソウとしているときとおなじように、このとまどった姿は、庄一郎にはなくてはならないものであっ

た。

庄一郎は島中に、

「僕でやれることなら何でもしてあげるから、遠慮なくいったら」

といった。

「いいよ、いいよ。僕はこれでいいんだ。僕は落第だけはしないことになっているんだから、いいんだよ。あんまり心配せんでもいいんだ」

と身体をくねらせながらいった。唇は赤くて、ちょっと横眼をつかうところなど、庄一郎をうっとりさせるものがあった。

庄一郎は家にもどってからも、島中のことを考えつづけ、どうしても彼に手紙を書かなければ気持がすまなくなった。庄一郎が書いたのは恋文であった。

「君のためなら僕は死んでもいい」と書くと、やるせなさがこみあげてきた。「君が家で何をしているか、何を考えているか、みんな知りたい。朝は何時に起きるか、何時まで起きているのか。そういうことをみんな知りたい。僕が望んでいることは、一生君を見て暮すことだ。君が行くところには、どこへでもついて行くし、君が死ぬ時にはいっしょに死ぬ。どうか僕の気持を察して、学校でも僕につれなくしてくれるな。それとも君は僕がきらいなのか。僕より君を好いている者はいない。ほかの者はみんな只のファンだが、僕は君が何をしても、どんなに失敗することがあっても、最後まで好きだ。広井大尉より僕の方を信じてくれ」

庄一郎がこの手紙を島中の自宅に出した翌々日、庄一郎は例によって停留所から島中のあとをつけて行った。島中はよくみがいた靴の上に黒いゲートルをはいていた。彼はスラリとしていた。彼のあとにはおなじ電車からおりてきた女学生が一かたまりになってヒソヒソ話をしながら歩いて行く。本来ならその女学生の方を庄一郎はつけるべきであったのに、その女学生と同じ目標の、島中をつけているので、庄一郎はいくぶん恰好がわるかったが、それより、女学生にとられてはならないと思った。

庄一郎は女学生が角をまがってから、何くわぬ顔をして島中に近よると、

「お早よう」

といった。

「ああ、お早よう」

「今日はまた城山の授業があってしぼられるな」

と余計なことをいった。

「城山か。あいつはよっぽど点数をかせごうと思っているよ」

「君がいった、あの奥さんのことは面白かったな。ほんとに足で戸をあけたの」

「うそいうもんか。練習の帰りに官舎の前を通ったら、見つけたんだ」

「島中くん、君は僕の手紙よんでくれた」

「うん読んだ。君は字がきれいだな、感心してしまった。君は文章もうまいなあ」

島中は悪びれた様子や、下卑た様子もなく横眼を使って見上げ、首をふりながらはにかんでいた。「でも女学生に出したら喜ばれるよ。君なら」

「そんなこというな」と庄一郎はなげいた。「僕は学校ではあんまり色々なことはいえない。本心はなかなかいえない。みんな君をねらっている」

と庄一郎はいった。

「何か僕で出来ることないか」

「何もないよ。何かあるといいけどな。君は女の子に可愛いと思われるよ。知らんの」

と島中は逞しく大きい口を半開きにして、すねたように横を向いた。ほんとうにすねているのだろうか。それ

が分ったら。

「君は僕より年下だもの。僕だって君はかわいらしいと思うよ。ほんとに何か君にしてもらうことがあるといいけどな」

「ねえ、宿題でも何でもあるじゃないか」

「もう僕は授業中にでも、そのほかのときにでも君に教わっているんだから」

「でも、ほかのやつにも君は教わっているじゃないか」

「だって、君ひとりじゃわるいよ」

「それがちがうというんだ。島中くん」

庄一郎はむきになっていった。それから、

「手紙に書いておいたんだけどな」

といった。庄一郎がほんとにいいたいことは、島中といっしょに寝たいということだった。寝て何をするというのだろう。それは別にあてがあるわけではなかったが、はげしく庄一郎は寝ることを求めていた。が、さすが手紙にも書くことは出来なかった。

「君は僕ひとりに何でもやらせればいいんだ。それが僕にはうれしいんだよ。そして、島中くん、君にもそのことはうれしいといいんだけどな。でも君がうれしくなくったって、いいんだ。僕ひとりにさえやらせてくれれば」

島中は困りはてたように、やがてせまってきた校門を眺めた。二人は垣根のそばを歩いていた。彼等のうしろから長靴の音がしておることに庄一郎は気がついた。「お早ようございます」「お早よう」「お早ようございます」「お早よう」というアイサツのやりとりがきこえている。やがて長靴のコツコツという音はもっと大きくなった。すると島中がふりむいて、

「広井先生、お早ようございます」

といった。

「島中、お早よう。そこにいるのは、大友庄一郎か、お早よう。どうだ、島中、よく眠ったか。睡眠はよくとった方がいいぞ」

広井大尉はみんなにきこえるように、大きな声でいった。

(睡眠のことをいっている!)

庄一郎は、広井までも島中の睡眠のことを口にしているのが口惜しかった。そしてひそかにその時かくごをした。それはどうしても島中にこんどの試験でカンニングをさせ、自分が危険をおかして教えてやることだ。

庄一郎はその日、島中のゲートルを自分の鞄の中に入れてわざと困らせようとした。島中は体操を終えて、またゲートルをはくときになって、そのことに気づいてあわてた。

「誰か知らんのか。ちゃんと机の中に入れておいたのに」

「おかしなことだな。みんな、知らんのか」

と庄一郎は見渡した。

「あんなもの、余分にもっていたって仕方がないのだから、机のわきにでも落ちているのではないかね」

「ない! ああ、どうしよう。これでは帰ることが出来んじゃないか」

「広井か、城山に許可をもらえばいいんじゃないか」

「そんなことをしたら、大事になってしまう。僕はいやだ」

島中はすっかりしょげてしまった。そしてそのまま運動の練習をして帰ることになった。庄一郎は、島中に気の毒だから、いっしょに帰ってやるといって、待っていた。とうとう島中は誰にもいわず、暗くなってから庄一郎といっしょに帰った。

あくる朝、庄一郎は誰よりも早く登校して島中の机の中にゲートルを入れておくと、そのまま学校の裏の堤防へ行って三十分ばかり過した。迂回して学校へ来てみると島中はその日白いゲートルをはいて登校してきたところだった。昨日紛失したゲートルが見つかったので、喜んでいた。ほとんど白ゲートルをはいている者はもういなくなっていた。彼は折悪しくその朝も途中で広井大尉に見つかって問いつめられた。しかし事情をきいた大尉は島中に同情して、かえって島中はそれだけ大尉のお気に入りになったことが分った。それでも島中が喜んでいる顔は、昨日のショゲた顔と同様に、庄一郎にはありがたかった。

島中は手紙の一件以来、庄一郎をさける様子も見えなかったが、島中のまわりにはいつも級友が集っていて、彼と角力をとりたがった。それがみんな島中よりも大きい身体をした、まったくの骨っぽい大人になった生徒たちであった。

庄一郎はそのうち、誰彼の授業かまわず、島中の背中をつついたり、足で蹴ったり、話しかけたり、笑わせたりしはじめた。ある日、城山の授業のときだ。例によって島中の背中に鉛筆で文字を書いていた。島中はくすぐったそうにしながら、甘んじて庄一郎のするに任せていた。庄一郎はただのいたずらや城山に対する反抗などではなくて、島中の背中にそうして文字を書いていると、つよい満足をおぼえるからだ。

「僕は君が好きだ」

と庄一郎は書いていた。庄一郎はたびたびそんな文字を大胆に書きはじめていた。前にはただ「島中」と書いたり、「大友」と書いたりしていたものだが、それがついに「僕は君が好きだ」なっていた。

「おいおい、城山がこっちを見てるからよせよ」

と、島中は前を向いたままささやくようにいった。

「きみはだいじょうぶだよ」

と庄一郎は背中に書いた。島中はまた背中をねじまげた。

「くすぐったい。もう止さんか」

（きみ、みんなと角力をとっているくせに、僕にこのくらいのことをさせたっていいじゃないか）

と庄一郎は口ではいわないが、そうひそかに思っていた。

「ほかの授業ならいいが、もう駄目よ、いかんよ、止さないか、大友」

「僕はどうしても君が……」

庄一郎はシツヨウにそんなことをくりかえしていた。城山に見つかろうが、もう問題ではなかった。いや、城山に自分のしていることが見つかり、みんなの前で叱られれば、自分と島中との関係の深いことが分って、かえって好都合だ、と期するところさえあった。

ついに城山の声がなりひびいた。城山はマラソンの時といくぶん似た歩きかたで、さっさと競歩でもやるように庄一郎たちのところへ近づいてきた。

「マラソンがかけて行くぞ」

教室の中では野次がとんだ。城山はいつのまにか「マラソン」というアダ名をつけられていた。城山はそういう野次には寛大であった。

「大友、お前はさっきからずっといたずらをしていた。いったい、何をしていたのだ」

「セナカに字を書いていました」

「セナカにしか書くものがないのか」

「ノートがあります」

「何を書いていた」

「先生の講義です」

「それじゃ、今おれがいったことをいってみろ、何を講義していたかいってみろ」

「足のあげかたです」

「…………」

「マラソンの走り方です」

城山はその時機をわざとのばしていただけだ。だから心ゆくばかり庄一郎をひっぱたいた。

「まあいいや、それだけでも知っておれば、何も知らんよりはいい、さあ、お前、運動場へ出て、おれがいいというまで走っておれ」

それから島中の方を向いた。

「島中、いったい大友庄一郎はお前の背中に何と書いていたか」

「分りません」

島中は庄一郎の前にうつむきかげんに言った。首すじが真赤になりはじめた。

「ぜんぜん分りませんでした」

「そんなことだから、お前は成績があまりよくないのだ」

庄一郎は城山にふざけてかかるつもりはなかったが、こと島中とのことになると、急に横着に大胆になった。

庄一郎はいわれたとおり、運動場に出て、マラソンをはじめた。城山流の走り方は体操の時間にすでに習っていた。その時間が終ってからもまだ走っていた。すると担任の笹野が呼びにきて職員室でもう一度なぐられたが、庄一郎の方は感激していた。島中に自分の気持をつたえることができると思ったからだ。庄一郎がそれから職員室に立っていると、城山と広井とが何かいいあっているのがきこえてきた。庄一郎が眼をまっすぐ前の壁を見すえるようなかっこうをして耳をそばだてていると、広井がいった。生徒を説得するときと同じで、ときどきカン高くなる声を抑えるように、

「塀をのりこえたことがいけない、といわれるが、実戦の時のことを思って下さい。何のために生徒はゲートル

をはいて登校しているのですか。歩き易いということだけじゃありません。いつも実戦のかくごをさせておくためです」

「しかし学園の塀は神聖なもので、ただの垣根ではない」

「校門とはちがいます。垣根のことで文句をいわれるのは心外千万です」

「きみはどこの学校でもそういうことをしてきたのかね」

「配属したのは、これが初めてです」

「それなら止して貰おう。わしの頭をのりこえるようなものだ」

「実戦では誰の頭だって越えねばなりません。自分はあの地味な陸軍式ゲートルに変更されたとき、あなたを尊敬していましたが、これは心外千万です」

「前の学校でもあれを使わせていたからだ」

それはうそだろうと庄一郎は思った。この学校へきて城山は急に白を黒にし、あの様なゲートルに思いあたったのだろうと思った。この二人の争いが、いつかの演習の時、庄一郎が見たあの光景に端を発していることはあきらかであった。それなら、あの日も城山は、広井が生徒をつれて突撃して行く有様をどこかで眺めていたのだ。広井との争いをきかせてはぐあいが悪いと思ったのか、城山は庄一郎をかえすようにいった。庄一郎が教室へもどってくると、島中は、

「だから止せといったじゃないか。気をつけな、あかんよ」

といった。とくに腹を立てている様子もなく、職員室で何をされたか、ときいた。

庄一郎が一部始終を話すと、平素おとなしい島中が急に昂奮したようになってそれをみんなに伝えた。

「広井と城山がやっている」

「塀は城山の頭だそうだぞ」

「城山の細君が足で戸をあけやがった。行儀の悪い女だ。城山の細君はいつもオヤジの頭をこえるかも知れんぞ」

忽ち、そういう噂がとびはじめた。しかし庄一郎は本心はやはり不満だった。その理由は、島中が今は昂奮しているとはいえ、もう噂がとんで行くのを楽しんでいるだけで、庄一郎のいたずらそのものをけっきょくは問題にしていないからだ。

広井と城山の争いの結果は、広井が折れた。広井は何もそのことでは生徒に話さなかった。担任の笹野が生徒にきかれて洩した。

ある日の放課後、庄一郎は学校の裏の川で泳いでいた。雨が降っていた。庄一郎は島中を恋いしたっていたが、それに反撥し自分も男らしくなりたいという気持がおこってきていたので、とくに人のこない雨の降る日などには思いだしたように川へくるようになった。そのあたりは流れもつよく、川幅も百米はあった。庄一郎は向う岸へ辿りつくとすぐ引返しはじめた。向う岸が深くこちらの岸が浅い。深い方から浅い方へくるときの方が泳ぎにくいので、用心ぶかく途中までやってきた。庄一郎は自分の一かき一かきに一生懸命で、堤防の上に何がいるか見ていなかったが、

「誰か泳いでいるぞ。おーい、おーい。誰だ」

という声がきこえてきたので、庄一郎は泳ぎつづけながら、視線を高い堤防に向けた。五、六人の人のかたまりがあって、広井によく気に入られている優秀な生徒たちがいた。その中に、島中がいることも分った。庄一郎は、そこで廻れ右をした。

(あの連中は広井のところへあそびに行くところだ。彼らが方向違いの堤防の上など歩いているのは、あの堤防をずっと行って途中でおりたところにある洋食店で、食事をおごってもらい、それから、広井が自分の家へ連れて行くのだろう。そして広井は城山に対するウサばらしもしているのだろう。しかし、あの島中がいっしょにな

って広井のところへ行くとは……）

庄一郎は昂奮すると溺れるので、気をつけながら向う岸までもう一度やってきて、すべる石につかまりながら一息ついてふりかえると、もう島中たちの姿は堤防のかげにかくれていた。第一、堤防そのものが、雨でけぶってよく見えなかった。

庄一郎はあくる日島中の顔を見ても、自分の方から知らん顔をした。庄一郎の方からこうした態度を見せることははじめてだったので、笹野の授業中に島中はうしろを向いて、

「何をおこっているのか」

といった。庄一郎は知らん顔をして、

「もう、君とは絶交だからな」

といった。

「僕は川の中にいた。ちゃんと見ていた。長い交際も終りだ」

といった。

「アホラシイ」

と島中はいった。

「そんなことで、文句いうのは、アホラシイ。僕がきみのことで、イチイチ文句をいった？　トロクサイ」

庄一郎はしばらくだまっていた。島中がいった。

「おこった？　もういいよ、何でも君のいう通りにしてやるわ。その代り、あんないったらいややぞ」

「それならあとで話す」

庄一郎は、授業が終ると、島中を廊下へ連れ出していった。

「こんどの物理の試験は僕が教えてやる。分らんことは僕が紙に書いて送ってやる。いいか」

「まあ仕方がないなあ。君がそんなにいうのなら。誰のカントクだ」

「誰か分らん」

「君は今まで、やったことはあるのか」

「僕もはじめてだ」

「僕もだ」

と島中は昂奮していった。

「みんな、君のためにするんだ。いいな、僕はしたくないんだ。それから、君はホントに度胸があるんだな」

「君が好きだからだ」

庄一郎はあえぐようにいった
「見つかったら、どうなる」

「要領よくやれば見つからない。見つかりそうになったら、僕の責任にして、君は何にも知らんといえばいい」

「そう行くかしらん」

島中は、一週間後にひかえた物理の試験の前にもう一つすることがあった。対校陸上運動会のマラソンに出場するのだ。そのため天気のいい日は毎日練習をしていた。今年は城山がきてその方面の指導をしているので、この種目は勝つに違いないという期待が校内にみなぎっていた。城山は放課後つききりで脚のあげ方、ピッチの平均化を強調していた。城山が島中といっしょになってグラウンドを走っているのを見ていると、どちらが出場選手かと思うほど、城山も的確に、衰えを見せず、一歩一歩ふみしめていた。広井大尉はそんなとき、やはりグラウンドに立って眺めていた。彼は城山との争いも忘れてしまったらしく、いつもと変らぬ微笑をうかべているところを見ると、将来兵隊にも、この走法を教えるつもりでいるのだろうか。

島中は注目を浴びて走っていた。彼は練習のときは、長いトレイニング・パンツをはいていたが、競争になると緑の線の入った絹のパンツをはいた。それが、彼の白い脚によく似合って見えた。彼はいくら練習してもふしぎとほかの選手のように黒くなることもなく、日焼けして赤くなっても、忽ちその色がおちついて、忽ちもとの白さにかえるように思われた。

庄一郎は競技の当日、多くの男の学生や大人のほかに、女学生が見にきて島中に声援するのが、やるせない気がしてくる。

島中は庄一郎と数時間前にカンニングの相談をしたことなど全く忘れてしまったように、走ることに夢中になっていた。

「パッパッパッパッパッ」

島中は城山の懸声に脚をそろえて、あげた脚は投げ出す様に前へ出し、上体は静かに下半身にくっついていた。両手はあまり振らなかった。

「一、二、一、二」

城山は島中にこんどは別の懸声をかけた。

「見事なものだな。最初は見っともないと思っていたが、こうして馴れてくると、よく見えてくる」

広井はこういった。

「しかし突撃となるとああいうぐあいにはいかないだろう」

城山は島中と何回もトラックを走りまわったあと、汗をぬぐい、シャツを着がえにそのまま駈けて行き、裏口から官舎へ入った。

島中はタオルをかけて水道の蛇口に仰向けになっていつもの赤みがかった口を開けていた。何かいいたくてそばへよって、島中のゴクゴクと水をのんでいるのを眺めているうちに、庄一郎は身体中が歓喜にもえあがってくるようにかんじ、

「自信ある?」

「ぜんぜんダメ。きゅうくつで仕方がないよ。それでも城山さんにおこられるよりいいよ。実際になったら、走りいいように走ってやるさ」

当日の競技はその学校の前の、野球のグラウンドを出発して堤防へ出、橋をこえて向う岸へ行き、それからまた別の橋をわたってもどってくる、二十キロのコースであった。

庄一郎は堤防の上で待つことにしていた。県下の各校の生徒も思い思いのところで三々五々、代表選手のくるのを待っていた。彼等はゲートルをつけていなかった。

「ゲートルをつけているようなやつは、脚が弱っていて、マラソンには勝てんぞ」

といっているのがきこえる。しかし、庄一郎はわざとひとりだけ離れてやってきたので、腹が立っても対抗するわけには行かない。島中が、せんとうにトップを切ってくるのが見られる。庄一郎は、そう思いながらも、もしこれが以前のゲートルならそんなことはいわれないが、と思った。あの白いゲートルは県下の中学生のアコガレの的だったから、城山がうらめしくなる。しかしそれも島中がトップでくれば御破算になる。島中は昨年は三位だった。それから一年たって体力も出来ているのだから、一位であっても当然だ。

しかし島中は、庄一郎の前を五人の走者が通り抜けてもまだあらわれなかった。八人目になって、やっと蒼い顔をしながらやってきた。その走り方は城山とも、そうでないとも、どっちつかずであることが分った。しばらくのあいだ、庄一郎は島中について走りながら、激励していたが、

「もういいよ。やれるだけやるから。かえって走りにくいんだ」

と島中がいうので、庄一郎はそれから歩いて学校へ向った。庄一郎が着く頃にはもう部室へもどっているにちがいないから。

島中は案のじょう部室にひっくりかえって、リンゴをかじっていた。残ガイが三つころがっていた。

「昨年とおなじ、悲観した、悲観した」

といった。彼は傍によって悲観などしていない、ということが分った。ただ悪いことをした女の子のようにはにかんでいただけだ。

「城山はおこっているか」

と庄一郎はいった。

「悪いことをしたのではないか、といやがった。いくら何でもそんなこと競技の前にするものか」

「悪いこと?」

島中は自瀆行為にあたる英語の単語をいった。それを彼の口からきくのは庄一郎は初めてだった。

「島中、君はそういうことするのか」

「君だってやるだろう。僕はあんまりしないよ。しなくても夢精はするがね」

「したことはあるのだね」

「それはあるさ」

「そうか」

「何だね」

「そんなら、僕にやらせないか」

庄一郎は小さい声で恥かしそうにいった。

「君がそんなにしたけりゃ、させてもいいが、ここは部室だから、見つかるとこまるぞ」

「君はそういうこともやったことあるのか」

「あるよ」

「あるって、相手は誰なの」

「相手、いくらもいるよ、部の先輩もおるし、××もそうだよ」

××は堤防の上をいっしょに歩いていた、よく出来る生徒で海兵を受けるといっていた。

「女学生はいないね」

「女学生？　何をいっておるか」

島中ははじめてバカにしたような顔をした。

「女学生となら、そんなことぐらいですまないよ」

「そうか」

庄一郎はしばらく考えていて、そんないまわしいことは止そうと思った。

「やっぱり、止す。みんながしたのならよす」

するとやにわに島中は、

「僕も君にしてあげたいんだよ」

庄一郎はとっさに立ちあがった。

「ごめんよ、島中」

「いいよ、心配しなくても、さあ」

島中は庄一郎の脚をひっぱって倒した。

「僕だって、して貰いたいし、したいんだよ」

「君は三位だったものだから、ヤケクソになっているんだ」

「ヤケクソ？　そんなことあるもんか。僕は君のいう通りカンニングされてあげるよ。君のいう通りしてあげるよ」

庄一郎を抑える島中の力は想像していたよりずっと強くてにげることが出来なかった。

「ヤケクソじゃないんだから」

「ヤケクソに決っている」

と庄一郎はいった。それから、

「きみは、いくつまで生きたいと思うか」

「きみは？」

と島中は問い返した。

「きみと暮せるうちだけ生きていて、あとは死んでしまいたい」

「僕は、やっぱり分らないな」

「この世で美しいのは、今の僕の気持だけだ。これがなくなったら、灰色になってしまう。灰色の世界だ。そんな世界に生きて何になる」

「君はロマンチックで、いいな。そういうところが、僕の好きなところだ。君は将来何になる」

「将来のことなんか考えたくない」

「それでも何かになるのだろう」

「なるとすれば……」

庄一郎は考える力を失っていった。

「なるとすれば、彫刻家だ。君は……」

「僕は呉服屋だけど、歯医者、薬剤師になるかもしれない。歯医者になったら、君の歯のわるい時はただで直してあげるよ。もうそんな話よそう」

島中はまた力を入れて庄一郎をだきよせた。

「ゲートルをとれよ」

「うん」

「まったく、ひどいゲートルにしやがったな。あの白いのはよかったのにな」

庄一郎は島中が物理の問題の五問のうち、二問しかできていないのを、後ろの席から、島中の腕の下からのぞいて知った。そこで用意していたカードに、自分の出来ているあとの二問をかんたんに書きうつした。長靴の拍車の音をさせて広井が後手にくみ、ゆっくりと歩いていた。彼は生徒たちがカンニングをするなどとは考えてもいない模様だった。彼は目が合うと微笑した。少年が自分の指導の下に成長して行くのが楽しくて仕方がないというように見えた。

庄一郎は広井と眼が合うと、わざと真剣な表情を見せて、広井が次の生徒の方へ視線をうつしているすきにカードにうつしとった。それからリレーの時のように後ろにのばした島中の掌の中にカードを入れた。島中はその掌を徐々にもとへもどすと、広井の方をチラっと見た。それから左手の方へずらして、別の掌の下へしまいこんだ。広井は窓から外を眺めながらいった。

「秋日和だな」

あともう一枚カードにうつさなければならないので、庄一郎は広井の様子をうかがっていた。そのうち広井が島中や庄一郎たちの廊下ぎわの列に入ってきた。広井はじっと島中の上から答案を眺め、次に一歩さがって庄一郎の答案とくらべた。彼等二人をうたがっているのではない。ただくらべて楽しんでいるだけのことであった。しかし、そのあいだ二人は何事もできず考えこんでいるような恰好をした。そうして庄一郎は島中とのあの日のことを考えはじめた。

「マラソンは惜しいことをしたな」

と広井はいった。それから一歩ふみだした。そのすきに庄一郎はうつしはじめた。広井は何を思ったか、二歩目に廻れ右をした。生理的要求でそうしたのであったが、庄一郎がカードにうつしているところとぶつかった。

庄一郎はそのままじっとしていると、広井がのぞきこんだ。それまでは広井は反射的にそうしただけであった。

しかし、次に彼は庄一郎が何をしているのかをみとめた。

「大友、何をしておるか」

「………」

「何をしておるか」

「カードにうつしています」

「うつしている？　何のためだ」

「あとで家へもどってしらべるためです」

「それをこっちへよこせ」

「カードだな、なぜこのように小さいものにうつさねばならんか。もらっておく」

広井はそういったまま歩きだした。島中はとっさに今うけとったカードをゲートルの中へかくした。

試験が終ってから、また担任で、物理の教師でもある笹野が呼びにきて職員室へ入ると、城山がいた。広井は事実を報告して、急ぎの用事で聯隊へ帰ってしまった。あとでこれらのベテランはちゃんと真相をつかんでいることが、何もいわれない前から庄一郎には察しがついた。

「これは誰に渡すつもりだったか」

と城山はいった。

「………」

「島中に渡すつもりだ」

と城山は庄一郎の代りにいった。

「それでお前はとにかく退学にする。おれはカンニングにはきびしいことになっている。この学校にきてから、今までのような生温いやり方に任せとくわけには行かない」

といった。

(ゲートルの一件とおなじだ)

と庄一郎は心の中で思った。しかし彼はあまり失望していなかった。彼はこの結果はむしろ望んでいたのだから。

(もう島中との交遊は行きつくところまで行ってしまった。もう残すところは何もない)

庄一郎がこう考えこんでいると城山がいった。

「それにしてもガリレオの法則の問題ぐらい、いくら応用問題としたって出来ないのかな。島中というのは出来ないやつだな」

2

ある日、東京で細々と子供に絵を教えながら彫刻をやっている庄一郎の家に、一人の客がやってきた。子供の父兄のほかはめったに来客のない家なので、父兄だとばかり思って、そんなつもりでアイサツをかわそうとすると、

「おれが分るか」

とその客はいった。

「島中だよ。島中」

庄一郎はうなずいた。彼はこのごろでは何年かぶりに会ってすっかり変ってしまった人の風采から昔の面影を

たぐりだしているうちに、どうにも分らないままに、一日もいっしょに飲んだり食ったり話したりしているうちに、忽ち、そっくりそのままじゃないか、と思いはじめることが、一、二あった。いったんそう思いだすと、何から何まで昔そっくりでさきほどまで、それが分らなかったのがふしぎでもあり、後悔したりする気持になったりする。とうとう最後まで名前の方は思いだせずに終ったときでも、そんなことがある。島中はしかし、彼の記憶にすぐ浮びあがってきた。

島中は角の縁なしの眼鏡をかけて、鼻の両脇に深い皺を作っており、そのほか眉間にもたくさんの皺をこさえていた。背は庄一郎の方がずっと高いところをみると、あれから数年の間に庄一郎は成長したが、島中はそれっきりとまってしまったと見える。庄一郎は島中のことは一日として忘れたことがないといってもいい。島中の顔は思いださないが、おかしなことをした、という気持だけは、何かにつけてのこっていたが、島中はもうそうしたことは何にもなかった過去のことのように思っているのではないか。それならそれでいい。庄一郎にも何もあのおかしさの正体がよく分っているわけでもないし、別に悩んでいるわけでもなかったから、と庄一郎は思った。

「大友さん、きみにお願いがあってやってきたのですが」

庄一郎は昔のおもかげをさがしていた。自分をひきつけた、男らしさ、と女らしさの二つが入りまじったあの当時の島中は、今目の前の島中からはたしてかんじられるだろうか。もし、かんじられるとすれば、あれは少年のころだけのものではないということになる。それは庄一郎があのころと今との間に断絶がないということになる。庄一郎はできればそうあってもらいたいと願っていたと思える。

「その前にあなたは、今、何をしているのですか」

島中はその時、身体をくねらせて、恥かしそうにした。

「僕は子供がいるあの学校のＰＴＡの会長です。職業は歯科医。僕は呉服屋の方はやっていません。あなたも目的のとおり彫刻家になりましたね。そこで一つ彫刻を作っていただきたいのです。なるべく安く、何しろ僕たちクラスのキョ金で作るのですから、できれば、ガリレオ・ガリレイの胸像をと思っています」

「何のためにそんなもの作るのですか」

「前に広井中佐の像を作ったのは御存知ありませんか」

「知りませんね、あの人が中国で戦死して二階級特進したことは新聞で見て知っています」

「あの人の像をクラスメートで作って校庭に据えつけたのです。あの時はあなたのことは分らないので、別の人に頼みました」

島中はそこまで話したとき、不意にうちとけて、

「きみも昔とそっくりだな」

といった。

「僕もそう思っていたところだ。それでは外へ出ようか」

と庄一郎はいった。

「君と僕とは只の仲ではない」

と島中がいった。

「おぼえていたのか」

外へ出てから二人は用事をそっちのけで話しつづけた。

「きみが女だったらいいのにな」

「僕もそう思ったところだ」

と島中が相槌をうった。

「そうなるとやっぱり、これはぐあいが悪いことになるな。僕達はいったい、どうしてこんなにおかしなことになっているんだろう」

と庄一郎がいった。

「同性愛か男色か」

と島中がいった。

「そうでもないらしい」

「僕もほかの男にはこんなことは思わないのだからな」

公園のところまでやってきた。ベンチに腰を下した。

「××は生きているか」

「死んだ。戦死だ」

「△△は」

「あいつも死んだ」

「どのくらい生きのこっているのか」

二人の話はまたそれてしまった。

「三分の二だな」

「優秀なやつはみんな死んだのだね。あの時堤防の上にいたやつは、きみのほかはみんな死んだのか」

「そうだね」

島中はそこで我に返って自分の用事を話しはじめた。

広井中佐の像は戦災にあって、校舎とともになくなってしまった。像を作った時には、クラスメートはほとんど生きていた。広井は日支事変のはじめになくなったからだ。中支のある戦闘で抜群の功を立て、最後に部隊の先頭に立って突撃してたおれた。像の台座はそのままになって校庭にあるのだが、校舎の位置が変ったので、今ではじゃまになって困るから、取り払ってはいけないかと学校から相談があった。

島中は同窓会の幹事をやっているので、相談して学校とはかった結果、位置をうつし、今後の科学振興のためにガリレオ・ガリレイの像を作ってのせたらということになった。広井の像のかわりに、ガリレオ・ガリレイの像をのせるということは、庄一郎にとっては奇妙なことだった。

「実費で引受けてくれないか」

庄一郎はうなずいた。この奇妙さにうなずいたようなものだった。

「大友くん、こまったことがあるんだ、それも相談したい」

島中はより添うようにして、ささやいた。庄一郎は昔を思いだし、一度ああいうことがあると、どんなことにも相談にのりそうなふしぎさを自分に痛感しながら耳をすませた。

「あの城山さんのことだ」

城山は戦後東京にきて教育かんけいの仕事で転々としたが、神経衰弱にかかっているということだ。城山は広井の像を作る時には力になった人であるので、こんどのガリレオ像のことでは、島中は手紙で許可を仰ぐことにした。すると城山から、あの像はあのまま校庭においておくようにという返事がきた。

島中は、二つの用事のほかに歯科医師会にも出席するために上京していたのだ。この城山との面接がつらいので最後にのこっているから、いっしょに行ってくれないかといった。

中年の二人の男はこうしてその足で郊外電車にのって城山の家をたずねて行くことにした。

「島中くん、飯を食おうじゃないか」

「うん、きみのいい物でいいよ」

「何にするかな」

こんな調子で二人は食物を決めた。それから妻の話にうつった。

「僕の家内？　僕の家内がＰＴＡには出席するんだ。どうしてあんなやつといっしょになったか分らないが、いうなりになってしまったんだ」

　庄一郎は笑いだした。

「昔から君は人のいうなりになったんだ」

「好きでそうなるのならいいよ。家内とはただのズルズルベッタリでね」

「いやらしい中年になったな」

「おれ達はとくにイヤラシイな」

　庄一郎はガリレオの像のことを頭のなかで考えていた。一つのイタズラだ。それは島中にそっくりなガリレオ像を作ることだ。前に何かのついでに百科辞典をひいてみて知ったところでは島中はどこかガリレオに似ているところがある。数学や物理の不得手な島中とはまるっきり頭蓋がちがう。しかしあとのところは似たところがある。

　城山は二人の前へあらわれた。彼は七十をすぎていた
「先生は今でも走ったりなさいますか」

　と島中はいった。

「ああ、走っているとも、メルボルンのオリンピックの時も私は文部省へマラソン走法についての意見書を出したが、とり入れなかった罰で惨敗だった。きみは誰だったかな」

「大友庄一郎です。カンニングをしたので放校になった大友です」

「それで今、何をしている。闇商人か」

　と皮肉った。

「私はガリレオ像の方は知らんよ。島中くん」

　と島中に向いていった。

「私に黙ってやるがいい。私に話した以上、私は反対だ。あれはあのまま残しておくがいい。じゃまならじゃまのままにしておくがいい。何のために、じゃまのように校舎を作ったのだ。私は反対」

島中はうつむいていた。するととつぜん島中は、顔をあげて、

「先生」

といった。

「何だ」

「先生の歯はそりゃ、早く直した方がいいです。歯槽膿漏の気があります」

「いいから帰りたまえ。城山は時々忘れるが、このことだけは忘れないから駄目だ」

「おい闇商人、私を恨んでいるか」

「いいえ」

と庄一郎はいった。

「帰りましょう」

と島中は立ちあがった。

しばらく城山は考えこんでいたが、

「おい待て。その像の台座に、由来を書いておけば許す。それは私が書く。あの学校にはロクな教師がいないだろう」

といった。

庄一郎はガリレオ・ガリレイの胸像が出来てから、それをもって除幕式に間に合うように郷里へ出かけて行った。台座には城山からの手紙がきていて、既に石屋に依頼して彫りこんであるといってきた。しかしそこまで至

るには、学校の方でももめごとがあって大変だった、といってきた。もめごとの張本人は、庄一郎などの担任であった笹野であった。

夏の盛りに、正門脇にうつした台座の上へ庄一郎はガリレオの胸像をのせる仕事をしていた。島中は庄一郎を車で送ってきたあと、客があるといって帰っていった。庄一郎のところへは生徒と教師が集まってきて眺めていた。

「この人は君等の先輩で、彫刻家だ」

と笹野がいった。

「僕はカンニングをしてね」

「いうな、いうな、お前、それをいうんじゃないぞ」

「先生、すっかり変りましたね。正門の位置まで変ったんだから」

「ああ変ったよ、隔世の感があるな。あとで水浴びにでも出かけないか。あつくてやりきれないだろう。しかし大友、何だね、ブロンズというものは、こうしてみると、よく分らないな。印象が、何だか、島中会長にも似ているところがあるな」

「そうしたものですよ」

「そうだろうな。すんだら生徒がいじったりしないように何かかぶせておいてくれないか」

庄一郎は笹野と堤防の方へ歩いていった。焼けあとに家が建ってゴチャゴチャしていたが、堤防はのぼってみると、昔はタンボであったところに、どこまでもどこまでも、家が並んでいた。

「これがあの川ですか、川幅が狭くなっちゃったな」

「そうかな。川というものはそうしたものだよ」

庄一郎は苦笑した。さっき自分がいった言葉とおなじことを笹野がいっているからだ。しかし、そのことに相手は気づいていなかった。

二人は水の中に身体をつけたが笹野はほんとにタオルで身体を洗うだけであった。

「泳がないのですか」

と庄一郎がいうと、

「もう年だからな、君は遠慮なく泳ぎなさい」

庄一郎は水面を眺めていた。あの時、向う岸までひとりで行ったり来たりしていたようなことは、あれからあっただろうか。あの僅かな期間だけが、ほんとうに生きようとしていたように思える。それが島中とのことに結びついていた。

「大友くん、君は、城山校長のこと知ってるか。七月の戦災の時さ、あの日君、僕が学校に当直でいたら、あの騒ぎだ」

笹野はすぐに広井中佐像のそばにあった陛下の御真影を奉安殿にとりに行って背中へしっかりと結びつけ、それから、火の粉を払うために、そこにあった竹箒を一つもって堤防へのぼり、橋の方へ駈けて行った。

官舎はもう前の戦災で焼けていたので、城山がいる橋向うの農家へ届けようとしたのだ。笹野は橋の上で雑沓のために動けなくなり、焼夷弾がおちてくるのでまた川の中へもどってすくんでいた。それから様子を見て、また堤防に出て橋の上を通って、向う岸へ着き、城山のいるところへ向った。

笹野が城山の家へ着いてみると、庭で何か動いている者がいる。それが城山であった。

「笹野、只今御真影をお運びしてきました」

といった。相手はしばらく黙っていた。

「何をいっておるのか、君は。それどころか、よけいなことをして私に負担をかけないでくれ」

「よけいなこと？」

笹野はそこで城山の頬をなぐりつけた。

「よけいなこととは何ですか」

「もう何もかも終りだよ。私は今、荷造りして家族を山の中へ送るところだ。よけいな負担をかけないでくれ。そんなもの、一文の値打もなくなったよ」

「一文の値打も？」

「今夜一晩で、すべてが変った」

「そんなことをいうと、あなたは叛逆罪で……」

「もう変った。きみも、そんなもの川の中へ放りこみなさい」

「自分はあなたの家へおいて行きます」

「かってにしなさい。そのうちここも焼ける」

こういう男ですよ、城山というのは、と笹野はいった。庄一郎は泳ぎながら、心臓がおどるので、用心しなければいけないと思った。

「それでどうしたのですか」

「持ち帰って保管したよ」

笹野はつづいていった。

「あんなやつがこんどのガリレオ像について文句いう筋はないんだ」

庄一郎は近くの州まで泳ぎついて見ようと前進しはじめた。

庄一郎は除幕式の当日、島中のさし向けた車にのった。中に細君と花嫁衣裳のようなものを着た小さい娘が乗っていた。

「この度は」

と島中の妻がアイサツをした。「むさくるしいところですが、今夜ぜひ御出で下さって。ねえ、あなた」

「そうだね、僕とは親友だったんだ」

「この度は奉仕でほんとにお気の毒でしたわね。ねえ、あなた、よく御礼をいって下さいましね」

「ああ、まったく申訳ないよ。実費しか払えなくて。しかしみんなえらい奴がいないので仕方がないよ。えらくなるやつは、みんな死んでしまったからな。大友くん、君は歯がよくないな、しばらくこの町におれば、歯を直してやるがね」

「見せるだけ、見せようか」

ガリレオ・ガリレイの胸像にはキレがかぶせてあり、そのそばにテントがはってあった。知事の代理や、現在の校長や、それから新聞社の者がいた。別のテントには、クラスメートが四十人ばかり椅子に坐って雑談していた。庄一郎はその第一のテントの中の島中の横に腰かけていた。

「さあ、これから除幕式を行います」

と島中がいうと、その娘が像の下に歩いていって、紐を引いた。拍手がおこった。島中はそれから何か文章を読みだした。笹野が、庄一郎にささやいた。

「あれは、私が書いたものです」

会が終ると島中と庄一郎は同窓生と飲み、二人はいっしょに島中の家へやってきた。

「さあ、君、口を見せなさい」

と島中はいった。

「まあ、あなた、およしなさい。今日はお疲れですわよ」

「おれだって疲れているが、約束だからな」

「約束ですって」

「二十何年前の約束なんだ」

「今日に限ってあなたガンコなのね」

庄一郎は、島中のいうままに椅子に腰を入れて口をひらいた。

「この歯、六本技いた方がいいな。出来れば全部抜いた方がいいな」

「ねえ、きみ、城山さんは御真影を川にすてよといったそうだが、本当かね」

「何の話だ」

と島中はウガイ水をよこしながら、いった。

そこで庄一郎は今日の昼、川の中できいた話をした。島中は笑いだした。

「御真影は、僕が持って川の中にかくれていたのだ」

島中はそのころ歯科の方だけではなく、内科や軽い外科の仕事は一切ひきうけていた。歯の治療なんか、殆んどなかったといってよい。彼はあの夜、当直室から電話があったのでかけつけてみると、笹野が熱を出していた。脚に傷をつくって、それが化膿していたので、切開してやった。島中が出ようとすると襲撃がはじまった。島中は笹野にいわれて奉安殿に駈けつけて、御真影を出すと、笹野を連れて堤防のかげにかくれていた。

「それでどうしたの」

「この家に持ってくる途中なくしてたんだ」

「そう」

「さあ、あなたがた、こちらへ御出でになって。昔の話などきかせていただきたいわ」

(いったい、島中のいうことは本当なのだろうか。もしそうとすれば、笹野のいったことはウソということになってしまう。二人とも十五年前のことをそんなに忘れてしまったのだろうか。それなのにガリレオの胸像はこれ

から何十年のあいだあの学校の中にあるだろう）

庄一郎は夢みる心地で、島中について歩いて行った。

「大友は僕の親友だよ」

と島中の叫ぶ声がなりひびいた。

「大友、お前に見せようと思ったものがある」

と島中はいった。

「何でも見せてくれよ」

といいながら島中のガリレオに似た横顔を見ているうちに、庄一郎の酔いはひどくなり眼がまわりはじめた。それから眼の前にぶらさげられた品物にじっと眼をすえた。何か黄色くなった物がそこにあった。

「何なの、そんな物もちだして」

と島中の妻が叫んだが、庄一郎はそれをじっと見つめていた。

「何だ、これはあの白いゲートルじゃないか」

「僕はこいつを戦争中ずっと穿いて、校医になって学校へ行ってやった。いつも穿いていたので家は焼けたが、こいつと僕とだけは残ったんだ」

「へえ！」

と庄一郎は、畳の上にうつぶせになるようにしてうめくようにいった。「さあ、二人でもう一度学校へ行ってガリレオ像の下で、飲もうじゃないか。僕はこのゲートルを穿いて行く。大友、さあ出かけよう」

「まあ、あなた」

と妻がいったが、島中は妻をつき放した。島中は昔と同じようなハニカムような媚びるような笑い顔を妻に見せた。たしかに昔の面影はあるが、どうして妻に見せるのだろう。それにその表情の意味もちがうではないか。

「何です、ホンとに今夜にかぎって」

庄一郎は白ゲートルを穿いた島中に抱きかかえられるようにして、歩きながら「何だこの野郎、何だこの野郎、何がガリレオだ」と呟いていた。

「バカなやつほどこの世にのこるな、大友庄一郎」

と島中がいうのがきこえていた。大友は、

「うん、うん」

とうなずいた。そのあと申しあわせたように異口同音に二人が夜空に向って叫んだ。

「ガリレオ・ガリレイ、ばんざあい！」

雨を降らせる

1

紺野市之助は私の勤めている博物館の課長で、風俗画が専門である。とくに浮世絵では本物贋物を問わず持主のところへ直接出かけて行って見ているので、春信にしろ歌麿にしろ、日本にあるものはまるで自分がかいたようによく知っている。あまりこの人が群を抜いて知っているので、紺野に任せておけ、というわけで、この方面の研究家がすっかり怠け者になってしまったそうだ。それに新聞社やデパートでやる展覧会のアイディアは頼まれるし、たくさんの文章を書くし、その文章がまた色好み、遊人でないと書けないようなこまかいところにふれているので、マネが出来ない。春信のある浮世絵には、「これは、口説かれた女が廊下に出て、身を任せようか、どうしようかと思案中のところである」とか「これは若衆を年増女がくどいているところで、男の手にからませた女の手を見るがいい。障子の中からのぞいているのはこの年増女の娘である。くどいているのが年増女であることは紫色のこの着物を見れば察しがつく」

といったぐあいにデリケートな解説を書いている。

紺野の女かんけいはここで書くのをはばかるが、館内でも既にやめた女事務員の中には紺野にいいよられた者がいることになっている。つまり紺野がもう少し若い頃のことで、それは逸話になっている。ある娘には「先生がそのようなことなさっては悲しいのです」といわれて紺野がやめたとか、別の女性にはしかるべき折に「スゴイ」と讃嘆の声をあげさせたとかというふうにいわれている。この逸話は紺野が自分で話したもので一口話としてくりかえされている。真偽は分らないが、彼が話すと少しもイヤ味がない。イヤ味がないばかりか、一種ふしぎなものが彼の話にはただよっている。痛々しいほどのサービス精神だ。

彼の顔色は特徴がある。まるで粗かべのようにツヤがなくて唇は紫色をしている。何が悪くてそのような色になったか分らないが、その時は胃潰瘍で腹を切ったあとで好きな酒がのめずコブ茶をのんでいた。まったく金銭とかんけいのない小さな雑誌の会合で、博物館の者や美術評論家や作家がいた。彼はコブ茶で酔ったふりをしなければならないのをなげきながら、作家の小平をつかまえて話しだした。

「僕が死んだという『死亡通知』を赤ワクで出してやるんだ。いいかい。そうして僕は赤い帽子をかぶって棺に入って、仲間がお通夜にくるのを待っているのだな。やつらは赤ワクだもんだから小首をかしげながら、やってくるというわけだ。そこで夜中にやつらがうとうとしはじめた頃にだ、僕が棺の蓋をあけて、棺桶の前につんである香奠をしらべるんだな。畜生！　あの野郎、おれが生きているうちはいいことをいってやがって、おれが死んだとなると、何だ、これは。たった五百円しかつつんでこないじゃないか、こっちは千円か、それにしてもあんなにおれに世話になっておきながら、少なすぎるじゃないか。おれをメクラと思っているのか。とこういうわけなんだな。小平さん、僕のこの文章読まなかった？　これは北海道でお盆に放送をして、僕がきいても、ぎょっとしたんだがな」

その随筆はちゃんとした文学雑誌にのったもので作家の小平もおなじ雑誌に小説を書いているのだが、読んでいないと見えて、

「ええ、あれは面白かったですな」

といったものの気のない返事だった。小平は紺野と知り合って間がなかった。この話をきいていながら、あるいはほかのことを考えていたのか、紺野がなぜこんなものを書いたのか、せんさく中なのか、あるいはまだその色ツヤの悪いカベのような顔の原因を考えていたのか分らなかった。とにかく小平が自分の話にのってこないということが分ると、やがて集まってきた連中をも含めて前より熱烈に別の話をはじめた。それは彼がさいきんにつきあっていた、アクロバットの女性で、バーに勤めているうちに、いつしか彼から小遣銭をもらうようになった女のことであった。私はその話をききながら、紺野がいつか「本邦美人画全集」の中で湯女の部分を拡大して見せ、リアルにかかれたその顔がまことに野卑で、現代のパンパンにこうした顔が多いのとくらべて興味がある、と解説していたことを思いだした。そのアクロバットをやっていた女性は、彼との性生活においてもアクロバットを演じて、その最中に、妙なところから顔が出てきておどろいた、と語った。みんなが笑った。「妙なところから顔が出てきやがるの、あいつの方はねじれやがるの」ともう一度くりかえした。これは効果があったと思うと必ず用いる彼の話し方であった。それから彼は血圧が高いという話をした。その血圧がちょっとやそっとの高さではなかった。まだ彼は五十歳だった。「それが二百五十からあるのだから、とにかく僕のは変ってるんだ」といった。それからまた女の話になり、人を笑わせた。血圧が二百五十もあり、時々目の前がかすむといいながら、こんな話をつづけるのは、たしかにふしぎだった。小平は初対面だから、びっくりしたのか、あとで帰る時、私に、「いつもあの人はああなのか」ときいた。私はそうだと答えた。すると急に小平は、

「あの赤ワクの話はありゃ何かな。なぜあの男は棺桶に入って待ちかまえるというようなことを想像するのだろう」

「ああいうのは、落語になかったですか。でも僕も紺野先生に放送のテープを借りてきかせてもらいましたがあの話はぞっとしました」

とこの小雑誌のスポンサーである、若い二十五貫はある山口がいった。この山口の父親が書画骨董屋で、紺野

と仲がよく、息子にあとをつがせる前に、勉強にとこの雑誌を作らせていた。紺野はこの山口に目をかけていた。小平はつづけていった。

「落語にあったかも分らんが、あの人はしょっちゅう、ああいう気持で生きてるんじゃないかな。僕たちが笑わなければ、面白くない気持になるが、そうかといって、笑ってくれても、ひとりになると何か急に腹が立ってくるのじゃないのかな」

ところがその紺野はこの小会が終ったとき、私のところへ何げなくすりよってきて、

「小平という人は、なかなかトンツウといかないね。あれはどうしてなの。作家というものはああしたものかね。額に皺をよせてるが、てんで動じないのよ。石地蔵だね」

といっていた。小平と紺野と互いに相手のことを気にしていたのだ。

私はその後もこの「赤ワクの話」というものを読まずじまいだったが、彼のたくさんの著作の中でも、こうした随筆は、きっと悪くないものにちがいないと思った。私は、紺野からこの話をきいた時に、「おれをメクラと思っていやがる」という文句が入っているのに気がついた。彼はやはりこれも随筆だが、ある週刊誌に、「宮地検校の話」というものをのせていて私は読んだことがある。この時も紺野氏が自分で宣伝したが、宣伝しがいのあるものだった。紺野の父という人は盲人であった。いくつの時にどうして視覚を失ったか、知らないが、紺野の父の友人の琴や作曲で有名な宮地検校が、廊下を歩くときには必ず真中をすうっと通って行くというのだ。それは左右両側からの距離が、一つの風圧となって額のあたりにかんじられるからだ、というのだ。盲人は額より上にある物なら障害物の手前でたちどまってしまうものだ、とつけ加えていた。私は前に紺野がカベのような顔色をしているといったが、彼の顔を見ていると、眼があいているのにブラインド、といったかんじがする。それはどうしてかよく分らないが、盲人といっしょにくらすうちに、顔の表情が盲人ふうになってきたのではないだろうか。

事実そういうことはある。それはともかくとして、彼のこの盲人の随筆と、棺桶の中の話とは似ているところがある。「おれをメクラと思っていやがるか」といって蓋をあけるのだが、なるほど赤い帽子をかぶって棺のなかにかくれているのは、まわりの者から見ると、何かヌウヌウとした盲人の表情である。私はそうしたことが思い合わされて「赤ワクの話」は印象にのこった。もっとも赤ワクにしなければならなかった意味もよく分っていないのだが。

2

私どもは昨年の夏に小平の郷里である岐阜へ出かけた。金を出すのは山口だが、発案者は紺野で、郷里との細かい連絡は小平がやった。山口はいつかのこうした会で酔っぱらって、あげたりして、先生方に失礼したことがあるので、「こんどは慎しみます」というわけで、長良川の岐阜市より五里ほど上流の関というところで鵜飼を見物した。最初は岐阜市の宿に予約してあり、事実、「石金」という宿にも入ったのだが、小さな事件がおこった。この宿の廊下でマクドナルドというアメリカ人にあった。紺野はこの男を前からきらっていた。あいつはユダヤ人だといったこともあるが、その耳のあたりの髪の毛のチヂレぐあいなどは、たしかにユダヤ系であった。浴衣を着たマクドナルドは紺野を待ちうけるように達者な日本語で、

「ああ、紺野さんも私とおなじですね。ウガイですか」

といった。

「いやあ、ウガイなんてものは見ないよ。こんなものは何回も見てるんだから」

といった。紺野は部屋に入ると、

「山口くん、諸先生方にはわるいけど、ここのウガイ見物はやめてくれないか。どうも胸くそが悪い。みんな御

存知の通り、あいつのために春信のいい浮世絵がアメリカへ渡っちまったんだからな。あいつがいやがると、鵜飼がウガイ水のウガイにきこえて、これが第一いけねえや」

「それでは最初の案どおり関へ行って見ましょう。すぐ車で参りましょう。この上流ですから」

と小平がいった。春信のこの絵がもう見られなくなったということが紺野にはくやしくてならないのである。彼はよくいうように、いい絵はみんなもっていたかったが、そうも行かないので、必要に応じて出かけて行けば見られるということで気持をおちつけていたのだ。後は眼をつむると、彼が見ておぼえてる一つ一つの線や版の刷れぐあいまで重って記憶の中に甘い世界を作っている。目をとじた方が彼はなつかしむことができる。しかしそれもいつかその気になりさえすれば、明日にでも実物にもう一度出会うことができるということがあるためだ。春信のその絵は一枚しかのこっていない。その一枚も彼が一度見ただけである。持主には外国人に手放さないようにと、手放すさいには知らせてくれ、博物館では買えなくても、何とかするから、と念を押していた。ところがある日、山口の父親から、マクドナルドが奪うようにして持主から買いとると、もうすでにアメリカに持っていったときかされた。紺野は当座はひどく悲しんで、私どもいっぱんに紺野がしょげる姿というものを見かけたことがないものは、彼にもこういうところがあるのか、とおどろいたものだ。紺野は博物館にいるという地位からしても、それを利用してその能力に任せてジャーナリズムで金もかせいでいた。それが彼の同輩たちには必ずしもいい印象をあたえていない。彼のような人柄は一種の異端者である。そこで彼のこの失敗は同輩の秋山課長がよろこんでいるという噂がたった。あまり触れないことにしておこう。もっとも紺野が館の内外を問わずこの失敗をいいふらして歩くものだから、自分で種子をまいたようなものだ。一年にしてこの話も伝説となって博物館の中に美術品と同列に過去のものとなった。そうして紺野がこの浮世絵を外国にもって行かれたことを悲しんでいるというよりも、むしろ話の種子ができて本人が喜んでいるという印象を植えつけてしまった。

今、紺野がマクドナルドに偶然宿であって、おなじ宿にいたくないと駄々をこねだしたのも、これまた話を大ゲサにして知人の間に話題をまくつもりではあるまいか、と作家の小平が私にいったとき、そう思うのもムリはないと感じた。しかしやはり紺野はマクドナルドと同席は本当につらいのであろうと思わざるを得なかった。しばらくにせよ、彼は元気がなかったからだ。

彼は酒をのめるていどに胃袋の方はなおっていた。しかし関で鵜飼を見たあと血圧を下げるクスリと称して彼が粉薬をのむのを宿で見たとき、これは酒をのませてはいけないと気がついたが、女を相手に、大きな声でしゃべりはじめると、彼の健康のことなど誰も心配するのがバカらしくなってしまった。次の日下呂温泉へ一泊したとき、芸者の歌う郡上音頭が下手なのですっかり彼はフキゲンになってしまって、みんなにいった。

「ションベンクサイ子だね。それに何だい、さっきの席で、山口くんを小バカにして、なんだ、おれをスポンサーだと思っていやがったじゃないか」

私も気がついていたが、山口が金を出しているのだから、彼が色々芸者に先生方をカンタイするように注文をつけると、芸者はまったくきこえないような顔をした。先生方にアイキョウをふりまくのはいいが、紺野がよくしゃべるものだから、この席をもっているのは、紺野で、そのほかの悠然としている小平やその他の美術批評家たちの方が紺野に歓待されているようなかんじになった。山口は何者でもなく、見るも気の毒なほどだった。山口があまり場違いに大きく肥りすぎているので、そうなったともいえる。まもなく紺野は地下のバーへ行き若い芸者と踊りはじめたが身体のこなしが柔くてけっこうたのしんでいるように見えた。私もたしかに彼がスポンサーだと思われていたようにかんじないわけではなかったが、彼が自分のほうからそういうのをきくと、この人はほんとに色々なことを口に出して話題にするんだ、ああいうことは自分ならとてもいえない、と思った。

「広重が何年何月、何の日の午前何時に、どこの宿で何を食い、何をしたか、といったふうに話してやると講演会でうけるな。しかしね、小平さん」と汽車の中で、いつのまにか小平の書いた女にかんする随筆ののったあまり評判のよくない週刊誌をひそかに買って読んでいた紺野は、それをまるめてポケットに入れると話しはじめた。

「広重旅日記という本がこんど出てきたのだが、この根岸本と称するやつは、何といってもニセモノだね。下書きと称する絵と日記がついているのだが、絵もすごく達者なものだが、これは広重の絵を見て、あとでかいたものだよ。あきらかにおなじ日に東海道の三島の宿にいるのに、その広重が江戸の根岸にいることになっている。これは常識としておかしいが、今いった下絵の方は、よく見るとあとでかいたことが分る。それからもう一つ、旅に出て食物を日記に書くときには本日は昨日のごとし、といったぐあいにするものだ。それは十返舎一九の『膝栗毛』を見れば分る。ところがこの日記では、いちいち克明に書いてある。これはウソくさい」

といったあと彼は汗をふきながら、話を進めた。

「これから行く松山の講演では、こんなふうに話してやるつもりだが、これはきっと大いにうけるよ。そりゃまちがいなくうけるんだからな。しかしどうも忙がしくて……」

とつけ加えた。紺野は東京へ帰る私たちと別れて足をのばして松山に行くのであった。彼の言葉によると「もう義理をはたさねばならないハメになっている」というのだった。彼はたしかにひっぱり凧なのだが、彼のように「忙がしい」「忙がしい」「義理ははたさねば」「泣かれて」といった言葉をふんだんに使う人はすくない。だからこの「忙がしい」も効き目がない。私なども又かと思う。実際に忙がしいかどうか問題でなくなってしまった。すると彼はまたもどかしいように「忙がしい」を連発し、それから、その忙がしさを納得してもらう御褒美としてけんめいによろこばせる話をしようとする。自分の病気のことでもあれば女のことでもあった。帰りの汽車の中で小平はまたこういった。

「あの人は何だか、とても暇なような錯覚が僕にはおきるな。おれのツマラない随筆まで読んでるんだからな。第一、あの人は、先だってよく売れている『東海道五十三次』という解説本を送ってやるから読んでくれ、読んでくれといいながら、その後まったく本がこないじゃないか。いって見るだけじゃないのかな。そんなことをいって見るというのは暇なショウコだよ、な」

「いや、やはり忙がしいんだ。いって見ただけかもしれないが、忙がしいことも事実だ。出版社にも作品展覧会でデパートにも追いかけられているんだ。心の底ではのんびりしたいのだが、それでは自分が淋しくもあるんだ」

「自信がないのかな」

「そうでもない。何しろ僕は館内で長らくあの人にいじめつけられてきたこともあるしね。それ以上センサクするのは僕はイヤですよ」

と私は答えた。

3

今年の正月三日の朝山口くんが私の家に年始のアイサツに大きな身体をはこんできた。その時こう口を切った。

「昨日紺野先生の御宅へうかがったのですが、大分心臓の方がお悪いようで寝ていらっしゃいました」

「心臓？」

「心臓ゼンソクらしいんです」

「血圧から心臓か。それで彼はおとなしく寝ていたかね」

「それなんですよ」

山口はいくぶん畜膿ぎみの鼻をつまらせながら笑いとも、歎きともつかぬものを洩した。彼の話では、その日、『東海道五十三次』を出した出版社の編集者が居合わせていた。最初紺野はいつものように他人のことのように病状の説明をし、もう酒は禁じられてしまったとなげいた。女の方は？ と編集者がいうと、

「うん、そいつは医者にいわれなかったんだから、いいんだろう」

といった。もちろん、話のやりとりで、紺野が面白くしているだけで、彼の病状はそんな冗談口をたたいていられるようなものではない、と山口はつけ加えた。

「酒だっていいんじゃないかな」

と紺野はいった。

「いいですか、先生」

と山口は鼻をつまらせながら忠告した。

「ちょっと家内を見てこいよ。いなかったらビールをもってきてくれ。おれは飲まないから大丈夫だ」

山口は奥へ行った。そこに紺野の妻がいたが、本人が飲まないのなら、いいでしょ、といってビールを渡した。けっきょく紺野はいつのまにか飲まないわけには行かなくなってしまった。山口はそれでもとめたけれども、もうその時には紺野に冷水をかける次第になることは分っていた。こうして山口が帰るとき、編集者と紺野は飲みはじめていた。私はその話をきいて、大へん心配になり、小平に四日に会ったときのこのことを話した。すると小平は、

「近いうちに死ぬな。こまったことだな」といった。それから顔をしかめながら「医者も、けっこうくるめられているんだろうな。紺野が景気のいいことをいうと医者もついダマサレるんじゃないか。棺の中から起きてきて香奠をしらべるのならいいが、棺の中で、ああしまったことをした、とホゾをかむようなことにならなければいいがな」

私は冗談とも見える小平の言もまた正しいと思わざるを得なかった。

五日の朝までに、紺野は二度ばかり発作をおこした。一度は酒をのんだあと。次は六日の朝で、やっと発作はとまったが、入院することになった。彼は病院に到着して診察室で看護婦を笑わせかかって死んだ。山口から電話があってすぐ病院へとんで行くと、彼は皺になったシーツの上に寝巻姿で寝ていた。すると夏、宿で見た姿を

思いだした。彼は浴衣をきて芸者とおどっていた。その腰のかっこうがよかったものだ。顔色はいっそう青くなったというものの、もともとまったくツヤがなかったので、あまり変らず、まだフトンにもぬくみがあるみたいで、死んだものとも見えなかった。ただ今や彼はまったく盲人になってしまったように見えた。そしてそこにきている二人の大学生であるらしい男の子と高校生のひとりの女の子が、紺野とそっくりの顔立ちであるばかりか、色ツヤがまったくないのに私はおどろいた。

4

館内では紺野市之助の席に誰が坐るようになるか、色々取沙汰され、皮肉なことに彼が死んで、春がきたように色めき立った。私はもともと紺野より年長でありその器でもないので万年係長であることに決っている。したがって私は傍観した。彼は厖大な未整理の資料と、裏東海道の著作の構想と、それから浮世絵の完全な解説を願っていた。すでに外国にあるものにしてもまちがったまま信じられているものがあり、それを是正する根拠は彼の経験と愛情と、盲人の手さぐりのようなカンであるので、とても時間のかかるムズカシい仕事であった。博物館には弟子はいるが、実質的には彼のあとをつぐ者は誰もいなかった。そしてその弟子達はきっととりまく出版社との間にあって文字通り資料をかかえこんでいるだろう、と私は思った。

通夜の晩、私は作家の小平と大森駅で待ち合わせてバスに乗った。区役所前でおりるのだがいつまでたってもその停留所がこなかったので乗りすごしたか、と思うとそうでもなかった。ちょっとそれがふしぎだった。

「特徴のある石垣があるんだ。一度きただけではまちがえるよ」

と私はいった。小平はもちろんはじめてであった。暗い夜道で、とつぜん小平はふりむいて、

「きみの方では、香奠はどうしているの？」

とたずねた。

「香奠？」

「そうですよ。香奠というものはいつでも気になるものだが、こうして前を行く通夜の客の姿を見ると、いくらつつんでいるか、ということを思うな。ある批評家が死んだとき、僕の友人は、その男が自分の作品に悪口をいわなかったというだけで、その批評家を尊敬も何もしてなかったけど、思いきってはずんだといっていた。しかし帰りにはいくぶん後悔したそうだがね。僕がいうのは、こんなことより、あの例の赤ワクの話が妙に気になってね」

「ああ、あの随筆ね」

「まさか、あの人が棺の中からあらわれるというわけでもないのだが、こちらの心理が読みとられてイヤだね」

「僕の方では、積立というものがあって僕の課で三千円ということになっているが、こんどはほかならぬ紺野さんだから、五千円ということにしてね、僕は今もっているんだが。しかし細かい話をすると、積立というのは、給料におなじパーセンテージをかけるので、僕たちより多い人も少ない人もいるわけだ。さいきんは死ぬ人が多くなったのでほかの課の場合は遠慮したら、ということにもなりかかっているんだよ。紺野さんはほかの課だがね。話はちがうが、香奠係りとか、受付は山口くんがやってくれるはずだ」

「惜しいことをしたな」

と小平はまったく別のことをいって、私をまたおどろかせた。

「そうだ。惜しい人を死なせたよ」

と私は相槌をうった。それから、

「大きな柱を失った気がする」

というと、五十三歳の私の眼に涙が出てきた。すると、

「アクロバットの女も今夜くるのか」

と小平がいった。彼はまるい背中をよけいつぼめるようにオーバーの中へかくれていた。彼も四十をとっくに過ぎて、山口とは較べものにならぬが、肥っていた。女が欲しい身体つきとは見えぬが、ひとの女を気にしている。私はこんどは笑いながら、

「アクロバットね。来るかも分らないね。何しろ山口くん達が死亡通知を刷っていたのだが、どこへ出していいか分らなくてね。しかたがないから、年賀状のきたところへ出すことにしているのだが、また、今年は年賀状がすごくおくれているだろう。しかし新聞に出るから、気づくだろう」

「あの人はまったく死ぬ用意がなかったのだからね。そうすると我々もリストを作っておかなくてはいけないかな」

と小平が笑った。彼の笑い方は、キツツキのようだ、と何年ぶりに思った。やせているころからちっとも変らないな、と思った。

「それにしても、あいつは妙なやつだな、あんな話を随筆に書いたなんてな」

と小平がつぶやいた。見おぼえのある石垣のところから左へおれると大勢の人がうごめいており、花輪が庭にまでハミ出していた。小雑誌の同人のひとりの美術批評家が山口のそばに立っていた。それを見て小平がいった。

「あのあなたの名が入った花輪は先だってどこかの葬式でも見たが、あれはどうすればいいの」

「ああ、あれ、あれはどこの葬儀屋でもいいから電話すれば、すぐ届けてくれますよ。それを早くやるのがまあコツですね」

「なるほど。葬儀屋のアドレスなどは」

「電話帳を見ればね」

小平は感心したようにうなずいた。小平は座敷へあがるとひとわたり見渡していたが彼の視線のさきには棺と

か、「御霊前」があった。しばらくして小平はささやいた。

「もうきみ、出版の話ばかりしているよ。あそこにいる本人はよそにね」

外でさわがしくなったと思ったら雨が降りだしたので、花輪をはこんでいるのであった。部屋の中へもちこむので立ちあがって壁の方へつめていると、いつか岐阜の宿であったマクドナルドが入ってきて押しわけるように霊前へ近づいてきた。しかしいくら近づこうとしても、霊前には先客がいっぱいで私たちの前で止めざるを得なかった。彼は私にも会ったことがあるので、会釈しながら、

「惜しいですね」

と日本語でいった。彼もやはり見渡していて一呼吸すると、

「おや」といった。「これはいけないいな」

「何がですか」

「あの人、秋山さんが葬儀委員長ですね。あの人は故人と仲がわるかったのでしょう？」

「さあ、そういうわけでもないですよ」

私は「故人」という言葉に不快になった。それに「葬儀委員長」という名称を知っているばかりか横槍を入れるのが気にくわなかったのだ。

「誰が見たって、あの人が役柄で、故人とのことがたとえどうあったって、それは人間ですからね」

「しかし、それは故人に気の毒ですよ。いけませんね。神山さんあなた、お香奠はもう出しましたか？」

「あそこまで行けないんです」

「こまりましたね。私は忙がしい身ですからね。拝みたいのですがね」

「もうすぐ拝めますよ。今夜の経は長ければ長いほど、故人を慰めることになっているのです」

「分っています。それじゃ、神山さんあなたに頼んでおきますから、宜しく願います。しかし委員長はまだほか

になり手があるし、あなたでもいいじゃありませんか。故人はあなたを愛していましたよ。私知っています」

「いや、愛されていたのは、山口くんで、僕はくすぐられていたのです」

「山口？」

「あの青年ですよ。奥さんはありますがね」

「よく肥っていますね。お相撲さんのようですね」

彼は私に香奠を渡すと、

「私、この袋まで余分にもっていますが、あなたにあげましょう。日本人では誰が死んでもあまり葬式に行くことはありません」

といって空袋もいっしょに渡すと、立ち去っていった。

私は胸くそが悪くて仕方がなかった。雨がやんだので、また花輪が外へ出たついでに私も外へ出た。すると庭で働いていた山口が近よってきて、

「マクドナルドがきたんで雨が降ったんですよ、イヤな奴をよく知っています、紺野先生は」

とささやいた。私は茫然としていたが、しばらくすると無性におかしくなってきて笑った。

告別式が終ったあくる日宮内庁から博物館へ電話がかかって、勲章をもらう手続きをするようにいわれたので、私はその手続きのために宮内庁へ出かけて書類に色々文章をかいてきたあと、報告がてら紺野宅に入って行くと、山口や館の若い者たちが香奠を整理しているところであった。

「勲章というものが、今どきあるのですかね。へえ先生が勲章をね」

「しかし、もらえるものはもらった方がいいんじゃないかな。というのだ」

「何という勲章ですか」

と鼻をつまらせながらきいた。

「瑞宝章というのですよ」

「どういう人がもらえるのですか」

「国家に功労のあった人でしょうな」

「へえ！　それでは次は」

と山口は我にかえり声を出して金額と氏名とを呼びはじめた。

「××会一同、三千円、博物館△△課、三千円、博物館〇〇課、五千円、近藤太郎、五千円、山下一三、二千円、小平三郎千円……。小平先生は千円と、これは割にすくないな」

と山口が声をおとして呟くようにいった。

「小平くんは千円ですか」

と私は思わずいった。

「他人の香奠のことはどうでもいいが、あの赤ワクのこともあるし、彼はずいぶんこだわっていたので、一万円ぐらいはと思ったが、これは……あいつは逆に出たのかな」

「沢野良郎、千五百円、谷口数子、五百円。神山先生、これは、ホラ例のアクロバットですよ。名前だけは知ってるんです」

「きみは受付にいて顔を見たんだろう？」

「いいえ、僕は席をあけたこともあるんです」

彼は真剣な顔でまた鼻をつまらせながらいった。私はこの鼻は手術してもダメなのかな、と考えた。

二日して役所へ小平から電話がかかってきた時、どきっとした。

「神山くん、僕は昨夜彼の夢を見たんだ」

「彼？」

「紺野さんですよ。宿屋にあの人がいるんだね。彼が立ちあがって散歩に行こうというんで、よしというと、腕をくんでくるんだ。腕をね。僕はこんなことははじめてなので、おや紺野さん、おかしなことをするなと思ってひょいと見ると、バカにツヤツヤした顔をしてるんだな。ホラ、これはきみもよくいっていたように、あの人の顔色イヤな色だろう。オヤ、とこう思って、そこで、この人はたしかに死んだはずなのにと思ったんだ。そこで眼がさめた」

「そうですか」

と私はいった。

「そうなんだよ」

と小平がいった。

「あの人の最後の大サービスだな」

と私はいった。

靴の話

1

池田が故郷の町で小さな講演をしたあと、昔の中学の教師といくつかの酒の座をうつるうち、今日の講演はやはり失敗に終ったことに気がついた。

「池田」

とAという教師は何度目かの叫び声をあげた。彼は池田がその町の大学をやめて、故郷を去ったあと、赴任してきた。実力も教え子の池田などとはくらべものにならない。池田はそのうち専門の語学をやめて美術評論などをやりだしたので、その方面のことで久しぶりに町へもどってきたのだ。

「お前がムズカシイ話をしてもこの町のものはききとうないのやて」

「易しく話すのはまだ私の年輩では出来ませんから」

「易しく話す？　何をいうとるか。そうじゃない。お前がいくら金をもうけるとか、お前の知っとる絵かきの収入がどれくらいで、どんな女あそびをするとか、スベッタリ、コロンダリ、というような話をみんなききたがっておるのじゃ、ええか」

池田はそのふしぎな方言に耳をかたむけていた。長年自分が使ってきて、一言一言、その味わいが分った。その方言で今、酔いながらAという教師は自分に何かをいっている。

「話の種を作ってやれば、ええのやて。お前がちょっと変ったシャツでも着てくれれば、それを見とるだけで、ああ、やっぱり、池田という仁《じん》は違うとるわい。みんな、見んさい、というわけや。ここのもん（者）はそんな程度や。それが分らんようではお前もあかんぞ。どうじゃ」

昔から、その教師は何かをいって「どうじゃ」と念を押すくせがあった。そのころ池田はカンニングをして見のがしてもらったことがあるので、さっきまで二十数年前のことで礼をいっていたところであった。するといつのまにか、Aは今日の講演に話題を転じてしまった。池田がカンニングをしたということをきくのをあきらかに嫌っており、またカンにさわったようにも見えた。

ほかに十名ばかりの客がいたが、池田が駅へ向ったときはAのほかに誰もいなかった。Aはすっかり酔っていて、東京へついてくるというのを、ムリに車にのせると、大きな声で運転手をどなりつけたあげく、

「おれの行先？　おれの行先はないというのに分らんのか、どうじゃ」

と叫び、電車の軌道の中を、今きた方へひとりで歩きだした。汽車に乗ってからは池田は今日の講演のことより、Aをひとりで帰したことが気になった。そして靴をぬいだ。まだ指のつけ根がいたんだ。Aが運転手の手をはらいのける拍子によろめいて、彼の靴の上へのりかかってきたのだ。

それから数カ月たってから、正確にいうと九十三日たってから、池田は郷里の別の教師Bから手紙を受取った。それは同窓会についてのある報告であったが、その最後に、こういう文面を発見した。

「こんど御来駕の節は何とぞキッドの靴でもはいてきて下されたく、願上げます。一万円とまでは行かなくとも八千円ぐらいの靴をはいてきて下さるように。いやこんどはカンガルーの皮の靴をはいてきて下さい」

その報告はしてもしなくてもいいものであったので、Bはこの靴の一件をいいたくて、書いてよこしたものと

思えた。Ｂは Ａよりも池田が親しくしている人で、絵かきでもあり、昔Ａの同僚のひとりであった。Ｂはが彼に毒舌まじりに激励をしていたとき、まだその席にいた。が、その後いつのまにか姿を消してしまった。Ｂは中華料理店の二階から、日本料理の座敷をいくつも変った。Ｂが去ってからも二つぐらいは席をうつしていた。宴会は

Ｂが池田の靴に目をとめたのはいつだったのだろう。池田は自分がはいて行った茶色の靴のカカトが大きく傾くほどにすりへっており、底に一つ穴があいているのも、ずっと旅行中気がついていた。Ｂはたぶん池田のために、Ｂたちのために、ああいう靴ははいてきて貰いたくない、といっているのである。

池田は手紙を見て、すぐ笑いだした。Ｂがおせっかいだ、という意味でもなく、自分のした失敗を笑うというのでもなく、笑えてきたのである。そこで数えてみると、九十三日たっていたことが分った。九十三日のあいだ、時々Ｂは池田の靴に思いあたり、これはいっぺんちゃんといっておいた方がいいと思ったにちがいない。その意味では、大きな声で叫んでいたＡのかげにかくれて、何げない顔をして坐っていたＢも、Ａとだいたいおなじようなことを念頭においていたのであり、黙ってはいたがその時から、いつか靴のことはいわねばならない、と思っていたのである。あの靴が故郷のひとりの人間のアタマの中にいく日かすみついていたということが、池田の笑いを誘ったのだ。

その靴は池田が、日本美術の講座を頼まれて、ブラジルからアメリカへと廻ったときにアメリカのある町で買った靴だ。フローシャイムという有名な会社の製品で、号数は七号、幅はおなじ七号の中でも広い方で、彼の足に合った唯一のものであった。二十ドルだから安いものではないが高いものでもなかった。小さい幅の広い足を笑われて買ったものだが、宿にもって帰ってはいて見ると、どうしても片一方の脚がちぢんでしまうので、靴を手にとってくらべて見ると、後側が一つは高く一つは低い。カカトのゴムの高さもおなじなのに、片足の方がずっと高いところにくる。後側がちがうように底の厚味がちがうのである。そこで返しに出かけると、店員が直してやるといった。そして修理されたものを見ると、一枚の厚い革が底の皮の上に無造作にはりつけてあった。こ

うして彼はどうやら両脚をおなじ高さにして、地上に立つことが出来るようになったのだが、その時はいくぶん自尊心を傷つけられたような気がした。実際に毎日はいてみると軽くてぐあいがよく、その後はきつづけ三年になって、永久にへる気配も見えなかった底革にも穴が一つあいたし、片べりしはじめると、それからあとは、かなりの速さで傾斜しはじめたのである。といっても、池田がそれまではいてきた靴にくらべれば、何倍ももちがよかった。それにしても、とにかく、穴もあきついに傾斜もはげしくなった時、おこり得べからざることがおこったように思った。しばらくはくのをやめているうちに、彼の妻が修理に持っていってある大きな店で断られてきた。その店の品物でないと修理はしないというのだ。普通の店で修理に出せばきっともとのかんじは失われてしまうと、池田も妻も考えていたままに、放っておかれ、また時々はき心地がいいのではくので、もうこのままではどうにもならない状態になっていた。一度も正式に誰もみがいたことのない靴を、池田は郷里へ発つ時、はいて出かけた。

その前日、池田は妻に明日は郷里に講演に出かけるのだ、といった。何日か前にいってあったのをもう一度くりかえしたのだ。するとやにわに妻が腹を立てて叫んだ。

「あなたという人は、何でも急にいいだすのね」

「何も今日急にいったわけではない」

「私は、きいていませんよ」

「きいていない？　ちゃんと話したはずだ」

「きいていません。よしんばきいていたとしても、私は忘れていたの」

「だから今いったので、思い出してもらえればいいんだ」

「なんのかんのといって家をとび出して行くんだわ。急にそわそわして、うれしそうな顔をして」

池田の妻が、この会話をやさしくいっておれば池田の答えも変っていたし、ここで池田がやさしくいえば、結果は変っていた。しかし池田の妻は自分はそうと気づかずに、夫に腹を立てさせようと思っていたために、いかにも池田が我を忘れるようないい方でいった。池田がそのことに自分で気づいた時には、色々のことをわめき、池田は妻をノドワにしてひきずるように壁まで押していた。

池田がこのように相撲の型のように効果的に妻を押したのははじめてなので、彼も妻もおどろいた。それまではげしいいさかいをしても、彼は途中で力を抜いて、妻の方が力を盛りかえす余裕を十分にあたえたものだった。そういう時池田は自分のしたことに後悔したものであった。ところが、この度は、どういうものか、池田は壁まで一気に押しよせたあと、また引きずってきて、またその場に押し倒そうとした。それればかりでなくて、ことによったら殺しかねないとふと思った。彼の手は妻の首にまきついていたからだ。彼は妻の泣き叫んでいる顔をじっと見ていた。

その時、眼の前のドアがあくと、池田より大きい、ひとりの男がとび出してきて、

「こらっ、何をするんだ」

と叫んで、彼につかみかかってきた。それは池田の息子で、ずっと昔、小さい時に池田に度々ひっぱたかれ、その度にその母親である池田の妻が池田につかみかかり、それから池田は、すっかりしょげこみ、反省したことのある息子であった。今では池田は息子に手をあげたり、大きな声でどなったりするどころか、彼の成長をたのしんでおり、時々ヒヤカして、「たまらないな、オヤジは」といわせるぐらいであった。はじめはそのドアの中に息子がいることをちゃんと勘定に入れて、自分の方が分がある、と思っていたが、そのうち、息子がきいていることを忘れてしまった。

息子のかたい身体が、こんどは池田を押してきた。池田は自分が育てあげてきた子供がこうして押してきたとハッキリ感じた。すると抵抗するのがアホらしくなった。

「分ったよ」

といった。そして、

「心臓が……」

といった。彼女は椅子にもたれて号泣していた。その声がきこえないほど、池田の心臓の鼓動ははげしかった。

「心臓が……」

「これはしっかりしないと危い」

ととぎれとぎれに声に出していった。もし自分がこのままぶっ倒れるということになると、今自分のしたことに彼女は拘泥しているわけには行くまいという下心があった。それがおかしくて、池田は笑いながら、

「これで死んだら世話はない」

といった。彼の心臓は別に異常でも何でもないが、急な昂奮のために、四百米を練習もせずに一時に駈けたように波打ちつづけた。もし法廷で殺人の動機をきかれたとしても、池田は納得させるものを何ももっていなかった。こういう時、池田は前なら、じっとその場から動かず、彼女の機嫌のなおるまで待ち、それから徐々にこのようなイサカイの原因をつきとめ、そのあげく、結局、自分の方から詫びを入れたものであった。

池田はその日は、

「お前のいうように止めたいが、止めるわけには行かないからな」

というと家をとび出して行った。池田はもう何分も前に、自分でも止めたいと思っていた。うれしがっていたわけではない。外へ走り出るとき、とっさに彼ははきなれた軽い靴をえらんだ。えらんだ、というより、彼の心に、くたびれてはいるが、実質はある、その靴がぴったりときたのであった。池田は妻を気の毒に思っていたが、もうこんどは知らないぞ、といいきかせていた。それも今までにない、はじめてのことであった。池田は歩きながら、自分がこうしてとび出してきたのは、息子が残っているからだ、と気がついたとき思わずまた苦笑した。その日も池田にはすることが沢山あった。それをするうちにいつかさっきの出来事を忘れてしまうにちがいな

い。なぜなら、池田は一時間もたつとすっかり、腹を立てていたことがどうにも自分でもワケが分らなくなってしまい、それが彼の妻をいらだたせてきた原因でもあったから。忘れようとするのを食いとめるのにどのくらい苦労したか分らない。しかし、いったんその立腹した気分を忘れかかると、まるで霧がはれるように消え去ってしまうのである。

池田が夜になって引返した時には、めずらしく、まだいくぶん腹を立てていた。そしてあくる日、その惰性で、池田は前とおなじ靴をはいて出かけた。その腹の立てぐあいは、この夫婦はおなじぐらいであった。池田は汽車の中でずっと窓の中にうつる景色をまるで仇を見るように眺めていた。

「なぜ、自分を連れて行け、といわぬのだろう。なぜついて行くといわぬのだろう。なぜおれがうれしがって逃げ出して行くと思うのだろう。なぜ子供みたいに、あんなことばかりいうんだろう。この調子だと、自分はまだ怒りつづけるらしい。どうして、こんどはこんなに自分の立腹はおさまらぬのだろう。それは、アイツがこのごろとくにしつこく文句をつけるからだ！　アイツは、おれの郷里だというと眼の仇にして、……」そこで彼は妻がキゲンのいいとき自分の郷里のナマリをいつもマネをして見せる口調を思いだした。

池田はまた腹が立ってきて、窓の手すりを叩くようにした。そして泣きたくなった。彼は今までの外に向けていた視線を動かした。そこに褐色の靴が、裏底をあらわに見せながら汽車の震動でふるえているのを見つけた。彼はじっとそれを眺めていた。そして、

「おれの話をききにくるので、おれの靴を見にくるのではない！　美術評論家だって何だって知ったことか。この靴でとやかくいわれたところで、それはおれがいわれるだけだ。誰のメイワクでもありやしない」

彼の心は妻がおそれるように故郷が近づくにつれて次第に綻び和やいできた。

2

九十三日たつうちに、池田夫婦は晴雨のくりかえしのていどにいくども争い、そして仲直りをした。争いの回数は前よりいくぶん多くなっていたが、だからといって今すぐに別れるという気配はあるわけではなかった。

池田は、このごろほとんど妻の顔を見なかった。仲直りしたと見える時でもおなじことだ。彼は何を見ているかというと縁側から庭の樹を見ていた。年中葉を落さないモチの木があった。池田はモチの木のたくさんあった郷里の家のことを思い出すこともあったが、それより、葉を落さず、いつもなめらかでくろぐろとした幹に支えられているのが、笑いを誘った。美術評論家でもある彼は、商売柄、この感情を大切にしなければならないと思った。

妻はある日、夫にいった。

「私、このごろ、何かの拍子に考えるということが出来なくなるの。私、トイレに行きたいと思うと、もう何も考える力がなくなったりするの」

「そう。それはお医者に相談した方がいいな」

夫は妻の顔を見ながら、いつ「私にも考える力がある。あなたには考える力がない」といいだしはしないか、と内心おそれていたが、妻の状態が意外に悪いのに動揺していた。

「それというのも、あなたがひとりで外国へ行ったあと、子供のことでひどく苦労したからなのよ」

「お医者に相談した方がいいな」

「しかし、もういいのよ。もうすっかりいいのよ」

「四、五日、温泉でもいったらどうかな」

「四、五日？　四、五日いって何になるものですか。私いくのなら一月ぐらい行きたい！　それに、あなたは、すぐ自分の郷里の温泉をすいせんするでしょ。あなたは講演でいい恥をかいたといっていたじゃないの。『そうやな』『いいわなも』なんていってるんだから、あなたの郷里の人は。甘ったるい鼻にかかったイヤな言葉」

それから「美術だの絵だのを批評したり、見たりしているのなら、少しは私たちの生活を美しくするようにしてちょうだいな。ほんとにクタビレたのよ。もっと楽しくしてちょうだい」

夫は、モチの木の方を眺めた。久しぶりに姿を現した太陽の眩しいような光が葉かげから放射線状に光った。彼が顔をちょっと動かすと、光は彼の眼をマトモに射ったが、ふりむくと、彼女の鼻と頬のあたりにも光がおちていた。

妻は久しぶりにキゲンがよかった。

「あなたの靴、修理しといたわよ」

「ほんとに、考える力を失うのかな」

夫はいった。

「もう大丈夫よ。あなたさえ、私をイジメたりしなけりゃ」

夫は泣くとも笑うともつかぬ顔をして、玄関の靴の方へ行こうとして、もう一度妻の顔を見た。

「あなた、もう少し、私のそばにいてもいいのよ」

と彼女はいっているように見えた。

「いや、これはすっかりもと通りになったな！」

と夫は玄関で靴をとりあげてかざしながら大きな声で叫んだ。靴のことばかりではなかった。

だが池田の褐色の靴は修理されてからずっと重くなり、はいて歩くと、裏底のために歩いているようなかんじになった。それは手にとった時から分っていたが、じっさいに歩いてみると思わず立止りたくなるほどの変化を来していた。それは彼をひそかに悲しませ、また、いつのまにかそういうものだと思うようになっていた。

その靴がこの長い間、郷里のB氏のアタマにあったとは、思いもよらなかった。彼はそこでその日、ずっとそのことを考えていた。ことによったらA氏がB氏に話し、B氏がA氏にも腹を立てて、この手紙をよこしたのかもしれない。いや、B氏自身があの靴を見て、自分が宣伝している池田が、このような靴をはいて平気でいることに、顔から火が出るような思いをしたのかもしれない。それはどこであろう。講演会場に来なかったB氏は、あの映画館の前あたりで見つけたのか。それとも、あのタタキの上におかれたのを見たのか、それとも……そこで池田自身、自分の顔から火が出るような思いになった。それはきっとあの時にちがいない！

講演のあった日の前の夜、池田はある中華料理店の二階で、そこの息子の絵を批評しながら、飲んだり食ったりしていた。息子はB氏から絵を教わり、東京の展覧会に出品して入選したり落選したりしていた。

B氏は冗談まじりにいった。

「奥さん、この先生によくしておくと、あんたの息子さんは出世しますよ」

「そうですかね。そんなえらい方なら、私も心を入れて大サービスしますよ」

北京飯店のおかみは、用心深く笑った。彼女はこの土地の者ではなく、満洲から引きあげてきて、ようやく最近になって店をかまえたのだ。池田はゆったりとしたそのオカミの顔をさっきから眺めていた。彼女は誰かに似ていると思いつづけていた。今やっと、自分の妻に似ていることが分った。彼はほとんど妻のほかの女というものを知らないので、そういうことになるのだろうと思った。

「このオカミさんは、きれいな人ですね」

と池田はB氏にいった。

「私が？　どうしましょうかね」

と落着きはらって彼女はいった。それから女の話になり、いよいよ引上げる時オカミがしまいこんだ靴を一つ一つ運んできた。下駄箱がないと見えて、一足一足べつなところにしまいこんであったのだ。となりの部屋にも客があり、なかなか池田の靴が出てこなかった。最後になって、

「これですか」

といいながら池田の靴をもってきた。

「やっぱりこれでしたか。この靴ならはじめからあそこにあったのですけど」

オカミは間の抜けたようないい方でゆっくりとそういった。彼女は、顔はそれほどではないが、身体は胴のまわりが樽のようにまるくふくれていた。したがって動作もカンマンで、池田の妻とは反対であった。

このあと、このオカミはこの靴のことをB氏に話したのではないか。……そこで彼は顔から火が出るようにかんじた。

池田がその日一日中、そんなことを、あれこれと考えていたのは、要するにB氏の瞬間的な憤りが、針のように彼の身体のどこかをつき刺すからであった。B氏が靴のことで、さっと憤り、それから苦笑し、またさっと憤りしたと思われるが、その憤りが今、何百キロの距離をこえてつき刺さるからであった。

「ああ、身体のどこかが痛むぞ」

と彼は口に出していった。

「九十三日の重みがおれにかかってきやがる。それにしても、おれの方から、B氏に何か一言いわないと、あの人が困るのではないか、いや、B氏はもうサッパリした気分でベレー帽をかぶりパイプをくわえて、浅黒いがかたい身体で街を散歩しているだろう。しかし……」

この時、彼は息子が学校からもどってくる物音を耳にした。何か息子と話がしたくなった。自分の部屋から腰をあげると玄関へ歩いて行った。

「お母さんはいないの」

「いないよ。何もお前はかんけいはないじゃないか」

池田は半分からかった。いつもの習慣でそうしたのだが、そろそろ、からかいばかりではない模様が自分でも分っていた。

「ふん」

と子供はぐらかしながら、彼の横を、身体を斜めにして通りすぎた。その時、彼は玄関に息子の大きな黒い靴がぬいだままのかっこうでおいてあるのを発見した。

「おい」

と彼は自分の部屋に入った息子をよんだ。

「何？」

「おい、ちょっと玄関を見ろ」

といった。息子は廊下から玄関の方を見た。

「靴か」

といった。

「靴かじゃない。おれなんか中学生のころには」

彼はこれはいけないと思った。即座に子供がいった。

「ああ分ったよ。分ってるんだ。中学一年生の時に、大きな古靴を買ってもらった話だろう。新聞紙と綿をつめて歩いたという話だろう。お父さんの郷里の話はもういいよ。田舎と東京はちがうし、時代がちがうんだ」

「おれのいうのはちがう。ああしてぬぎすてるんじゃないというんだ。おれだって、一度もぬぎすてたことはない」

「なぜいけないの」

「今度はくとき、その方が都合がいいだろう」

「でも、それは僕がそれでよけりゃ、いいじゃないか」

「礼儀上いけない。見苦しい」

「美的見地か」

十七になった息子はそういった。

「なぜそう靴のことにこだわるのかな」

「家族ぜんたいに対して礼儀を失することになるんだ」

「ということは、お父さんにということだろう」

「そうやない。いやそうかもしれない」

池田はすっかり腹を立てていたが、自分でも分らぬことがいっぱいあって、うまくいえなかった。息子は自分の靴をとって下駄箱へしまいこんだ。たてつけの悪い下駄箱の戸が大きな音をたてた。彼はとっさの間に自分が、郷里の方言で、「そうやない」といったことに気づいた。

「何もしまいこめといったのではない」

息子は自分の部屋へ入ってしまった。

「おい、モチの木の幹に犬をつないだのはお前だろう。すり切れて肌が出ている。しょうがないやつだなあ」

と池田は縁側に出てきて、息子にきこえるようにいった。彼は家にいない妻にもきこえることを望んでいた。このていどのやり方で息子を叱る時には、妻の加勢を頼みにすることも、前にはあったのを思い出したのだろう。

彼はまったく今いっていることとカンケイのない言葉が、自分の口や耳のあたりにうずくまっているのを知った。

「美術評論家なんて、他人の絵を見てああのこうのというだけで、何者でもない。まあ大きな顔の出来る人間じゃないな。恥をかくということがないからな。お説教をするが、都合がわるくなると、すぐ違ったことをいいはじめる。田舎だってお前という人間の力なんてものは誰も信じてはいないのだ」

このあたりから、この一種の独言は、次第にききおぼえのある方言に変っていきそうだった。

3

池田は美術ブームに乗って、ある出版社が出している美術全集の解説の仕事で出版社の裏にある宿へ仕事にきていた。五日も家をあけていた。ある日池田は、自分の家が、世界中のどこにもなかったのだ、という気持になり、やきもきした。電話をかけると、息子が自分とそっくりおなじ声で応答した。そして宿へかかってくる電話は、家へかけたらあなたかと思ったら、息子さんでした、あなたより、あなたの声に似ていますね、といったりした。自分の家があることだけはたしかだ、といいきかせながら、池田はかならずしも笑えなかった。簡易な宿になっていたその仕事部屋へ行くには、その玄関にある下駄箱に靴を入れ、フロ屋の下駄箱のように、鍵を自分で持っているシカケになっていた。そこへきてから、その下駄箱の特許の持主が、全国のフロ屋や、こうした施設が利用するために、莫大な利益をあげているということを知った。こうした靴箱を発案したのは、彼の郷里の彼ぐらいの年齢の男であることを、何か週刊誌でよんだことを思いだした。そうして褐色の重くなった靴をぬいだり、はいたりしているうち、靴はあやしげなテーマとなって、彼の中で鳴り出すことがあった。もっともそのテーマはどこか蛙のなきごえに似ていた。

その出版社の入口のところに毎日のようにいろいろの店がはり出していた。修理をかねた靴屋はその一隅にずっとつづけて坐っていた。靴も何足かおいてあった。

「ねえ、靴屋さん、僕の足に合う靴はそこにあるだろうか。そいつはどうかな」

と池田は話しかけた。

「キッドの靴なんてものはないだろうね」

「キッドの靴？　さあ、キッドはいいにはいいが、キッドの靴は人によってはイヤ味ですからね」

「何もキッドの靴がほしいというわけではないが、あまり恥ずかしくない靴はないだろうか。僕は靴のことには無趣味でね。それなぞどうかな」

「そいつなら、どこへでもはいて行けます。こちらの靴をはいて結婚式をやった人さえあるんですよ」

靴屋がいっている意味は靴の型のことであった。革の種類のことではなかった。

「僕の友人にね、靴のことにくわしい人がいてね。色々と批評されるのだよ」

と池田はいった。

「これなら大丈夫です」

「そうかな。ここは吹きっさらしで寒いだろうね」

「ちょっと、はいて見なさいまし、その今、はいていらっしゃるのから見ると、これはずっと先がこうして細型ですから爪先はこのへんまでくればいいんですよ。その足ですと、たぶん大丈夫です」

靴屋は池田の靴を見た。

「この靴はこう見えても、はきよかったんだ」

「これも、きっとはきよいですよ」

池田はあれからマトモな靴屋をのぞきながら足をふみいれたことがなかった。それもまた安物の靴で、かなり革はかたいものであった。

「その友人がね、僕にキッドの靴でもはけというんだがね、僕は黒いのがくたびれているので、一足ほしいと思うだけなんだ。どうだろう」

「これなら、まちがいありません」

「少し安すぎるかな、六千円じゃ」

「それ以上の靴はいりませんよ」

靴屋はハッキリいった。

「時にあんた、カンガルーの靴なんてもの見たことあるかね」

「カンガルーですか。知りませんね」

と靴屋はぶっきらぼうにいった。

「あんたのオカミさんはいいオカミさんでしょうな」

「家内は亡くなりましたよ」

「そうですか」

「おたくさんは」

「もちろん家内はおります」

そこで彼はその靴を買い箱に入れたのを宿に持ちかえり押入れの中に入れた。彼はそれから仕事が忙しくて、下駄箱をあけるときのほかは買った靴のことを殆ど忘れかかっていた。
二、三日して彼がまたその出版社の入口に足を入れた時、靴屋は彼の顔を見るより早く彼の靴に視線を走らせた。そして忽ち視線をもとにもどして靴の底に釘を打ちはじめた。彼は長い顔をして頭の毛がうすくなっていた。彼の頭が心もち赤く染るように思えた。中のドアを押しながら、池田は自分が買った靴をはかないで依然として前の靴をはいているために何か靴屋を恥ずかしい気持にさせたことに気がついた。エレベーターにのってからも、彼はそれは自分の思い過しだと思い、やはりそうだとまた思い返した。それからたとえ、あの瞬間に靴屋が恥ずかしい思いをしたとしても、もう今は忘れてしまったはずだ、とも思った。画家は、こういう時に、靴屋を描きたいと考えるのであろう、とも思った。そしていや、そんな画家が今時いるものか、と憤りをかんじたりした。

池田は用事をすませて宿へもどる時、靴屋に、あの靴はきよかったといってやりたいと思ったが、それにはあの靴をはいている時の方がいいので、ぐるっと大まわりをして靴屋をさけて石段をのぼって宿へもどった。

そのあくる日、池田は、仕事を終えた。家へ帰るつもりで、また出版社へあいさつに出かけるために、黒い靴をはいてポーチを通った。その靴はピッタリと足に合い、なかなかぐあいがよさそうであった。賞めようと思っている時にちょうどよい絵をかいてくれた画家に出あうような気持で、彼は靴屋をさがしたが、靴屋の姿がなかった。受付できいてみると、昨日で期限が切れて、明日からはまた別の靴屋がくるということであった。彼はとりかえしのつかない気がした。こういうことにとりかえしがつかないと思っている自分の生き方は、妻にも息子にもA氏にもB氏にも誰にも通じない自分だけのものであるということが、彼を苛立たせた。一方こういうことが彼等の方にもあるということを思うと、どうしていいか分らなくなった。そのうち十分もたつと、靴屋に会って何か一言いおうとしたことが、かえって大ゲサすぎるようにかんじられて、彼はしばらく通りをそのまま歩いて、三つ目のバスの停留所で、バスに乗った。

「画家も作家も何か欠けている時に、エネルギーがもりあがってくるものだ。神でも、金でも、愛でも、何でもいい、何か欠けているものがあって、それをけんめいに求める時に彼等はいい仕事をする。評論家だっておなじことだ。破れ靴をはいていることが、いい絵をかく原動力にならぬと、どうしていえよう」

貧苦のうちに死んでいったある画家の解説としてさきほどかいた、自分の文章を、池田は思いうかべた。「評論家だって」と書いたところや、「破れ靴」と書いたところなど、ひとりよがりであった。B氏にとってメイワクな話であり、まったく彼が自分のために書いたにすぎない文章のようであった。破れ靴をはいていたことがあるからといって、貧しいわけでもなかった。しかし彼はバスが揺れているあいだ、つまり三十分のあいだ、自分の書いた言葉にいくぶん酔っていた。つまり三分《ぶ》ばかり酔っていた。バスをおりて自分の家に近づくにつれて、彼は七分《ぶ》を押しやぶって、彼を何か心配にするものが向う側からやってくるのに気がついた。それはいうまでもなく、彼の自分の家で、たしかにそこにあった。たしかにそこにあり、モチの木蔭さえも見え、犬が吠えていた。戸をあけると、彼は玄関にぬいだままになった息子の大きな靴を発見し、それから奥の方で妻の笑い声をきいた。それはカン高くて、自分の家にもどったような気がしなかった。

「おい、お前達、この靴は何だ。こんなぬぎようをすると、この家はおれが死んでも、お前にやらないぞ」

といった。その言葉が笑止千万なことが分っているので、彼は笑った。しかし、その時には、もう彼を笑わせてはおかない、一つの力が奥の方から近づいてくる気配があった。彼はそこであわてて、いいなおした。

「見てくれ、おれは靴を買ったよ。カンガルーの靴だよ」

それから、すっかりテレて、

「や、や、や、や、お父さまのお帰りですよ」

といった。それから、

「いや、いや、まだまだおれの家だって大丈夫だ」

と呟いた。池田はまだ赤靴をはいたまま自分の家の玄関に立っていた。

夫のいない部屋

1

団地の朝は、窓の眼覚めからはじまる。

窓には思い思いの花模様のカーテンが装いをこらされている。

そのカーテンがたぐりよせられて正体を見せるのだ。団地の部屋はこんなときが、意外になまめかしい。

夏の朝はかくべつそうだ。

中央線沿線のB団地の第二十六棟の三階の三〇四号の部屋の窓はまだあいていない。

部屋の中で佐野光枝は、パイピング・スペースを滝のようにおちて行く水洗便所や、流しの水の音を気にしながら横になっていた。

八軒の水がおちてゆく！

(もうカーテンをあけなくっちゃ)

光枝はそっと起きあがると、着換えをすませてキッチンへ出て行き、朝食の支度をした。

三十分たったころ、光枝は、奥の四畳半と表の六畳の間とのあいだのフスマはそのままにして、表に面した窓のカーテンを音をたてないようにあけた。勤人の男たちの小さな行進がはじまっているのを眺めた。光枝はのこされた妻たちのことをふと思った。そのとき、

「光枝、まだいいじゃないか」

という夫の佐野の声が奥からきこえた。光枝はぎくっとしてふりむいた。

「もうあけなくっちゃ、うちだけですもの」

と光枝がいうと、

「あけたら、あけたでいい」

と奥で声がした。それからつづいて、

「それでいいから、こっちへこい」

といった。

「イヤですわ。カーテンをあけたら、もうイヤです」

「いいから、こっちへこい。今日は出張するんじゃないか。窓もあけたままでいい」

と執拗に佐野が奥でいっていた。

「イヤですったら」

光枝はこういうときに、夫にはむかうと、出がけに金をおいていかないことを知っていた。

そこで、光枝は、奥の間に入った。

金のことよりも、争っている声がきこえてしまうような気がしてならない。

いつだったか、前の棟の江島道子の号室の小さな裏窓近くで、男のどなる声が鉄砲ダマのように、光枝の頬をうったことがあった。

道子の夫であろう。こんなことがあると、こちらの窓の中で話す声だって、きかれてしまうような気がしてな

らない。

光枝はわざと畳の上に横になった。フトンの中から佐野が手をのばしてきた。

肺活量のへった胸のあたりがくるしかった。光枝は胸の手術をしたことがある。

光枝は夫の手を軽くよけるようにして呟やいた。

「毎晩十二時ごろになって帰ってらっして朝になってから、こんなことイヤなのよ」

「だからさ、おれの出張の間、お前もおちついてられるように、ちゃんとしておくんじゃないか」

「そのことなら、私の方は心配いらないんです」

「そうは行かないよ」

と佐野は上半身をおこして、光枝の肩に手をかけた。

「お前が浮気っぽいということは、おれには分ってるんだ。何でもおれには分ってるんだ」

光枝はだまって夫のいうなりに、夫の胸の中にひきずりこまれながら、夫から一番遠いところにいる気がしはじめていた。

夫の酒くさい口臭も、関節や筋肉で抑えつけ、いためつけたりするような荒々しい動作も、必ずしも不快ではない。光枝が不快なのは、する度にリクツをつけ、恩にきせるようないいかたであった。夫の人柄だった。何もかも知っている、というういいかたであった。

そのあわただしいしかたであった。

佐野は土建屋をしており、いつもは朝の九時頃オートバイにのって出かけて行き、夜中にもどってきた。場末のバーに勤めているときに知合って結婚した。しかし佐野が外で何をしているか、ということはまったく分らなかった。

佐野のいる現場はたえず変っている。それにオートバイでとびまわっている夫は、つかまえどころがなかった。

やがて佐野が光枝の身体を放したあと、急に立ちあがって、

「ぐずぐずしていられない。メシだ！」

といった。

光枝は自分で畳の上までころがり、そのまま横になっていた。

光枝は身体にまだまだ沢山の虫がうごめいていて、脚に向って歩いているような気がした。光枝がようやく佐野の中に男を見出し、自然な高まった世界に入りかかったのは、佐野がさわがしく物をいいだしたときであった。

「お前のほしいもの、買ってやるよ。三面鏡も買ってやったし、テレビだってあるじゃないか。お前、何だよ、大阪の方じゃ、団地にテレビのアンテナだけ出しといて、持っていないところだってあるんだよ」

欲望が満足しかかると、はじまる佐野のくせである。

光枝がたちあがったとき、夫は既に飯をさかんにかきこんでいた。佐野は口を動かしながら、箸で壁をなでまわすようにしながらいった。

「光枝、いいか、あんまりベランダに出て人眼につくようなことをするんじゃないぞ。男はな、団地をねらってるんだ。こういう閉めきった部屋のことを考えただけで、何かしたくなるんだ、いいか」

光枝は佐野のいうことをきいているうちに、そのねらっている男が夫でなければいい、と思っている自分におどろいた。光枝の方を向いて、

「お前、食べないのか」

「あとで食べます、気分がわるいの」

と光枝は指で額をおさえながら呟やいた。

「疲れたのか。こんなことで疲れるようじゃダメだな。せがんで離れないようでなくっちゃな」

と佐野はいうと爪楊子をかみながら、キッチンを出て奥の部屋でもう一度光枝の身体を抱きにかかった。

光枝は鏡の中に三方から映った自分と夫の姿を見ていやらしいと思った。

2

佐野のオートバイの音はいつものように三〇四号室の窓いっぱいにひびいた。そのケタタマしい断続音は、彼が団地を出てしまうまできこえていた。

夫の残したものは、その音と一週間分のぎりぎりの生活費だった。それからもう一つあった。光枝の身体の中には夫ののこした液体が重くじゃまもののようにかんじられた。

夫が一週間帰ってこないと思うと、かえって気が楽だった。光枝は部屋の中で苦笑した。霧が晴れるように、光枝は明るくなった。ワンピースを黄色のショート・パンツにはきかえると、鏡の前に坐って念入りに化粧をした。

光枝はすき通るような、白いうすい皮膚をしていたが、眼じりのあたりに小皺ができていた。いつ出来たのだろうか。

京橋でオフィスガールをしているうちに、胸をやみ、K療養所に二年、それから、身体にわるいと知りながらバーに半年勤めた。

色が白いだけにかえって皺は目立った。三十にしてはまだ早い。

光枝は鏡に向って先ずその皺を埋めるのに時間をかける。

すると光枝は三面鏡に向ってひとりごとをいいはじめた。

「ねえ光枝ちゃん、あなたって、どこがよくって、あんな人と結婚したのよ」

「あの人だっていい人なのよ」

と鏡の中の自分の代りに、光枝は答えた。

「それはそうかもしれないけれど、あなたそれで幸福?」

「幸福よ」

「うそおっしゃい。そうしてひとりで何時間もいるもんだから、夫に頼りすぎるのよ」

そこで鏡の中の光枝はいう。光枝は化粧の手を休めない。右に左に緑色の鏡の中の自分の顔を見る。

「今朝だってあんなことってないでしょ。ごらんなさい。すんだら、さっさと出かけて行くじゃない?」

「でも男ってみんなあんなものでしょ」

「そうともかぎらないわよ。みなさいよ。ほかの窓の女の人は、あんたみたいじゃないわ、きっと。団地にいる男なんてものは、夕方になるともどってきて、ずっとかまってくれるものなのよ、重役さんでもあるまいし」

光枝はそのときビンのあたりに白髪を一本見つけてしまった。そこでしばらく黙ってしまった。

表の窓の方からは、こんな時刻には人の姿は見えない。

裏の窓からは次の棟の正面が見える。ベランダへいっせいにフトンをほしはじめる。

あと二時間もすると洗濯物がなびきはじめて窓をかくしてしまう。

光枝もそういう風景にあやかって洗濯をしてきたが、今日はそうした気持にもならなかった。

光枝はそれからおそい朝食を三面鏡の前でした。

ここで彼女は三人の人間と会食をすることになる。これも彼女の日課だった。

ここで彼女のひとりごとは食物の味の話から着物の話にうつるはずであった。

しかし彼女は白髪を一本見つけてしまった今は食事をしながらしょげていた。

その時、電話がかかってきたので、光枝は姿のいい脚をのばして立ちあがると、キッチンまで行って受話器をとりあげた。

「あなた、御主人はおでかけね」

と女の声がいった。

相手は彼女と真向いの二十五棟の江島道子だった。

道子の裏窓からは光枝のベランダと、表の部屋が見える。

光枝の窓からは道子の裏窓を通してフロへ入る影までが見える。

お互にこうして見えるから、電話をかけ合うということができるのは、最近内線がとりつけられたせいだ。

「オートバイの音がしたの」

と光枝は笑った。

「出張？」

「ええ、そうよ。分って？」

と光枝はおどろいたが、それを見せまいとした。

「お宅のだんなさまの背広姿って、めずらしいもの」

「それはそうね」

道子は光枝より五つ年上の三十五になっていた。団地内の色々のサークルに出入りして、独身の男とダンスをしたりして発展しているが、情報屋でもあった。男のように浅黒くて、かたい身体をしていた。大きなくぼんだ眼で見られると、光枝は乳首の色まで見られるような気がした。

「ちょっと、ちょっと」

と相手はいった。光枝は道子が、あの窓の中にいて、自分に語りかけてきているのを、こわいような気持で、うけこたえしていた。

「ねえ、光枝さん、あなたのおとなりね」

「私のおとなり？　どうしたの」

「どうしたって……ほら、さっき裸になっていたと思ったら、こんどはシュミーズも、服も新しいものを着てわざわざベランダへ出ているんですもの」

「何かベランダに用事があるんでしょうよ」

光枝は自分が見られているような気がした。

「ちがうのよ。ほんとにあなたに見せたいわねー」

と道子はいって笑った。

「御用はそれだけ？」

「おしゃべりが長いと交換手に叱られますからね。だんなさまの出張はどのくらい？」

「ほんの二、三日よ」

と光枝は思わずウソをついた。

「あら、ずいぶん短かいのね。せんだってはもっと長かったんでしょ」

といってから、やさしく声をおとして、

「遊びにいらっしゃいな。私もおじゃまするわ。主人も出張してくれないかしら、と思ってるのよ。まだ主人はいるのよ。今、御飯をたべているの。ねえ、あなた、あなたのアコガレの光枝さんよ、相手は。宜しく申しておきましょうか」

「失礼しますわ」

光枝は道子の声をきいているうちに、青い草の中にひょいと蛇を見たときのように気分がわるくなった。

といって受話器をおろした。

（私のひとりごとも、知ってるのかもしれないわ）

と光枝はいった。もちろん、それがまたひとりごとだった。

椅子に腰をおろすと、しばらくはまだ胸がくるしかった。

夫ののこしていったものが、動いた拍子に流れてくるのが分った。腹立たしかった。

光枝は、キッチンの窓を見て、光がつよすぎると思った。

3

午後になって光枝は、ドアに鍵をかけると、階段をおりはじめた。

光枝は、自分がおりている姿は正面の窓から一せいに見られている、と思った。

しかし一歩、両側に芝生がのびている舗道に出ると、いつものように、いくぶんのびやかな気持になった。

どこかの子供が、郵便箱のあたりから、

「オバちゃん、あついね」

といった。

「そうね」

と光枝はいった。

光枝は買物にマーケットまで出かけるつもりだった。

第二十六棟の横には大きな給水搭があった。光枝はわけもなく搭を見あげてから、第二十五棟の前を通り、舗道のてりかえしを脚もとにかんじた。

道子の部屋の窓の下を通るとき、ふと、

(ああ、気持がわるいわ)

と光枝はつぶやいた。

空をヒラヒラと舞ってくるものがあった。青い空を見あげるとくらくらした。落ちてきたのはどこかの部屋の洗濯物だった。射たれて死んだ鳥のようだと思った。風がつよくて、ワンピースの裾が脚にまつわりはじめた。脚もとがバカに気になった。

（道子の夫はいつ自分を見たのだろう）

と思った。

道子のところで夫に会ったおぼえはない。そうするとどこかで自分は見られたのだ。

光枝はこの棟の横を早く通りすぎようと足を早めて歩きだしたので、ほとんど何も見ていなかった。

だから男から声をかけられたとき、ぎょっとして動悸がはげしくうち出した。

「小川さんじゃないですか」

と相手の男はいっていた。

「え？」

「小川さんじゃありませんか」

「小川……ですけど」

小川とは、光枝の旧姓である。

「僕ですよ、ほらK療養所にいた山下ですよ」

「山下さん？」

オウム返しに光枝は小さな叫び声をあげた。

「存じています、でも……」

光枝は声をおとしたので、山下という男は、

「何ですか」

　ときき かえした。

　この顔はおぼえていると、光枝は思った。

「ここで話すのは困りますわ」

　辛うじてききとれるていどの声でいった。

「ここの声はみんなきこえてしまうのです。だから……ここを出たところの喫茶店で待ってて下さいな、ボンといいますの」

「出たところの喫茶店？　別に僕は……」

「でも、それはそれでいいんです。失礼します」

　光枝は何げないふりをして、今まで向っていた方向に歩きだした。

（あの人、何しにここへきたんだろう。まさか私に会いに……）

　光枝はふりかえらずに歩いた。光枝の前をバスが通りすぎていった。マーケットがあって、そこから先は民家やら、ジャガ芋畑があった。

　光枝ははじめて徐々にふりむいた。山下という男の姿はなかった。光枝はいくぶん鼻の上向きになった四角いアドケないようなその男の顔を、安心して思いうかべた。

4

　佐野光枝はマーケットの食料品売場へ入ってから、いつものように、あれにしようか、これにしようか、と迷った。

光枝が当惑するのは、自分ひとりで食事をするからだ。

新宿の食料品で名を売っているある大きなデパートが、支店のかたちで作ったマーケットだ。値段は少し高いが、小ぎれいになっている。

この店ができてから、近所の小さい店はつぶれたところもあった。

車をひいて売りにくる八百屋だけが、まだB団地の人気を得ていた。が、光枝は、その八百屋のまわりの、人だかりの中へ入って行く気がしなかった。

光枝はマーケットの中で時々外を見ながら待っていた。

ソーセージにしようか。

魚の切身にしようか。

ハムにしようか。

タラ子にしようか。

光枝は玩具をえらぶ子供のように品物の前を移動していたが、茶とグレイの縦縞の開襟シャツを着た山下が心持猫背になりながら、舗装したバス通りを歩いて行くのを見た。

するとあわてて目の前の魚の切身を買って、外へ出た。

がその拍子にベンチの端につまずいて危く倒れそうになり、包みを停留所の標柱の横に放りだしてしまった。

光枝はボンに入って行くと、先ず、あたりを見渡した。

冷房のない部屋の中に二組の男と一組のアベックがいるほかウエイトレスが、モデルのように立っているだけであった。

山下は片隅でハンカチで汗をふいていた。それが子供っぽく見えた。

「お待たせいたしました」

と腰を下しながら光枝は山下を見た。

「大したことないんです。僕はこんど、ここの夜警になったんです」

といった。

「夜警って、するとここにお泊りになるの」

「ええ、部屋を一つもらえるわけです。前任者の紹介なんです。明日引越してきます」

「あら、そんなに早く」

「ええ、しかしここでお会いできるとは意外だったなあ。僕はその点ついていますね」

といって笑った。光枝はその四角なアゴの中にうかぶ白い歯や、口の横にできる、岩のヒダのような、ひきしまった顎を見ていると、ふっとタメ息をついて、

(この男がこの団地にきてくれては困る)

と思った。

「あなたは何号室ですか」

「わたし?」

光枝は口ごもっていると、

「いいんです。どうせすぐ分ります。この図面を見れば分りますから」

と彼は手にもった封筒でテーブルを叩いた。「B団地管理事務所」と印刷してあるのが見えた。

「僕はゆっくり、しらべて見ます。僕は約束通り、療養所を出てからあなたに会いに出かけたら、あなたは、もう結婚してるじゃありませんか」

「あら……」

と光枝は顔を赤くした。それでもすぐに、

「結婚していたって宜しいのに」

といった。ただあれだけのことしかなかったのだからいいじゃないかという意味だった。

「でも、僕にはそれはできません。僕はこんどは窓だけ眺めてみます。階段をあがって、ドアぐらいまでは行って見るかも分りませんが」

光枝はハンカチを口にあてがいながら、ヒステリックと思えるほど、長いあいだ笑った。そして笑ったことのいいわけでもするように、

「ああ、おかしい人、ああ、おかしい人だわね、山下さんたら」

といってから光枝は、

「あなた何かお頼みになって？」

と山下にきいた。

「僕？ 僕はあなたに合わせようと、待っているんです」

「ホ、ホ、ホ、ホ」

光枝は快活に笑った。それから、

「私はお紅茶。じゃ、あなたも、そうよ」

といった。

「でも、ここで大きな声なさらないでね」

と笑いをやめて光枝はいって、まわりを見渡した。大きな声をしているのは自分の方である。光枝はそのことに気がつき、不安になってきた。腰高の窓から、きりとったように、四つだけ団地の棟が見えた。ピンクの壁に書いてある、藍色の棟の番号が浮き出て棟の眼のようだ、と光枝はかんじた。ヒラヒラと風に舞

う洗濯物が翼のようだった。

その建物の間にジェット機の作った雲が、さっきから見えるままでいつまでも消えないのが何か気がかりだった。

(ここを離れたい)

と光枝は思った。そこで、

「新宿で映画でも見ません」

と光枝の方から誘った。

山下はうなずいた。

「あなた、バスの停留所へ先に行って下さらない。勘定を払って、あとから参りますから」

と光枝はいった。山下が解せぬといった顔をするのを、ムリヤリに勘定書きをとって光枝は立ちあがった。

バスは十人ばかりの男女が乗り合わせた。山下はふりかえりながら、

「一等病室ばかりの病院といったかんじですね」

といった。

光枝はわざと返事をしなかった。誰が乗っているかも分らないではないか。

自分が知らなくても相手が知っていることがある。それが団地というものなのだ。

「あなたはすっかり落着いた奥さんになりましたね。昼間は何をしていらっしゃるのですか」

といった。

光枝はそれにもおしだまって、砂塵を浴びる、焼けるような家並の方に視線をむけたまま、返事をしなかった。

A駅前で国電にのりかえてから、はじめて、光枝はいった。

「バスの中で話してはダメですわ。私はね、昼間、主人のことを考えて、とってもしあわせな気分になっていま

すの」

それから、山下を仰ぐようにして、

「あなたは何をなさるの、昼間は」

ちょっと睨むような顔になった。

「僕は造船会社の資料のホンヤクをしてるんです。船のことを空想して、幸福です」

といった。

「それでは、二人とも幸福なのね」

と光枝はいった。汗がにじみでてきた。

あらためてこんなことをわざといわせるなんて！　夫が憎らしくなってきた。

5

二人は新宿まで出ると、東映映画の「安寿と厨子王」という天然色の漫画を見に入った。

光枝は、映画館の前で、

「これ、かわいいじゃない」

といった。

光枝はそうした、大人の男女かんけいのないさっぱりしたものを見たいと、はげしく思っていた。山下といるときは、なおさらだった。

光枝のいったとおりかわいくて、哀しくて、美しい物語だった。光枝は殺された腰元がずんずんと青い海に沈みながら、こんどは人魚になって泳ぎはじめると、

「ああ、きれいだこと」

と声を出した。

「人魚になりたいわ。青い海の中ですばらしいわ」

「夏向きですよ」

と山下は光枝の耳にささやいた。

「ひどいことというのね」

光枝は、思わず山下の膝に手をかけてぐいと押した。光枝は二年前にK療養所で催された映画会のときのように自分の身体がなって行くのをかんじはじめた。

あのとき、光枝と山下とは勿論別の病棟にいたのだが、光枝は山下のとなりに腰かけていた。

外国の潜水夫たちの生活を劇にしたもので、病院でうつすにふさわしい清潔なものであった。が、光枝が気がつくと、自分の指が、肩のところにある他人の指をいじっているので、すぐ引っこめた。

光枝の左側にいる男が右腕をのばして椅子の背あてに手をおいているので、光枝の肩にふれているわけでもないらしかった。

光枝が自分の髪の毛にふれた拍子に、たまたま、そこに手があったので、いつのまにか、それにふれ、夢中になって、その開放的な海の生活を見ているうちに、指がその男の手をいじりはじめたのだ。

光枝はそれが男の手であることは、十分に気がついていたわけではない。しかし、ぜんぜん気がついていないかというと、そうでもなかった。

光枝はその手が動かないので、また好奇心であらためてなにげないふりをしてふれてみた。そのあとは、男の指であることをずっと身体中にかんじていた。

映画会が終って、光枝は山下の顔をはじめて見ると、山下が白い歯を出して笑った。

光枝が顔をそむけていると、

「僕は第三病棟の山下一男です。あなたはどこの病棟ですか」

といった。

「私？　第八ですの。でも、明後日に退所しますわ」

その翌日の夜、二人は療養所内の林の中で接吻をした。

それは二年前の話だ。

しかし光枝はいま自分の指が、そのときさらに山下の指を求めてさぐって行こうとしているのに気づいた。

指が山下の指にからみついたとき、とっさに光枝はもう一つの手をのばして、山下の手を自分の指にのせさせ、山下の手をその上から、ぎゅっと強くにぎった。

「あなた引越してきたって、私の部屋へきちゃ、いやあよ」

と山下の耳にささやいた。

「ほんとにいやあよ」

光枝はつづいて、声をおとして、

「私、ひとりでいたっていいのよ。ひとりの方がいいのよ」

と自分にいいきかせるように呟やいた。何かそれは光枝の、いつもの、部屋の中でのひとりごとに似ていた。

山下はそのあいだ、断続的に光枝の手をにぎりしめながら、画面から眼をはなさなかった。

光枝はそのシルエットのような横顔を眺めているうちに、やがて眼をとじた。そして混乱状態からのがれようとした。

自分の身体が人魚のように揺れ動き、まわりの波が瞼の中で、赤い色に変って行くのをかんじた。

光枝が夕方B団地にもどってきたとき、管理事務所の拡声機がくりかえしどなっていた。迷子が出たので引取りにこいといっているのだった。

6

あくる日、光枝は車の音がすると、外のうすいカーテンや、裏窓のあついカーテンの隙間から、山下が引越しをしてくるのではないか、とのぞいて見た。

九時頃に、山下がオート三輪の助手台にのって、光枝の二十六棟の裏を通り、給水塔の前をまがって、独身棟の方へ進んでいったのを見て、ホッとタメイキをついた。

佐野のオートバイとおなじような音を立ててきていたのだった。光枝は畳の上にぺったりと坐りこんでフ、フ、フと苦笑をもらした。

十二時のチャイムが鳴った。

それまでぼんやりしていたのだった。光枝はおどろいて掃除にとりかかりながら、ふと裏窓から道子の窓を見た。

洗濯物も干してなく、あついカーテンがしめてある。外出したのだろう。光枝が視線を返したとき、舗道を山下が、ぶらぶらやってくるのが見えた。

山下は昨日とおなじ服装をしていた。窓を見あげながら、図面を片手にしているところからすると、光枝の部屋をさがしているのかもしれなかった。

山下は光枝の部屋へのぼる階段に姿を消した。自分の部屋のドアを見にくるのにちがいないと思った。

山下の足音がかすかにきこえはじめ、三〇四号と三〇三号のおどり場にとまって、じっと動かなかった。

光枝はさっと戸をあけて、

「早く、早く入ってちょうだい」

といった。

山下はそこに立っていた。

「早くよ」

と光枝はいった。山下はその声にひきずられるように入ってくると、光枝は山下の横合いから手をのばしてドアをしめた。

その拍子に二人の身体がふれ合った。ふれ合わなかったとしたって同じことだった。

「あんなところにじっとしていられたら、前の部屋の人に怪しまれるわ」

「怪しまれるって、誰がですか、僕がですか」

と山下は笑った。

「まあ、にくらしい！」

と光枝は息をはずませた。

「それじゃ、こんどは出るに出られなくなってしまうじゃありませんか。僕はこれから夜警の下見をしてまわるんです」

「お願いだから、暗くなってからにしてちょうだい。勤務は何時からなの」

「九時からなんです」

光枝はまだあらい息をついていた。

「向うからだって見えるのよ」

と二十五棟の方を指さした。

「それに、あなたは夜警で、すぐに顔をおぼえられるでしょ、こわいわ」

「そんなこと、こわがっていたら仕方がないな」

と山下はキッチンの椅子に腰かけた。

「きれいな部屋だな。僕は夫婦者の団地の部屋というものははじめてだけど、僕も結婚したら、こんなふうにして住みたいな」

「ここにいらっしゃるうちに、独身の女の人をさがして一緒になったらいいでしょ」

光枝は、口からすべるままに、そんなことをいってから、

「あなた食事まだでしょ。いっしょにいただかない？」

といった。

光枝は心をおちつけようと思った。

「メイワクでなかったら、いただきましょう」

「但し、今日だけよ、貧乏世帯だから」

光枝は山下を気軽にこさせないために、そういった。

「りっぱな三面鏡だなあ」

と山下は部屋の中を動きはじめた。

「あんまり見ないでよ。そこから向うはダメ。まだフトンが敷きっぱなしなんだから、とつぜんくるんですもの」

「僕はドアまできてみただけなんですよ。ヒドイなあ」

と山下は甘えたようにいった。山下は光枝より二つ年下であったが、こんなとき、そのいい方が自然であった。

光枝は安心した。

エプロンをつけて光枝が料理にとりかかってしばらくすると電話のベルが鳴った。山下が受話器をとろうとす

ると、それを光枝はふりはらって、耳にあてた。

「だれ！　あら江島さん？　こちら、光枝よ」

光枝は緊張した表情になった。

「え！　どこへ行ってらしたの、新宿？　あら、朝からお買物？　え！　子供さんのことで、学校へ？　あらそう大変ですね。え！　昨日？　昨日、私は出かけたわ。それで？　あら、どこで？」

光枝は思わず信じられないといった顔をして、しばらく、自分の声をきかれまいとするように受話器に左手をあてていた。

道子の夫の江島が、A駅で、光枝と山下が一緒にうれしそうに話しながら歩いているのを見かけたというのであった。

光枝の方で江島の顔を知らないのだから、江島がA駅にいたことに気がつきようがなかった。

「あなたお忙がしい？」

と道子がきいた。

「ええ、今、ちょっと」

光枝はそういいながら、暗くなるまでは山下に階段をおりさせるわけには行かないと思った。

7

B団地ではさきほどまで遊園地であそんでいた子供たちが昼の食事に引きあげて行ったあと、ブランコがしばらく揺れていた。

物音はとだえて、中央線を走る列車のけたたましい警笛が、長いあいだきこえた。避暑客を送る電車の走る時刻ではないから、貨物列車かもしれなかった。

二人の女が連れ立って二十六棟の下を、ターバンのようなものを頭にまいて話しながら通っていった。髪を洗ってセットに出かけるところであろう。

白ナンバーの車がゆっくりと一台通っていき、そのあとにつぶれた赤い小さい靴が一つころがっていた。

「あら、だから、いわないことじゃないの」

という声が二十六棟のどこかの部屋からおこった。

その声は、二十五棟、二十七棟、十八棟、十六棟、十七棟の窓にいっせいにひびいていった。

そして二十六棟の窓にもはねかえった。

夫のいない、第二十六棟の三〇四号室の中で、光枝はキッチンでかいがいしく立ち働いていた。

山下は団地の新聞に目を通しながら、顔をあげて、

「何でもきこえるのだな」

といった。

光枝は卵が焼けはじめたフライパンにポンと蓋をして、

「そうなのよ」

山下は立ちあがって窓から舗道を見下した。

「そんなことしたら見られてしまうわよ」

「カーテンのかげから、のぞくからいいですよ」

と山下はいって、カーテンをよせて、その間から、あらためてのぞいた。

「遊園地にいた子供が靴をぬいだままで帰っていったのだな」

と山下は考えこんだようにいった。それから、

「その靴を車がひいていったのだ。心ない車だな」

「山下さんはやさしいのね」

「山の中のようだし、ビル街のようだな、団地というところは」

きこえぬように山下はつづけた。

「山下さんはやさしいのよ、きっと」

光枝はガスの火を小さくしながらくりかえした。

「僕は、女の人が炊事をしてるのを見ていると、子供のころを思いだすんだ。それに、あんな靴を見るとね」

と山下はしずかにいった。

「あなた、病院にいるときのこと思いだす？」

と光枝は背中を向けたまま、とつぜん山下にきいた。

「あのころのこと？」

「手術がすむとしばらくこんなかんじの部屋へ連れてこられたでしょ。昨日、あなたおっしゃったでしょ。一等病室のようだって。私、あれで思いだしたの」

「ここが似てるって？」

「そうなのよ。たった今、思いだしたのよ。大部屋に行く前の個室よ」

光枝は山下の方をはじめてふりむいた。

夜警になって、はからずも、この団地へ住みこみはじめた男。はからずも自分の方から三〇四号室へひきずりこむようにして入れてしまった若い男。夫とまったく別の男が夫が去って一日しかたたないのに、夫の腰かけていた椅子に腰かけて、食事を待っていた。

光枝がテーブルの上に皿をおくまではその男は食べることができない。

そのカンタンなことが、なぜ自分をこのように浮き浮きさせるのだろう。

山下はゆっくりと、アゴをしっかり動かしながら光枝の出した目玉焼きとピーマンをいためたものと、トマトをかみはじめた。

「あなたを見てると……」

光枝は笑いだした。山下はそしらぬ顔をしていた。

「食べるってことが楽しいみたいね」

「僕はうまい、うまい、と、こう念仏をとなえるように心の中で呟やいているんですよ。療養生活のためでしょう」

もともと運動をしすぎて、胸をわるくした山下だった。山下は食べ終ると、とつぜん、

「光枝さん、僕はね」

といった。

「何ですの」

といって顔を赤らめた。

「僕は、あなたが、あんまり窓のことを気にしすぎるのは、感心しないいな」

「あら、そんなこと」

「まるで、今だって僕が何かしにきているみたいじゃありませんか。ほんとは、僕は感心しないんだ。そんなことで、あんた一日中何をしてるんです」

「何をしていようと勝手ですわ」

光枝はムッとしたようにいった。

「僕はね、そんな人を見ると、ほんとに何かしてやりたくなるんだ」

「いったい、それはどういうことなの」

光枝は立ちあがった山下から視線をそらして、テーブルの上をかたづけはじめた。

「あんたはウソつきだ」

と山下はいった。

光枝は水をのんで溺れかかるときのように胸がくるしくなり、わめきたくなった。

「あなたは、そんなこと、考えていらっしたの」

「ああ、ずっとね。僕はあなたとは接吻したこともある。しかし、夫のある人の部屋なんか来たくない。ただ、あなたを見ていると、腹が立ってくるんだ、いったい、あんたの亭主は何をしてるんです」

山下は、部屋の中をぐるぐるまわりながらだんだん大きな声をしはじめた。それから急に気がついたように、キッチンの中へ入ってくると、

「御馳走になっておきながら、わめきちらしていて申訳けないことだ。僕は本心をいったんだが、ごめんなさい」

といいながら、皿をはこんで、

「さあ、僕がします」

といった。

光枝は、

「すみません」

といったまま、ふらふらとキッチンを出ると畳の上にべったりと坐りこんで、ぼんやり壁の方を眺めた。

光枝の動揺は少しもおさまりそうもなかった。

「みんなはどうして暮して行けるのかしら」

と光枝は呟やいた。

「ね、それを教えてちょうだいな」

とタメイキをつくようにいった。

「何でもいいから仕事をするんですよ」

「どうしたら、その元気がでるのよ」

「どうしてって」

「主人が仕事をさせないのよ」

光枝がそう自嘲めいた調子でいうと、山下が手をふきながら、そばへやってきた。

「私を放っておかないで」

と光枝は小さな声でいった。

8

光枝は敷きっぱなした、自分のフトンの中へつれこまれたくなかった。

しかし、奥の間でなければ彼女は承知できなかった。奥の間はフトンがしいてあると、あとは畳のところは、いくらもなかった。その畳の上は夫にムリヤリに抱きよせられるときに、抵抗するつもりで転がっていたところだった。おなじところに転がっていたくなかった。

そこで光枝は、けっきょく、フトンの上に横たわった。

山下は、

「僕はできれば、したくないんだ」

といって、じっと抱いていた。

「僕はおさえられるんだ」

といった。

「だまって。そうして優しくして。乱暴にしないわね」

山下はだまっていた。呼吸はあらくなっていたが、昂奮したというより、光枝とおなじように肺活量が常人よりずっとへってしまったからだ。

光枝は山下の背中にじかに手をまわしてなでているうちに、自分の背中があらわれたような気がして、ぎょっとした。

山下の背中にいくつもメスを入れた傷あとがあるうえに、左の方に大きな凹みができていた。

光枝の手が傷を愛撫しはじめると、山下の手もまた光枝の背中をさぐって、傷にふれた。汗がついて唇のように濡れていた。

「主人は、そこにさわってくれないの。背中にさわると傷があるのでイヤがるの」

光枝はそれから、歌うようにひとりごとをいいはじめた。

山下はだまって、抱きしめていた。

「僕の方がするから、きみは自分の方から何もしないで、気に入らなかったら、そういうんだ」

と山下はささやいた。

「うん」

光枝はいって眼をかたく閉じた。瞼がケイレンするように、ふるえはじめた。

「あなたって、あなたって、静かね」

「きみも静かにしてくれよ。静かにしないと、あとできみが嫌いになるんだ」

「静かにするようにするわ」

と光枝はささやいた。それから、

「私も静かな方がいいの」

「静かなのは、深いのだよ」

と山下はいった。

「うん、うん、分ったの。だまって。もう何もいいたくない」

と光枝がいった。それから、

「海の中にいるようよ」

9

「ああ、ああ、おそろしいわ」

と光枝は離れてから呟やくようにいった。

「あなたって二十八ぐらいで何でも知ってるんですもの。テクニックのことじゃないのよ」

と光枝はあえぐように、ツバをのみこむようにしていった。胸の動悸がおさまっていなかった。

山下は黙ってタバコに火をつけようとした。光枝がライターを探して山下のタバコに近づけた。

「あなたは、私を知ってるの、私……」

光枝はいいかけて、

「私にもタバコちょうだいな」

と甘えた。

「ねえ、タバコに火をつけて」

「ああ」

「ああ、なんでいうの、いや」

と光枝はいった。

山下は光枝のいう通りにしてやりながら、光枝の細く閉じかかった眼をながめた。

「あなたが私を知っているのがおそろしいの。何だか私の裸はみんなあなたに預けたみたい」

といって、やるせないように首をふった。光枝の首は細くて長かった。つけ根のあたりに赤い斑点がいくつもあらわれていた。山下の唇がつよく吸ったあとが、今になって色をおびてきたのだ。

「あなた、やすみなさったら。今夜起きてるんでしょ」

「うん」

「今夜、窓の下を通る？」

「うん」

「私、そのころ外へ出ているわ」

と光枝はいった。

山下はタバコを吸いおわると、

「光枝さん、だんだん窓が気にかからなくなるよ」

といった。そして、

「七時におこしてもらおうか」

といって寝返りをうった。

「ええ、私もうあなたに甘えかからないわ。ゆっくりおやすみなさいな」

といって立ちあがった。

光枝は表の窓のそばまでやってきた。そして閉め切ったままだったあついカーテンをあけた。

「ああ、涼しい。夕立がくるかもしれないわ、いやにむすと思ったら」

といって鏡の前に坐った。そして自分の顔を見ながらクスクスと笑いだした。

「光枝ちゃん、買物に行ってらっしゃいよ」

と鏡の中の自分にいった。

「さあさあ、化粧をなおしてさ。でもどうするの、これから」

「そうね。もうカンタンにあの人放せないわ。今、そんなこと考えっこなしよ」

光枝はすぐにフロ場へ入って蛇口をひねって水を出した。それから一月ばかり前に作って、気おくれしていた、ハデなプリントのワンピースを衣裳ダンスから取り出して、それを着ることにした。

その服にきめたころフロ場で音がしたので、走って行ってみると、さっきから水が溢れているのだった。光枝は笑いだした。

光枝が階段をおりて地面へ立ったとき金も買物籠も忘れていた。そこでまわり階段をくるくるまわって、また三階の部屋へもどってきた。

「誰だ！」

と山下が奥の間からさけんだ。

「私よ、光枝よ。忘れ物をしたのよ」

それから光枝はさっきとおなじように、外から鍵をかけた。そしてニッと笑った。

10

雲が出て、風が舗道の上をするすると走りぬけていた。子供の赤い靴がつぶれたまま舗道におちて、その横を猫が走るように駈けぬけていた。

芝生を通って一階のベランダにひょいととびうつった。それから、ニャーと光枝の方を見てないいた。

「ミーコ、ミーコ、ミーコ、よし、よし、よし、かわいいわね。どうしたのよ」

と光枝はいった。

別の窓を見あげた。

昼寝からおきたばかりの三つばかりになる男の子が、泣いていた。主婦が子供をあやしていた。

「今日は、降りますわね」

と光枝はアイサツをした。

その女を見たのは窓の中から階段をおりて買物にいく姿だった。それだけの間柄だった。そういう女にはアイサツをしたためしがなかった。

しかし、光枝は今、彼女にアイサツをして、ついでに子供に微笑みかけた。

「おめざめね。ハイチャ、ハイチャ。いい子さんね。おミヤ買ってきてあげますわよ」

といった。そして手をふりながら横むきにマーケットの方に歩いた。

光枝はマーケットで今夜と明日の分の買物をするつもりだった。

「あら、光枝さん、おじゃましようかと思ってましたのよ」

という声にふりむいた。道子がじっとこちらを見ながら立っていた。

11

「あら、私の方もおじゃましようかと思っていたのよ」

と光枝は道子に即座にこたえた。

B団地のマーケットの中だ。

道子は光枝を頭のてっぺんから爪先まで一べつした。まだ物足りないように、視線を光枝の目にとどめた。

「どうかしたの」

と光枝は明るく笑った。

「どうかしたって？　とんでもない。私はいつもこうなのよ。誰の顔だって、こうしていつも見てやるんだから」

「こわい人だわ」

「何がこわいものですか」

道子はいつもなら、光枝にけたたましく笑いかけてくるところだった。ところが今日は笑わなかった。

「光枝さん、今日はあなた、何だか、いつもと違うわね」

「どう違うの」

と光枝は問いかえしながら、マーケットで立話をしていることが、そもそも違っている、と気がついた。

「何だか明るいのよ」

「そう？　とても気分いいのよ」

道子は買物をしはじめた。

「私はわるいわ。夕立の前でしょ。ムシムシして、不快指数……」

「八十五パーセント？」

光枝はたわいないことをいいながら、

「ひとりで食事するって、つまらないことね。何にしようかしら」

といった。

光枝はあきらかにウソをいった。光枝の部屋の第二十六棟、三〇四号室には、山下が寝ている。七時に起してくれといった。

光枝は時計を見た。四時になっていた。

「これからお宅へあがるわ、いい？」

「いいわよ」

といってから横眼で光枝を眺めながら、

「あの人、どういう人」

「あの人って、誰よ」

「あら、白ばくれてるのね」

光枝はほんとうに気がつかなかった。山下のことをずっと考えていたのに、道子にきかれると、誰のことかしら、と思った。光枝の方がふしぎに思った。

「ああ、夜警の人？　病院で会った人よ」

「そう。独身？」

「そうよ」

「独身で夜警とは危いものね。よく許したのね」

「そういえば、そうね」

光枝はおかしくなって笑いだした。そしてとつぜん、

「私、話があるのよ」

といった。

「そう、うちへいらっしゃい。早くご用をすましてしまうわ」

と道子はいそいそしはじめた。

(この人は何にも気がついていない)

と光枝は思った。

12

道子の号室は、光枝の号室のちょうど裏側の第二十五棟にある。

久しぶりで光枝は道子の部屋を見渡した。

古い調度品だが、いろいろな模様のクロスをかけて見栄えがするようにしてある。

壁面は天井近くまで棚がぎっしりつまっている。もっとも、天井は低かった。

ベッドにもなる折畳式のソファがあった。クリームとオールド・ローズの配色だった。

「これ、こんど買ったのよ。これなら、あなた、私ひとりで寝られるでしょ」

「そう、ひとりでおやすみになるの」

「そうよ、私なんかの年になると、別々の方がいいのよ」

「そんなお年でもないのに」

「モウダメなのよ。めんどくさいのよ」

道子はなおもしゃべりながら、ベランダの干物をとり入れていた。

光枝はその間にレースのカーテンを通して自分の部屋の裏窓を見た。あついカーテンがしたままになっていた。

道子は、空を見あげて、

「光枝さん、電燈をつけてよ、真暗になってきたわ。あれあれ、干物出しっぱなしの部屋がいくつもある。入れてやりたくても、出来ないわ。あなたのとこ大丈夫かしら」

「私のところは大丈夫よ」

光枝のところも大丈夫ではなかった。光枝はアカリをつけながら、

「私、働きたいのよ。何かいい口ないかしら」

「働くって？」

道子はソファに腰をかけるとタバコに火をつけた。

「仕事をしたいのよ」

「仕事をしたい？」

道子はその言葉をかみ下すようにしながら、

「そりゃダメよ。あなたの御主人が外へ出るのを反対してるのに、それより、ダンスでもしない。その、夜警の人も連れてきて、相手になってもらったらいいじゃない」

「いいえ、私、仕事をしたいのよ」

と光枝はいった。

「うちの主人にきいてみてもいいわ。あなたのファンだから」

「お願いするわ」

「話ってそのことなの。あなたって、まったく分らないところあるのね」

道子は失望したようにいった。それからあらためて光枝を眺めて、

「御主人が帰ってからのことよ」

「その前の方がいいのよ」

「まるで生娘みたいなことをいうのね」

「そう、私、生娘みたいな気がするわ」

と光枝はうつむきながらこたえた。

道子があきれたような顔をしたとき、最初の雷鳴がとどろいた。やがて沛然と雨がふりだし、あっという間にベランダがぬれだした。

第二十六棟が見えなくなった。

13

光枝は雨がやんでから二十五棟の階段を降り、まだぬれている舗道の上をぐるっとまわって、二十六棟の裏側にきた。

六時をすぎてうす暗くなっている。どこからともなく水の音がしていた。目に見えぬ下水道を流れる音かもしれない。給水塔から、水がしたたりおちている。タンクが漏りはじめたのか、と思って見あげると、その屋根からおちる水であった。水が走っている！

血は、暗渠を走る水のように、光枝のからだを走っていた。心臓というものが、こんなに意識されたことははじめてだ。

光枝はいそいで階段をのぼった。

鍵をあけて中へ入ると、部屋の中に電燈がついて、フロ場で音がしていた。

光枝はわざとすぐには声をかけないで、キッチンに入って買物籠をおくと、テーブルの上にもう何やら夕食が用意されてあるのを見て、おどろいた。

「山下さん、すみません」

と光枝はフロ場の前の廊下でいった。

「ヒドいな。出るに出られず、仕方がないから、先ずフロを沸かして、まだ暇があるので」

と山下はゆっくりいった。髪を洗っているらしい様子だった。

「食事の用意もして下さったのね」

「その通り。何も珍らしいものではないけどね」

光枝は笑いだした。

「だって七時まで寝ている約束だったでしょ」

と光枝はいいながら、着換えをした。なぜだかショート・パンツをはく気がしなかった。

「雷の音で目がさめちゃったんだ。今夜は涼しくていいよ」

「ねえ、あなた」

といって、

「ねえ、山下さん」

といいなおした。

「主人のだけど浴衣きない？　まだ時間あるわ」

「それはよすよ。それはぐあいが悪いよ」

「だって」

「だって何さ」

と山下はいった。顔をふいているらしかった。

「だって」

「だって何さ」

「おかしいわ」

光枝は山下と話していると、夫のルスにほかの男と通じている罪の意識よりも、大らかなこっけいさの方がかかんじられて、また笑った。

「ああ分ったよ。主人の浴衣だけ、気がねしているというのは、道理に合わないってわけか」

「そうよ、その通りよ」

光枝はくっくっと笑いつづけた。こんなに笑えるのは、頭がどうかしたのかもしれない。

山下はフロから出てくると、浴衣も着なければ、ポマードもクシも遠慮した。そして、

「女には分らんかも知らんがね、男というものは、こういうものなんだ」

といった。

「とてもリクツポイ人」

と光枝は小さな声でいった。

食事が終るまで、山下が何かいう度に光枝はちょっと口を添えては、微笑むだけだった。

「ずいぶん無口なのだね」

と山下がいった。

「そうよ。無口がいいの。おしゃべりするとこぼれてしまうの」

「何が？」

「水がよ、血がよ、幸福がよ」

と、一言、一言、首をふりながらいった。言葉というものが、こんなに自分の気持をつたえてくれるのははじめてだった。

「男には分らんかも知らんが、女というものは、こういうものなんだ」

と光枝は、さきほどの山下の口調にマネていった。こんなこともはじめてだった。

山下は大声あげて笑いだした。光枝は涙ぐんだ。こんなふうに男を笑わせたこともはじめてだった。

14

山下が帰るとき、ドアの手前で、光枝は山下の手をにぎり、抱いてくれといった。

山下は、

「きみは心配してるか」

といった。

「いいの」

と光枝がこたえると、

「心配することはないよ。これは悪いことじゃないんだ」

光枝は山下のいうことを聞いていなかった。

「あなた、私、好き？」

「それは分らないよ」

「それじゃ好きでないのね、私は好きなのに。ずっと好きだった気がするのに」

「これから、好きになるかもしれないし、嫌いになるかもしれない。しかし、あのときは好きだった」

「あの時って、いつ？」

光枝は山下にすがりながらきいた。

「あの時さ。おなじことをしても、こんどは好きになれるかどうか分らない」

光枝はがっかりしたように、山下から離れた。

「僕は一人前の女になろうとした、きみが好きだった」

「それじゃ、これから私がどうなったら、好きになる？」

光枝は泣きそうになった。

「僕はしっかりした女が好きなんだ」

「しっかりした女って、どんな女」

「愚痴をいったり、つまらんおしゃべりをしない女だ」

「…………」

「そういう女は少ないが、僕はそういう女が好きなんだ。美しいということは、しっかりしたということなんだ。公団住宅にたくさん女がいるが、中にはそういう女もいるだろう」

「そういう女を探すために夜警になったの」

光枝ははじめて山下に皮肉をいった。

「バカな、そんなことをいうのが、しっかりしていないショウコだ」

「ごめんなさい」

光枝はいった。

「私、好きになってもらえそうな気がするわ」

「僕も好きになりそうな気がするんだ」

「こんどいつ会える。いつここへきてくれる」

「分らない」

それからドアに手をかけて、

「光枝さん、僕はあなたのご主人のことも考えたうえでいってるんだ」

光枝はよく分らぬままにうなずいた。

「いつ来て下さってもいい」

と光枝は口ばやにいい添えた。

「私……」

「何？」

と山下はききかえした。

「もういいの、どうぞ、早く帰って」

光枝は山下と別れる前に「働こうとしている」と伝えたかったが、おしつけがましくて、いう気になれなかった。

光枝はひとりになってから、山下のいいかたは、夫に対して、かえって負担が軽くていいとかんじた。

なぜ、そうか、ということは、よく分らなかった。

分らぬといえば、何もかも分らなかった。分らぬというより、考えたくなかった、といった方がよい。

光枝は窓をあけ放し、畳の上にうつぶせになって二、三時間胸をおさえるようにして、じっとしていた。

「しっかりした女になるって私にはムリだわ、私、あの人とおしゃべりしたい。やさしくしてもらって、やさしくしてあげたい……私、あの人好きなのに」

と呟やいた。

九時すぎから、光枝は窓から何度も見下した。十一時頃、彼の姿があらわれた。

山下はこちらを見あげて、光枝に手を振った。光枝はその位置で見つめるもどかしさに堪えかねて、階段をかけおりたが、近よることは、さすが出来なかった。

15

あくる日、電話がかかってきて、光枝は夫の家の法事に出かける途中、職安によった。試みに仕事はないか、というと係員が家政婦ならいくらもあるが、と前置きして、

「あなたはきれいにしすぎていますよ」

といった。

「服装はかえられます」

と光枝がいうと、

「とにかく、きれいすぎると嫌われるんですよ、口はありますがね」

といった。光枝は道子の夫をアテにしようかと思った。

光枝がB団地にもどってきたのは、夜の十一時頃だった。バスがなくなっているので、車に乗った。山下がルスの間にきたのではないか、とそのことばかり考えていた。

光枝は三〇四号室に入ってから、山下の置手紙がないかとドアのあたりをしらべたが、見つからなかった。

いつもならすぐ、寝るつもりになるところだが、光枝はフロを沸かしてあがってから、鏡の前に坐り、化粧を

しようか、どうしようか、と迷ったあげく、ルージュだけつけた。

鏡に向って光枝は何もいわなかった。

夜警である山下は夜中には来られないかもしれない。でも勤務の途中で交代もあるし、暇もあろう。

十二時半ごろ、ドアでノックがしたとき、光枝はドアにころがるように走っていった。そして、

「どなた？　山下さん？」

といいながら、覗窓をあけずにドアをあけた。

「さあ、いらっしゃい」

光枝はドアの中に入ってきた男が、山下とはちがって、ちゃんとした服装をした四十がらみの男であることを知って、びっくりした。

「どなたです」

光枝はしめかけたドアをまたあけた。

「江島です。あなたの仕事のことできたのですが、こんな時間よりこられないので」

「奥さまからおききしますわ」

「家内？　家内は父が死んで実家へ帰ったのです。あなたに申しませんでしたか」

「私、今日ルスをしていたもので」

と光枝はようやく落着きをとりもどしながらいった。

16

光枝は山下が訪ねてきてくれたとばかり思っていた。

夜中のことだ。光枝は山下をアテにして、鏡に向ってルージュをひいたばかりのところだった。

光枝の三〇四号室に入ってくると、江島は、

「あなたとお会いするのははじめてです」

といった。

「奥さまにお世話になっています」

と光枝はいって、

「どうぞ」

とキッチンの椅子に江島を坐らせた。

「しかし、僕はあなたには何回もお目にかかっています」

と江島はいった。

「はあ」

「この部屋からおりていらっしゃるのは、僕の窓から見えるし、あれが光枝さんだと家内も教えてくれますからね」

「はあ」

「あなたの仕事のことですが、家内からききました。考えています」

「ありがとうございます」

光枝はそう礼をいいながら、この人なら確かに一度や二度は会ったことがあると思った。

山下とバスに乗ったときも、バスの中でチラチラ眺めていたような気がする。道子にはモッタイないような紳士だ。

色が白くて端正な顔をしていた。ただアゴがとがりすぎているのと、耳が貧相なために、何か育ちのいい犬を

思わせた。

江島の肌がつるつるしていた。汗かもしれない。気味がわるい。

「宜しくお願いします」

と光枝は、くりかえしてから、

「あらためておうかがいいたしますわ、私」

すると江島は意外なことをいった。

「もう少しゆっくりさせて下さい」

「でも、私ひとりでございますから」

「僕もひとりです、光枝さん。僕は酒をのんでいませんよ、正気です」

というと、ふいに立ちあがって光枝の方に近づいてきた。

光枝もおどろいて立ちあがったが、両手をにぎられていた。光枝はもがいた。

「僕もあなたもひとりで、僕は誰にも見られずにやってきました」

とささやくようにいった。

「何も心配することはないのです。お互いにたのしめばいいんですよ。あとは知らん顔しておれば、分りはしない。そんなのいっぱいいるんですよ」

「あなたには奥さまが……」

と、とっさに道子の名を出した。

「きみだって、夫がいる。夫がいるが、ちゃんと若い人があそびにきてるじゃありませんか」

光枝は山下のことをいわれたときに、はじめて力を入れて抵抗をはじめた。

「ゆうべ、きみのルスにこの部屋にアカリがついてたのを、道子は見ていますよ。山下という人が出て行ったのも家内は見ている」

光枝はそこまでいわれなくとも、道子に見られたということは、とっさにカンで分った。となりどうしの棟に住んでいて、監視の目を光らせていればとうていかくしきれることなんて出来やしない。

「だから、どうだ、というんですか」

「僕は脅迫する気はない。きみが夫がいる身だ、というからだ」

「だからどうなさりたいのですか」

光枝は山下と会う前だったら、抵抗することはできないと思った。

江島は自分が夫にあきたらないということも知っていたかもしれない。ただ、きれいだ、とか、好きだ、というだけでは、こんなことをするはずはない。

それなら山下だって、おなじではないか。とつぜん私を抱いたではないか。

「ダメなんです。イヤです。およしになって」

「僕は好きだが、きみは僕を嫌いでもいいよ。嫌いでも、かまわないよ」

「およしになって」

光枝は、山下には自分の方から手をのばしたことがあった。

しかし江島が手をのばしたり顔をよせてくると堪らなかった。

山下はそういうことをしなかった。この男を我儘だと思った。夫とおなじだと思った。肉体のことではない。その気質だ。

「私、奥さまにいいます」

「家内は僕をうるさがっているんですよ。家内は喜ぶかもしれない」

光枝は望まれるままに奥の部屋へ行くと見せかけて、江島の手をほどくと、さっと窓辺にきて窓をあけた。それからベランダへ出てしまった。

光枝は手すりにつかまっていった。

「帰って下さい」

江島は電燈を消した。江島は部屋の中にうずくまった。

どの窓も暗く、カーテンの内から僅かに灯がもれている部屋があった。車が走ってきた。男がおりて乱暴な戸のしめかたをした。

大きな声で歌をうたいかけて、ひょいと止めた。自分の部屋へ通じる階段をのぼりはじめると、歌をやめるのだ。こんなときにでも光枝にはおかしかった。やがて、その男の部屋の窓のカーテンが、ほんのり明るくなった。

江島はまだ部屋の中にいた。

「ここにおいでになったら声をあげます」

といった。光枝の声は低い小さな声だったが、夜気の中に、けもののようにひびいていった。

さっきの男が窓をあけて、こちらを見た。

「それでは帰りましょう」

江島は子供っぽいことをいうと、立ちあがって、靴をはいた。

「靴べらはないのかな」といった。

光枝はベランダの柵につかまったまま、音をたてないですすり泣きをしはじめた。

それから二時間後に山下が通るのを光枝は見た。

17

光枝は一晩中窓をあけ放して外を眺めていた。

夜が白んでくるにつれて犬の遠吠や、田舎のように一番鶏のなき声がしてくるのを、ふしぎな気持できいた。光枝は、他人が寝ている間、こうして目をさましているということは、ほとんど初めてといってよかった。夏とはいえ、このように夜通し窓をあけはなしているということも初めてであった。

しかし光枝は、今そうしているのが、自分に一番ふさわしいように思えた。

夜が明け終ると、ドアを叩く音がした。

今度は山下だった。入ってくるなり、

「いったい何をしていたんですか」

ときいた。

「いいのよ、何でもないのよ。あなたの通るの見ていただけなのよ」

「それならいいけど、びっくりしたな」

と山下は洗面所へ行って、イモでも洗うように、ゴシゴシと顔を洗いはじめた。

「私ね、山下さん、夜ってものがどういうものか、知らなかったわ。夜起きてるということは、いいことね」

「あなたも夜警におなりなさい」

光枝はそれに答えなかった。

夜にこんなに親しみがもてたり、他人の窓を平気で見たり、窓をあけ放していたのも、山下が夜の中をゆっくりゆっくりと歩いていると思っていたからだ。

「僕はここでやすまなくていいんだよ。ただ心配だったからだ」

「でもやすんでいってちょうだいな」

光枝は立ちあがって山下にフトンを敷いてやった。

「僕はこのままでいいんだ。あなたここでやすみなさい。僕はほんのちょっと眠って、帰ってすぐやってしまう仕事があるんだ」

山下は畳の上にごろっと横になった。そして光枝に背中を向けながら、

「何かあったね、でもいわなくていいよ」

といった。

「私がわるいのよ、軽はずみに仕事の世話を頼んだのよ」

「たぶんきみのいう通りだよ」

光枝は眠りながらいった。

「私、ずっと待ってたわ」

「そう。それじゃ、もう少し待ってくれないか。二度三度とする度に、男と女と気持が離れて行くのだよ」

「何かリクツいう前に、もう一度この前のようにして」

山下は向う向きのまま笑いだした。

「私もあとでたくさんリクツいうわ。だってこのことは、きっと夫に分るんだもの」

「それは分るだろうね」

と平気な様子だった。

「リクツよりその方がいいの。私ね、もう一度たしかめたいの。自分というものを知りたいの。ずっと血が流れているのよ」

「どこに？」

山下は向う向きのまま、眠りながら手をあげた。そして、

「流れているところに手をおいてくれ」

といった。

「身体中どこもかしこもなのよ。そう、そこもよ、ほら流れているでしょ」

「そうかんじるの？」

「ふしぎなものね。夜、起きていても、あなたが歩いていると思うと、地面の中に水の流れるのが分るような気がするの。そう、そこも血が流れているの。ああ、どこもかしこもホテるのよ。花がツボミから開いて行くときは、こんなかと思えるのよ」

光枝がそうもだえるようにいう間、光枝は山下の呼吸が少しずつ荒くなるのをはかっていた。そして叫んだ。

「山下さあん！　そら、あそこ、あそこをさわって」

「ああここだろう」

山下は光枝の深い傷に手をあてがった。

「ねえ、あなたは、ずっと平気だったの。憎らしい、私の家へ顔を洗いにきたみたいだもの。ねえ？　山下さあん」

「何？」

「私、静かになんかしていられないわ。あなたが私を嫌いになってもいいの。ねえ、山下さあん。嵐だってくることあるでしょ。颪だって吹くことあるでしょ。リクツなんかきらいよ」

と光枝はいった。

「決して、荒々しくないよ。きみのは、とても自然だよ」

「そう、安心したア！」

と光枝は小娘のようにいった。

「私、ほんとに自然かしら、私が喜ぶようにあなたも喜ぶかしら」

「女が自然に喜べば、男は喜ぶように出来ているんだよ」

「山下さあん！　あなた何人目なの、私で」

と光枝はいった。

「数えきれない」

と山下は冗談ともほんとともつかぬいいかたをした。山下は光枝に近づき、あまりに近すぎて何も見えなかった。

「私で終りにしてね」

「オヤオヤ、鏡に映ってるじゃないか」

「いいのよ」

といってから、光枝は思いきったようにつけ加えた。

「私、カーテンもぜんぶ明け放してあるのよ。こんなになったの、あなたのせいよ」

18

山下のそばで光枝は横たわっていた。

山下が目をつぶってはいるがほんとは眠っていないことを知っていた。何もいわないが、この人は考えているのだ。それはここにいる夫のことだろう。

「光枝さん、どうしてきみは、子供がないの」

「子供？　うませてくれないのよ」

「そうか」

　と山下は依然として目をつむりながらいった。

「子供はうめるんだろう」

「ええ、もちろん、そうなのよ」

「そのことは、ご主人に話したの」

「ええ。それにはワケがあるの。子供ができると私のキリョウがダメになるというのよ、でも主人のことはもういいの、いない人のことといいたくないわ」

「僕もそうだ。見たこともない人なのだからな」

　山下は、しばらく黙っていたがとつぜんいった。

「きみに僕の子供をうませてガキを育てて苦労させたいと思うな。そのかわり、勝手なことをしたら、放りだしてしまうからな。それまでは僕の世話をしてくれるんだな。それがきみの仕事だ。僕はなかなかウルサイからな。それでイヤなら、いつでも出て行っていい。僕もそんな女いらない」

「それ、今考えついたの？」

　と光枝はかえって不安になってきいた。

「そうじゃない、あれからずっと考えていたのだ。僕は今さっき子供をうませたくなったから、決心がついたのだ」

　光枝はなっとくのいかぬように起きあがって、山下を見つめた。

「僕は動物的な感情が一番ホントだと思うんだ。子供をうませたい、と思える女なら大丈夫だ」

「ほんとに私に子供うませたいの」

「そうなんだ」

「私もとってもうみたい。私の身体がうみたい、うみたいっていってるようだわ」

それから一時間ほどして、山下は、光枝を自分の方から抱きしめて、

「裸になってくれ」

といった。

19

山下のいうことは乱暴なようだが、光枝には乱暴であるわけがない、と身体で知っていた。あのように行届いたやさしいことをする人が、私にヒドイことをするはずはない。

夫に話すことを、光枝はこのときまで、ほんとに考えたことがなかった。まだ日数があると、漠然と思っていた。

江島が夫に知らせる、といった時でさえ、まだ先のことだ、という気がしていた。

しかし、山下にいっしょになろうといわれて、俄かに夫が大きく現実的に浮びあがったのは皮肉であった。

その日、道子は昼過ぎに帰ってきた。窓がひらいて彼女の姿が見えた。ベランダで髪に手をやって、髪の形を直すようなカッコウをするのを、光枝は裏窓から見た。

道子は光枝が見ていることを知っている。そういうことはもう光枝にはどうでもよかった。

むしろ夫の佐野に告げ口をして、取るに足らぬ女だ、といってもらってもよかった。

問題は夫がどんなにおどろくか、それが気がかりだった。

夕方近くになっても光枝は部屋から外に出ずに、三面鏡の前にぼんやり坐っていた。

拡声器が何かいいはじめた。迷子を伝えているのだ。

八百屋のオート三輪が裏の舗道にとまり、主婦たちの話声がつつ抜けにきこえてくるのに耳を傾けた。

「ちょっと、ちょっと、八百屋さん、この梨、虫くっているわよ」

といっているのは道子だ。

「虫がくうのは、梨がおいしいからでございます、ハイ」

「虫くいは梨にかぎらないから、仕方がないわね。ここらあたりも、その虫くいよ」

「ハイ、ありがとうございます。毎度御ひいきに」

「ほらほら、ごらんなさい、虫くいの梨とも知らず、御亭主が帰ってきましたよ」

道子の声が光枝の窓にきこえてきたとたんに、オートバイの音が大きな炸裂音を立ててきこえてきた。

(もう帰ってきたのかしら二日早いわ)

鏡に向っていた光枝は、本能的に化粧をはじめた。

夫の佐野が、

「ああ、自分のうちが一番いい」

といいながら部屋に入ってきたとき、光枝はそこに堅いコンクリートの壁のあるように、何の親しみももたなかった。

それにもかかわらず、大粒の涙が光枝の目から次から次へとしたたりおちた。

「どうしたんだ、光枝」

という佐野の声をききながら、光枝は後向きになって、くずれるようにかがみこんだ。

四十代

第一の控

教員の溜り場である控室でタバコをふかしていると、三十二になる助教授のM君がやってきた。その顔を見ただけで、何か不機嫌であることが分った。十何年つきあっているので、この人の心の中の様子がこちらにもうつるが、彼も、表情に出さないではいられない正直なお人好しだ。

「野原さん、まだ家を建てるんですって」

「ああ」

と私はいった。

「それは、ひどいなあ。いうなりにならないで、少し、しっかりした方がいいんじゃないかな」

私はムッとした。私も彼とおなじように不機嫌になった。不機嫌な顔を向きあわせていなければならないのは、たまらない。

「だってまだ二年前じゃないですか、この前増築したのは」

「ああ、そうだよ」

私はM君が私に会ったら意見するつもりで覚悟をきめていたのにちがいないと思った。

「僕はKさんからきいたんですが、心配していましたよ。ちょっとひどすぎるんじゃないかって」

「ひどすぎる？　そうか、K君がそういったか。僕にもそういったよ。仕方がないな」

「あんた、どうかしてしまうんじゃないですか」

「どうかしてしまうかも分らない。しかし、もともと僕がいいだしたことで、家内とはかんけいがなかったことだ」

「それはそうだけど、しかしまた何百万といるんでしょう」

私はだまっていた。Mがにあって私たち夫婦のことを話題にして、こういっただろう。

「あの人弱っているんですよ。僕の名前で僅か五万や十万の金を借りて、それが僕の月給から差引かれる。それをあの人が僕に払うというぐあいなんですからね。あの人、尻にしかれすぎるんじゃないのかな。たった二月前に、あの人、学校の前の往来でうずくまっていて僕が通りかかったら、家内に電話をかけてくれ、といったんですよ」

Kが何といったか分らない。Kは私の学生時代からの友人で、十数年前田舎から東京へ引越してくるとき、一万円借りた。そのときKは「僕には貸す金はないから兄貴から借りてやろう。その代り兄貴に会ってくれ」といった。

Kの兄は顔見知りであった。彼はいった。

「一万円なんてものは僅かなもんですよ。しかし、あたしは商人ですからね。ちゃんと利子をとるし期日には弟から請求させますよ」

Kがわざと商人の兄に借りさせたのは、将来、私との交友をダメにしない心づかいからだ。彼は私が分割で返済するたびに、帳面をひらいて記入した。そのKから私は三度の増築の度に金を借りて、それを返した。三度目の金はやっと返したところだ。

私が三度目の金を返しに行ったとき、今の家を売ってこんどの新築をする話をした。そして予算が大へんに超過してしまうので困るが、家内が首をタテにふらないのだ、といった。

Kはかたい表情をして、

「それはいけないな、それはいけないな」

と二度つづけていった。「いけない」というのは「お前の女房がいけない」という意味とつづいて「だから、お前たち夫婦がいけない」という意味と、つづいて「だから、夫のお前がいけない」という意味を含んでいた。

「それはいけないよ。商人が金を投資するのとワケが違うんだから。商人の場合だって先だって僕は親セキの男が僕の兄弟に金を二百万借りにきたがね。僕らは株を売って五十万ずつ百五十万だけ貸してやった。ところがだよ。とっても不服そうな顔をしてるんだ。何をいってやがるんでえ、と思ったがね。その人は分裂症になってなおったが、すっかり無気力になってるんだ。可哀想ではあるがね。だいたい、百万とか百五十万とかカンタンに借りられると思っているのがまちがいなんだ。一口に百万といったって僕らの場合には並大抵の金じゃないんだ。君だって、じみな小説を書いているんだからな」

「それはそうだよ、きみのいう通りだよ」

私はKを尊敬している。さあというときに、ハッキリしたことがいえる。しかしこんなふうに、ハッキリ感じられないようになってきた。

Mは私に世話になったこともある男だから、私の身を思っていっている。それなのに私は妻の味方をしたい。

私はたしか二月ほど前に、往来で歩けなくなった。歩けないというわけではないが、歩いていると車をよけることがメンドくさくなっているので危いと思った。するとふいにもう歩く気持がなくなってしまった。そこへMがやってきた。私は妻に電話をするように頼んだ。

「電話をしてどうするのですか。呼ぶのですか」

とMはいった。

「帰るのなら、帰れるよ。だが電話をしてくれればいいんだ。僕がこうだといってくれればいいんだ」

私はMに連れられて医務室へ行った。そこで鎮静剤をもらった。一服のむと五分たたぬうちに私をおびやかしていた、大きなフトンみたいな厚い層がとれてしまった。Mにそのことを伝えると、彼は私をじっと見つめて、まだ目を放さなかった。彼は私の後輩である。

Mは控室でそれだけいうと、忙がしいので、そそくさと去って行った。彼が何だか、私に対して、「いやあな気分」になっていることが分る。

それは病人に対する態度といったらいいかもしれない。いや、そうではあるまい。人間が「いや」になり、彼も自分のことがいくぶん心配になってきたのであり、その相手の私を、よけい「いや」に思ったのだろう。

M君もKさんも、私とおなじ大学に勤めているが科がちがう。N君は、直接私と同じところで働いている。彼は私の新築のことを知っているが、

「そうですか、大変ですね」

というだけであるが、たえず鋭い眼つきをしていて、そういうときはきまって右肩がこっている。三十六になる。

「もうしゃくにさわって、しゃくにさわって」

ときり出す。私もたくさんの「しゃくにさわって」いる人をこのごろ知っているが、この人は全身でそうなのだ。

「家を出るときに、ああいけない、と思うともうどなりつけているんです。すると、肩がこりはじめるんです。いや肩がこっているので、おこっているのか、しれないのです。今日など、こんな状態で、とても授業が苦しい

ですね。学生にいわなくともいい皮肉をいってしまいますからね」

「奥さんとは、うまくいっているのですか」

「あるときから僕のいう通りに動くようにさせてしまったんですが、その代り、いわないことや注文しないことはしませんよ」

大きな身体だ。ボートの選手をしていた人だ。

「家内が立ってきりきりと動いているときはいいのです」

ところが彼のところへ、寝るためにやってくる姿を見ただけで、肩がこりはじめるというのだ。

「その原因というのは何かあるのですか」

「原因ですか。それはありますね。そいつが何年も僕の中に巣くっているのかもしれませんね。いや、そういえばそうかもしれない。しかし、それは闇の中を手さぐりするようなもので……でも、そうだな。あれだな。あのためだな」

とおこりはじめる。

「直接にホンヤクの仕事などして過労なのですよ」

「そうかもしれないのです」

Nはそこで考えこみながらいう。

「こんなことで、これからどうして行くのかと、そう思うとまた……」

私はサンドウィッチをさしだして、食わないか、という。妻がこんなものをこさえて持たせてよこすのはよっぽどのことである。珍しいことなのだ、といいながら差し出すのだが、彼はほおばりながら、鋭い眼をしてサンドウィッチを眺め、

「僕の家でも、サンドウィッチは、作れといえば、作りますが、作れといわなきゃ、やらないのですよ」

数日前も別れ話をしたといって話しだした。話しているうちに「しゃくにさわる」が何度もあらわれてくる。Nの妻は子供を連れて出て行ってくれ、家は私にとっておいてくれ、といったという。

「よくもそういうことが、いえる。僕ならとてもそんなことはいえない。ウソにでもそうでないことをいう、とこう、しゃくにさわって……二日もたつと、やつは知らん顔をして笑っているんですからね」

私は、原因は彼の妻にあるのか、彼にあるのか分らないと思った。

Nはいう。

「肩のこりだけは何とかなおしたいですね。苦しくって」

私はうなずいた。

「うまい人だったら、指圧のようなものが一番いいのですがね」

「近所に評判のいい人がいるんです。ところが一週間前から頼んでおかないとやってくれないんです。満員だそうです」

とNはいった。

あれとよく似ていると私は帰り途で思った。いつか映画で見た話の筋だ。ミンクの外套を盗み出して女にあたえた男がある。彼は監獄に入るが、女は面会にもやってこない。この男に同情する観客はあんまりいない。つまり、しっかりしていないからだ。KもMもこの映画を見た場合の私と似た気持なのだろう。

こういうときがある。夫婦がくたびれてしまって顔をつき合わせれば、争いになるし、いなければ気になって、よその者に悪口を洩す。どっちも相手のために動いたり、考えたりするのが、オックウになってくる。

この四月のある日、私は自分の口から、二階を上げて、私の仕事部屋のとなりに、ちゃんとした寝室を作り、バラ色の夢をもう一度まきちらしたいと思った。もう一度？　いや、これが初めてなのだ。私の家は度々引越したり、増築、改築をし、文壇の片隅にいるくせに、ときどき週刊誌の噂に立ったりすることもあり、現にまた、私が見もしない週刊誌を他人が読んで、「もう引越しをされたのですか」ときかれることがある。しかし、私は今までバラ色の夢をもったことはほとんどない。

二年前私がテレビの音をのがれるために、妻や子供が安心して夜のある時間テレビを見ることが出来るようにするために、私はとうとう私の部屋を奥へうつし密閉してしまった。そのついでに家の中はこわされて徹底的に改造されてしまった。台所も風呂も洗面所も便所も前より近代的になり便利になり明るくなった。

私は密閉し防音にし、小さなルーム・クーラーを月賦でとりつけた。しかし、私はこの部屋を出て、家の中のほかの部屋へ入って行くとき、自分が別世界からあらわれて何か妨害をしにやってきたように見えることに気がつきはじめた。出て行くときの、私の歩きかた、物のいい方が悪かったのかもしれない。とつぜんドアをあける、その唐突さが、寝ている妻をおびやかしたかもしれない。妻は通路の部屋に寝ていたのだから。改造したくせにそうなっていた。あるいは、通路にあたるところの部屋に寝ているぐらいの方がいい、と私も、ことによると妻も、思ったのかもしれない。考えても分らないので投げやりにそうしたのかもしれない。そこのところはもう忘れてしまった。どうしてこう原因が分らないのだろう。

とにかく結果としては、私が夜中にドアをあけて水洗便所へ行くのは彼女を脅かすためだ、と彼女が時々いいはじめたことも事実だし、私もいつのまにか、そのつもりで時々ドアをあけるようなことも事実である。

私は夏に、思いだしたようにドアをあけて、涼しい空気をとなりの部屋に送るようにしたこともあったはずであるが、そうしないとき、クーラーの音は、外からひびいてとなりの部屋に伝わり、私が涼しい思いをしているということだけは確実に、音といっしょに伝わるらしいのである。そして涼しい空気を送っているとき、となりの部屋にいる妻の一挙一動が気になってならない。前には私はそれほどではなかったような気がする。密閉してからよけいそうなったような気がする。

私の部屋の高窓をあけて坐っていると、空が少し見える。秋になると見えはじめる。冬になると、窓をしめる。

穴ぐらに入ったようになり、空気が濁るのでクーラーのファンをまわしたり、急に窓をあけたりする。

私は勤めをもっているので家に毎日いるわけではないが、この部屋にいると、このごろでは部屋の外に出るとき、「どうしようか」と思うことがあった。外に妻や家の者の現実の生々しい肉体があるのが、私をおどろかし、大げさにいえば、脅かすからだ。そして私は時々頭の状態が悪くなるていどだが、妻の方はNとおなじように、肩がこり、機嫌が悪くなり、そしてそのためにまた肩がこるのである。

Nの妻が、別れるといいながら、二日もたつとニコニコして笑っている、というのは、私の想像では、「ホッとしている」のだと思う。私は妻に対してホッとしたいと思い、妻も私に対してホッとしたいと思ったのだ。どんなにホッとしたいとのぞむだろう。そう願う気持が互いにつよくなるものだから、ホッとさせられぬと、忽ち憤《いきどお》ろしくなり、またしくじった、と思う。たぶん、そうして恨みというものは積み重なるのではないか。

私はそれで、おそらくホッとしたかったのだし、妻にもホッとさせて、「おや、私たちはまだ望みがあるのだわ」と思わせたかったのではなかったか、と思う。積極的な愛情というものではない。責任もあるかもしれない。しかし、ホッとしたとき、私どもが涙を浮べるとしたら、それは消極的だが、そこに愛情をかんじるということになるといえないこともない。

この度の私の増築案に対し、妻は途方にくれたような表情をした。こんどは計画的に行い、二人が仲よく暮せるようにしたい、と私がいったからだ。その金はたぶん出来るだろう。なぜなら五、六十万もあれば、何とかなるのだから。

「借金があるんですものね」

そこでKのほかに、何人かの人の顔がうかんだ。その時に苦しげな顔をしては何にもならない。私が脅かしたり、不安にしたりするものではなくて、彼女を安心させ、親船にのせているのだが、ということを分らせなければならない。私は彼女の顔からホッとした表情があらわれるのを待っていた。彼女は何事かに苦しんでいる。私にも分らない。ことによったら、私も苦しんでいるといっていいのかもしれない。彼女の顔が少しずつ明るさを取りもどすのに、一晩かかった。

あくる朝、彼女は私より先きに、話相手である好人物で、物知りの乾物屋の御用ききのTに話しているのがきこえた。

「おじさん、こんどは主人が私のために、家を直してくれるんですって」

「へえ！」

彼の出入りは古く、私の家の増築、改築、移転などには、私より以上に力を貸している。五十五、六になる。彼は彼女の話相手で、毎朝三十分は、あがりこんで相槌をうったり、叱られたり、笑わせられたり、私の悪口をきいたり、意見をのべたりする。

「どこを直すの」

と彼はいった。クーラーをかけていないときは、かなり家の中の話声はきこえる。

「だって、まだつい先だって直したばかりじゃないか」

「二階をあげるのよ」

「二階？　だんなさんの部屋かい」

「主人と私の部屋よ」

「それなら仕方がないだろうな。しかし今は資材があがっているし、手間だって三割がたあがっているんだよ。もう少し先きにしたらどうかな」

「でもいつになったら下るか分らないじゃありませんか。私ね、おじさん、この台所もフロも気に入らないのよ。私ね、一晩考えていたのよ。二階をあげるとすれば、ついでに階下もやっておかないと、あとで直せないでしょ」

「だって奥さん、これで気に入っていたじゃないか」

「いいえ、行きあたりばったりだし、あなたの意見をきいてフロ場を大きくしすぎて寒くて仕方がないし、台所の設計は使いにくくってぜんぜんダメなのよ」

「しかし、それは考えものだな」

とTはムッツリしたようにいった。

「考え直した方がよくないかな。だんながそういってるのか」

「これから話すのよ」

「だんなが苦労するよ、奥さん」

「冗談じゃありませんよ。家を建てたり直したりすれば、苦労するのは女よ。今までだってあの人はほったらかしてきたんだもの」

「しかし、何もおれは口出しするわけじゃないが、直すにしても、カンタンにしておいた方がいいな」

「そんな考え方をしていると、かえって、あとで困るのよ。とにかくこの家の失敗は、全面的なのよ」

Tは妻といっしょになって大工をカントクしたり、古材を使わぬといいながら、使ったりするのをじっと毎日見ていて、彼女に報告していた。ついに大工が、あの男のいうことをきくのか、わしのいうことを信用するのか、どちらですか、とつめよったことがあった。

私は自分の部屋の中で、私の描くバラ色の夢と彼女のそれとでは大きなへだたりがあることを知った。私の意見とTの意見とは、ほとんどおなじだ。しかし、そのことはきっと彼女を苦しめるにちがいない。彼女は何ということなく苦しんでいて、針をさされたように悶える。おそらく苦しませる対象がよく分らぬからなのだ。

私は部屋を出てTの前へ顔を出した。考えてみれば、そのことが既にいけない。密閉された部屋で何もきいていないはずの私が、Tとの会話に耳をかたむけていたからだ。針をさされるような状態にあるとき、私の出現が

Tと結託しようという、さもしい気持から出ていると彼女が思ったとしても、当然のことである。出現した上に私はちょっとの隙に近よってきたTと一言二言話をした。それに勢を得てTは私がひきさがったあと、彼女にもう一度自分の意見をのべた。そういうやりとりや、出来事が、彼女を苦しめ、裏切られたように思わせ、私を深い絶望と憤りにおとしいれてしまった。

そういうところから浮びあがるのにはどうしたらいいのだろうか。私が苦しめている原因だと思わせて、私が脅かす相手ではないと思わせることだ。私の考えていることは、ほんとの病気になっている者の場合とあまりにも似ているかもしれない。しかし病人でないショウコは、私が「似ている」と思っていることや、さらに、私自身がおかしいのではないか、と思っていることの中にある。

私は二階に建てる寝室と私の部屋に通じるドアのことや、夏に涼しい風が円滑に私の部屋と、寝室であり彼女の居室である部屋へおなじように流れて行くことを、必要以上に考えている。その部屋の前にトイレを作り、出来ればピンクのトイレット・ペーパーなどをそなえつけたいと思っている。樹々の緑には背を向けてきたが、二階からも樹が見えて、人間のほかに樹木もおなじように生きているのだ、という気持にならねば、と思いこませようとしているのか、思いこんでいるのか、そのあたりが、どうもボヤケすぎている。家にいて往来にいるような気持になりたくないと思い、外にいて家のことがバカに気になることのないていどの、安定のある家をもちたい。ホッとしたい、ホッとしたい、とこんなに思っているのは、私もたしかに尋常ではない。あのとき私はクスリ一服で忽ち治ってしまったが、歩けないというせっぱつまった苦しさが解けただけのことで、治り切ったわけではない。

それから一日して私は、最初から二階を建てるつもりであり、階下の大改造したところを再び大改造するつもりであったかのように、そうしてそのことを何か思いちがいをしていたような顔をすることで、計画が出来た。ふしぎなことは、Tもまた、納得したことだ。私としては、このTが反抗することを頼みにしていたわけだが、Tは、私が納得したのだから、まあまあと、あきらめたのだろうか、あたらしい改築の設計に乗出し、毎朝、あがりこんで、また意見をのべだした。

この家の改築、増築について、これ以上書く必要はない。私と私の妻は一晩にしてこの計画を放棄してしまったからだ。

それはある夜井戸屋がきて、ポンプで二階へ水道の水をあげることができるかどうか様子を見て、井戸水だって軟水にしてつかっているところがいくらもありますよ、といったからだ。それなら水道のないところへだって引越してもいい、とこう思いついたからだ。軟水にしようと思えば、そうなるということは、私も前から度々いったことがあるし、彼女も知らぬわけではない。それが急にこの井戸屋の話によって彼女や私に、新鮮な発想のように受取られたのは、どういうわけか分らない。

私は改築の愚かしさや、大工が毎日大勢入りこんできて、居場所もなくなることは、とてもいやだ。私以上に彼女もいやだ。それにもかかわらず引越しを思立たなかったのは、都心から離れたくないのと、もうかっこうな土地はない、と信じていたのと、それから水のことだ。

井戸屋は自分のいったことのために、私どもの計画が変更してしまったので、おどろいていた。ところが私や妻はおどろいている暇がなかった。Tは近所のアパートに周旋屋の社長がいるので話をしてみるといった。社長は四十代とばかり、私は思っていたが、三十をちょっとこえたばかりで、四、五十人の者が下で働いているということだった。

その部下の者が私と妻を車で郊外へ連れていったり、私の家へ入れかわり立ちかわり人を連れてきたりして、私の家の買手はつき、私は土地を新しく買い、しかも引越しは新しい家が出来あがってからでよいということになった。ところが、契約をしてもどってみてはじめて、私と妻は土地は買えるが家を建てる金は手もとにないことに気がついた。周旋屋の事務所にいて契約書をかわすとき、そう思ったのだが、私は彼女に何かアテがあるように錯覚したと見える。彼女はまた最初願っていたように家を売った金の全額が即座に渡されるものと思っていたので、契約書を眺めながら、私に向って、

「あなたがいいのなら、いいんですわ」

といっていた。

「あなたがいいのなら、いいんですわ」という彼女の言葉は非常に意味がある。こんどの仕事のことは、夫に任せています。彼が色々のことをしてくれているんです。ということを人の前でも宣言したつもりなのだ。

私がKから返済を迫られて出むいていったのは、このあとのことだ。Kはこの一、二年のあいだ、さかんにゴルフをやり、その日も黒くなって帰ってきたところだった。球を追いながら、一日に五里も六里も芝生の上を点数を数えながら、無心になって歩くのだ、という。彼は独身なのだし、その自由はあるが、なぜこの一、二年になって急に点数を数え、歩きはじめたのか、ということはよく分らない。おそらく健康のためや、若々しさをもう一度とりもどそうとしているのであろう。しかし、やはり、毎週出かけて行って、今日もまたゴルフの話をきかせようという態勢にあるのは、長年つきあってきた私にはおどろきである。それはたぶん、私がまた家のことで頭をなやましているのが、私にも異様であるように異様なのだ。ただ彼は誰にもメイワクをかけないのに、私は潜在力として、メイワクをかけそうな気配がある。事実彼はまた金を借りようとしていると思ったのだろう。私にはその気はまったくなかったのだが。私が新築をするという噂はどこからどうともなしに広まった。借金の支払請求の電話がかかりはじめた。

そのようなことが今や何であろう。私は何百万という金を作らなければ動きがとれないのだ。私は最近めったにそういうことはなかったが、クスクス笑った。つまり私に、妙な余裕ができはじめたらしい。余裕というよりは眠り薬をのんだあとのようなマドロミに入りかかったのかもしれない。

(何とかなるさ。金や仕事のことで苦しんでも、家の中では苦しまないぞ)

不機嫌な顔をしていたMが私の前にやってきたのは、私がそうしたマドロミの中にいる最中のことであった。

第二の控

深みに陥らないために歌わねばならない。もっとも歌といっても、歎きの歌だ。私は歎きの歌を時たま大学の控室でやったり、私と多少利害関係があったり、私に評判のいい仕事をさせようとする、ほんの一部の出版関係者の前でやったりした。たぶん生理的に自然であり、一種の解放感があるのだと思う。なぜなら私は自分の家の中では前のように歎かなくなったので、歎くところがほかにはないからだ。

一つの出版社では、私が度々改築し、その度に改悪している模様を知っていた上に、冷蔵庫や、色々の文化的施設によって、人は幸福になるものではないという意見をもっており、私もまたその意見をもっていて、必ずこんどの新築では色々の事情にぶつかると考えて、家が建つまで経験談を書くようにといった。ここから一時私はある金額を融通してもらっていた。こんなふうにして二、三の会社は私に手をさしのべてくれた。正直いうと、私はひそかにこの好意をおそれもしたのだ。

私はかねがねアメリカのようにセントラル・ヒーティングという式のものにしたら、どんなものか、と空想していた。私の素人考えでは比較的安いものだ、というふうに思われた。地下室か、あるいはどこかに釜があって、その釜に油かくずものを焚いて管を通して空気を各部屋に送る。寝《や》むときは毛布ぐらいで寝ることができる。これもバラ色の夢の一つだが、私はずっと前に、何かの拍子に、この夢を妻に語ったような気がする。私がそうした家に住みたいというのではなくて、そういう家に住む家庭は、幸福だということになり、時に自分もそういう幸福の夢を見ることがある、というのが真意であった。

ある日妻は設計事務所からもどってきて、暖冷房の設備をすると、六十万とか百万とか百五十万とかかかるというように話した。アイマイであるが、もし百万とか百五十万というのであれば、とても出来るはずはない。そういうホテルのような家に住むことは金の点で足が出ないし、誰のメイワクでもないとしても、私は世間に対して居心地のいいものではない。ＫもＭもそのほかのたくさんの人が首をかしげる。他人が首をかしげるぐらい何でもないが、はたしてそういうのが私にふさわしいとまでいかなくとも、人間としてそれでいいのだろうか。

アメリカでもある農家へ行ったとき、そこの主人がいった言葉は私を感動させた。彼はいった。

「ルーム・クーラーのようなものは、私は好かない。自然の風を入れよ」

彼は私に時代物の小さな扇風機をかしてくれた。扇風機は彼の家にはそれしかなかった。それは夏、私が泊めて貰っていたペンキ塗木造家屋の部屋で、スウィッチをひねってから二、三分もたってから、徐々にまわりはじめた。もちろんアミなどない。ファンだけでゴトゴトゴトと動いている。しかし、野原では数台のトラクターや、その他の機械がすざまじく動き、洗濯機には乾燥機がついている。冷蔵庫は肉屋のそれのように大きい。そして冬はセントラル・ヒーティングで暖まり、二階の浴室に各自が入って、さっさと夫婦はダブル・ベッドへ行く。彼等にないのは冷房装置だけで、外で働く農家としては当然であろう。それにしてもないのは冷房装置だけである。

なぜホテルや、オフィスだけが冷房をのぞんでおかしくなく、住宅でそれを嫌うのはおかしいということになるのか。

「チャップリンがいったことはどうか」

私は妻の前で歎くのではなく、心の中で呟いてみるだけである。私はもうめったに口に出さない。妻を苦しめることになっては元も子もないからだ。

「なぜチャップリンは、帝国ホテルの窓を全部あけろ、といったか。なぜ自然の風を入れよ、とおこったのか」

「冷房がいけない、自然でないというのなら、彼はなぜ太平洋を泳いでこなかったのか、飛行機などに乗ってこなければいいじゃないか。なぜ、私は車に乗りません、といわないのだ」

私には冷房が贅沢だということのほかに、それを恥かしがる理由があまりないような気がする。

「少しぐらい今高くついたって、あれなのよ、今に見てごらんなさい。ああ、あのとき、やっておけばよかった、ときっと思うわよ。冷暖房したいとあなたがいったので、それには木造より軽鉄骨にした方がいいというので、その方面の設計事務所へお願いしたんだわ。これはあなたのいう通りなのよ」

「ぜんたいの見積りとくらべてまたゆっくり考えて見ようじゃないか」

「でもあれよ」と彼女は解せぬといった表情をした。

「それなら何もわざわざ引越して家を建てなくてもいいのよ。この家を売るのを、やめた方がいいわ。私楽しみがないのに、苦労して郊外に引込む気がしない。もうこの年になっていやよ」

「でもみんなの眼が見て笑っている。それを笑っている」

と私はついいってしまった。

「誰の家だと思っているのですか。あなたの家じゃありませんか。それがいやなら、ここをやりましょう。ここだって、百五十万はかかるのだから。そりゃ立派になるわよ。でも、そういう中途半端な間数だけ多い部屋はいやだというので、ふみきったのでしょう」

「しかし、とにかく見積りが出来た上のことですよ」

「何だって『ですよ』なんて言葉を急につかうのよ」

「どうも、きみの意見の方が正しいように見えて困るのですよ」

と私はわざと、「ですよ」をくりかえした。いつ爆発するか分らないが、私は時には彼女との会話が有効であると考える余裕ができたと見える。

「あーら、あんなことといってる」

はたして彼女は明るい声を出した。

「Tにも相談して見なくっちゃね」

「あの人には何のかんけいもありませんよ。あの人は引越したときの、あなたの部屋のこのタタミ四枚と、茶ダンスをあげる約束がしてあるから、けっきょくいいようにしかいわないわよ」

「そうなのか。そいつは知らなかった」

私は長い間ディスカッションや睦言というものを妻との間でかわしたことがなかった。

大ゲサにいうと私のところでは、家をいじっている時期の前後に一種の中だるみの時期がある。その中だるみがこんどはつよかった。

それはとにかく、二人の間で話をし、彼女が膝をつきあわせて、私の顔を眺めたりするだけでもいい。前には彼女の苦しみなんて平気であり、苦しみだ、と思わない時期があった。今、私は、彼女は苦しんでいない、私に話しかけてくると思うだけでうれしいのは、まだまだ私が本当ではない状態にあるのかもしれない。しかし、この状態を通って、無関心に近い信頼をよせてくれるようになることが、私ののぞみでもあるのだから……

ある日妻は設計図をもって帰ってきた。家の前に城の濠のような池があるのや、ガラス張りの居間がある。まだありもしない車のための車庫や、大きな物置きのような建物がある。それが冷暖房器械室で、そこからダクトと称する管が地下から部屋の中へはりめぐらされることになるのである。設計士に話をしているうちに、こうなってしまったのだ。「そうですね。車庫も作っておいた方がいいと思います。私も運転ができますし、みんなが車をもつようになるときですから、冷暖房は主人が望んでいるんです。主人は暑いのはきらいだし、私は寒いのがきらいですから。設計の細かいところは、もちろん設計士さんにお願いするのですから、十分に力をふるって下さい。ですが、予算はこれこれです。物価があがっているから大変でしょうね」

と彼女はいったのだろう。

いくらかかるか。見積りが出るまで、二カ月はかかるという。業者をさがさねばならないから。いくらかかるか、だいたいのところだけでも分らないだろうか。

「どうして、部屋の中にまで池を作ったりするんだろう。居間の上がヴェランダになり、そのまわりが花壇になっている」

「私はあなたの考え通りでいいのよ。しかし花壇はあった方がいいわ。それよりもいっそのことこのお濠のような池をプールにしたらどうかしら。冷房の家にいたら、子供が運動不足になるんじゃないかしら。海へ出かけて行くことを思えば、その方がけっきょくいいんじゃない」

私は前なら、このあたりで横を向いてしまうところだが、半ばもっともだ、と思っている。

「寝室はどうなっているのかな」

「私の部屋は階下の日本間ですわ。あなたは、自分の仕事場で寝て、お客さんのあるときには、あなたのベッドに寝かせてもらうわ」

「そうでないときは、僕の方はおりて行くのだろうか。すると、その日本間の部屋には鍵をかけなくっちゃいけないね。子供も大きくなったのだし」

私の方の考えもこれまた、うすよごれたバラの色で、小さなところをぐるぐるまわりしている。

私はやるせない気持になっている。この、私にとって、厖大とも見える予算や計画は、いったい何のためか。妻を楽しいと思わせて、しっかりとつかんでおきたいのではないか。そうでないと、彼女はアクビをするのだ。私は自分の妻にアクビをしてもらいたくない。私はそうするとNのように鋭い狼のような眼付きになり、妻もまた、狼のような眼付きになる。

私は静かな、おとなしくなった自分がちょっと可哀想になってくる。そこで一度に結論を出さないで、私はその夜を眠り、小説のことなど頭の半分で考えながら、吊皮にぶらさがって勤先へ朝から出て行く。このように彼女が元気に朝おきて、不平をいわないで子供の弁当作りをしているのは、夢があるからだ。たぶん、それは最後の夢だろう。

Nは鋭い眼付きをして、自分をもてあましたように私を待っている。そう思うだけかも分らない。私の方が彼を求めているといわれても仕方あるまい。あの眼付きで、妻を睨んできたのだろう。それとも彼は別の女性のところからやってきたのだろうか。

「ずっとこのところ肩と首が他人のもののようなんですよ。他人のものだって、こんなふうだとただではすまされませんよ」

「身体の方が、ある精神状態の反射がなくても、かってに結果だけをくりかえしはじめるんですよ。身体というものは鈍なものだから、慣れっこになるんですよ」

「なるほど」

とNが堪えがたいように首をふる。もう大ぜい人が見ていても平気になっている。だいたいが控室は健康について大きな声で語るところなのだ。その分には誰も大目に見て許してくれる。

「僕はこの前、例の別の女のところへ行ったのですが、何か癪にさわって仕方がないので、ドライブに出かけたのですがね。途中で、よく前を見ていなくっちゃダメじゃないか、とどなりだし、そのときはひどくここがこっているんです。女なんてものは、けっきょくちょっと色が白いかどうか、というようなもので、おんなじものです。やはり家内とおんなじことをいいだしますね」私がうなずいていると、「明日から、気晴しに旅行にいきます」

「さっさと旅行に出て、奥さんは文句をいいませんか」

「いいえ」

彼は文句をいわない自分の妻が何か癪にさわるところがあるのかもしれない、といったような顔付きをして、私から視線をそらした。

「昨日、昼食前に子供に菓子を食べさせているんです。子供の頭を叩くと泣きだしましてね。ママがたとえ食べろといっても、食べない、というぐらいでなけりゃ、いかん、といったんです。すると、家内が、そうよ、ママがそういったって、食べないくらいでなくっちゃダメなのよ。パパのいう通りなのよ、というんです」

「しかし、Nさん、女も家の中にいてタイクツもするし、子供相手でなかなか一生、たいへんなんですよ」

「家内はまだ、三十ですよ」

といった。

午後ゴルフ練習所の前を通ると、道が坂の上になっているので、ドライバーをふっているKの姿が見え、彼の方も汗をふきながら、こっちへこいよ、と呼びかけた。

「家の方はどうなった」

私はどうせ分るのだから、実情を話した。

「そいつは困ったな。それや、プールのある暖冷房つきの家はいいよ。それはいいさ。しかし君の場合、何といっても病コウモウに入った感がある」

「それがね、病をなおすためなんだよ」

私は反抗するようにいった。私が彼にそんなことをいうのは珍しいことだ。

「病ということは分らぬでもないが、それが病をなおすことになるとは思わないな。そのこと自体がコウモウに入っているんだよ。きみもこれをやるといいんだよ」

「ゴルフか」

「一度外へ出て見給え。空が晴れていれば、快適だが、曇っていても、爽快だよ。魚釣りでもいいんだよ」

「つまり徹底したエゴイストになることだな」

「それはそうともいえるな」

Kは笑いだした。しかし私はKと私の友人である画家のSのことを思いだした。彼は胸を悪くして死んだ。他人の女房をとり、またその女房に逃げられ、ほかの女といっしょになり、また数年後に最初の女といっしょになり、Kにも借金をし、ベンチに寝て、モルヒネ患者をモデルに絵をかいていた。Sが死んだとき、Kはいった。

「仕方がないよ。いうことをきかなかったんだから」

ざっと見積らせたところ、ダクトは入っているが百五十万オーバーした。冷暖房器機は別に百万ぐらいかかるという。かなりの金は融通してもらったが、それは家を売ると同時に返すのだ。百五十万の超過にあてるものではない。

私はその夜、急に身体の虫がさわぎだし、心臓を食いあらされているように苦しくなってきた。私の中の底の底にあるエゴが徹底しようとして、羽根をのばしはじめたのだ。考えてみれば、私は自分の中の虫の動きのままに長年あれ狂い、くたびれて虫が沈黙したさいに、妻の中の虫がそろそろ羽根をのばしてきた。いや、そうではなく、私は自分の虫が妻の虫にけっきょく負かされると、こう思ってきたが、実は妻の方は、自分の虫が負けたと思っていた。負けた妻の中の虫は彼女の身心を食いあらし、衝動的になった。私の虫は後退し冬眠していたが、相手が活力を得るまで、眠ったふりをして待っていただけかもしれない。

私が妻の部屋を通り便所へ行くとき、実は私の虫があれて、寝ている彼女の虫を刺戟していたのだ。私の足音一つで、虫の動静は分ってしまう。お互いに長年かかって得たものは、この敏感さだけだともいえる。少くとも、そのときは私はそう思った。そこで彼女は家を出て行くというので、それでは話を元にもどし、この家を売り、その金の大部分をお前にやろう、と私はいった。彼女はちょうど子供を育てる自信はないから、あなたが育ててくれ、金はいらないという。子供はあなたに任せる、という点はNの妻とおなじだ。

「私はひとりで、のんびり、勝手なことをしてくらしたいの。ほんとはその方がいいのよ。もうあなたとの生活はくたびれたのよ。それをムリして自分をあおりたてているのよ。けっきょく、疲れるだけなのよ。私はあなたに見られて、様子をうかがいながら、こうして生きて行くのは性分にあわないのよ」

彼女がいうのは、小説を書くくらいなら、私はちぢこまった生活はいやだ、という意味なのだ。作家の陥る大事な問題で、それにぶつかってしまうのが、ありきたりなのでおかしいくらいだ。

「あなたは私が子供を連れて行くと、かならずやってくるわよ。私は一度出て行ったら、ぜったいに帰らないのだから、そのためにも子供は連れて行かないわ」

「それでは、物を書く生活はやめることにしようか」

私の言葉が彼女を怒らせた。

「何がやめられるもんですか。そういっておいてかくれてやるつもりなのよ。それはだめなのよ。いったいどちらにするのよ」

彼女は涙をながしている。

「どちらに？　どちらというと、その二つは何だったかな」

話がどんどん発展して、もとになる二つのことを忘れそうになっていた。その二つのことを思いうかべた。一、冷暖房設備をし、プールを作ること。一、別れること。

やがて私は冷静になった。冷静になると、ますますどうしていいか分らなくなった。ここまでくると、私をどちらかに踏みきらせるような理由は何もなかった。私はひどく空白な世界の真中へ放りこまれているような気持になって、何もいわなかった。私はそこで、よく小説に出てくる、何もハッキリしたことをいわず、何をきかれても、よく分らない、分らない、というより頼りない、というか、しぶといというか、そういった男の気持というものが理解できるような気がした。ひとり寝床の中で、この二つを思いくらべ、まだ涙を流しながら寝返りをうっている彼女の姿を想像して、とにかく出て行くことだけはとめなければ、と思った。なぜなら、子供も両親を笑うだけだし、第一、彼女に行くところはさしあたりなかったから。それに二人は何といっても病気なのだから。そして彼女がどこかへ行って話したり、何かのときに私の家にいるときのように行動してバカにされたりするようなことがあれば、それは長年くらしてきた相手の責任だから。そして私の方もひとりになって彼女のことを他人にグチをこぼせば、私がバカにされ、彼女がバカにされることになるのだから。

私はあくる朝彼女が荷物をまとめている様子を知らぬふりをして眺めていた。彼女がどういう気持でいるか、手にとるように分る。何カ月前に私もそうして荷物をまとめて出て行こうとすると、彼女はそばへよりそってきて、私に笑いかけてきて、

「そんなにたくさん、荷物をもって行くの」

といったとき、

「一年には夏も冬もあるのだからな」

と答えたことも思いだした。

彼女もまたその荷物は、二つのスーツ・ケースに溢れているので、蓋をすることができなかった。

「いつ行くのか」

と私は何もいわない彼女にいった。

「子供が帰る前に行きますからね」

「そうか。まだおれには脈はあるよ。もう少しネバった方がいいよ」

「だって、あなたって、私をいじめるんだから。ずっといじめられてきたのよ。これからもいじめるんだから」

と彼女は涙を流しながらいった。

「案外、よそで大事にされるのかもしれないよ。僕には分らなくなっているところがあるのだから、きみの方もそうだろう。別の風があたると、甦るかもしれないよ」

「それは、あなただってそうなのよ。あなたといっしょにいると、どうしても私はこうなるのよ」

彼女は涙を流した。

私は彼女が部屋から出たすきに、三つの荷物をもって自分の部屋へはこんで隅へかくして本をのっけてしまった。そして彼女がもし強引にそれをとりにきたら、渡すまいと思った。

彼女は荷物がないと知ると、

「あら、どこへ行ったのかしら」

と声を出した。

「荷物がなくなったわ。どうしたのかしら」

彼女はそれから、机の前に坐りこんでいる私の部屋をのぞいた。

「ここにもないわ。どうしたのかしら」

私は知らん顔をしていたが、私の身体のかげにうず高く積まれた山が何であるか、彼女は気がついたらしかった。

「あら！　あんなところへどうして行ったのかしら」

と声をあげた。

「いいか、こんなことで行かせないぞ」

と私は叫んだ。

「長年くらしてきたのだからな。お前に出て行かれるより、お前のいう通りにした方がましだよ」

彼女は佇んだまま、じっと私の方を眺めていた。こわい顔をしているけれども、心の中は和んできつつあることが分った。そういうとき彼女は赤い顔をし、何もいうことができないのだから。それから坐りこむと、

「あなたってほんとに損な性分で、がまんづよいのね。いくらでも好きなことができるのに、またこれから私に

苦しめられるんだから」

それなら彼女は、私を苦しめているのに気づいていたのだろうか。私が、がまんしているのに気づいたのだろうか。私は「がまんしている」とは必ずしもいえないが、それを「がまんしている」ととにかく思っているのだろうか。いったい、こんな表現をどうして口にするようになったのだろうか。彼女は自分がわけの分らぬものに追いまわされて「喜んでいる」（こう私が思うことが、そもそも、彼女を苦しませている理由かもしれないが）ために、私のことが分ってきたのだろうか。

「あたしって、きっとあなたと違うんだわ。一昨日も、空をとんでいる夢を見たんですもの」

「へえ、きみがかい」

「私の夢だもの、私よ」

彼女は山や野原をとんで行った、という。今でも地面におちそうになると、けんめいになって身体を動かしてとびあがる。

「子供のころ見た夢で、それを今でも見るのよ」

なるほど、そういうシャガールの絵のような夢は見たことがない。私はその地面でなければいいが。

「だから、あなた、少しぐらい苦労をさせられても仕方がないのよ」

「フッフッフッフッ」

私はそこで又もや思う。これだけ話し合いが（話し合いというものではないだろうが）できるようになれば、それだけでも収穫ではないかと。それから私は彼女と百万円を作る策戦を繰ることになった。そのとき、私はそのことに苦しむまいと思った。私はあまり苦しい顔をしてきたらしいから。私にとっては、こういうときに苦しい顔をしないのが、一つの生きる道らしい。そうでない私は往来に蹲まって、他人の助けをかりなければならないことになる。

そこで、きゅうくつだが、一つそいつをふりおとして、楽しい空想をしたことのない私は、楽しい空想をして見よう。その二人がプールで泳いでたわむれている。それからそこで芝生の上で抱擁しながらたおれる。しばらく横になっている。私はゼイ肉の一つ一つを自分のゼイ肉の一つ一つにじかに感じているのだが、私の空想の中では妻も私もゼイ肉をおとしてずっと若々しい。まるでそれは勇気をためしているようだ。それから寝室。私は彼女を子供のように抱いて行きたい。私の身体のように重たいのだが。たしかに二十代の時よりも、私はバラ色にあこがれている。そこで何の睦言をしよう。二十代では彼女は一晩中抱きつづけてくれといった。それから、おしゃべりをするようになった。それから何もいわなくなった。騒々しいのはごめんだが、静かなおしゃべりは、私は大歓迎だ。将来の話は淋しすぎるし、過去の話か、よその家のうまく行っていないということについての噂話。しかし、それでも楽しいではないか。

私は妻と金融機関の支店長と話している。私の教え子を通じて渡りのついた金融機関だ。話がマトマるまで私は二度どなって席を立とうとした。私は何に怒っているのか分らない。

「あなた金を借りにきたのよ。おこってはダメ」

と彼女は、ちょっと彼が席を外した隙に私にいった。

「あなた、おいくつですか」

と私はその年の分らない支店長にいった。

私のところへ来た周旋屋は二十代で四十代に見えていた。年齢の分るのは五十すぎの男だけで、あとはみんな狂った。

「私ですか？　私は三十三です」

私には彼は四十五歳ぐらいに見えた。

「あなたは四十歳には見えませんね」

と彼は書類の私の生年月日を見ながらいった。

「この眼鏡のせいですよ。この太いフチが皺をかくしているんです。ごらんなさい、この私のアゴを」

と私はいった。

彼女はそれをきいてうれしそうに笑った。

「小説家だから、こんないい方をするんですのよ。まったくいやだわね。ときどき私も主人とおなじようなことをいうんですのよ。すると主人はとてもおこるんですの」

「私どもはその方面の方のことはまことに不勉強ですので、いろいろ失礼いたしました。これから研究をさせていただきますので、お友達の皆様にも御紹介下さいまし」


組合で忙がしいMから電話がかかってきた。彼はNといっしょに去年、国会前で頭を叩かれた私の勤先の大学の負傷者のひとりで、二人は重傷者に数えられ、死にかかっていると報告されたが、あくる朝ホウタイしてMは学校にあらわれた。Nはズボンをちぎられていた。Nはその頃からおこりっぽかった。Mは代議員だが、Nは執行委員で、彼は彼なりにおこりっぽくなっていた。

「今日は大会にぜひ出て下さい」

「ハイ、そうしますよ。御苦労さんだね」

と私は電話口で応対した。

「来年はやめです。たくさんです」と声をはりあげる。それから「あなたが雑誌に書かれた、『家を建てるの記』というのを美容院で女房が読んできたんですよ。あなたの尻をもっと叩かなくちゃ、といっていますよ。あなたも主人らしくなりなさいよ、というんですよ。とっても叶わないですよ。あなたがあんなじゃ、僕たちもこれからどうするんです。ヘッヘッヘッ」

「K君はもう外国へ出かけたの」

「一昨日出発されました。送って行きました」

「そうか。それは失礼したな」

私は家を建てるためにも、食うためにも、小説を書かなければならないので、その大会にはつい欠席して刺戟を得るために劇作家のX氏と会った。夏休みになっていた。X氏は四十代である。二、三年前にデビューした友人だ。彼は約束の場所に約束の時間にいなかった。X氏は誠実な人なので、二十分待ったが気にもしなかった。誠実な点ではおなじだが、その他の点では、Kと正反対の男であった。三十代では私はよく他人の家を訪問し、その妻がひとつの部屋にいても、たのしく意識された。四十代になってからの私は外であいたい。

下駄をはいた彼が駅の時計を見ながら倒れるように走ってきた。歩くときでも倒れるように歩く。彼はなかなか私に気がつかないので、手をふって声をかけた。彼はひとりごとのようにいった。

「早すぎたので喫茶店へ行ったのです。そしたらまたこんどはおくれてしまって。僕は何事もこうなので、こうしてモタモタしてばかりいるんです。モタつくものはすべてがこうなんです。人間かんけいすべてにモタつくのです。こんど僕は勤めを止すことにしたのです。その止しかたがまたモタついたあげく自分に理由をつけたのです。二十五年でやめると。二十五年は来年です。二十五年だからやめる、二十五年だからやめる、と僕は会社の者にいっておいたのです。すると、おかしいじゃないですか。もっと長くいたいから、そういっているんだ、というのが出てくるんです。おかしなものですね、そういう人間なんですよ。可哀想な人ですよ」

「いよいよ止すのですか」

と私がはじめていうと、彼は私の存在に気がついたように私を見た。その前にも何かいっていたが、夢中になっているX氏にはきこえなかったので、これが私の最初の言葉みたいになったのだ。私にはこの人の一種の苦しみが肌で分る。彼のいいたいことは、大てい誤解をまねく。それに気がつくとひどいディプレッションに陥る。

それから今度は手負いのケモノのようにおどりかかる。それがこのごろはげしくなったような気がする。前にはXのデビュー作品の芝居を見てセンチメンタルだ、といったことがある。作品は礼儀としても、ふっきれていなくてはならない、といった。

彼がデビューしたとき、芝居がはじまる前に、舞台で彼と彼の妻と子供たちに花束が贈られた。芝居はテレビにも映った。それまでテレビを家に入れることに頑強に反対していたが、それからテレビが入り、彼が増築した書斎に住み、台所も立派になった。つまり、それで彼の家はその年代の者としては人並の家庭になった。彼が反対したが彼が書斎にいる写真は雑誌にのったりした。

「私の芝居は娘の嫁入り道具を買えるていどの収入があればといったところです。それは女房にもいいきかせてあるし、その意味では協力してくれますよ。けっきょく、男というものは、女の掌にのっているようなものだから」

という彼の主義を、舞台の上の彼の一家を見ながら、私は思いだしたことがある。彼の妻は、私の妻より遥かに健全な妻であろう。金にならない彼の芝居の草稿も、彼のルスに清書していたのだから。

「生活費が膨張してしまった！」

と彼は吐きすてるようにいった。

「雪ダルマ式だ！　昔の人はえらかった」とタメイキをつく。

「こんどはピアノです。娘がこのごろすっかり元気がなくなってしまった。私が買わせないというので、恨んでいるのです。そうすると妻も恨むのです。家族に恨みを買うのはやりきれないが、この外濠をうめられたら、こんどは内濠ということになる。女房のいう意味は分るんだ。嫁入道具じゃないか、ということなんだ。約束じゃないか、というんだ。しかし、けっきょく買うことになる。必ずそうなる。生身の人間だから。するとあと、ニガい気持で毎日くらすことになる。こっちはきりかえなきゃならない。妻子が正しければ、僕がそれでツジツマのあうように、書く物もかえていかなくちゃならない、だから……みんなの求めているものは、女の求めているものとおなじで、外面だ。意識や内面の世界を芝居に現わそうとしたことがまちがいなんだ」

「女は待ちきれないのですよ」

「待ちきれない。なるほど。それで、あんたはどうなんですか」

「おなじことですよ。また家を建てますよ」

と私は笑った。

「それは、きみと僕が年だからだ。女房がわかくないからだ」

「それは分ってるんだ。その通りなんだ」

「いいや、あなたは分ってはいない。きみはもともとから、外の世界の人間だ。分るはずがない。女の恨みというものが分るはずがないよ。きみの家はけっこううまくやってきたのだ。恨みなんかありはしない。僕は長い間待たせたのだ。僕なんかに較べれば、きみは学校を止さなくても自分の仕事ができるじゃないか。僕が二十五年で打ち切らなくとも、僕はけっききょくいられなくなるんだ。きみは幸運で、陽の当る場所にもいた。僕はちがう。僕はきみが家庭雑誌に書いている『家を建てるの記』というのを読んで知っていた。きみはまた僕の女房の恨みに火をつけるのだ」

私と彼は酒をのんでいた。二人の会話はここに書いたより、もっと緩慢に進んだのだが。

私と彼とあって彼が抜け出て行くのを期待していたが、どうもぐあいが悪そうだった。私は、そろそろ引上げようと思った。こうなっては彼を慰めるためには、酒のさめるのを待つより仕方がない。いかにしたら彼から去ることができるか、隙をねらいはじめた。私はこのままでは息がつまってしまう。

第三の控

私は家族とはなれて外で小説を書いている。ある出版社が新しく作ったクーラーのある部屋だ。私の自宅でのクーラーは家族の者が使っている。とうとう私の密閉した部屋と子供の部屋との間の壁は御用聞きのTがきてとりはらったので、改築する前にもどった。

私の部屋に子供が寝るとすると、これで三人の者がクーラーを利用することになる。私が電話をかけると、かすかだが、小さなクーラーのけんめいに回転している音がきこえてくる。私はKのこともNのことも、Mのことも、それからXのことも、子供のことも、工事のことも、忘れて、窓のしめきった部屋でずっと暮している。しかし忘れていないのは、妻のことだ。妻のことを考えると、どうしても工事のことを考えなければならないことになる。したがって次に私は工事のことも考える。といっても必ずしもこのような順序で私の頭が回転するわけではない。私は妻のことを考え、そしてそこでとまってしまって工事のことはまるで忘れていることがある。このとき工事はぜんぜん計画がなかったが、他人の家のことだといったふうに思っているともいえる。私は前の建築の借金の一部を払うためと、これから先きの融資のための信用金を積むために机に坐っている。私はそこで彼女に電話をかける。

「ハイ、ハイ、何か御用ですか」

「御用ですよ」

と私はふざけたことをいう。そして、

「家のことは督促しないと、いつまでたっても始めないな」

私は責任として、私に融資してくれた人々に対して申訳けない、と思ってはいるし、そして家は売ってしまったのに今更、家は建たない、では困ると思うが、実は目的は、私は自分の妻と話がしたいだけのことだ。「愛する」というような言葉を使う気持を、私は若いときから、どの女にも抱いたことがなかった。ところが私は、今、何かそれに近い積極的な感情を抱いている。好くというようなものではない。なぜだろうか。いったい、なぜだろうか。私は電話口に歩くまでは、私は恥かしさと、その「愛」の衝動との間で格闘をするが、やがて恥かしさの方が負けてしまう。この年になって私をそういう気持にする女を私は憎らしいと思う。それが自分の妻だから、尚更だ。私が生きるためにひっかかりが益〻こくなってきた彼女から、

「ハイ、ハイ、何か御用ですか」

と、ずっと前より苦しみの少なくなった声をきくことができるという期待が、私をこのような感情にするのだ。

「そうですね。あなたの方から督促して下さいな。こんどは、あなたがして下さるんだから。ありがた味をもう少し味わわせて下さらなくっちゃ。ねえ、あなた」

「ああ分っていますよ。僕の方から、そうしようと思っていたのだ」

「御用はそれだけですか、おや、それだけで電話なの」

それから私は閨房でのように睦言を一言二言いう。

「何いってるんですの。たくさん、たくさん」

彼女の声はなまめいている。

「それなら、それでいいが」

「あれで、あと一カ月でもけっこうですわ」

私は電話のあと、すっかり精力をつかいはたしたように、ぐったりする。しかし、彼女がもし苦しんでいるというような様子が一言でも聞えると、私の声は急に苛立ってくる。私はそれをひきとめるのに前ほどではないが、かなり努力しなければならない。そしてそのあとは、私は思わず部屋の中でひとり何か罵倒の言葉を吐くのであ

る。そのようなときには、私は仕事をするのが、バカらしくなってしまう。以前は、私は彼女と争ったあと、机に向って五分もすると、すうーと怒りは消えてしまった。そして私は快いくらいの、人間的な感情につつまれて、大きな顔をして筆を進めたものだ。それがバカらしくなる。そしてバカらしくなるのは、私に罵倒された妻の場合もおなじなのだろう。

私はもう一度いそいそと電話をかけて、彼女がキゲンがいいと安心して、柔らかな声を出して、事務所へ出かけて行くが、行くかどうか、と確かめる。

「あなたひとりでダメ？　私、どうせ、こんどはみんな任せっきりで、一緒にいてもきいていないわよ」

「ウソをつきなさい。口に出したり、意見をいったりするのは、あんたの方じゃないか」

「因果なことよ。持って生れた業のようなものだわよ」

と彼女は笑った。

そこで私は、その時間まで真面目に机に向って仕事をすることになる。

しかし、工事は二カ月たっても始まらず、私はあいびきでもするように妻といっしょに事務所を訪れた。設計事務所から出た見積を見ると、また六十万オーバーしており、私が引越しをしなければならない頃になっても工事は始まらないということがはっきりした。プールは設計の中から除かれていた。

私はがっかりした。いつのまにか奇妙な情熱を、このプールに傾けていたと見える。私がそこで妻と泳ぐ空想は、私が机に向っているとき、寝室とおなじように、私を強い力でひきずって行ってしまうものであった。それはかなりヒワイなものであった。私はそこで色々な姿態と色々の要求とをしようと思っていた。

妻は泳ぐのが好きだ。私は別に好きでも何でもないが、そこでなら、何しろ彼女が好む世界なのだから、人工的にせよ、好もしい状態が展開するであろう。

私がプールと寝室だけがあればいいと思っているといってもいいような事情が分れば、妻は希望を失うことにもなろう。そこでプールはあきらめることになった。

　そうして、それから私はその密閉された仕事場を出て妻といっしょに、家が出来るまでの仮住居をさがすためにとびまわったあげく、一軒の家がほしいと妻がいい、私が賛成して、はじめて家をもつようになる前にいた学校寮へ、もどって行くより仕方がないことが分った。十一年前にそこにいて、私どもはほかの家族といっしょにいて朝に夕にかげ口をきいて辛い目をしていたところであるが、今は一家族しかのこっていない。私たちが買った土地は、その寮からあまり遠くないところにあった。

　その間私は妻と自分との間が、十数年前の子供ができる前とおなじように、かゆいところへ手が届くようになった気がした。妻の乳房ははってきて、重くむっちりとしてきた。私たちの生活はぴったりしてきたことが分った。私はこんなふうに思った。

（これなら家を建てなくともいいのではないか。今までの家にいたってよかったのではないか。妻の部屋を通って便所へ行ったとしても、彼女はスヤスヤと眠っているではないか。彼女はどこからともなく自分のいるところへやってきて、ちょうど若い牡猫が若い牝猫のそばにより添うようにやってきて、話したり笑ったり、くすぐったり、歌ったりするではないか）

　しかし、もちろんこれは空想である。彼女の寝室は、何カ月先きに出来る新しい家のためなのだから。私はそこで急いでまた仕事場である出版社の密閉された、クーラーの音のする部屋へまいもどってきた。

　私は妻の充実した乳房を仕事をしながら何度も思い出し、酔ったようになったが、かんじんの仕事の方のことを思うと、急に私は不安になり、乳房のことを少年のように思いうかべているだけ、仕事の能率がさがっているように思われた。そこで私は鎮静剤をのむことにした。

　ある日のこと、私はその仕事場の机の上のトランジスターラジオのスウィッチをひねって、何ということなしに音を出しているあいだに、プロ野球の放送がきこえてくることが分った。私はテレビで見たこともないではないが、たまたま一度見ても、あとはもう忘れてしまって、何の関心もわかなかったものだ。私はだから安心してスウィッチをひねって声を出しっぱなしにしておいた。

私は作家がプロ野球に夢中になるのをいくぶん軽蔑する気持がもともとあった。野球や相撲の話をはじめると、もうその人のいうことを信用しないところがあった。とつぜん、やせていた人が肥ったり、肥っていた人がやせたり、それは尊敬する人物が、とつぜんにニヤニヤ笑いながら、ヒワイなことをいうのを見るのと似たようななんじがするのである。

私はとうとうプロ野球のナイターが終るまで二時間半、かけっぱなしにしていて、それが終ったとき、ラジオを消して、後悔した。もし仕事が進まなければ、私の家の工事にさしつかえるからだ。工事どころではなくて引越しさえも出来ない。借金を払って行かなければならないのだから。

あくる日私は階下へおりて行き、ポストの中の新聞の中に、スポーツ新聞がないかさがした。スポーツ新聞は一種類だけあるのを見ると、そっとそれをとって、二階へ走るようにしてもってくると、昨夜私が耳できいてすっかり出来あがっているイメージと照しあわせるようにして読んだ。読み終ると一時間たっていた。そしてそれをもとに、いろいろと考えているうちにまた一時間たった。こうして午後になると疲れが出て一やすみしながら、私はナイターのことを考えはじめていた。そしてその日のナイターはもめごとがあって十一時をすぎてもまだ終らなかった。

私は度々スウィッチをひねって様子をさぐってみた。そしてそのあくる朝、そのもめごとの様子や、世間の批判や、負けたチームの憤りを想像して、玄関へ走った。

私はこの間、自分の方から妻へ電話をかける気がしなかった。妻からかかってきたとき、

「今は忙がしい」

と私はいった。

「でも井戸屋のことなのよ。あそこは丘でしょ。多摩川の川底まで掘らないと水が涸れるんですって。水のことが大丈夫というのでうつるのに、水がないと困るわ。地下水まで掘りぬくと四、五十万はかかるというんだけど」

私はその夜、ディプレッションにおそわれた。私はあくる日井戸のことで事務所へ交渉に出かけていったが、井戸屋は秋祭りで当分休んでいるということが分った。私は井戸屋の仕事がおくれると、庭木の移動も出来ず土台工事も出来ない。秋祭りであるということだけを知っただけで、私は仕事場へ帰ってきて、そこで私の手がスウィッチの方へ動いて行こうとしているのを知った。

私は、また耳を傾けはじめた。私は夜中になぜ自分が、このようにラジオをきこうとしているのか、ということをつい考えさせられた。そうしているうちに刻々と時間はたって行くので、鎮静剤をのんだ。そして身体を大事にした方がいい、といいきかせるようにして床に入ってしまった。私は床の中でなかなか寝つくわけにも行かず、そうかといって起きて仕事をする気にもなれず、自分が床に入った理由をもう一度考えた。そしてそのとき、私は自分も妻も、何ものかをおそれているのだ、とかんじた。妻もおそれている。お互いにおそれている。ことによったら、プロ野球をきいているのも、それをおそれているからかもしれない。

私はあくる日、X氏宅に電話をした。彼が神経衰弱で病院に入っているときいたからだ。

X氏夫人から、もう大分よくなったのだ、ときいて病院へ訪ねてみると、退院したところだ、ということなので、更に家へ電話してみると、彼は帰っていた。

「僕もきみとおなじようなもんですよ」

と私が先ずいうと、彼は別人のように物静かに、

「ハ、ハ、ハ、ハ」

と笑った。

「自分で、そういうのは、ほんとの病気じゃないんですよ。僕はこのごろ漸く、自分がマトモじゃなかったことが分ってきたんです。それで一時家へ帰ることを許されたのです。しかし、本物の病気と神経衰弱とは紙一重だから、油断はできないんで、困るのです。病院にいるときも、昨日まで退院だといわれていた女の子が、今日は廊下をわめきちらしていて、もうダメだというようなこともありましたからね。僕達のような商売は、何しろ分裂症みたいなことを書いているのでしょう。仕事が終ると正気にもどれるうちは、いいけど、それが出来なくなると困るんです」

「僕なんかもそうですよ」

と私はくりかえした。

「四十にして、惑わずというけど、あれは惑うなという意味で、迷いが多いということですね。しかし僕はまだ一つほんとに分らないことがあるんです」

「一つ?」

「僕は部屋に錠をかけてきたのじゃないか、と大へんわめいたらしいのですが、看護婦は、もともとあった錠が、こわれていたのが、なおったから、かかるかどうか調べてきたというんです。それが、またどっちなのか、はっきり分らない。よく小説にある世界なのですがね」

「奥さんは、大変でしたでしょ」

「ああ、あれですか、あれは常識的なしっかりした女なので助かりました。そうでなければ、まったくの地獄ですよ。伝染し合いますからね」

それからX氏は物静かにいった。

「死が近づいていることが、こうした色々の病気をおこさせるのですよ。そのアガキですよ。四十代でこの病気になると早く治さないと、もう治らないそうですよ」

「この機械をこんど使っているんですが、あるていど利きますよ」

学校が始まってからNが控室で私に見せてくれたのは、肩にあてる小さな携帯用の電気器具で、神経のツボにのせると、身体が波を打って動き出すのである。ガクンガクンと彼の首や肩がゆれている。

「もう引越ししましたか」

「いいや、まだまだです。これからボツボツはじまるところです」

「じゃ、二カ月の間、何もしなかったのですか」

「そうじゃないんですよ」

「しかし、おなじことじゃないですか。その設計事務所はどうかしてるんじゃないですか。ほかのと変えたらどうですか。まだ金を払ってないんでしょ」

「金も払ったし、仕事ももう始めるんです」

「ひどいなあ、しかし。こんな状態じゃ、いらいらしてやりきれたもんじゃないでしょ」

「何しろ庭木に大きな桜が五本もあり、それを伐るのに、ものすごい手間なんですよ。その桜が眺められると思ったんですが」

「そういうことは、最初から分っていたはずじゃないですか」

「その通りなんだ。正直いってなぜおくれているのか分らないような気もするんだが、しかし、僕達も早くやるようには、何度もかけ合っているし、先方もマジメはマジメなんだが」

「僕だったら、癪にさわって、たまったもんじゃないですよ」

私はNの肩はすでにこっていて、その機械ぐらいではどうにもならないのだろう、と思いながら、まだ終っていない仕事のことや、それからまた妻のことを考えていた。

私の妻のことを考えているのは、今までのようなものではない。妻の乳房が重くずっしりしていると思ったのは、実は何かしこりのようなものが出来ているらしいことが分ってきたからだ。

私が家にもどって、もとの部屋へおさまってから夜妻の部屋を通ると、寝床の上に坐って乳房をくらべてみたり、もむようにしている姿を見かけた。

私は彼女がその豊かになった乳房をみずから愛撫し、たのしんでいるものと思ってすごした。まだ一カ月前に彼女は、そのようにして坐りながら、乳房を私に見せて誇らしげに何かいい、それから私たちは抱擁したことが二、三度あったからだ。

「ここはとても敏感なのよ」

と彼女は乳首をつまんで見せた。

「こんな敏感なのに、病気だということがあるかしら」

「ちょっと見せてごらん」私は乳房を手にとりながらいった。「これは前よりかたくなったようだね」

「いたい！　そんなにおさえたらいたいのよ」

乳首の上の方が、かたくはれあがって、青い静脈が見えた。重いといったのは、たしかにその部分が乳房ぜんたいにそうしたかんじをあたえていたのにちがいない。

私は午後になって控室にもどって電話をかけてみると、三週間ばかり入院するようにいわれた、といった。病名をきくと、何もいわれなかった、と答えた。

「でも三週間って長いわ。入院なんかしていられないわよ。ガンならガンでいいのよ。ここを移っておかないとどうにもならないのよ」

「それでもそうはいかないよ」

私はその日家へ帰るまで、彼女のいない新しい家というものがどういうものか考えた。そういうことは考えたくないが、その家ほど無意味なものはない。その家のために、今から何カ月間、気をもむとすると、それはおかしなことになるではないか。

しかし私は今の家に住むこともできない。新しい人がもう設計も終えて、私たちの引越しを待っているからだ。彼等は私たちが二度改築したこの家を全部こわしてしまうことにしたという。正月までに建てたいという彼等は、もう待ちきれない。最初は私のこの家の一部をこわして建て直すつもりだった。それが、私の家の新しい建築に刺戟されて、彼等は、私たちとおなじような軽鉄骨の家を建てることになった。

彼女は私がいなければ、引越しはできないという。彼女は自分のいない家、ということは、考えないのか、口に一言も出さない。

「私はガンではないと思うわよ。もしガンであって危いとしても、バチが当ったのよ」

「バチが当った？」

「かってなことをしてきたんだから」

「そんなことはないよ」

「ほんとうは、パパが死ぬのを見とどけなくっちゃ、私死ねないのよ。このガマンづよい人の最期を見とどけなくっちゃね」

と彼女は自分の脚をのばして、その指で私の指をつねった。

「お前のような人が、かんたんに死ぬもんか」

と私はいった。しかし私の心の中には、新しい立派な家に彼女がいないのではないか、という不安がある。その時ほど私はつらいことはないだろう。彼女がいないことだけではなくて、その家が、新しいままでそびえていることの空しさである。

「何を見てるの」

と彼女がいった。

「これさ、ロンドンからKのよこした絵葉書だよ」

「何と書いてあるの」

「イギリスに三週間いるが、何が何だか分らない、と書いてあるよ。それから最後に、家の方はどうなりました？ といっている」

「いつ帰ってくるの」

「ブラジルを廻って九月末になる」

「それじゃようやく、土台が出来かかった頃ね」

と彼女は考えながらいった。

弱い結婚（一九六二年版）

「さあ、あなた起きるのよ」「甘えていてはダメよ」「そんなことで東京で暮せると思ったら大まちがいよ」それから前後に「いやだったら、休んでもいいのよ」と惠子がいう。そのあたりから僕は身体をもちあげることにする。それはさしあたって自分のセナカを惠子の方にさしだすためだ。

「いいわよ、さすってあげるから。さすってあげるから、ちゃんと眼をさまして、早くトイレをすませるのよ」と惠子がいう。僕はまだ眠っている。

「あなたったら、わるいくせがついたわ。私のマネをするんだもの。あなたって、何でも私のマネをするんだから、私のマネさえすれば、結婚だと思ってるんだから」

僕はうん、うん、と返事をしている。背骨の両側をさすらせたのは、最初は惠子の方だ。惠子が仕事で疲れると、肩をもんでくれ、セナカをさすってくれと、いうので、僕がいうとおりにしてやった。惠子は二十九、僕は三十になる。惠子は少女のような稚ない身体なのだが、ときどき老年のように苦痛を訴える。それが、ある朝から、僕がセナカをさすらせはじめたのだ。どういうわけでそうなったか分らない。そのとき僕は彼女のセナカをさすってやっていた。いつまでたっても、「もういいわ」といわない。僕は急にやめてしまって、「おい、おれの方もやってくれよ」といった。彼女はびっくりしたように僕の方を見て、「しようがないわね」といいながら、僕のやせたセナカをさすりはじめた。僕はそれから病みつきみたいになった。それはとてもいい気持だし、次第に眼がさめてくるのだが、身体が気持がいいのか、僕の心が気持がいいのか分らない。そして、そのことは彼女はよく知っているのである。だから僕はそれがまたいい気持だし、こわくもある。

僕は眼がさめてくると、それからアパートの共同のトイレへ行く。このところ僕は便秘へキになっている。セナカをさすって気分がいいのは、そのせいかもしれない。長いのでまた眠りはじめる。

「ねえあなた、眠っちゃダメよ」

「今朝はダメらしいや。出ないや」

僕はそういってもどってくると、食事をすませ、貰い物の電気釜と、紫色をした魔法ビンを眺めながら食事をすませ、廊下においてある僕の自転車にあたらぬように静かにドアをあけて外へ出て行く。七時半である。「レンタンの灰をお捨てになるなら、垣根の根元にすてないで、道の真中にすてて下さい。助かりますから」と流れるような墨の字で書いた木の札が垣根の杉の木にかかった路地を出ると、もう気をのまれてしまう。おなじ電車にのる男女が流れのように駅へ向って小走りにかけて行くからだ。曲り角へくる度にあたらしい波が押しよせてくる。そこで僕は恵子の「そんなことで東京で暮せると思ったら……」という文句が、恵子がしゃべるように自分の口をついて出てくるので、笑いそうになる。恵子はこうしてこのごろ僕に一日中ついてくるのである。それがおかしいのだ。

僕は荻窪駅で電車にのると、小柄な僕の身体はすっかり埋もれてしまい、闇の中で、僕は空想にふけりはじめる。僕はこの春、恵子のいる部屋へ住むようになった。ちょうど、その一年後に結婚したのだが、中部地方のある小都市で式をあげたまま、その夜、恵子は東京へもどってきた。僕はそのまま市役所に勤めて月に一度ぐらいの割で上京して、恵子に会っていた。恵子のアパートへきて見ると、恵子の友人と称する男友達が現われたし、長距離電話をかけると、おなじ市の顔見知りの男が恵子の部屋へきていることが分っておどろいてしまった。もともと僕が恵子と知り合ったのは、数年前のことだが、恵子は上京して、七、八年になっていた。初めてある会合で、恵子に会ったとき、鼻っぱしの強さに腹が立って、あくる朝、恵子が出発するとき、駅へ送りにいった。それからしばらくして上京して早朝に恵子の下宿を訪ねて寝込をおそった。恵子はたくさん男友達がいたが、誰にもベッドを貸したりしなかったが、朝食をたべさせてくれて、昼まで自分のベッドに眠らせてくれた。僕は意地になっていたのだし恵子は私に安心していたのだ。恵子はまったくベッドを貸したように僕に安心していたので（これは恵子自身の言葉だ）、どの男友達とも結婚しないで僕と結婚したが、その代り、その夜すぐに帰京してしまった。絵をかいていたり、男友達がいくにんもありながら、結婚ということが、どういうことか知らないように思われ、僕は彼女に調子を合わせざるを得なかった。一年たって僕は思いきって今までの職をやめて東京へ出てきた。それから恵子の男友達はほとんどこなくなった。そのとき僕はいくらかの家財道具といっしょに、自転車を送らせた。

僕は今、電車の中で思いに耽っているのは、この自転車のことだ。これが笑いを誘った。自転車はアパートの廊下で大へんじゃまになった。恵子は、それだけでどうかしてしまうといった。争いがはげしくなるとほかの争いのときとおなじように、僕は自転車に乗って外へとび出した。僕は荻窪からポケットに入れた地図を頼りに（僕は迷わないようにいつもポケットに入れている。現在の職業についてからは尚更だ）四谷あたりまで出て、それから引返した。その間たくさんの坂をのぼったり下ったりした。家へ帰って恵子に四谷まで行ったといったら、「私は駅ぎわの五つまた路で自動車にひかれたのではないかと心配していたのに」といった。恵子はこの自転車をにくんでいる。しかし僕は自転車にのって、どこへでも行きたいところへ行けた小都市や、ノンビリと自転車にのって調査に出かけた頃の、独身の自分が忘れられない。

しかし、僕はそのうち、郷里で自転車に乗って、自動車の教習所に出かけて免状をとった。将来、誰か女をのせて街道を自転車より速くつっぱしりたいと思ったからだ。恵子のことをとくに考えていたわけではない。僕は自分の力で思いっきりつっぱしりたい。ほんとにそう思う。ほんとは、心の底ではもう自転車にあきているのである。こんなふうに鮨づめになって、人の腋の下でもまれながら通いたくないのだ。そこで僕は笑いを洩してしまった。

僕は両国にある、自動車教習所の先生をしている。つまり自動車の運転を教えているのである。そのために、今、電車にのって通っていることに気づき、恵子がまたフトンの中へもぐりこんでいることを思うからだ。僕は一度、急に中野で電車をおりて、それからしばらく散歩をしてアパートへもどってきたことがある。帰ってみると、フトンにもぐりこんでいるかと思っていたのだが、いない。管理人にきくと、若い画学生ふうの男とでかけたというので、腹の虫をすえかねて、僕が枠を作り、紙をはりつけてやり、彼女も必死になって描いた絵を蹴たおしたあと、地図を見ながら自転車で武蔵野をかけめぐって帰ってみると、まだいないので、心当りの画学生のところへ様子をさぐりに行くと、そこにもいないので、自転車をおいて映画を見て、帰ってくると、部屋の中で話し声がきこえた。

ことわっておくが、恵子はノンキに絵をかいている無軌道な女ではない。彼女は絵がうまくかけない、というだけで絶望的になって多量に睡眠薬をのんで、僕は途方にくれたこともある。だいたい制作中は気むずかしくて、僕がじゃまになり、彼女がわめき出すと手がつけられない。しかし、その絵は僕の口からいうとヘンだが決して悪くはない。絵のことがなければ、とうの昔に死んでいたかもしれない。

僕が仕事をサボッて帰ったことは、すぐ察したと僕は気づいた。前ならにがい顔をしたが、この頃は笑いだすのだ。彼女は変っていた。その画学生は以前、いっしょにホテルへ行こう、と恵子に誘ったことがあり、恵子は、首飾りをもらっていた。その日は朝早くから展覧会を見て音楽会へ行ってきたことが分った。僕より五つ六つ年

下の青年である。何かの拍子に彼は
「沢野さんより僕の方を惠子さんは好いている」

といった。僕はいいかげんなことをいってお茶を濁したが、彼が帰ったあと惠子にいった。

「お前はどういう眼で見られているか、知っているのか。男ならすぐ分る」

「どういう眼って、私はああいう友達たくさんいるけど、何でもなかったのよ」

「向うはそうは思っていない」

「でも私は何とも思っていないのよ」

「それがいけない。ああ、困った人だな。きみのような女が……」

僕が、「きみのような」といったのは、彼女が「何もかも見抜くことの出来るふしぎな力をそなえた女」という意味だ。彼女は僕がどんなことを考えているか、教習所で、どんなヘマをしたか、そこに勤めている呼出係りの女事務員とどんな話をしたか、というようなことなど、いくらかくしても、見通してしまう力をもっている。彼女がいった通りにならなかったことはあまりない。僕が上京したときに、自動車教習所の先生にでもなるかもしれない、と予言したのは、彼女だった。それなのに、ポッカリ穴があいたように、まったく彼女には分らぬところがある。それから僕は彼女がわめきだしたり、僕がサボったことにふれて逆襲してくることをおそれて、黙ろうとした。この点については、僕は絶望しているからだ。ところが惠子はかすかに笑いはじめた。そのうち彼女の身体ごと笑いだし、涙をだして畳の上でころがり出した。その前に僕も身体がゆれはじめて、笑いはじめていた。これが彼女が夜中の閨房でなくて、それ以外で笑いはじめ、また僕が何かにつけて笑いだしはじめた最初である。それ以前には、惠子にいわせると、僕は夜中に急に起きあがって彼女の首をしめようとしたことがあったし、ある原因不明の熱を出して三日仕事を休み、それからあと治っていたのにもう二日間どうしても起きなかったことがあり、それは惠子の説によると、僕のデモンストレーションだということになっている。あるいはそうだったかもしれない。そういうことにかけては、僕の心の中のことは、僕よりも惠子の方がよく知っているからだ。

満員の電車の中でかすかに僕は笑いだし、笑うためには新鮮な空気が必要らしいと感じている。それはまた僕にはおかしいのである。僕はやっと隙間から見つけた一つの顔について考える。人はなぜ一散に電車に押しこまれ、まことしやかな顔をして、じっと堪えている顔をしているのだろう。僕にとって、東京とは、惠子らしいぞ。あいつが、東京の中心で、あとが、これらの人々。それから教習所。

僕は電車を乗りかえ、それからまた都電に乗りかえて、勤先へ着く。そこで僕は一つのバケツに心を奪われているのである。教習所の教師の試験を小金井で受けて、私は最下点でパスし、惠子の知人の紹介で入ったのだが、着くと早々に紺色の制服を着て挨拶をし、訓示をうけて、それからバケツに水を汲んできて車体を洗う。訓示は、いつも「こんなことでいいだろうか」で結びになる。そのバケツは銘々自分で買うことになっているが、僕だけは買わないで、教習所備付のものを使っている。わずかな金で買えるのだが、僕は自分でもふしぎなほど、バケツを買わせられることに憤りをかんじている。僕が早く切りあげて帰ろうとすると、きまって僕のところへ配車がある。すると一時間おくれるのである。なぜか知らぬが、僕は最初から意地悪をされる。大学を出ているからかもしれない。だぶついた制服を着ていたら、「そんなみっともないことで、いいだろうか」と叱られた。それはそれとして、僕はバケツだけはどうしたって買わないことにしている。固定給のほかに、一時間六十円ずつ貰える。今日は二回目にC級のあるお嬢さんが、僕のところへまわってきた。C級というのは特別指導をして早く免状をとらせるようにするのである。彼女は僕より大きく立派な体格をしていた。路上運転に出かけて、あらかじめきめられた道路をやってくると、彼女は車をとめてしまい、

「お昼ですから、何か食べましょう」

といった。時間中なので僕が断わると、耳を傾けないで

「何かおごってよ」

といった。主任が特別に依頼した人ではあるし、また、そのような人であればあるだけ、いいかげんなことはできない。そこで僕は再度断わったが、いうことをきかなかった。僕は恵子の眼が光っているのをかんじたので、自分で運転し、ムリヤリに彼女を助手席に坐らせてもどってきた。なぜ僕におごらせようとしたのか、僕の常識では分らない。いずれにせよ、僕はあとで主任に叱られた。僕が誘ったように、彼女はいったと見える。なぜ彼女がそんな中傷をしたか、僕には分らない。僕は今日一日中実に不愉快で、最後の一時間の配車が予定されていたのに、そのまま帰ってきた。僕はアパートへ着くまで笑いを忘れていた。


僕はアパートへ帰るとき、正直いうと恵子といっしょに寝ることを楽しみにしてきた。その願いは今までのところ望みが、あまり達せられたというわけには行かなかった。そのためにアパートが近づくと僕は沈んだ顔になる。ところが、そのことも彼女は近ごろ、笑いで待ちうけているのである。今日は僕はとくべつに腹が立っていた。そのために帰ると、我を忘れて畳の上にひっくりかえって、「ああ、疲れたぞ」と叫んだ。彼女が制作中なら、いくら何でも僕はそんなことはいわない。彼女は今はシーズン・オフだし、それに内職をして、幼稚園で教えているだけなのだ。


「また何かヘマをしたのね」

と恵子はいった。僕は畳の上にまだ転っているままだ。

「女の子のことでしょう」

「女の子？　どうして分る」

僕は起きあがった。

「それなら、路上運転のことでしょ」

「どうしてそれが分る」

と僕は思わず彼女を眺めた。すると彼女は軽く笑った。そこで僕は一部始終を話した。すると彼女は笑いだした。

「何だか、おかしくって、おかしくって」

僕は彼女の中に、ひどく冷淡なものをかんじた。そう思っている僕の心を、彼女が瞬間に読みとって、それも笑いの材料にしていることが忽ち分った。彼女の笑いは今日はそれほどはげしくはならなかった。それは、彼女が僕にきかせる自分の話をもっていたからだった。

「ねえ、あなた。今日は私、とっても昂奮しちゃったの。まだドキドキしているわ。でも美しい話なの」

僕は耳を傾けた。彼女が美しい話だというときには全身でそうかんじていて、僕の介入するところは、まるでなくなってしまうのである。

「ねえあなた、今日幼稚園の帰りに、ほらあの電気釜をもらった家の子を教えに行ったの」

それは、電気釜だけではない。あの紫色の魔法ビンも、電気スタンドもそうなのだ。その子供は四年生になる男の子で、幼稚園の頃から惠子が教えていて、その後家庭へ教えに行っているのだ。これらの生活必需品は、その子供が、まだ僕が惠子の部屋へくるまでに、自分で見立てて母親に買わせたものなのだ。ずっと前に幼稚園へ僕が惠子に会いに行ったことがある。そのとき、とつぜんひとりの子供が惠子の前にきて、窓からのぞいている僕の方を指さしているのを見たが、それがその子供だ。「あの人は、先生のオジチャンでしょう」といったという。その後、その子供のことは僕は忘れていたのである。光男くんという。光男は二年生のときに惠子に腕まくりをして見せて、「ホラごらん」といったことがある。幼稚園のときには、惠子のスカートの中へ顔をつっこんだこともある。

今日惠子がその家から帰るとき、光男は「ママ、僕、先生を送ってくる」といって出てきた。夕方になっていた。光男は豪徳寺の駅のそばまでくると、惠子に空を指さして、こういった。

「先生、夕闇をバックにして、家や電信柱がとってもきれいに見えるね。僕、これをおぼえておこうと思うよ」

「そうね、それはすばらしいわ」と恵子はいった。それから
「光男くん、もうお帰りなさいよ」

といった。

「ねえ、先生、僕、先生が好きだ。いつか僕と結婚してくれる？　それまで誰とも結婚しないで、待っててくれる？」

恵子は光男の顔を見て、思わず立ちすくんでしまった。すると光男は、そのまま「じゃ、僕帰る」といって駈け去っていった。これが恵子の物語だ。彼女は
「ねえ、そのとき光男くんの眼はとても美しかったわよ」

と結んだ。僕はいった。

「その子は何年生だったかな」

「四年生よ。私、その子が一人前になったとき、今の私が彼の中に残っていると思うと、すばらしいと思うわ。そのとき、私はオバアさんになっているけど、どこからか見たいものだと思うわ。でも、あの子は、私が結婚していること、近いうちに知ると思うわ。ここへ訪ねてきそうな気配があるもの。私にはそんな予感がするの。私の予感はあたってしまうから困るわ。ねえ、そうしたらどうしようかしら」

僕はさっきは、恵子につられて、僕も笑いそうになっていたが、今度は僕の方で笑えてきた。フワフワとシャボン玉がとぶように笑いが洩れてきた。そのうち僕の笑いははげしくなり、身体がケイレンをおこしはじめた。そうなると、きっと恵子も僕とおなじようになると思っているうちに、案のじょう、恵子が身体をよじりはじめた。

「あなたって、笑ったわね。ヒドイ人だわね」

といいながら、もうしばらくは二人ともとめようがなく、六畳間の畳の上でコタツを真中にはさんで、互いに顔をそむけて笑い合った。

笑うということが、どんなにエネルギーを消耗させるか、僕はこのごろおどろいている。三十分も笑うと、力が全部抜け、内臓は何百米もかけたあとのように、ケダルくなってしまう。そのあとはもう何もする元気もなく、眠るより仕方がない。彼女は僕が混んだ電車に乗って勤めてきたといっては笑い、僕が「こんなことでいいであろうか」と主任にいわれたというと笑い、三日以上休むと固定給がゼロになるときいて笑い、体操をやらせられるといって笑う。そして僕を見て「夫婦は、こんなことでいいだろうか」といって笑う。笑い方の弱い強いはあるが、強いときはぐったりする。しかし、ぐったりするのは、僕の方である。やはり僕はほんとに疲れているのかもしれない。だいたい僕はこんなふうにして、毎夜、笑ったあげくコタツに入ったまま眠ってしまうと、彼女が僕をひきずるようにして寝床へ引っぱって行くことになっている。僕はかすかにおぼえているが、引きずられることにしている。なぜか知らないが、とにかく、そのときは、僕のわずかだが、楽しい瞬間である。しかも魔女はそのとき、童話の中の人物のような気がする。袋に入れられ魔女に引きずられて行くような気がする。僕はそのどうももてあましているようなのである。しかし何かしら、魔女は、僕を引きずらなければならない責任があって、困っているらしい。僕はホクソえんでいるのだ。だが、僕は同時にふいと愕然となることがある。この女は、僕の心の中を見抜いているにちがいないと。

僕は見抜かれて、蚕のようにすきとおり、笑う度にますますすくなるような気がする。

僕が夜中に目をさますと、恵子が絵に向っている。恵子は彼女も笑って疲れたあと、生れかわったようになって絵に向って絵筆を動かそうと身がまえているのである。私はおそろしいと思う。僕はうす眼を開いて、これはゴマかされているぞ、と思う。僕には分っている。恵子は笑うどころか、何をいっても見向きもしなければ、返事もしない。彼女は死んだ魚、死んだ樹木、死んだ人間、死んだ動物、死んだ石をかいている。彼女のかく石を見ると、そこらあたりに、ころがっている石は、生きていると気がつく。

彼女は永遠の処女なのである。抽象された存在なのだ。男でないかもしれないが、女でもない。彼女がむきになればなるほど、絵は死ぬのである。彼女はそのことに気がつかない。生きていると思いこんでいる。とつぜん彼女は絵筆をすてて「あの自転車がじゃまになる！」と叫んで、僕をまたいでドアをあけると、廊下をのぞきながら「この人は、自分が寝てても、代りに自転車がおきていることを知っているのだわ」と叫ぶ。僕もその自転車が生きて、廊下に根が生えたようになることを願っている。それをとつぜんに惠子がいいだしたので、彼女の狂女の様相を呈してきたな、と眠りながら思うのである。それから彼女は僕の持物をタンスから一つ一つ取りだして畳の上に放りだしはじめた。

「これは私の部屋だわ。この人は自分のシャツをいつのまにかクリーニングに出して、ちゃんとタンスの中にキチンと入れている。私のものは隅の方におしのけて、積みかさねてある！」

僕は、それはまんざらウソではないと眠りながら思っている。僕は笑いすぎ、疲れすぎているので、睡眠ができない。全部が全部そうだというわけではないが、僕が勤先きでそっとクリーニングに出したことは事実だし、たしかに僕はひそかにタンスの中の自分の持物だけ、わざと整理したのだ。それに彼女が気づいた。気づかぬはずがない。それを僕は企らんでもいたのだ。企んでいたというのはいいすぎだ。僕は彼女のルスに彼女の物も僕の物も整理しようと思ったのだが、ふいにそうなってしまったのだ。しかし、しばらくして彼女は思いなおしたようにまた絵に向いはじめる。僕はようやく眠りこみ、彼女がとなりの寝床の中にいることを知るのである。そこで僕は、自分の中にある変化がおこっているのに気がつく。僕は男であることをかなぐりすてて、女になってしまいたくなるのをどうすることもできない。それが快感があり、それをふりはらうと、自分が何ものでもなくなってしまうような気がして、つらくて、やるせなくてたまらない。

「ねえ、惠子さん、僕はあなたを愛しているのよ」

と僕は口走る。

「ねえ、いいじゃないの」と僕はつづけていう。

恵子のフトンがゆれはじめるのが伝わってくる。

「あら、この人、へんなことをいうのね。愛しているのよ、だって。よしてよ、よしてよ、おかしくなって堪らないわ」

と僕は尚もいう。僕は彼女に触れれば、はじけるように、彼女が笑いはじめるのを知っていて、そっと手をさしだす。

「ねえ、ねえ」

「苦しい。笑いがとまらない。朝までとまらない」

と恵子はもだえるようにいう。僕は知っている。寝床の中での笑いが、彼女の笑いの根本なのだ。僕と彼女が普通の夫婦のカタチで一番ふれあわなければならないときに、彼女の笑いは、前々からおこっているのである。その笑いが、このごろでは、二人が顔をつきあわせると、いつでも、どこでもふいに起ってくる。

「だって、恵子、僕はきみとばかり暮しているのだし、外では電車の中の混雑、教習所では一時間毎に相手が変り、教習所の中でおなじことを十回くりかえすのだろう。人間といえば恵子、お前ひとりなのだ。お前と二人だけで暮し、僕の男友達もない。男がきても、それはお前の友達なのだ」

と僕は思っている。

僕が女になりたいのは、彼女を自分のものにしたいからだ。自分のものにすれば、僕は男になるだろう。これ以上笑うと、二人とも死んでしまうので眠ることにしなければならない。やがて目覚時計がなると彼女が僕をおこす。

僕は電車の中で、生温かい人間といっしょに揺れながら、その中にかくれながらかすかに息をして、眠っている。眠りながら、恵子のことを考え、かすかにアドケなく笑っている。「東京というところは、そんなんでは暮して行けないのよ」と今朝もトイレへきて彼女は僕にいった。僕の眼をさますのには、いい言葉だ。大都会での保身の術が、永遠の処女になることだ、といいわけしているみたいだ。その代り、その絵は死んでいる。僕は今朝も自分のセナカをさすらせたことを思いだしている。僕は自転車にのって、あの家へ行きたいと思っている。あの家？「レンタンの灰をおすてになる方は、……」と書いた札のさがった家である。何という優しい札だろう。あの家で僕はあがりこみ、茶をすすり、庭などを眺め、犬に餌をやり、ときどき、木戸を通ってフトコロ手をしながら散歩に出かけ、人々に軽く会釈し、……いやこれは休みの日のことだが、勤めの日には、自転車にのって、いや、ほんとうは、僕は金を貯めて自動車にのってそうしたいのだ。

「まだ自分のバケツを買わない人がいる。ここの車を愛さないショウコだ。そればかりではない。お客さまに失礼なことをし、最後にお客さまが待っていなさるのに、引上げたやつがいる。それが教習所の先生だ。そういうことでいいであろうか。私はその人の身柄をその奥さんから頼まれたから、よくしてやっている。それなのに……」

その奥さんというのは、恵子のことである。この東京のどこかで、恵子はその中年すぎた男と知りあい、僕が郷里にいたころにアパートへきたことがあり、上京した僕と鉢合わせになった。恵子を幼稚園に世話をした男がたぶん、この男の友達であったのだろう。恵子はこの主任とは何もあったわけではない。あるはずがないのだ。しかし、僕はそれでいてやはり、この男をおそれている。恵子が笑わなくなったら、どうしよう、と心配している、恵子の絵を二枚買っている。主任の部屋にあるバケツをとりに行ったら、彼はバケツをいきなりつかまえて僕によこさない。恵子が耳もとで「こんなことでいいだろうか」とか「東京で暮すのはラクではないよ」といっている気がする。

「何度でもいいますがバケツはどうして所の方で買ってあてがわないのですか」

「お前の扱う車だから、お前が自分で買って洗うのだ。バケツ一つの問題ではない。愛車精神を養うのだ。なぜお前はバケツに、そうこだわるのだ」

「バケツにこだわるのは、あなたです」

「今日だけ貸してやる。お前は、今日もあのお嬢さんの相手をしろ」

僕はそのお嬢さんと食事をし、茶をのんだ。僕にはその金はない。恵子が渡さないからだ。だから僕は、金はきみがはらうのだ、というと、娘は財布を僕に渡して、二時間あるのだから、もっとほかのところへ連れてって、といった。彼女は車をおりてから、その家まで僕のセナカを押すようにして坂をのぼらせた。いくつも曲り角があってどんづまりの家だ。おいてきた自動車が気にかかりながら、僕は彼女のいうとおりに歩いて行くことにした。僕はセナカを押されたり、彼女が僕とついてくるということで、もうすでにあの徴候がおこりはじめていた。つまり、僕はかすかに身体がゆさぶれてきたのである。僕はふるえたり笑ったりしていたのである。通された密室に恵子の絵があるのを見たときには、とうとうほんとに声をあげて僕は笑いだしてしまった。どうして恵子の絵がここにあるのだろう。主任に売った絵だ。主任はここと知合いかもしれない。この娘は主任に連れられてきたことがあるかもしれない。これが恵子のいう、「都会」というやつなんだ、と思いながら、僕は恵子になったように笑いがとまらない。フトンの上にうつぶせになって、これはいかん、これはいかん、と思いながら、僕はエネルギーを次第に使いはじめ、誰かが僕はひきずって寝床へ放りこむのを待つ気持になった。娘は帰るといった。それをとめるのもおっくうになってしまった。娘は免許状がないので、車のそばに佇んで待っていた。僕は主任に呼びつけられて叱られているうちに、バケツを買うことにした。バケツのことをいっているのではない、と相手はいったが、いや、どうしても僕はバケツを買いますといった。主任のキゲンは、それでなおったことも事実だった。そうでなければ、やめさせられるところだった。夕方、僕の扱っていた車が、僕のちょっとまどろんでいるうちにほかの車とぶつかり、修理代、千円を給料からさしひかれることになった。

アパートへ帰ってくると、恵子の置手紙を見つけた。

「あなた、私は泣けて泣けて仕方がない。あの子は、今日、アパートへやってきたの。私がちょっと買物に出て帰ってくると、あの子が部屋にいたのよ。先生はウソをついた。先生は結婚していたじゃないか。僕はもう先生が嫌いになったから、家へもどこへも帰らない、といってとび出して行ったのよ」

僕は恵子のいない、この部屋の中でくすくす笑いだした。その笑いも、恵子が部屋にいないとなると、しぼんでしまった。僕はひどく味気なくなり、自転車にのってアパートを出た。「レンタンの灰をおすてになるときは……」という札がひきちぎられてあった。五つまたになった駅ぎわの電柱のかげから、少年の眼が僕を睨んでいるのにぶつかった。

鷹

1

夫を早く追出してしまわねば、と私は思う。彼がいると、私も便秘する。

私の夫はアパートの共同のトイレからなかなか帰ってこない。私が見に行くと、出勤の時間が迫っているのに居眠りをしている。今日は便秘はしていないという。それは、遠藤が来ているためではないかと思う。遠藤は昨夜、私と主人が三番ショウギをして、もう寝ようと思っているところへやってきて、それから一時間ばかり話をしたあと、いつものように私達の横に寝た。主人はすぐ眠りにおちたので、それから遠藤と夜明けまで話をした。

主人にオーバーを着せ、マスクをつけてやる。するとと眼だけになってしまう。身体中隙間がなくなってしまう。そうすると私も夫も安心したような気持になる。

「遠藤さん、行ってきます」

という。遠藤は寝床の中で、

「早くてたへいいんですね。僕もやがて出て行きます。もう少し休ませてもらいます」

すると主人と私はクスクスと笑いだす。笑いはじめると身体に毒なことを、このごろ身に沁みて分っているので、主人は逃げるように廊下を走って行く。私も笑わぬようにする。廊下には、主人が郷里から私の部屋にうつってきたときに、いっしょに持ってきて大事にしている自転車がある。何かというとぷっとふくれて、この自転車にのって東京中をとびまわったものだが、このごろそういうことをしない。そして今では、この廊下になくてならないものになっている。

今日は遠藤がいるのだから、途中で帰ってくるようなことはなかろう。彼も遠藤といっしょにいたいのだが、遠藤の前にちゃんと働いているところを見せるためにも出かけて行かなければならない。私は電車にもまれている主人が可哀想になり、そのようなことをさせなければ、あの人が一人前にならないと思っている。私は一枚フトンをとって遠藤にかぶせてやり、それからハンケチをかぶって、汽車の中で寝るようにして眠りかけて、ふっと昨夜主人が遠藤に抱きつくようにして寝ていたことを思いだしてしまった。私はイビキをかいている遠藤に声をかけた。

「おやすみですか」

「ああ、うつらうつらしていますよ」

遠藤は大きな身体をちぢめて寝ている。私たち夫婦は、二人ともこの人を頼りにしているのだ。私は二十九、夫は三十。遠藤は三十七になる。

「ゆうべ主人が何かしましたか」

「いいや」

「でも何かしていたでしょ」

「いいや」

夫とおなじ気持は私の中にもある。主人はすがるように私の手をにぎるが、そのにぎり方が赤子のようにつよくて、もぎとらなければ放さない。そのくせ自分では気がついていない。おまけに、私がそれを口にすると、ウソをついているというのである。ところが、たしかに彼は昨夜遠藤の手をにぎっていたのだ。フトンのすきまからのぞいてみると、遠藤は眼をあけて天井を眺めていたが、それから眼をとじた。遠藤は主人が出京して私の部屋に住むようになる前、往来を歩きながら一度だけ、男の眼をしたことがあった。それからあと主人がいないときにもやってくるが、そういう眼つきをしたことがない。彼は妻と別れ、その妻は病気をして療養所に入っている。

私はこの男を、自分の主人の三分の一ぐらいの時間見ているのである。肩がはっていて、大きくて、眼鏡をかけていて、色が黒くて、そして眼が鋭くて、ひょいと横を向いて、何もしらぬ顔をする。私にはこうしてフトンの隙間から見ているると、彼が鷹に見えて仕様がない。

となりの部屋から、山村さんの奥さんが女の子と話している声がきこえてきた。私はクスクス笑いだしてしまい、主人を思いだす。夫は、自動車の教習所の指導員をしているが、いつまでたっても、呼出しがなくて、その間、ぼんやりタバコを吸い、「三時間もきみは呼ばれないでいたのは、こっちも失礼したが、きみの方もきみじゃないか」といわれているのではないか、と思う。一昨日彼はそうだった。

「オバちゃんというのよ。オネエちゃんといってはいけないのよ。いいこと、オバちゃんといってごらんなさい」

「オバちゃん」

「そうよ」

「オバちゃん」

「そうよ。オバちゃんよ。でも、ノリ子さん、おぼえたからといって、オバちゃん、オバちゃん、と何度もいってはいけないのよ。そうすると、とてもウルサイでしょ。今でもおとなりにはきこえているかもしれないのよ」

彼女はとなりの部屋へきてから、あしかけ三年になる。その間に、子供が生れ、彼女は東北ナマリをなおそうとし、都会に同化しようとしている。子供に教えてもいるが、自分も都会の言葉を練習している。

「さあ、さあ、ラジオ体操しましょうね」

子供の笑い声がきこえてくる。

ラジオ体操が終ると、

「さあ、パパちゃん、といってごらん。そう、お外ではお父さまというのよ。さあ、パパちゃんにお電話しましょう。パパちゃんは大事な人といってごらんなさい。そう、いいわよ。パパちゃんよ」

それからつづいてきこえてくる。

「パパちゃんに電話しよう。電話ごっこしよう。もしもし、もしもし、パパちゃんですか、ノリ子とママはおとなしくしていますよ、パパちゃん。パパちゃんから御返事ありましたか。何といっていました。きこえたでしょ。そう」


「あの人はタイクツなのだね」

と遠藤がいう。私はとなりの部屋の声はきいていない。とつぜんしゃべりはじめる。

「この前、私が鍵をかって主人を追出したでしょ。主人があなたを呼びにいって、あなたがきて下さったとき、あなたは私がクスリを飲むのだとも思ったでしょ。でも、そこまでの気はなかったの。主人は正月の休みに温泉に行こうといいだしたの。それが遠藤さん、あの人のつもりとしてはここを逃れて宿屋へ行って、二人きりになって、私とあの人が丹前をきて、という意味なんですのよ。それが遠藤さん、あの人は、あとからやってきた良平《りょうへい》の前でいうのよ。情けなくて情けなくて、私、鼻がチンとしてきたかと思うと、鼻が赤くなって、赤くなるのが自分で分るのよ。きっとそうなったのよ。それから眼のふちから、ジワジワっと涙が出てきて、そこまではほんとうだったのよ。それからあとは演技だと分っていても、もうどうにもならなかったのよ」

「涙というものは、女の場合、どんなふうに出るのだろうか」

と遠藤は寝床の中で眼をつぶりながら、しずかに笑っている。

「女の場合？　男は出ないの？　涙は、止めようと思えば、止まるし、溢れさせようと思えば、溢れさせられるのよ。でもあのとき、私は涙を溢れさせてやったわ。良平を外へ出してからよ」

「なぜ出したの」

「あの人の前では泣けないもの。あの人は、おれを外へ出しやがって、といっておこったのよ。それから主人の前で涙をうんと出してやったのよ」

「きみたちは、いっしょに宿へ行ったらよかったのになあ」

「私イヤ。そんなことばかり考えているのイヤ」

「それは困ったことだね」

「私、五人の男と恋したわ」

「その話はゆうべも、彼が寝てからきいたけど、きっとこんどは、前よりほんとうの話だろうな」

「いやだあ、そんなふうにいうんだもの。でもそうよ。私、あなたにほんとのことは何にもいってない。私、話すとき、ほんとに近いこと大ゲサにいってやるのよ。そうすると、それはほんとうに見えるでしょ」

「なるほどね」

「私、ある男と三年恋した話したわね。その男は途中で結婚したの。三年もつきあったのは、私と彼とあっているとき、彼も私も何にも話をしなかったからなの。そのかわり、私と彼とは手紙を毎日書いたのよ。私がつきあった別の夫婦の話したわね。その奥さんが病院に入った話したわね。その家へ私、何度も出かけていっていたのよ。彼女はその夫が私を恋しているのに私が行かなければダメになってしまうのよ。私、彼女が苦しむのを見に行ったのよ。残酷な気持じゃないのよ、私には珍らしかったのよ。私はあなたの奥さんは知らないけど、あなたから去っていったのはどんな気持だったのかしら」

遠藤はそのときだけ眼をちょっとあけた。

「去ったんじゃない。出ていってもらったのだ」

それから空気のように眠りこんでしまった。

「私は何にもほんとのことは話していないのよ。私の秘密はこんな話するとずっとふくらんでくるの、それがタノシイんだ」

私はかぶせるように呟く。

遠藤は起きると、私が食事の用意をしているあいだ、私たちと自分のフトンをあげたり、「今日は暖かいよ」といいながら窓をあけて掃いたりする。やがて彼が私の前で眼をかがやかせ、口を動かしはじめる。漬物をかみながら、ボリボリと大きな音をたてる。

「またきて下さい」

「またやってくるよ」

私どもは妾とダンナのような会話をする。

私が出かけると、山村の奥さんがノリ子の手をひいて買物をするといってついてくる。私は子供を抱きあげて頬ずりをしてやる。頬がふれあうと気持が悪くなる。この子供をおとしたら、どんなことになるかと思う。無事に子供は地面におりているのでホッとした。この人はトイレの中で私に話しかけたことがある。話題といえば、閨房のことだけだ。そうした会話はおかしくて、ここで書くことができない。そのあとから、「私は田舎では小野小町といわれていて、たくさんの男から目をつけられていたのよ」という。それから「お宅の御主人は美男子で、あんな人、私の理想だわ」とかいう。

「ママ、オバちゃんにグリコ買っていただいたのよ」とノリ子がいう。私の前でノリ子が頭を地面にまでつけるようにして、「アリガトウ」といっている。「私の方のことお宅にきこえるでしょ」という。「いいえ、何にもきこえないわ」私の頬がピクピクしてくる。すると山村の奥さんの頬もピクピクしてくる。この人はまだネバネバする田舎の好奇心をもっている。彼女は子供とうたいはじめる。「雪の降る夜は……」一昨夜私の部屋でラジオをかけたとき、きこえた歌だ。その歌を彼女は、昨日、洗濯物をほしながらうたっていた。窓から私の姿が見えると、「あの歌、私はおぼえたわよ」といった。

肉屋の前に立つと彼女はとつぜん、解放されたように自分の国のナマリを出して語りはじめた。

私はS公園の野鳥動物園へ幼稚園の子供を連れて絵をかかせにきている。三十人の子供たちに父親や母親がついてきている。私は親達の顔に見とれることがある。私は幼稚園ではいい先生で、私がきてから希望者がずっと増えた。絵だけのクラスもいくつか出来た。私は眼鏡をかけた細長い顔の或る父親に向っていったことがある。「絵は子供の内部のものを吐きださせるのです。上手にしようとなさるのはけっこうですが、私の第一の目的はちがいます」私は心の中で叫んでいる。（ごらんなさい。今に子供はあなたがどういう人で、子供の中にあなたがどう生きているか示してくれます。そうです、そういうものです。それは私だっておなじことで、誰だってそうです。私だって、自分が何だかよく分らないが、あとで知るのです。そうです。私の中にうず巻いているものがあるのです。私は解放されるときの子供が好きです）その次のときに、その子供に鬼の絵をかかせたら、細長い鬼をかいた。その鬼が眼鏡をかけていた。

「いいこと、ほら、その孔雀を見てごらん。孔雀はほらほら、いま羽根を順々にひろげて行くでしょ。キュッキュッと音がするでしょ。孔雀さんはあんたたちに見せているのよ。ほら、見せているのよ。じっとしてごらん、じっと静かにするのよ、ほーら。そこで相撲をとっているのは誰です?」

私はさっきから、遠くの檻の中に見える鷹を見ている。鷹は檻から子供や私たちに気がつかぬように頭を上に向けて空を見ていた。高い止り木から鷹は地面に舞いおりてくるのが見えた。私が近よると、鶏の首が五つばかり鷹の前に放りだされていた。鷹は舞いおりるまで一度も下の方を見ていない。鷹はぎゅっと両脚をふんばってから餌に片脚をかけると身体中をふるわせてついばみはじめた。鶏の首は生きているように動いている。鷹はとつぜん空を見た。それから餌にクチバシをつっこむ。鷹が舞いあがったとき、地面には何ものこっていなかった。私は涙が出てくる。

「ひゃー、血がとんできやがった」

また良平がふいにあらわれて大げさなことをいっている。血なんかとびはしない。

「おれ、手伝いにきてやった」

良平は私のいったとおりの服装をする。私よりずっと年下の画学生だが、彼の勤めている夜の大学の事務室で「良平さん」といっただけで、電話をうけた者が、男でも女でも笑いだしてしまう。今日は無造作な恰好をして、いつものように大きなバッグをさげている。お尻がしまっている。

「あんまりぞんざいな口をきかないでちょうだい」

「キクちゃんは、おれが五十万円やるといっても受取らないものな。おれといっしょにパリへ行こうといっても行かないもんな。おれがオイランの純金の柄の古渡《こわたり》珊瑚のカンザシをやるといっても、いらないといって受取らないものな」

良平はいつものくせで、わざといやがらせをする。気の毒でしかたがない。

「ダメだといったら。今日は先生なんだから」

「分ったよお。おれはどうせ一人前じゃないんだ。それじゃ、あっちで子供をかわいがってやろう。園長に亭主の就職の口を頼んであるんだからな。しょうがないや」

向うへ動く拍子に良平はいきなり後へさがったものだからベンチに躓いて坐りこんでしまった。子供達が良平の声におどろいてふりむくと、さわぎだした。鳥がとび立ち、ふりむき、またとび、それからあとは、もう子供たちは良平の方ばかり気をとられて絵をかかなくなった。

良平のいったことは、カンザシのことも、金のことも何もかもほんとうなのだ。少年のころから、家の金を持出して娼婦屋にあがっていた。一つ何万円もするカンザシをいくつも宝のようにしてもっている。「おれは両刀使いだ」といいながら男達と寝に行って小遣銭をもらってきた。私の主人にそういう男の集まるところへ連れて行ってやるといったことがある。

「おめえのアパートの前に女を待たせてあるんだ。そいつをおれのものにしたから結婚しなけりゃならんことになっているんだ」

と良平は、子供がバスに乗って帰って行くと私と歩きながらいった。

この男は何を考えているんだろう。つい先だって禅寺へこもって修行するといって、私のアパートの部屋で泣きだした。その後寺へ行ったはずだ。今私に女と会ってもらいたいという。しかし私は鷹のことを考えている。

「おれは、その女と結婚なんか、おかしくって出来やしないや。おれは、そいつの家へ養子に入って金をみつがせてやるつもりなんだ。それが、やつは家を出てどんな小さな部屋でもいいから、二人で暮すといやがるんだ。おい、このままどこかへ行こう。ホテルへ行こう。分ってるよ。亭主よりおれの方が、キクちゃんは好きなんだ」

良平は往来でとんだりハネたりしている。

「あって見て、よくわけはきいてあげるわ。良平はちゃんとした生き方しなきゃダメよ」

私はこびたように良平にいってやる。

「結婚もしないつもりで、どうしてそんなことするのよ」

「ひゃー、あんなことといってやがる。女というやつは、みんな何をしてやがるか分りゃしないよ。どうせ料理屋の娘だろう」

「あんただって料理屋の息子じゃないか」

「そうよ、どっちもメカケの子供だあ」

と大きな声でわめきだす。

私のアパートの部屋の前で彼女は待っていた。

「こいつなんだよ」

と良平はわめいた。彼女は私に、

「良平さんがお世話になりまして」

といった。良平は壁にもたれてタバコを吸いだした。

「おめえなんか、何をしてたか、分りゃしない、と今もいっていたところだあ」

女は泣きだした。美しいりっぱな女だ。

「どうしても信じてくれないんです」

「おれといっしょになろうというようなやつは不潔だあ」

「あなた、この人好きなの」

と私は娘にきいた。

「好きというんじゃないんです。私だってこの人でない方がいいとほんとは思いますわ。だけど、この人、こんなことをいいながら、本心はほかにあると思うのです」

「ひゃあー」

と良平が叫んだ。

「ママ、オバちゃんのところに誰がきてるの」

「そんなことをいってはいけません」

「ひゃあー、この壁からきこえらあ。東京というところは、おかしなところだあ。なあキクちゃん、おれ達の田舎とは違うな」

「主人だって、遠藤さんだって、私のつきあっている人は誰だって、あんたみたいな男はいないよ。もう帰ってちょうだい。仲良くしてくるんじゃなければ、もう来ないでちょうだい」

「どうしたってこいつと別れてやるんだ」

「あなたも、こんな人、よしなさいよ。何だ、良平、禅寺へ行ったくせに」

「それはアマデラなんだ」

「知っているわよ、もう帰りなさい」

「帰ってやらあ。お前なんかに、おれの気持はわからねえんだよ。ここまで引きずってきやがってさ。今にお前も亭主に逃げられるよ。おれがいいところへ連れてってやらあ。お前だっておれを連れてお前の恋人のところへ行ったじゃないか。お前の絵なんかダメだ」

良平は廊下で笛を吹きあげるようにわめいた。それから自転車にぶつかってよろけた。となりのノリ子もよくそうする。

今日の良平にはまったく腹が立った。彼にカンザシなど貰わなくてよかったと思った。そのカンザシは心がとろけそうになるほど美しいものであった。それはタンスの抽出にしまっておくようなことになれば、心がときめいて、私は良平にどんなことでもいいかねなかった。

2

私は絵をかいているときの外は、主人のことが頭から離れたことがない。私は主人のいるところに、いつもくっついている気がする。主人は私の分身だから手きびしくなる。良平には私は甘えさせる。遠藤には私が甘える。私は児童画を内職にかいてみて、子供が死んでいるといわれた。私のかく鳥の絵は遠藤が、死んでいると指摘した。夜、主人が上ってくると私は身体がゆすぶれて笑えてきて、そのあげくくたくたになってしまう。この十年間はこの部屋で絵をかいて、絵をかくのにじゃまになるものは、みんなしりぞけてきたせいだろうか。主人ははじめおこっていたが、私といっしょに身体がゆすぶれてくる。主人が帰ってくると、ショウギをしたり、いっしょにフロへ行ったりする。

主人の願いは私を郷里へ呼びよせて、彼の先祖からの家で私と暮し、私の仕事で入った金でそのうち車を買って、田舎の街道をとばすことだった。そのまま私がアパートへ帰って行くと、彼は月に一度ずつ出てきて、彼が滞在する間、私は苦痛だった。結婚して、彼はとうとう郷里から出てきた。いつも乗って役所へ通っていた自転車をもってきた。彼は自動車の教習所へもぐりこんで、教えている。私がさがした口だ。

彼は夜になって帰ってきた。男になっていいか、女になっていいか分らず、とりとめがなくなって一瞬、私は不安定になる。遠藤に対しても、良平に対してもないことだ。忽ち私は姉になってしまった。

「さあ、さあ、おフロへ行くんでしょ。早くマスクをとって。部屋の中にいてマスクをつけて坐るの？」

「いっしょに行ってもらいたいな」

「いっしょに行ってあげるわよ。まだマスクをしているの」

彼は食事を終えて帰ってくる。私がほんとにいっしょに食事をするのは、遠藤とだけだ。主人は弟になったような神妙な顔をしている。私と彼はフロへ出かける。私たちがフロへ行くことは、山村の奥さんがちゃんと知っている。山村はもう帰ってきている。大きな重い靴の足おとが、私の主人が帰る前にしていた。私どもはそれから、道がぬかっているとか、やがてそれが凍るとか、ラーメン屋がよくはやるとか、タバコを吸いすぎることはよくないとか、せまい道に自動車が早い勢いで走るので危いが、ああいうのは、いけないとか、そしてもうショウギの勝負の話になってきている。アパートを出るときから、ずっとベチャベチャ話しつづけているのだ。

帰りはまた、となりの山村の奥さんがだんだん東京弁がうまくなったということや、それから良平が例によってやってきたが、騒々しい男だ、という話だけする。生垣にかこまれた大きな庭のある田舎ふうの家の横の路地までくると、アパートを出てこんな家の部屋を借りたいなあ、と呟く。杉垣に、「煉炭の灰は木がいたみますから、生垣の根元へお捨てにならぬように。道の真中のヌカルミにお捨てになれば、みんなが助かります」と、きれいな字で書いた木の札がかけてある。菓子箱の札に書いてある。その家には老夫婦が住んでいて、時々畑を耕やしている。木の礼を見て彼が、この家に住みたがっている気持は手にとるように分る。それを見ると私の胸のあたりが痛む。私が痛むことは、このごろ大てい彼も痛む。そうした身体にひびくことだけが、共通になってきている。

「ねえ、先ず、あんたが、あの家にアトリエを借りて住みこむように頼んでこない。あんたが入ったら、それについて僕もうつって行く」

「バカなことおっしゃい」

「ねえ、いいアイディアだよ。そう思わない」

「私だって田舎のことを忘れて、東京で暮してきたのよ」

「フッフッフッフッ。ねえ、僕もあとからうつって行くよ」

「フッフッフッフッ」

私どもは笑いかかるので、私は逃げるように先きにアパートにかけこむ。そのときはもうおそい。あとからついてきた彼が部屋へ入るなり、

「ウワッ」

と爆笑してしまう。

「ウワッ！　山村の奥さあん、助けて！」

と彼が叫ぶ。

「何をいうのよ」

と私は彼の口へ手をあてると、手の指の間から、空気と声が洩れるので、彼をフトンの中におしこんで、私が、

「ウワッ！　山村の奥さあん！」

と叫んだ。主人の笑いも、私の笑いも、こうなったら、二、三十分はとまらない。

「何だって山村の奥さんを呼ぶのよ」

「何だって……僕にも分らないんだ！」

と彼も笑いつづける。

夜、私が鷹になって首を空にあげている夢を見ていると、良人が私の手をさぐっている。じっとしていると、私の手をさぐりあてて、それを自分の胸にもって行くのである。彼は何かくりかえし呟いている。そのうち、何をいっているかききとれる。彼は、

「ツマ、ツマ」

といっている。

彼は私がすることを私に教えているつもりなのだが、いつのまにか、自分が、私の代りにするようになったと見える。やがてこんどは、彼の別の呟きがきこえてくる。

「左へ、左へ、左へ」

彼は教習所にいるつもりでいるのだ。

「ウあっ！　ぶつかってしまった」

朝、彼は背中をかかせながら、「僕はこんなではなくて、いっそ女になりたいなあ」という。

「何をいってやがるんでえ、おれは女になりたかねえぞ」

と私はいう。そのあと、ふいに、

「パパちゃん」

私の口から、そんな言葉がとび出してくる。彼はふらふらと起きあがり、マスクをつけ身体中をつつんで出かけて行った。となりの部屋の「パパちゃん」が知らぬうちに伝染したようだ。

十分おきにトイレにたちながら昂奮して、鷹の絵をかいていると、電話がかかってきた。アパートの廊下の自転車の横の台の上にある。私は電話については、カンが狂ったことがない。良平からだと思っていると、となりの山村の奥さんが電話口へ走った。

「沢野さあん、ですか、ハイ」

良平が、神妙な声をして呼びかけてきた。

「おれはまた、あいつと喧嘩したよ」

「あんないい人と喧嘩なんかする人、私はイヤよ」

「おれは、あんなやつより、お前の方がいいんだ」

「何いってるのよ。もうよしてよ」

「ほんとに、お前の方がいいんだ。ここに土産があるんだけど、あいつにやらないで、お前にやる」

「そんなもの、私はいらない。とにかくちゃんとしなけりゃ、私のところへ来ないでちょうだい」

「おれはほんとにお前が好きなんだ。だからあのときは、カッとなったんだ。なあ、キクちゃん。僕は淋しいんだ」

良平は私が出品した絵を運んできてやるからいっしょに額縁屋まで来ないか、といった。良平の絵は黒いカタマリのようなものをキャンバスにぬっているだけで、上手とはいえない。良平はいつも私の絵をほめる。良平が淋しいというのは、少しも淋しいようにきこえないが、心の中では淋しがっているということが私には分っている。良平とかんけいのある女が良平にひかれるのも、私には分るような気がする。良平は私の心をひくつもりもあり、あの娘をいじめるつもりもあって私のところへ連れてきたのである。そういうことが分っていながら、私はこんなふうにいわれると、出かけて行きたくなってしまう。良平は色の白い唇の赤い男で気味がわるい。その気味の悪さが、何か不具者のようで、心がうきたってくる。

「今日はきみが喜ぶ恰好をして行くからな。それがおれも嬉しいからな」

女のようなことをいう。私は良平がくれたネックレースはつけないようにして、出かけていった。美術館に近い、ある駅で彼は待っていた。黒の縞の背広を着てチョッキまでつけている。それが私に見せようとするスタイルで、得意なのだ。

「すごいじゃないの」

と私はおこったような表情で、いった。その二点の絵は、私が主人と運びに行ったとき、なかなか店の所在が分らず、さがすのに三時間かかり、とうとうラッシュにかかって持って帰るのをあきらめたものだ。そのとき主人はホッとしたような顔をしていた。

良平は、自分は遠藤にシットしているんだ、と途々いった。また、主人のためにあの男は許せないといった。そして、お前の主人はダメなやつだ、といった。そんなことをいうと、私はまたおこりだすわよ、というと、犬のようにシオレてしまった。

良平は百号と六十号の二点を、自分で倉庫からさがしてきた荒縄で結ぶと、

「あらよう」

と掛声をかけてひっかついだ。思わず私はふきだしてしまった。すると彼は得意になった。

「あらよう、よいさ」

と彼は新調の背広の肩に縄をななめにかけて歩きだした。

「良平、大丈夫」

「アネゴ、心配するな。あらよう」

それからさっきとは反対側の駅まで、通りすぎて行く人の笑いをあびて、ときどき掛声をかけた。彼は電車の中で、英雄になったように私のそばにつっ立っていた。

良平はアパートの廊下に入るとき、大きな声をあげた。部屋へ入ると、

「これでアネゴの御機嫌はなおった！」

と叫んだ。私は彼にもたれかかりたい気持になるのを抑えて、

「お腹がすいたでしょ、何かこさえてあげようね」

「遠藤というのにも、そうするんだろう」

「良平！」

と私は叫んだ。

「アネゴとおれは、似てるんだ。つかみどころがないんだ。僕を分ってくれるのはあんただけだ」

と彼はいった。私は身体をかたくして、

「さあ、何かこさえてあげましょう」

と私は良平のような声を出していった。

3

遠藤が昨夜私達の横に泊っていって、今、私の横に寝ている。

昨夜私がカットの仕事をとどけて帰ってくると、主人は遠藤に、勤先の教習所の話をしているところだった。彼は宿直の夜に教習所の車に乗って三十分ばかりとばしたときは、いい気持だったといっている。あのときは、あのまま遠くへ行ってしまいたかったな、と呟く。あの庭のある家の老夫婦を連れて、どこまでも遠くへ行ってしまいたかったなあ、という。

「あんた私から離れたければ、離れていいわよ」

「すぐそういうことをいう。離れたくていっているんではないんだ。僕は何もきみに女であってもらいたいと思わなくなった。このまま何もしなくて一生終ったっていいんだよ」

「私もそうなんだわ。遠藤さんの前だと、何でもいえるわ。私、ほんとうは、これでいいのよ」

「ただ僕はこのごろ車にのっていても蚕みたいに自分がすきとおってきて、フワフワしてるんだ。僕がどこかへ行ってしまったみたいなんだ。それにきみは、ミコみたいになってくる。この人が御飯を食べさせてくれるのが、ふしぎなくらいなんですよ。もっとも僕は家ではめったに食事しないんだけど」

「さあ早くおやすみなさいよ。明日また起きられないわよ」

主人は軽く笑いだしたので、私はなるべく彼の方は見ないようにしていると、彼は身体を横たえて笑っていたが、「遠藤さん、失礼」といいながら眠りはじめた。

「風邪をひきますよ、早くフトンしいて寝かせてあげなさい」

と、それまで黙っていた遠藤が立ちあがって、フトンを持出した。

「この人ったら、あれなのよ。前には、夜中に起きあがって私の首をしめかかるのよ。それが眼をつぶっているんだから。やっぱり何か不満なんだな、と私、思ったことはあるのよ。でも、あなたがなんとなく知っていてくれているというので気が休まっているのかもしれないわ」

「そういうこともあるかもしれない」

と遠藤は、夫を寝かしつけながらいって、手で口を叩きながらアクビをした。

「夫婦というものはおかしなものだな」

「いつだったか、夏のことだわ。ハエがいたんだから。私ね、この長いキセルでハエを叩いておとしていたのよ。ほら、私このキセルで巻タバコを吸うでしょ。ひとりでここで暮すうちにハエを叩くのが上手になったのよ。私ね、手でとんでいるのをつかむと、掌の中に入ってしまうのよ」

「信用していい話だろうな」

と遠藤は横になってフトンをかぶりながら笑った。

「ハエの頭をコツンとやるとほんとに動かなくなるのよ。そうしたら、あなた、主人はそのハエを一つ一つ新聞紙の上に集めて、何をしたと思う」

「…………」

「一つ一つ、あなた、羽根をむしるのよ。そうして羽根だけ別にして数えているのよ」

遠藤はだまっていた。

「この人はおとなりの山村さんのところへあがったりしないの」

「さあ、きっとそういう気持あるわね」

主人がもしも、そんなことをしたら、私は遠藤を自分の方にひきつけてしまうかもしれない。そういう気持をおさえてきたのは、私の中にあるオソレみたいなものだが、思いきってふみこえればふみこえられる。精神的なオソレは半分しかないのだから。

それから二時間ばかり絵の話をし、遠藤が「もうこのくらいにして寝よう。彼が熟睡できないから」というので寝た。それからあとも私は夫の手を監視して自分の方にひきつけていた。——

今、私は良平の話をしている。遠藤はかすかにいびきをかいている。

「良平が昨日電話をかけてきたのよ。おれは嫉妬していたんだ、というの。もうたくさんだ、と私いってやったのよ。主人が、良平はお前を女として見ているから、気をつけろといってたんだけど、こんど思いあたったのよ。私、そんな気ぜんぜんないんだから。私って、そんなにいわれること、いったこともしたこともないんだけど」

私は遠藤が、ちょっと首を動かして天井を見ているのを見て、鷹の絵はこんなぐあいにかいてやろうと思った。こいつはおぼえておこうと思った。

「私、昨日はとても腹が立ったんだけど、絵を運んでくれるというもんだから出かけたのよ。それが頼もしいじゃない。つい、ふらふらっとなって、あとでいうままにホテルへ泊ってきたの」

「そうかい」

遠藤は眼をあけてこちらを向いた。私がウソをついているのを知っているのだろうか。

「それで、いい気分だったのかい」

「ええ、ええ、わかいんだもの」

「そう、それはよかったね」

「私が恋人のところへあの子を連れてったとき、みんな泳いだのよ。私とあの子はそんな用意もしてないんだもんだから困ったのよ。私の恋人は海水パンツをはいて、日に焼けたブロンズのようないい身体なの。彼は沖へ沖へと泳いでいって、ふりかえって、良平を呼ぶじゃない。良平はタダのパンツのまま水の中へ入ってつったっているると、波でパンツをとられちゃったのよ。するとあの子、ぼんやりして、そうして立っているんですの。みんな笑ったのよ。恋人も友達もみんなでずっと笑い通しだったのよ。私、それから、その人がイヤになった。良平をそばから離したくないと思いだしたの」

「なるほど、その話は初耳だね。よく分るね」

と遠藤は呟くようにいった。

「しかし溺れないだけよかったな」

私はそれから鷹の絵のことを考えはじめた。

「今日はとなりは静かだね」

と遠藤がしばらくして起上っていった。

「御主人がおそばんなのよ。あなた、何がいいかしら。納豆がよかったら、そこの店にあるけど」

「それなら、僕が買ってこよう」

遠藤は食事をして、私の鷹の絵の下書きを見ていた。「これはいいなあ」といった。それから、

「さっきのこと、ほんとうなら、沢野くんにいわない方がいいね」

といった。

私は一時間ばかりぼんやりしていた。それから山村の出て行く靴音が遠ざかってから、私はとなりの部屋にあがりこんだ。山村の奥さんは、あなたは御主人ともずいぶん仲がよくて、よく笑っているのね、といってニヤッと笑った。私もそれに合わせて、ええ、とても仲がいいんです、とこたえた。

「早く子供をこさえなさいよ。我が子をしみじみとだきしめる味はとてもいいものよ」

「できないようにしているのよ」

私にはできそうもないが、そんなふうにいった。

「あらあ、御主人がかわいそうよ。誰でも男は子供をうませたいのよ」

といった。私は頰がひきつってきたので、廊下へ出た。

私は生垣にかかった木の札を見た。煉炭の灰が路地の真中に捨ててある。

「道の真中に捨てて下されば、みんなが助かりますから」

遠藤は私の鷹ではない。私はその文面から大空を思いだしながら呟く。

「さあ、みんな今日は鷹をかいてごらんなさい。この前あんたたち見たでしょ」

私はムキになって幼稚園で子供たちに叫んでいる。

「先生、僕はお便所かく」

「何ですって、お便所ですって」

その子供はニヤニヤ笑っている。

「何だって先生の顔をそんなふうに見るのよ。お行儀がわるいですよ」

「パパがお便所しているところかくんだ」

「それじゃおかきなさい」

「僕、ほんとは先生をかくんだ」

「私を？　ええ、いいわよ。かきたいのならかきなさい。その方がいいわよ」

「ねえ、うちのパパがいっていたよ。先生は子供だって」

パパというのは、細長い顔をしたあの男のことだ。

「さあ、いいから、先生をかきなさい。かいてごらんなさい」

その子供は泣きべそをかきだした。その子供はとうとう何もかかない。

「パパは、先生はママのような女の人とちがうんだ、といっていたんだ」

「そう」

「パパはおこっていた」

「どうして」

「誰かといっしょに帰ったでしょ」

「分ったわよ。何でもいいからかきなさい」

私はその子供のそばを離れた。それから時間が終るまで、大人たちの眼にみつめられて冷静をよそおいつづけた。

アパートにもどってくると廊下の洗濯場で賑かな声がきこえた。その中に小柄な夫が立って、力を入れて、男らしさを見せながら洗濯をしていた。どうしたのだろう。早びきをして帰ってきたのだろうか。

「お宅の奥さんはお幸わせだわ。うちなんか、男の人がきたりしたら、とても大変なことになるのよ。そういってやったら、うちの主人が、今夜から、おとなりのように、いっしょにおフロへ行こうといっているのよ」

山村の奥さんだ。

「ほんとうにお宅もおいでになりますか。やっぱりその方がいいですよ」

と夫の沢野が、男らしく力をこめて、しぼっている。洗濯機があるというのに。

弱い結婚（一九六六年版）

夫を早く追出してしまわねば、と私は思う。

彼がいると、私も便秘する。

私の夫はアパートの共同トイレからなかなか帰ってこない。私が見に行くと、出勤の時間が迫っているのに居眠りをしている。今日は便秘はしていないという。それは、遠藤が来ているためではないかと思う。遠藤は昨夜、私と主人が三番将棋をして、もう寝ようと思っているところへやってきて、それから一時間ばかり話をしたあと、いつものように私達の横に寝た。主人はすぐに眠りにおちたので、それから遠藤と夜明けまで話をした。

主人にオーバーを着せ、マスクをつけてやる。すると眼だけになってしまう。身体中隙間がなくなってしまう。そうすると私も夫も安心したような気持になる。

「遠藤さん、行ってきます」

という。遠藤さんは寝床の中で、

「早くてたいへんですね。僕もやがて出て行きます。もう少し休ませてもらいます」

すると主人と私はクスクス笑いだす。笑いはじめると身体に毒なことを、このごろ身にしみて分っているので、主人は逃げるように廊下を走って行く。私も笑わぬようにする。

廊下には、主人が郷里から私の部屋にうつってきたときに、いっしょに持ってきて大事にしている自転車がある。何かというとぷっとふくれて、この自転車にのって東京中をとびまわったものだが、このごろそういうことはしない。そして今では、この廊下になくてはならないものになっている。

今日は遠藤がいるのだから、途中で帰ってくるようなことはなかろう。彼も遠藤といっしょにいたいのだが、遠藤の前にちゃんと働いているところを見せるためにも出かけて行かなければならない。私は電車にもまれている主人が可哀想になり、そのようなことをさせなければ、あの人が一人前にならないとも思っている。私は一枚フトンをとって遠藤にかぶせてやり、それからハンケチをかぶって、汽車の中で寝るようにして眠りかけて、ふっと昨夜主人が遠藤に抱きつくようにして寝ていたことを思いだしてしまった。私はイビキをかいている遠藤に声をかけた。

「おやすみですか」

「ああ、うつらうつらしていますよ」

遠藤は大きな体をちぢめて寝ている。私たち夫婦は、二人ともこの人を頼りにしているのだ。私は二十九、夫は三十、遠藤は三十七になる。

「ゆうべ主人が何かしましたか」

「いいや」

「でも何かしていたでしょ」

「いいや」

夫と同じ気持は私の中にもある。主人はすがるように私の手をにぎるが、そのにぎり方が赤子のようにつよくて、もぎとらなければ放さない。そのくせ自分では気がついていない。おまけに、私がそれを口にすると、ウソをついているというのである。ところが、たしかに彼は昨夜遠藤の手をにぎっていたのだ。

フトンのすきまからのぞいてみると、遠藤は眼をあけて天井を眺めていたが、それから眼をとじた。遠藤は主人が出京して私の部屋に住むようになる前、往来を歩きながら一度だけ、男の眼をしたことがあった。それからあと主人がいないときにもやってくるが、そういう眼つきをしたことがない。彼は妻と別れ、その妻は病気をして療養所へ入っている。

私はこの男を、自分の主人の三分の一ぐらいの時間見ているのである。肩がはっていて、大きくて、眼鏡をかけていて、色が黒くて、そして眼が鋭くて、ひょいと横を向いて、何もしらぬ顔をする。私にはこうしてフトンの隙間から見ていると、彼が鷹に見えて仕様がない。

となりの部屋から、山村さんの奥さんが女の子と話している声がきこえてきた。私はクスクス笑いだしてしまい、主人を思いだす。夫は、自動車の教習所の指導員をしているが、いつまでたっても、呼出しがなくて、その間、ぼんやりタバコを吸い、「三時間もきみが呼ばれないでいたのは、こっちも失礼したが、きみの方もきみの方じゃないか」といわれているのではないか、と思う。一昨日彼はそうだった。

「おばちゃんというのよ。おねえちゃんといってはいけないのよ。いいこと。おばちゃんといってごらんなさい」

「おねえちゃん」

「おばちゃんよ。でも、ノリ子さん、おぼえたからといって、おばちゃん、おばちゃん、と何度もいってはいけないのよ。そうすると、とてもウルサイでしょ。今でもおとなりにはきこえているかもしれないのよ」

彼女はとなりの部屋へきてから、あしかけ四年になる。その間に子供が生れ、彼女は東北ナマリをなおそうとし、都会の言葉を練習している。

「さあ、さあ、ラジオ体操しましょうね」

子供の笑い声がきこえてくる。

ラジオ体操が終ると、

「さあ、パパちゃん、といってごらん。そう、お外ではお父さまというのよ。さあ、パパちゃんにお電話しましょう。パパちゃんは大事な人といってごらんなさい。そう、いいわよ、パパちゃんよ」

それからつづいてきこえてくる。

「パパちゃんに電話しよう。電話ゴッコしよう。もしもし、もしもし、パパちゃんですか。ノリ子とママはおとなしくしていますよ。パパちゃん、パパちゃんから御返事ありましたか。何といっていました。きこえたでしょ。そう」

「あの人は退屈なのだね」

と遠藤がいう。とつぜんしゃべりはじめる。

「この前、私が鍵をかって主人を追出したでしょ。主人があなたを呼びにいって、あなたがきて下さったとき、あなたは私がクスリを飲むのだと思ったでしょ。でも、そこまでの気はなかったの。主人は正月の休みに温泉に行こうといいだしたの。それが遠藤さん、あの人のつもりとしてはここを逃れて宿屋へ行って、二人きりになって、私とあの人が丹前をきて、という意味なんですのよ。それが遠藤さん、あの人は、あとからやってきた良平の前ですっかり汚しちゃったのよ。情けなくて情けなくて、私、鼻がチンとしてきたかと思うと、鼻が赤くなって、赤くなるのが自分で分るのですよ。きっとそうなったんです。それから眼のふちから、ジワジワと涙が出てきて、それからあとは、ああなったのよ」

「涙というものは、女の場合、どんなふうに出るのだろうか」

と遠藤は寝床の中で眼をつぶりながら、しずかに笑っている。

「女の場合？　男は出ないんですの？　涙は、止めようと思えば止まるし、溢れさせようと思えば、溢れさせられるの。でもあのとき、私は涙を溢れさせてやりましたわ。良平を外へ出してからなんですのよ」

「なぜ出したの」

「良平の前では泣けないんですもの。良平はおれを外へ出しやがって、といっておこったんです。それから主人の前で涙をうんと出してやったんですのよ」

「きみたちは、いっしょに宿へ行ったらよかったのになあ」

「私イヤ。そんなことばかり考えているの、イヤ」

「それは困ったことだね」

「私、五人の男と恋したわ」

「なるほどね」

「私、ある男と三年恋した話しましたわね。その男は途中で結婚したの。三年もつきあったのは、私と彼とあっているとき、彼も私も何にも話しなかったからなの。そのかわり、私と彼とは手紙を毎日書いたのよ」

「私がつきあった別の夫婦の話しましたわね。その奥さんが精神病院へ入った話したわね。その家へ私、何度も出かけていっていたんです。彼女はその夫が私を恋しているのに私が行かなければダメになってしまうの。私はあなたの奥さんは知らないけれど、あなたから去っていったのはどんな気持だったのかしら」

遠藤はそのときだけ眼をちょっとあけた。

「去ったんじゃない。出ていってもらったのだ」

それから遠藤は空気のように眠りこんでしまった。

遠藤は起きると、私が食事の用意をしているあいだ、私たちと自分の分の蒲団をあげたり、

「今日は暖かいよ」

といいながら窓をあけて掃いたりする。やがて彼が私の前で眼をかがやかせ、口を動かしはじめる。漬物をかみながら、ボリボリと大きな音をたてる。

「また来て下さい」

「またやってくるよ」

私どもは妾と旦那のような会話をする。

私が出かけると、山村の奥さんがノリ子の手をひいて買物をするといってついてくる。私は子供を抱きあげて頬ずりをしてやる。頬がふれあうと気持が悪くなる。この子供をおとしたら、どんなことになるかと思う。無事に子供は地面におりているのでホッとした。この人はトイレの中で私に話しかけたことがある。話題といえば、閨房のことだけだ。そうした会話はおかしくて、ここで書くことができない。そのあとから「私は田舎で小野小町といわれていて、たくさんの男から目をつけられていたのよ」という。それから「お宅の御主人は美男子で、あんな人、私の理想だわ」とかいう。「ママ、おばちゃんにグリコ買っていただいたのよ」とノリ子がいう。私の前でノリ子が頭を地面にまでつけるようにして、「アリガトウ」といっている。「私の方のこととお宅にきこえるでしょ」という。「いいえ、何にもきこえないわ」私の頬がピクピクしてくる。すると山村の奥さんの頬もピクピクしてくる。この人はまだネバネバした田舎の好奇心をもっている。彼女は子供とうたいはじめる。「雪の降る夜は……」一昨夜私の部屋で、ラジオをかけたとき、きこえた歌だ。その歌を彼女は、昨日、洗濯物をほしながらうたっていた。窓から私の姿が見えると、「あの歌、私はおぼえたわよ」といった。この人はまた「愛の記録」という番組をきく。

肉屋の前に立つと彼女はとつぜん、解放されたように自分のくにのナマリを出して語りはじめた。

私のアパートのある中央線阿佐ケ谷駅から三つ目の吉祥寺の近くのI公園の野鳥動物園へ子供を連れて絵をかかせにきている。三十人の子供たちに父親や母親がついてきている。

「絵は子供の内部のものを吐きださせるのです。上手にしようとなさるのはけっこうですが、私の第一の目的はちがいます」私は心の中で叫んでいる。「ごらんなさい。今に子供はあなたがどういう人で、子供の中にあなたがどう生きているか示してくれます。そうです。そういうものです。それは私だっておなじことで、誰だってそうです。私だって、自分が何だかよく分らないが、あとで知るのです。そうです。私の中にうず巻いているものがあるのです。私は解放されるときの子供が好きです」

「いいこと、ほら、その孔雀を見てごらん。孔雀はほらほら、いま羽根を順々にひろげて行くでしょ。キュッキュッと音がするでしょ。孔雀さんはあんたたちに見せているのよ。ほら、見せているのよ。じっとしてごらん、じっと静かにするのよ」

私はさっきから、遠くの檻の中に見える鷹を見ている。鷹は檻から子供や私たちに気がつかぬように頭を上に向けて空を見ていた。

高い止り木から鷹が地面に舞いおりてくるのが見えた。私が近よると、鶏の首が五つばかり鷹の前に放りだされていた。鷹は舞いおりるまで一度も下の方を見ていない。鷹はぎゅっと両脚をふんばってから餌に片脚をかけると身体中をふるわせてついばみはじめた。鶏の首は生きているように動いている。鷹はとつぜん空を見た。それから餌に嘴をつっこむ。鷹が舞いあがったとき、地面には何ものこっていない。

「ひゃあー、血がとんできやがった」

また良平がふいにあらわれて大げさなことをいっているが、血なんかとびはねはしない。

「おれ、手伝いにきてやった」

良平は私のいったとおりの服装をする。私よりずっと年下の画学生だが、彼の勤めている夜の大学の事務室へ電話をかけて、「良平さん」といっただけで、電話をうけた者が、男でも女でも笑いだしてしまう。今日は無造作な恰好をして、いつものように大きなバッグをさげている。お尻がしまっている。

「良平、あんまりぞんざいな口をきかないでちょうだい」

「キクちゃんは、おれが五十万円やるといっても受取らないものな。おれといっしょにパリへ行こうといっても行かないもんな。おれがオイランの純金の柄の古渡珊瑚《こわたりさんご》のカンザシをやるといっても、いらないといって受取らないものな」

良平はいつものくせで、わざといやがらせをする。気の毒で仕方がない。

「ダメだといったら。今日は先生なんだから」

「分ったよお。それじゃ、あっちで子供をかわいがってやろう」

向うへ動く拍子に良平はいきなり後ろへさがったものだからベンチに躓いて坐りこんでしまった。子供達が良平の声におどろいてふりむくと、さわぎだした。鳥がとび立ち、ふりむき、またとび、それからあとは、もう子供たちは良平の方ばかり気をとられて絵をかかなくなった。

良平のいったことは、カンザシのことも、金のことも何もかもほんとうだ。少年のころから、家から金目のものを持出して一つ何万円もするカンザシをいくつも宝のようにしてもっている。

「おれは両刀使いだ」といいながら男達と寝に行って小遣銭をもらってきた。私の主人にそういう男の集るところへ連れて行ってやるといったことがある。

「おめえのアパートの前に女を待たせてあるんだ。そいつをおれのものにしたから結婚しなけりゃならんことになっているんだ」と良平は、子供がバスに乗って帰って行くと私と歩きながらいった。

この男は何を考えているんだろう。つい先だって禅寺へこもって修行するといって、私のアパートの部屋で泣き出した。その後寺へ行ったはずだ。今私に女と会ってもらいたいという。私は鷹のことを考えているんだ。

「おれは、その女と結婚なんか、おかしくって出来やしないや。おれは、そいつの家へ養子に入って金をみつがせてやるつもりなんだ。それが、やつは家を出てどんな小さな部屋でもいいから、二人で暮すといいやがるんだ。

おい、このままどこかへ行こう。ホテルへ行こう。分ってるよ。亭主よりおれの方が、キクちゃんは好きなんだよ。てれることはないよ」

良平は往来でとんだりはねたりしている。

「あって見て、よくわけはきいてあげるわ。良平はちゃんとした生き方しなきゃダメよ」

私はこびたように良平にいってやる。

「結婚もしないつもりで、どうしてそんなことするのよ」

「ひゃあー、あんなこといってやがる。女というやつは、みんな何をしてやがるか分りゃしないよ。どうせあいつは料理屋の娘だろう」

「あんただって料理屋の息子じゃないか」

「そうさ、どっちもメカケの子供だあ。どうせあいつもメカケの子供だあ」

と大きな声でわめき出す。

「あんたは、メカケの子じゃないじゃないか」

私のアパートの部屋の前で彼女は待っていた。

「こいつなんだよ」

と良平はわめいた。彼女は私に、

「葛西です。葛西よし子です。良平さんがお世話になりまして」

といった。良平は壁にもたれてタバコを吸いだした。

「おめえなんか、何をしてたか、分りゃしない、と今もいっていたところだあ」

女は泣き出した。バレリーナみたいな身体をしている。

「どうしても信じてくれないんです」

「おれといっしょになろうというようなやつは不潔だあ」

「あなた、この人好きなの」

と私は娘にきいた。

「好きというんじゃないんです。私だってこの人でない方がいいとほんとは思いますわ。だけど、この人こんなことといいながら、本心はほかにあると思うのです」

「ひゃあー」

と良平が叫んだ。

「ママ、おばちゃんのところに誰がきてるの」

「そんなことといってはいけません」

「ひゃあー、この壁からきこえらあ。東京というところは、おかしなところだあ。なあキクちゃん、おれ達の田舎と違うな」

「主人だって、遠藤さんだって、私のつきあっている人は誰だって、あんたみたいな男はいないよ。もう帰ってちょうだい。仲良くしてくるんじゃなければ、もう来ないでちょうだい」

「どうしたってこいつと別れてやるんだ」

「あなたも、こんな人、よしなさいよ。何だ、良平、禅寺へ行ったくせに」

「それはアマデラなんだってば!」

「知ってるわよ、もう帰りなさい」

「帰ってやらあ。お前なんかに、おれの気持はわからねえんだよ。ここまで引きずってきやがってさ。今にお前も亭主に逃げられるよ。おれがいいところへ連れてってやらあ。お前だっておれを連れてお前の恋人のところへ行ったじゃないか。お前の絵なんかダメだ。いや、絵の方はいいことにしておこう。絵は日本一だ」

良平は廊下で笛を吹きあげるようにわめいた。それから自転車にぶつかってよろけた。となりのノリ子も、よくそうする。

今日の良平にはまったく腹が立った。彼にカンザシなど貰わなくてよかったと思った。そのカンザシは心がとろけそうになるほど美しいものであった。それはタンスの抽出しにしまっておくようなことになれば、心がときめいて、私は良平にどんなことでもいいかねなかった。

私は絵をかいているときの外は、夫のことが頭から離れたことがない。私は夫のいるところに、いつもくっついている気がする。

夫は私の分身だから手きびしくなる。

良平には私は甘えさせる。

遠藤には私が甘える。

私は児童画を内職にかいてみて、子供が死んでいるといわれた。私のかく鳥の絵は遠藤が、死んでいると指摘した。

夜、主人が戻ってくると私は身体がゆすぶれて笑えてきて、そのあげく、くたくたになってしまう。この十年間はこの部屋で絵をかいて、絵をかくのにじゃまになるものは、みんなしりぞけてきたせいだろうか、主人ははじめおこっていたが、私といっしょに身体がゆすぶれてくる。

夫の願いは私を郷里へ呼びよせて、彼の母親といっしょに暮し、私の仕事で入った金でそのうち車を買って、田舎の街道をとばすことだった。結婚して、そのまま私がアパートへ帰ってくると、彼は月に一度ずつ出てきて、彼が滞在する間、私は苦痛だった。彼はとうとう郷里から出てきた。彼は自動車の教習所へもぐりこんで、教えている。私がさがした口だ。

彼は夜になって帰ってきた。男になっていいか、女になっていいか分らず、とりとめがなくなって一瞬、私は不安定になる。遠藤に対しても、良平に対してもないことだ。忽ち私は姉になってしまった。

「さあ、さあ、お風呂へ行くんでしょ。早くマスクをとって。部屋の中にいてマスクをつけて坐るの?」

「いっしょに行ってもらいたいな」

「いっしょに行ってあげるわよ。まだマスクをしているの」

彼は教習所で食事を終えてくる。私がほんとにいっしょに食事をするのは、遠藤とだけだ。夫は弟になったような神妙な顔をしている。私と彼は風呂へ出かける。私たちが風呂へ行くことは、山村の奥さんがちゃんと知っている。山村はもう帰ってきている。大きな重い靴の足おとが、私の夫が帰る前にしていた。私どもはそれから、道がぬかっているとか、やがてそれが凍るとか、ラーメン屋がよくはやるとか、タバコを吸いすぎることはよくないとか、せまい道に自動車が早い勢で走るので危いが、ああいうのは、いけないとか、そして将棋の勝負の話になってきている。アパートを出るときから、ずっとペチャペチャ話しつづけているのだ。

帰りはまた、となりの山村の奥さんがだんだん東京弁がうまくなったということや、それから良平が例によってやってきたが、騒々しい男だ、という話だけする。生垣にかこまれた大きな庭のある野々宮さんという田舎ふうの家の横の路地までくると、アパートを出てこんな家の部屋を借りたいなあ、と呟く。杉垣に、「練炭の灰は木がいたみますから、生垣の根元へお捨てにならぬように。道の真中のヌカルミにお捨てになれば、みんなが助かります」と、きれいな字で書いた木の札がかけてある。菓子箱の蓋でこさえた札に書いてある。その家には老夫婦が住んでいて、時々畑を耕している。木の札を見て彼が、この家に住みたがっている気持は手にとるように分る。それを見ると私の胸のあたりが痛む。私が痛むことは、このごろ大てい彼も痛む。そうした身体にひびくことだけが、共通になってきている。

「ねえ、先ず、あんたが、あの家にアトリエを借りて住みこむように頼んでこない。あんたが入ったら、それについて僕もうつって行く」

「バカいうんじゃない」

「ねえ、いいアイディアだよ、そう思わないか？」

「私だって田舎のことを忘れて、東京で暮してきたのよ」

「フッフッフッフッ。ねえ、僕もあとからうつって行くよ」

「フッフッフッフッ」

私どもは笑いかかるので私は逃げるように先きにアパートにかけこむ。そのときはもうおそい。あとからついてきた彼が部屋へ入るなり、

「ウワッ」

と爆笑してしまう。

「ウワッ！　山村の奥さん、助けて！」

と彼が叫ぶ。

「何をいうのさ」

と私は彼の口へ手をあてると、手の指の間から、空気と声が洩れるので彼をひきずるようにして蒲団の中におしこんで、私が、

「ウワッ！　山村の奥さあん！」

と叫んだ。主人の笑いも、私の笑いも、こうなったら二、三十分はとまらない。

「何だって山村の奥さんを呼ぶのよ」

「何だって……。僕にも分らないんだ！」

と彼も笑いつづける。

夜、私が鷹になって頸を空にあげている夢を見ていると、夫が私の手をさぐっている。じっとしていると、私

の手をさぐりあてて、それを自分の胸にもって行くのである。

彼は何かくりかえし呟いている。そのうち、何をいっているかききとれる。彼は、

「ツマ、ツマ」

といっている。

彼は私にしてもらいたいことを私に教えているつもりなのだが、いつのまにか自分が、私の代りにするようになったと見える。やがてこんどは、彼の別の呟きがきこえてくる。

「左へ、左へ、左へ」

彼は教習所にいるつもりでいるのだ。

「うあっ！　ぶつかってしまった」

朝、彼は背中をかかせながら、「僕はこんなではなくて、いっそ女になりたいなあ」という。

「何をいってやがるんでえ。おれは女になりたかねえぞ」

と私はいう。そのあと、ふいに、

「パパちゃん」

私の口から、そんな言葉がとび出してくる。彼はふらふらと起き上り、マスクをつけ身体中をつつんで出かけて行った。となりの部屋の「パパちゃん」が知らぬうちに伝染している。

十分おきにトイレにたちながら昂奮して、鷹の絵をかいていると、電話がかかってきた。アパートの廊下の自転車の横の台の上にある。私は電話についていては、勘が狂ったことがない。良平からだと思っていると、となりの山村の奥さんが電話口へ走った。

「沢野さあん、ですか、ハイ」

良平が、神妙な声をして呼びかけてきた。

「おれはまた、あいつと喧嘩したよ」

「あんないい人と喧嘩なんかする人、私はいやよ」

「おれは、あんなやつより、お前の方がいいんだ」

「何いってるのよ。もうよしてよ」

「ほんとにお前の方がいいんだ。ここに土産があるんだけど、あいつにやらないで、お前にやる」

「そんなもの、私はいらない。とにかくちゃんとしなけりゃ、私のところへ来ないでちょうだい」

「おれはほんとにお前が好きなんだ。だからあのときは、カッとなったんだ。なあ、キクちゃん、僕は淋しいんだよう」


良平は私が出品した絵を運んできてやるからいっしょに額縁屋まで来ないか、といった。良平の絵は黒いカタマリのようなものをキャンバスにぬっているだけで、上手とはいえない。良平はいつも私の絵をほめる。良平が淋しいというのは、少しも淋しいようにきこえないが、心の中では淋しがっているということが私には分っている。葛西よし子が良平にひかれるのも、私には分るような気がする。良平は私の心をひくつもりもあり、あの娘をいじめるつもりもあって私のところへ連れてきたのである。そういうことが分っていながら、私はこんなふうにいわれると、出かけて行きたくなってしまう。良平は色の白い唇の赤い男で気味がわるい。その気味のわるさが、何か不具者《かたわ》のようで、心がうき立ってくる。

「今日はきみが喜ぶ恰好をして行くからな。それがおれも嬉しいからな」


女のようなことをいう。私は良平がくれたネックレースはつけないようにして、出かけていった。美術館に近い、ある駅で彼は待っていた。黒い縞の背広を着てチョッキまでつけている。それが私に見せようとするスタイルで、得意なのだ。

「すごいじゃないの」

と私はおこったような表情で、いった。その二点の絵は、私が主人と運びに行ったとき、なかなか店の所在が分らず、さがすのに三時間かかり、とうとうラッシュにかかって持って帰るのをあきらめたものだ。そのとき主人はホッとしたような顔をしていた。

良平は、自分は遠藤に嫉妬しているんだ、と途々いった。また主人のためにあの男は許せないといった。そして、お前の主人はだめなやつだ、といった。そんなことをいうと私はまたおこり出すわよ、というと、犬のようにしおれてしまった。

良平は百号と六十号の二点を、自分で倉庫からさがしてきて荒縄で結ぶと、

「あらよう」

と掛声をかけてひっかついだ。思わず私はふきだしてしまった。すると彼は得意になった。

「あらよう、よいさ」

と彼は新調の背広の肩に縄をななめにかけて歩き出した。

「良平、大丈夫」

「アネゴ、心配するな。あらよう」

それからさっきとは反対側の駅まで、通りすぎて行く人の笑いをあびて、ときどき掛声をかけた。彼は電車の中で、英雄になったように私のそばにつっ立っている。

良平はアパートの廊下に入るとき、大きな喚声を一つはりあげた。部屋へ入ると、

「これでアネゴの御機嫌はなおった！」

と叫んだ。私は彼にもたれかかりたい気持になるのを抑えて、

「お腹がすいたでしょ、何かこさえてあげようね」

「遠藤というのにも、そうするんだろう」

「良平」

と私は叫んだ。

「アネゴとおれは、似てるんだ。つかみどころがないんだ。おれを分ってくれるのはあんただけだ」

と彼はいった。私は身体をかたくして、

「さあ、何かこさえてあげようかな」

と私は良平のような声を出していった。


遠藤が昨夜泊って私達の横に寝た。今、私の横に寝ている。

昨夜私がカットの仕事をとどけて帰ってくると、主人は遠藤に、勤先きの教習所の話をしているところだった。彼は宿直の夜に教習所の車に乗って三十分ばかりとばしたときは、いい気持だったといっている。あのときは、あのまま遠くへ行ってしまいたかったな、と呟く。あの庭のある家の老夫婦を連れて、どこまでも遠くへ行ってしまいたかったなあ、という。「目的地は極楽!」と叫ぶ。

「あんた私から離れたければ、離れていいわよ」

「すぐそういうことをいう。離れたくていっているんではないんだ。僕は何もきみに女であってもらいたいと思わなくなった。このまま何もしなくて一生終ったっていいんだよ」

「私はちがうわよ」

「ただ僕はこのごろ車にのっていても蚕みたいに自分がすきとおってきて、フワフワしてるんだ。僕がどこかへ行ってしまったみたいなんだ。それにきみは、ミコみたいになってくる。この人が御飯を食べさせてくれるのが、ふしぎなくらいなんですよ。もっとも僕は家ではめったに食事しないんだけど」

「さあ早くおやすみなさいよ。明日また起きられないわよ」

主人は軽く笑いだしたので、私はなるべく彼の方は見ないようにしていると、彼は身体を横たえて笑っていたが、「遠藤さん、失礼」といいながら眠りはじめた。

「風邪をひきますよ、早く蒲団しいて寝かせてあげなさい」

とそれまで黙っていた遠藤が立ちあがって、蒲団を持出した。

「この人ったら、あれなんですのよ。前には、夜中に起きあがって私の首をしめかかるんですのよ。それが眼をつぶっているんだから、やっぱり何か不満なんだな、と私、思ったことはあるんですのよ。でも、遠藤さんがなんとなく知っていてくれているというので気が休まっているのかもしれないわ」

「そういうこともあるかもしれないなあ」

と遠藤は夫を寝かしつけながらいって、手で口を叩きながらあくびをした。

「夫婦というものはおかしなものだな」

「いつだったか、夏のことですわ。蝿がいたもんですから。私ね、この長いキセルで蝿を叩いておとしていたんですの。ほら、私このキセルで巻タバコを吸うでしょ。ひとりでここで暮すうちに蝿を叩くのが上手になったんです。私ね、手でとんでいるのをこうしてつかむと、掌の中に入ってしまうんです」

「信用していい話だろうな」

と遠藤は横になって蒲団をかぶりながら笑った。

「蝿の頭をコツンとやるとほんとに動かなくなるのよ。そうしたら、遠藤さん、後はその蝿を一つ一つ新聞紙の上に集めて、何をしたと思う」

「…………」

「一つ一つ、遠藤さん、羽根をむしるんですのよ。そうして羽根だけ別にして数えているんですのよ」

遠藤はだまっていた。

「この人はおとなりの山村さんのところへあがったりしないの」

「さあ、きっとそういう気持あるでしょうね」

主人がもしも、そんなことをしたら、私は遠藤を自分の方にひきつけてしまうかもしれない。それから二時間ばかり絵の話をし、遠藤が、

「もうこのくらいにして寝よう。彼は熟睡できないから」というので寝る。それからあとも私は夫の手を監視して自分の方にひきつけていた。

今私は良平の話をしている。遠藤はかすかにいびきをかいている。

「良平が昨日電話をかけてきたんですのよ。おれは嫉妬していたんだ、というんですのよ。もうたくさんだ、と私いってやったんです。主人が、良平はお前を女として見ているから、気をつけろといってたんだけど、こんど思いあたったんです。私そんな気ぜんぜんないんだから。私って、そんなにいわれること、いったこともしたこともないんですけど」

私は遠藤が、ちょっと首を動かして天井を見ているのを見て、鷹の絵はこんなぐあいにかいてやろうと思った。こいつはおぼえておこう。

「私、昨日はとても腹が立ったんですけど、絵を運んでくれるというもんだから出かけたんですのよ。それが頼もしいじゃありません？　つい、ふらふらっとなって、あとでいうままにホテルへ泊ってきたんですの」

「そうかい」

遠藤は眼をあけてこちらを向いた。私が嘘をついているのを知っているのだろうか。

「それで、いい気分だったのかい」

「ええ、ええ、相手はわかいんですもの」

「そう、それはよかったね」

「私が恋人のところへあの子を連れてったとき、みんな泳いだんですのよ。私とあの子はそんな用意もしてないもんだから困ったの。私の恋人は海水パンツをはいて、日に焼けたブロンズのようないい身体なの。彼は沖へ沖へと泳いでいって、ふりかえって、良平を呼ぶじゃない。良平はただのパンツのまま水の中へ入ってつったっているると、波でパンツをとられちゃったのよ。するとあの子、ぼんやりして、そうして立っているんですの。みんな笑ったのよ。恋人も友達もみんなでずっと笑い通しだったのよ。私、それから、その人がいやになった。良平をそばから離したくないと思いだしちゃった」

私の言葉はとうとう乱暴になる。

「なるほど、その話は初耳だね。よく分るね」

と遠藤は呟くようにいった。

「しかし溺れないだけよかったな」

私はそれから鷹の絵の事を考えはじめた。

「今日はとなりは静かだね」

と遠藤がしばらくして起き上っていった。

「御主人がおそばんなんですのよ。遠藤さん、何がいいかしら、納豆がよかったら、そこの店にあるんですけど」

「それなら僕が買ってこよう」

遠藤は食事をして、私の鷹の絵の下書きを見ていた。

「これはいいなあ」といった。それから、

「さっきのこと、ほんとうなら、沢野さんにいわない方がいいね」

といった。

私は一時間ばかりぼんやりしていた。それから山村の出て行く靴音が遠ざかってから、私はとなりの部屋にあがりこんだ。山村の奥さんは、あなたは御主人ともずいぶん仲が良くて、よく笑っているのね、といってニヤッと笑った。私もそれに合せて、ええ、とても仲がいいんです、とこたえた。

「早く子供をこさえなさいよ。我が子をしみじみとだきしめる味はとてもいいものよ」

「できないようにしているのよ」

私にはできそうもないが、そんなふうにいった。

「あらあ、御主人がかわいそうよ。誰でも男は子供をうませたいのよ」

といった。私は頬がひきつってきた。山村の奥さんが耳にささやいた。

「私、お宅の御主人の子供うみたい。私ね、不感症なのよ」

何だってこんなこと、私にいうんだろう。私を馬鹿にしているからだわ、と思いながらつい、この人には調子を合せてしまうのは、どうしてかしら。

「どうぞ、どうぞ。でも奥さんはそうは見えないですわよ。不感症には」

夫が出かけたあと、急に腹が立ってきて、彼のぬぎすてて行ったものは、みんな押入れの中につっこんだ。もうこれでよい、彼なんかこの部屋にも、どこにも、私の中にもいないのだ、とせいせいする。どうしたってあの自転車は処分してしまわなくっちゃ。

山村さんの前の部屋に住んでいる管理人の六十になる猪狩さんが、山村さんの部屋の前でいっている。

「奥さん、お嬢ちゃんのお守りをしてあげるよ。お爺ちゃんとおんもへ行こう」

「ノリちゃん、お爺ちゃんとおんもへ行く？　お爺ちゃんが遊んでくれるって、行く？　お爺ちゃんはノリちゃんが好きなのよ」

「そうだよ、いらっちゃい、お爺ちゃんがよちよちしてあげるよ。おんもにはワンワも通るし、野々宮さんとこさあいらっちゃい」

お鞄かけさせて」

早くいらっしゃい」

を歌って足をひきずりながら歩いて行く。


の垣根の中にお花がたくさちゃん見えるよ。さあいらっちゃい」

「ノリ子、幼稚園へ行く。爺ちゃんに連れてってもらう。お鞄かけさせて」

「はい、はい」

「ノリちゃんは来年から幼稚園ね。お爺ちゃんが幼稚園ごっこしてあげるよ。早くいらっしゃい」

ノリ子が廊下へ出てくると、猪狩さんが「おててつーないで」を歌って足をひきずりながら歩いて行く。

「ノリちゃん、自転車のそばによらないで上手に歩くのよ」

と山村の奥さんが部屋の中からいっている。

ああ、ああ、自転車を処分しなくっちゃなあ。

私は良平から貰った内職をはじめる。ラジオの午前十時からの番組、「愛の記録」の投書原稿に目を通して目ぼしいものに○をつける仕事だ。今日の分だけで五十通、これで千円。めくってもめくっても「私は燃えているのに夫は」とか「夫はいっしょに歩くのをいやがっている」とか「夫はよその女がくると顔を赤くする」とか「私を叱りとばして恥をかかせた」とかみんな、妻が夫から得られない愛の恨みで、最後に「でも私はこの夫を愛している」とか「夫は私の存在にそのうち気がつくだろう」というところで終っている。良平がこんな仕事を引受けたのはどうしてだろう。

「とても気楽な仕事だあ。おれやキクちゃんのようなものにはうってつけだなあ」といったが、ほんとに頭へくる。世の中にはどうしてこんなに夫に不満で歎いている女が多いのだろう。夫なんか無視してしまえばいい。だんだん山村さんの奥さんが書いている文章のように見えてきた。ことによったら、山村さんの奥さんも投書しているかもしれない。たった二つ気に入ったのがあった。父親のいない家で娘が牧場で牛の世話をしているのを、母親がつづったものだ。もう一つは靴の修理屋の妻が書いたものだ。律義で偏屈者の夫は客に上等の皮をすすめ、よその店とおなじ代金しかとらないためにもうけにならない。新しい型の靴を見るだけで、いやあな顔をする。

靴だけでなくて、その客のズボンやスカートを見て仇にあったような顔をする。妻はある婦人雑誌の宝石の広告でオパールを見て、あこがれている。彼女はある日銀座の宝石店へオパールを見に出かけて行く。その話を夫にしたいが、もう一年間したことがない。誰にも話す相手がいない彼女は、ある夜とうとう夫に宝石店へ行ったことをいってしまう。夫は「お前の眼の方がよっぽど宝石だ」という。妻はがっかりしてしまうが、それでも夫が靴を修理している姿が前ほど気にならなくなったが、まだまだオパールの夢をすてていない。

この二つだけに〇をつけて、壁の絵を眺め、鷹の脚をもっと大きく太くしてやろうかなと思っていると、猪狩さんが足をひきずり、ノリ子のはいているコッポリのコポコポと鳴る音がきこえてきた。

「ノリちゃん、いらっしゃい」

と思わず声を出してしまった。この猫なで声が自分でもいやで仕方がないと思ううちに、ノリ子が「うん、おねえちゃんとこで遊ぼう」といってあがってきた。

「おいたをしては駄目ですよ。おばちゃんのところは、たくさん絵があるでしょ。おいたをするんじゃありませんよ」

と山村の奥さんが壁の向うでいっている。

「いいんですよ」

と私はいってから、ノリ子の手をとって部屋へあげてやった。絵具と紙をやると絵をかきはじめた。

「山村さんの奥さん、また肩をもませて下さいよう」

と猪狩さんがささやくようにいっている。

「ええ、ええ、私の肩なんか、もまなくてもいいよ」

と山村の奥さんがつっけんどんにささやきかえしている。

「奥さんの肩は今日もこっているよ」

「そうかもしれないけど、いいわよ」

「この前ももんだら、あとがすーっとしたといっていただろう」

「それじゃ、ちょっとよ」

「ちょっとでも、それだけききめはあるんだ。前に婆さんにしょっちゅうもんでやっていたから、どこをどうもめばいいか、ようく分っているんだ」

「お爺さん、酒をのんではいないだろう」

「のんでいない。晩酌しかやらないんだ。ちょっとでいいんだから」

「ここでよ、ここからあがらないでよ」

「分っているよ。こんどノリ子ちゃんに何か土産を買ってきてやるよ」

「お爺さん、私の身体どう？」

「どうって、何だね」

「婆さんの若い頃とくらべてどう」

「こんな白いこえた身体じゃなかったよ。でもなあ、こういうのはこるんだな」

「私がいいといったら、すぐ止めるのよ」

「分ってるよ、奥さん、おれをいやがらねえでくれよ」

「………」

「奥さんは、おれの娘のような気がするんだ」

「娘の肩をもんだりするもんですか」

「おれの年になりゃあ、何をしても、助平のようにいわれるけどさ」

「お爺さん、棚をこさえてちょうだいよ」

「分っているよ」しばらくして「明日にでも板を買ってきてはってあげますよ」

またしばらくして爺さんのささやく声がきこえる。

「奥さん、この前の長距離電話の料金はいらないよ」

「もう少し右の方をもんでえ」

と奥さんの声がする。

猪狩の爺さんが引きあげてから、山村の奥さんがやってきた。私の部屋にまるまるきこえているのが分っているくせに、すました顔でやってきたので、おかしくなってきた。やっと笑いをこらえてノリ子を帰すと、私出かけます、といった。

着物にきかえてラジオの会社で良平に会った。

「キクちゃん、何時間かかったたって？　三時間？　バカだなあ。ほんとにバカだなあ、おれなんか読みゃしないんだ。パッと放りなげてさ、上向きのやつはとる。下向きのやつは、すてる。そんなふうに二、三回やりゃあ、それでいいんだ」

「ウソつきなさい。いくらあんたでもそんなこと出来やしないよ」

「それがやってるんだ。どうせサカリのついたような雌犬ばかりじゃねえか。いいもわるいもないよ。おれはなあ、キクちゃん、今夜から乞食になるんだ」

「何ですって」

「コジキだよ。橋の下に寝るんだよ。コジキ小屋がお茶の水橋の下に一つあいているんだ。そこで昼間は外にイーゼルをおいて絵をかく。夜は小屋でねるんだあ。どうせキクちゃんはあそこへは来てくれねえから、今日がお別れだあ、あいつだってきやしないさ」

「あいつって誰なのよ。葛西さんのこと？」

「婚約者気どりのあの女さ。あいつは、おれの女房になって、おれとやりたがっていやがるんだから、いやになるよ。ほんとうは、おれの絵なんかどうでもいいんだ。おれは女はきらいだあ」

「あの子はくるわよ」

「ソーニャ気どりか。そうしたら、おれは川の中へ放りこんでやるさ。これがおれの荷物さ」

良平はいつものように、ピンクのスポーツ・シャツに、グレイのズボンをはいている。

良平は「愛の記録」の原稿の山を係りの者に預けると往来へ出た。そして通りすがりの若い女達の前で、リュックをかついで、イーゼルをかかえたままぐるぐる廻りながら叫んだ。

「ああ、ああ、こん畜生！　いい絵をかきたいなあ。胸のすくようないい絵をかきてえなあ。あ、あ、ああ」

それから、

「ひゃあ！」

と叫びながら両足をバタバタさせて走り出した。

「ああ、めぐんで下さい。この乞食えかきにめぐんでやって下さい。右や左のお嬢さまあ！」

「良平、よしなさいよ」

「あいつら、みんな女房になりやがるんだ。へえ！　おかしくって仕様がないや」

と叫んだ。

「おういアネゴ待ってくれや」

それからあとはバカにすまして優等生のような顔をして歩きだした。

「セーヌ河畔、神田一丁目」

と良平はリュックをおろすと、小屋の前でいった。それから私の耳もとに口をよせて、

「あと一月したら、ほんとにパリさ行くだ」

とささやいた。

「ほんとう、良平」

「あとから、アネゴもこいよ」

「うん、うん、承知した」

と私ははしゃいでいった。

「あの女と沢野くんをすっぽらかして二人で住もうや。夫婦でなくて何もしなくて二人でおなじ部屋に住むのはいいぜ」

「人を頼りにしちゃダメ、そりゃダメあるよ」

「あんなこといってやがらあ。亭主にはすぐ呼ぶといってやりゃあ、ほんとにするよ。十年もたって帰ってくるんだ」

私は良平につかまって笑いだした。そうすると良平が亭主のように思えてきて、とても不安定になってきた。そうすると良平もいっしょになって、転げるように笑いはじめた。私は夫の沢野と別れられるだろうか。

「きみ達はこれでなかなか離れられないのだよ」

と遠藤がいったことがある。

いつまでも帰ってくると思って、あの人は待っているのかもしれない。

ああ煩わしいな。

良平の仮住いの小屋には私はどうしても入ることが出来なくて外にしゃがんで話をした。

「アネゴがそうしていると百姓家の子供みたいだな」

と良平がいった。

「アネゴは子供だあ。子供だと思うから、みんな近づいてくるんだ。男も女もみんなそうなんだ」

「何いってやがる」

私はさっさと小屋をひきあげた。土堤をのぼるとき、川の上のゴミをつんだ船から声がかかった。

「見えるぞお！」

良平なんかとパリへ行くもんか。すぐ男だとか女だとか、子供だとかいうんだ、あいつは。


夕方夫の沢野をS駅の前で待っていると、小さな私の夫がやってきた。靴だけ大きなのをはいている。さきがあがってしまっているが、それでも足が大きく見えるというので、昨日からはいているのだ。この男が山村さんの理想の男なのかしら。

映画を見ているうち、

「着物はいいなあ、いつも着物を着てくれるといいなあ」

といって夫がすりよってきた。

「手をにぎるんじゃない。フッフッフッ」

「どうして笑うんだい。着物を着てるときぐらい笑わないでおこうよ」

「さっきから目つきが怪しいぞ」

とささやいてやる。

「好きなんだから仕方がないのよ」

とすりよってきて、またいう。

「いやだあ。ポップコーンでも食べるのよ」

着物のことをいうときは用心せねばならない。私に何かコンタンがあると思っているのじゃないかしら。私が彼を「愛している」と思っているのじゃないかしら。自転車を明日は売ってやるから。

「きみが着物をきるときには、僕をひきずったりしないし、料理だってとてもおいしいよ。塩と砂糖とまちがえたりしないし、そりゃあ、きみが絵をかいている姿は神々しいくらいで、悪魔的なんてもんじゃないし、僕もフラフラとなってしまうけど。いくら遠藤さんにその気がないといったって、きみがそういう恰好をしているときにはあの人と二人っきりでいてもらいたくないし、いや、かえっていっしょにいてもらいたいとも思うけど、それもいっしょにいてもらいたくないのとおなじなんだな。もう時間がおそいから早くここを出て散歩しようよ」

「うるさいな、いいかげんにしろ」

と前の席の男がふりむいてどなった。

「べたつくなら、黙ってべたつけ!」

「もういやよ」

と私がいうと、待っていたとばかりに彼は席を立って私をひっぱるようにして表へ出る。

「キク子、温泉マークのあるところを散歩しないか」

「いやよ、そんなとこ。あんたとは、いや」

「ただ散歩するだけだよ」

と私の手をとる。ごつごつした手だ。ごつごつしているだけじゃ男じゃないよ。

「仕方がないから行ってやるけど、恥しいじゃないの」

代々木駅のそばまでやってくると、そういう宿屋がまるでお祭りのように並んでいた。

「キク子、僕ら夫婦でこういうところへ入っていけないということはないよ」

「いや! そんな眼つきいやらしい。ああ、あんたの眼が光っている。ああいやらしい、私逃げだすわよ」

「僕はどうしても温泉マークへ着物をきたキク子と入りたい。ここなら情緒がある。アパートとは違う。アパートの部屋だと、どうも駄目なんだ」

「そんなことしなくたっていいじゃないか」

「アパートのあの部屋はきみの部屋なんだ」

「この家はいやよ」

「じゃ、ほかのとこを探そう。あそこにもある」
五、六歩おくれて佇んでいると、夫はその宿の受付のようなところへ入っていく。
「あのう、いくらですか」

「今からなら泊りもおんなじですから、二千円ですね」

「二千円？」

夫はもどってきた。

「金もっていないか」

「ないわよ」

「それじゃ、ほかの宿をきいて見よう」

「温泉マーク」ってどんなふうになっているのかしら。夫のいうようにここで泊ると、私もあんなふうに眼が光ってくるかもしれない。


いつか遠藤がいっていた。

「きみの絵が死んでいるのは、女になっていないからかもしれないな」

と。

「それは、どういうことなんですか」

「どういうことって、ほんとに知らないの」

「欲情のことをいうんですか。よく分らないんです」

「そう」

「私一回だけじーんとしたことがあるけど、そのことかしら」

「どういうことだね」

「沢野と結婚する前の晩に、私結婚はいやだと父にいったの。するとああ、この子は、この子は……と父が怒りだしたものですから、外へハダシでとび出して行ったのよ。

　私の家の裏には汽車道があるでしょう。その汽車道をどんどん走って行くと、うしろに足音がするんですの。ふりむいてみると兄がくるんです。とうとう兄が追いついて、『キク子っ』といって私を抱きしめて、それから私をかついでもどったんです。兄に抱きしめられたとき、胸がしびれるようになり、身体中がうずくような感じになったんですの」

「そういうことは沢野くんとはないの」

「ないんですのよ」

「そう。困ったことだね」

　思いきっていう。

「遠藤さん、人間もあんなふうなの？　いつか、ディズニーの『沙漠は生きている』だったか、そんなような題の映画を見たんですの。ライオンの雄が雌を愛撫するんです。ここの首のあたりから、肩からなめまわし、それから身体中そうするんです。それがとっても、とっても美しいんですの。とっても美しかったわ。遠藤さん、あいうのをいうんでしょうか」

　遠藤はうなずいただけで何もいわない。

夫の沢野は次の宿でまたきいた。

「泊りだけなんでしょうか」

「今からだとそうですね」

とここの受付の女もいっているらしい。

眼を光らせているだけでなく真赤に顔をほてらせて、夫はきいている。赤テングの子供みたいだ。

「あのう、千二百円では泊れませんか」

「千五百円の部屋ならあるんですが、萩の間というのがあるんですよ」

こっちも眼が光ってきた。

「もっとやすいところはありませんか」

とせきこんできいている。こんなに積極的な夫をあんまり見たことがない。

「まだ客がきますし、うちのきまりがありますからね」

「ああ疲れたわよ。もうよそうよ」

と私はまだねばっている夫に声をかける。動悸がしてかっかっしてきてしまった。

外へ出てきた夫は、いきなり私に武者ぶりついてキッスを求めてきた。それをはねのけると、

「ああ、キク子、家へ帰ろうよ。家へ帰ろう」

と叫んだ。それから夫が走りだしたもんだからそんなところへ一人おいておかれてはかなわないから私もついて走りだした。代々木駅まできたら二人とも息がきれた。

「ハッハハッ」

と私が笑いだすと夫も笑いはじめ、電車にのり、二人はお互いに背を向けあって、ゆすぶれている身体をもて

あましていた。そのうち阿佐ケ谷駅まできて電車をおりると、夫がまた走りだしたので、私もついて走ってアパートへもどってきて、鍵をあけている間ももどかしく二人で部屋の中へかけこんで、爆発したように夫が駈けまわって笑いだした。

「キク子、思いきり笑える！」

「あんたったら、あんな嫌な眼をしてまるでサカリのついた犬みたいなんだから、おかしくっておかしくって。あのときのあんたって、あれ何？　あれ、人間？　あれは人間じゃない」

「こんなことでいいだろうか」

と夫はまた教習所のボスのマネをしながら笑いつづける。

「さあ、山村さんの奥さんを呼びなさい！」

「山村の奥さあん！」

「さあ、温泉マークごっこして見なさい。さあやって見なさい」

とまだ笑いながら私がいうと、

「キク子、愛しているよ」

「どれくらい愛しているんだ」

と私はいってやる。

「海よりも深く山よりも高い」

「バカ！」

「蒲団をしいてからにしよう」

「山村の奥さんがもし求めたら、お前はいう通りになるか。あの人を見て色気を感じるか。さあ、いって見ろ」

「将棋をさそう」

「よし三番勝負よ。こすいことをしたら承知しないわよ」

「真剣勝負だ。征服してやる」

「こっちが征服してやるから、早く駒を並べなさい」

私はライターをとり、煙草に火をつけて机の上においていった。

「煙草はあと一本しかないよ」

ライターは自動車の型をした大きなやつだ。夫はいつか教習所の連中と一泊し、うれしそうに帰ってきた。包みをあけて見せたのがこれだ。夫はこいつをものすごく大事にしている。様子をきいて見ると、宴会の席で歌をうたって毛脛を出して踊りをやって、みんなにうまいといわれたといって、私にも踊りのマネをしてみせるものだから、すっかりあさましくなった。それが何でも女の踊りだった。

夫は「銀やぐら」を使って私を負かして、自信にみちた顔をして、「教習所員の歌」を口ずさんだ。この歌をうたうときは、夫が得意になるときである。どういうわけでそうなるか分らないが、とにかく得意になっていることだけはよく分っている。たぶんボスの気分になっているんだろう。

「こすいわよ」

「こすいといったって正式に勝ったんだから仕方がないさ」

と余裕をもっている。つづけざまに二番とも負けてしまった。

「もういいよ。その代り明日はどうしてもあの自転車を売るのよ」

私はそういって煙草をすおうとすると、ない。そこで吸いさしをキセルにつめこんでそのライターをとって音を立てて火をつけてやった。

「キク子、きみがそういうふうに机の上に肱をついて横向きになって長いキセルからスパスパ煙をはきだすのは、よくないよ。どうしてそうなんだろうな。せっかく着物をきているんだから、もう少し……」

「いつもいってるように、女はあんただよ。絵かきに男も女もあるか。さあ私は寝るからね」

寝たふりをして夫の様子をうかがうと、彼は机の上にノートをひろげて何か書いている。うさ晴しに、私の悪口を書いている。さっき押入れからとりだしたのがこのノートだったのだ。夫はこのノートをかくしているつもりだが、有場所は私は知っている。もっとも、私が知っていることを夫も知っている。どうしてかというと、私は彼が書く訴えや悪口のあとの余白に、自分の意見を書き添えてやったからだ。

夫はノートに書きこんだあと、手紙を書いている。こういうときには、彼は郷里の母親にあてて、まるで恋文のようなものを書く。結婚して一週間だけ郷里で暮したとき、彼の母といっしょに、公団のアパートに住んだが、私の前で母親に帯をしめてもらっていた。彼女は私をきらっているが、私も大きらいさ。このアパートへきて一緒に住みたがっているそうだが、そんなことになったら、この私はいったいどうなる。

ドアを叩いて、「沢野さあん」とどなる声がする。

「誰?」私が首をあげたときには、そばに寝ていた夫がとび起き、私の足をふんでよろけながらドアに駈けよった。

「どなたですか」

と夫がいっている。

「私です」

と酔った声がしている。

「遠藤さん?」

「ちがう。あの足音は山村さんだ。ひきずり方が違う。酔っている」

と夫はドアのこっちでいう。

夫がドアをあけるとき、私は蒲団の中に顔をうずめた。

「奥さん！　沢野さんの奥さん！　私は奥さんを尊敬しています」

三尺四方のところに洗濯機がある。その余りのところになだれこんだ。

「お宅の奥さんは、いらっしゃるのでしょう？」

と夫がいう。その奥さんは、そのいい方に威厳をもたせている。そのいいかたは、教習所のボスふうではなくて、遠藤に似ている。

「どうでもいい」

「大分酔っていらっしゃるようですが。大丈夫ですか」

「今夜はいないよ。そんなことよりお宅の奥さんはいるか」

「やすんでいます」

私はまたフトンの中で身体を折りまげた。

「みちで会ったことがある。このアパートの廊下で見たことがある。奥さんはいますか。話がしたい」

「それがやすんでいるんです。山村さん、そんなところで寝ていないで、上へあがりませんか。蒲団をしきますから、やすんだらいかがですか」

「うん？　きみは誰だ」

「だから私は夫です。キク子の夫ですよ。さあお上りなさい。僕らといっしょにやすみましょう。明日は日曜日ですから」

何だって夫は親切なんだろう。

「奥さんは今夜どこへ行かれたのですか」

「…………」

「さあ、山村さん、吐かれたのは僕が始末しますから、手でかきまわさないで下さい。新聞と雑巾をもってきます」

夫が押入れから出しているのは、先月の新聞だ。この人は、新聞を大事にしまっている。

夜明になって、ゴソゴソ新聞紙の音がして山村さんがよろけながらドアをあけて、例の如き歩き方で大きな靴をひきずって、となりのドアをあけて、となりの部屋へ入った。私はずっとフトンの中にかくれていたが、「あの大きな足好きだわよ」と夫にいってやった。すると夫は急に私に向って叫んだ。

「場所を貸してくれ！」

それは良平の叫ぶ調子だ。

「ひとりで処置したらどう？　男はひとりで出来るんでしょ」

起きてからとなりの山村さんに顔を合せるのがいやで、そうかといって便秘するのは困るし、とうとうトイレへも行けないでいると、夫が外にいて合図してやるから、そのスキに行けという。そのようにして用をすませてもどってきて朝飯と昼飯とをいっしょにしたお菜をこさえると、夫が顔をしかめて箸をおいた。味かげんが全然なっていないというつもりなのだが、無視してやった。そうしたら、夫が押入れをあけて、本の間から千円札を一枚とりだした。それをポケットにしまうのは、外食してくるという意味なのだ。私が一日百円の小遣銭をまとめて渡すときには、パチンコをやって、カン詰とタバコとチョコレートをもってくることがある。今日は千円札をとり出した。

「それはどうしたのよう」

「どうしたって、これはただの千円とは違うんだからな」

「千円は千円だわよ」

「これはおふくろが送ってくれた千円だからな」

私はカッとなる。

「その千円だけは大事にしまっていたのね」

「そうさ！」

「そーお！　私が働く千円とは価値が違うというのね。出て行くならついでに自転車を売ってくるがいいんだ」

「とにかくおなじ千円でも、この千円は、僕は大事にしまっていたんだ。そしてこれは、さあ、というときに使うんだからな」

「そうして胸を張っておれば、立派に見えるわ。ええ、立派に見えるわよ」

「自転車がそんなにじゃまになるのなら、売ってこよう。これで僕がもってきた大事なものは全部なくなるけれどもな」


夫は廊下から自転車にまたがって出て行った。

昨夜から今朝にかけて、つまらんことに時間を使ってしまった。良平だって、あそこで絵をかこうとがんばっている。おちおちしてはいられない。新しく絵をかきはじめないといけないと思うが、あの千円札を入れた封筒がいく日もこの部屋にあったかと思うと堪らない。あの婆さんを、五寸釘をうって呪ってやりたい。かっかっとしてくる。腹がいたくて仕様がない。ぽんぽんに張っている。動けないくらいだ。こんなとき私は遠藤に助けを求めたいが、あの人にこんな見苦しい惨めなところを見せたくはない。ああくやしい。

山村の奥さんはどこへ行ったのか、まだ帰ってこないのに、山村さんは起きだして、洗面所で顔を洗っている。くしゃみの音がした。自分の部屋でも顔は洗えるのに、外でしている。あの人がこの部屋へまたやってきそうで身がちぢまる思いだ。ああ苦しい。山村さんがこわくて便所へ行けない。とうとうがまんがならなくて、山村さんが部屋へ入ったとたんに廊下を走って行った。するとトイレの中の正面のところに変な写真がおいてあった。こわくてこわくて走って帰ってきた。胸は動悸を打つし、腹は張って苦しい。誰があんなものおいたのかしら。

夕方になっても山村の奥さんも夫も帰ってこない。山村さんが冷蔵庫をあけて何かさがしている。これから自炊しようとしているのだ。手伝ってくれといいにきやしないかしら。そうしたらどうしよう。クスリをのむことにした。もう生きていたくない。どうせ私の絵は遠藤のいうように死んでいるのならつづけたって仕方がない。そうかといって、私は器用なマネをして、みんなが手を叩いてくれるようなものに鞍替えすることも出来ないいんだ。

眼をさますと枕もとに夫がいた。寝返りを打とうとしても、しびれて動けない。泣きだしたら、自分の顔が自由にならない。泣きっぱなし、涙が出っぱなしだ。

「山村の奥さん、もう家内は大丈夫ですから」

と夫がいっている。彼女は帰っていった。

「きみは二日間寝ているんだよ。ねえキク子、自転車は売ってきたよ、六百円だが仕方がないさ」

「出て行ってちょうだい。どうして入ってきたのよ。鍵をかっておいたのに」

しびれてまわらない口でいうと、

「だからさ、この窓から入ったんだ。そしたら、山村の奥さんが気がついて入ってきたのだ」

「いいから出て行ってちょうだい」

「それじゃ、もう少ししてまた帰ってくることにするよ」

「いい？　私が子供をうめないんじゃなくって、あんたの方がだめなんだからね」

「何を急にいいだすんだ」

「あんたは、おふくろさんに、私が子供をうむことの出来ない身体だ、といってやったでしょ。私が能力がないといったでしょ。私は手紙を読まなくてもちゃんと分ってるんだから。そうすると、おふくろさんは、あんな女とは別れてしまえ、遊びたければ遊ぶがいい。だいたい、あの女は私はきらいじゃった。一目見ただけで分った、といってきたでしょ。わたしの息子を尻にしいて、かせがせて自分は女のつとめもろくろくせず好き勝手なことをして、ちゃんと籍にも入っているくせに、今でも沢野の姓を名のらず、篠田キク子という名で出品している、とこういったでしょ。ちゃあんと分ってるんだ。そのあげくたった千円送ってきたんだ。千円で遊べるかね。千円で女を連れて温泉マークへ泊りに行けるもんか」

私はそういっているつもりだったが、ロレツがまわらない。

「もういいから、もう分ったから、何も僕は子供がなくてもいいんだ。きみが気に入った絵がかけりゃ、それがすべてなんだ」

「そんなことをいって、私が絵をかいて、一息入れていると、いい絵だね、といいながら私に挑んでくるじゃないか」

「もうしゃべったり、泣いたりするのは、よしなさい」

「出て行って。鍵をかけて窓から出てちょうだい。誰にもきて貰いたくない。さあとっとと出て行きやがれ」

「出て行くとも。これは自転車の金だ」

「そんなものほしくないや」

「どうなるかと思いましたよ。遠藤さんがきて下さるといいなあ、と神頼みしておりましたよ。こんどは参りましたなあ」

遠藤はてれながら温かい表情をして私達夫婦を見ている。さっき遠藤の片足ひきずるような靴音がして、靴音のほとんどしていない夫の沢野が、「まだ鍵がしてあります」というと、遠藤の「もう少ししてからきよう」という声がして、そうして私が鍵をはずしておくと、一時間もしてまたおなじように遠藤の靴音がして、それに寄り添うようにして夫がついてきて、そっとドアをあけて、そして二人が入ってきたのだ。そのとき私はもう起きあがって、髪にブラッシをかけていた。

夫を買物に出させようとすると遠藤は、三人でいっしょに行こうといった。夫がいう。

「三人で行けば何もこわくないよ。鬼に金棒だよ。キク子」

それで足がふらつくが買物をして帰った。遠山はPR誌の編集の仕事を夫にもってきた。そこの編集長に会うように日取りをきめてくれた。沢野はそういうところへ入って練られて早く一人前になるがよい。いつまでも子供みたいに、私に頼って暮しておれば、世間に暮して行けると思ったら大間違いだ。飯を食べてビールを二杯ものんだら、夫がふらふらして居眠りをはじめ、しっかりしなさいよ、といったら、画集をとり出して見ている。

「さあ僕は帰ろうか」

と遠藤がいった。

「この人は帰ってもらいたくないんですの。また私がもとへもどるもんだから」

「ぜひお願いします」

「そう、でも今日は二人で仲直りにいっしょに寝たらいいんじゃないかな」

「もうけっこうですの。もうそういうこと一切やめにしますの。この人、だって、下手なんですの。資格なんかないんですから」

夫は何かいいたそうにしてまた画集をめくり出したが、機嫌のいい私に腹を立てはじめたが、遠藤にいてもらわないと困るし、どうしていいのか分らないのだ。

夫と遠藤が蒲団を敷いて二人が横になった。夫は寝床の上で体操をし、それから、小さい声で、「山村さんの奥さあん」といったあと、

「遠藤さん、僕はもうやすみます。朝が早いですから」

それからクスクス笑いだしたが、「この人、欲求不満でヒステリーをおこしているんです」と私がいうと、「こ

んなことでいいだろうか」と笑いながら、いった。

夫が寝息をたてると、私は遠藤が話しかけるのを待っていた。が、遠藤は黙っていた。

「私、ほんとうに死にたかったんですのよ」

「絵をかいて夫婦生活をするのは大変だからね」

「三岸節子だって、別れるまでは夫を憎んでいたというんです」

「…………」

「憎む夫と別れて、彼女はいい仕事をしはじめたのよ」

「僕の別れていた妻は、一週間前に亡くなったよ」

「ひとりでいらっしたのですか」

「いや、病気になる前に息子のような若い男といっしょに暮していてね。二人の間に出来た子供をひきとってくれと、いわれてるんだ」

「まあ」

「ひきとろうと思っているんだ。去って行った女房に頼まれると、僕の余生はその子供を育てることだ、という気がするんだ。今の亭主がいいといえば、そうする」

「きっと奥さんは遠藤さんを愛していらっしゃったのですわ。女というものは、愛する人からかえって離れることだってあるんです。その方は勝気な、何か仕事をしたいと思うような方だったんでしょ」

「そんなこともあるまいさ」

「いいえ、奥さんが心から愛していたのは、遠藤さんだったんです。それが遠藤さんとしては年が近すぎて、思うように甘えられなかったのです。甘えられない人は、相手を甘えさせようとしますでしょ。だからうんと若い男の人がよかったんです。私、分るような気がするわ。私、奥さんとおんなじです」

「そうともいえるな」

　そこで遠藤は首をあげて何かさがした。

「何ですか」

「チリ紙だ。いや、このポケットにある。風邪気味なんだな」

　遠藤は鼻をかんだ。

「私、ほんとうに甘えられるなら、こんな仕事よして、いい奥さんになりたいと思いますわ。女は誰だって、女らしくなって、可愛いといわれて、仲のいいところを見せびらかしたりしたいですわ。子供も産みたいし、いっしょに歩きたいですね。浮き浮きして、ちがった声をだして、猫なで声をしたいんです。そうなろうとして、私の女の友人たちは結婚して絵をやめたんです。そのくせみんな私を羨ましいといっています。彼女らはみんな不満なんです。そうして私の主人を賞めますの。主人がいいからだ、といいますのよ」

「どこの家だって満ち足りた夫婦というものはないのだよ。不幸のかげで幸福を作りだしているだけさ」

「遠藤さんも亡くなったその奥さまを愛していらっしゃるんでしょう？」

「愛などというものじゃないだろうけどもね。ただ夢に見る。夢の中では、理想の女になるのはふしぎだな。よく崖の上の道を二人で歩いている。僕が崖の上に立ってそこから先きが断崖になっていることに気がつくんだ。そこには雲がたなびいていてそうと分らなかったのだね。そこであわてて、家内をとどめるのだね。一度はずりおちそうになって、這いあがったのだよ。たぶん枕をおとして、枕によじのぼったんだろうけどもね。夢の中では若くて肌ざわりが天使なんだな」

　それは鷹だ、と私は思う。もう一羽は私だと思う。ずり落ちやしない。私だもの。

「オシッコ」

　と夫が口をもぐもぐさせて、発音する。

「起きたらいいでしょ」

夫は身体をくねらせて、ダダをこねる。

「ノリ子ちゃん、おしっこ」

「夢を見ているのかな」

「ちがうんです」

この人は、育児ごっこをしているんだ。私が笑いだしそうになるじゃないか。夫はなおも身体をくねらせている。そのうち起きあがって、窓の方へ歩きだす。

「何です。子供みたいに。ほら、こっちよ、あんた。遠藤さん、こんなことでPR誌の編集など出来るでしょうか」

「車の運転が教えられるんだから、文章だって書けますよ」

と遠藤がいった。

「それはそうです。これでも前にシナリオに当選したことがあるんです。今でも夜になると、下手くそだけど何か書いてるんですの」

夫は便所へ向って駈けだした。なかなかもどってこない。もどってこなければ、遠藤の胸へとびこんでやるから。また駈けもどってきた。途中で眼がさめたのだ。

まさか便所へあんなものおいたのはこの人ではあるまい。山村さんの主人かしら。それとも、よその主人か奥さんかしら。それとも管理人の猪狩さんかしら。明日もまたあんなものが置いてあったらどうしよう。また不安定になりかかるが、遠藤がいてくれると思うと、気持がおさまった。

夫が寝床の中へもぐりこんだ。

「遠藤さん、元気になられるために、新しい生活に入られる方がよいと思います。そのためには、その子供さんを引受けるなんてことはしない方が、いいんじゃありませんの。遠藤さんは、新しい女の人と結婚なさる方がいいんです」

「そうだろうか」

「私なんか主人に女が出来たら、ノシをつけて引取ってもらいます」

「そう出来るだろうか。なぜそう出来るだろうか。することだけしてやっていれば、未練はない。特に肉体的なことがだね。それだけではないさ。十分に尽していれば、よそにどんな男がいるのだい、という気になれるね。意地というのはそんな気になれないということかもしれないな」

あのことはそんなに大事なことなんだろうか。なぜ、あんな写真を便所においたりするんだろう。

「キクちゃん、死んだりしちゃ駄目だよ」

私が思いきって夫の頭のうえから暗がりの中で手をのばすと、遠藤はその手をぎゅっとにぎって、放し、

「可愛い手だね。この手であんな大きな絵を一気にかいてしまうんだね。きみの中にはそういう激しいものがあるんだ。大事にした方がいいよ。さあ、やすもうか」

「なぜ私のアパートへいらっしゃるのですか」

「なぜ？　なぜだろうか」

彼ははずかしそうに思いだした。

私の部屋へきて、平気で泊ってゆく。夫が出勤したあと、私と遠藤とが同じ六畳の部屋で寝ている。そのとき遠藤は軽くいびきをかいて眠っているけれども、私の方はほんとうは眠ってはいないんだ。

夫の沢野が私を懸命に女にしようとしているが、あれは夫自身のためさ。そんなことはちっともありがたくない。遠藤が私を女として一人前に見てくれないから、平気で泊って行くのだ。

私はみんなに十八に見られる。いいさ。

「きみの絵が生きてきたことは、いいことだね」

絵のことなんか、どうだっていい。

「生きているということは、ねえキクちゃん、実体を愛したり憎んだりすることだよ。その実体が出来てきたということだよ」

実体？　何だろう。

「生きるうえで迷いが出来てきたということじゃないかな。だから、これから本物の絵がかけるということなんだな」

夫の沢野が体を動かした。彼は遠藤の方へくるりと向いた。寝ぼけたような声をだして話しだした。

「僕はまたシナリオを書いて行きたいと思うんです。遠藤さん。遠藤さんの家庭の話、僕はドラマになるような気がするな」

「いい気になるんじゃないよ。この人はＰＲ誌の編集をやれると思うもんだから、いいところを見せようと思ってるんですよ」

「この人は、こうして僕の夢をみんなこわしてしまうんです」

「それからあんたの夢は分っているわよ。子供を作って、早くパパになることですよ。私は子供なんか生みたくないからね」

「遠藤さん、この人は、パリへ行きたい、と時々いうんですが、僕はアメリカの方がいいと思いますが、どうですか。僕もアメリカへ行きたいんです。友人がアメリカから手紙をよこすんです。ニューヨークとサンフランシスコとではまったく別の国というかんじがするそうですね。アメリカでは樵をしても、自由で自信をもって暮しているんですね。みんな東京へ出てきて、アクセク首を出そうとしてる私達とは違いますね。アメリカならタクシーの運ちゃんになっても、生甲斐があるんでしょうね」

「自動車をとばすことがアメリカだと思ってるんですよ」

「いや、この人の絵も、アメリカなら、かえって認められるかもしれませんね、遠藤さん」

「そうでしょうね。僕はアメリカのことはよく知らないけど。さあやすもうか。また明日は教習所へ出かけるんでしょ」

と遠藤がいった。

朝になる。

「いいかげんにしなさい。セナカを私の方に向けたって、今日はさすってあげないわよ。さっさと眼をさましなさい。みなさい。遠藤さんはもうおきて新聞を読んでいらっしゃるわよ」

「沢野くん、僕がさすってやろうか」

「あら、あきれた！　遠藤さんの方にセナカを向けるわよ」

遠藤のところへ夫がすりよる。

「遠藤さんの方がキク子よりずっと上手だ」

「あーら、お世辞いってるわ」

遠藤は今朝は夫といっしょに出かけた。夫には弁当をもたせたので、今日は小遣銭は渡さなかった。二時間して、夫が帰ってきた。いやがるオーバーまで着せて、マスクをさせてちゃんと包んでやったのに、

「熱があるんだ。フトンを敷いてくれ」

「どうして急に熱が出るのよう」

夫の顔を見るとマスクのまわりの部分が真赤になっている。畳の上にそのまま倒れた。服をぬがしてやるのを待っている。マスクをはずさない。ひきずるようにフトンの上にのせると、そのままの姿勢で、吐息をしている。

せっかく彼のぬぎすてたものを押入れにおしこみ、夫などこの部屋にはいないものと思おうとしたのに、この

部屋中が夫そのものになってしまった。

「水枕をしてくれ。水枕はとなりで借りてきてくれ。それから脚をさすってくれ。僕はもう死ぬかもしれない。そうなったら、キク子お前が可哀想だなあ」

熱は三十九度ある。医者を呼んできてやろうか、というと、僕は働きがないから、医者なんかにかからない、という。そうするがいい。

「僕が死んでも、おふくろなんか呼ばなくってもいいよ。きみは、ぼくなんかより、もっと強力な、足や手の大きな男性と結婚して、僕のことなんか忘れて、もう絵なんか忘れて、いい奥さんになって、それから憎まれ婆さんになって……どうせ貰い子をしているだろうから、その子供達にいやみなことをいって」

「よしなさいってば、いい気になって」

「いや、僕はほんとに重病なんだ。もう死ぬ。僕を看病しないと、あとで後悔するよ……。僕にも田舎に何人か女がいた。そのうちのひとりは僕を追っかけまわして、彼女が有名人だったので、新聞に出たくらいだ。市役所にいるときは、未亡人の女事務員が、僕とすれちがうと、後ろの方へ身体をよせてきて、ニッと笑うんだ。山村さんの奥さんのような脚の短い女じゃない。

お前と結婚して披露をしたとき、会費制の金を僕が数えていた姿がいやらしいといったけれども、集った金がいくらになるか、数えるのが、当り前じゃないか。足りない分は僕のフトコロから払うんじゃないか。それから、新婚旅行に京都や奈良へ行ったときなんか、僕が乱暴を働くといってブリブリおこったり、どこのお寺へ行っても、いちいち僕と意見がちがうというし、口惜しがるふりをしていたけれども、きみは僕と意見がちがうと鬼の首でもとったようにかえって喜んでいたんだ。お前の生理日がたまたま結婚の日と重なることなんか、僕は思ってもいなかったんだ。初夜にはもっと上手にあつかえなかったものか、と、僕のせいにするけれども、僕はきみなんか、何でも僕よりよく知っていると思っていたんだ。そう見えたんだから仕方がないじゃないか。男友達が沢山あって、いっしょに寝たこともあるというもんだからな。ところが、お前はただ寝てハシタない口をきいて芸術談をしただけなんだ」

分っているのよ。夫は私がクスリをのんで、部屋から追いだしてやったときから、機会があったら、病気になってやろう、と思っていたんだ。遠藤がきてくれて私の機嫌がウソみたいになおったものだから、よけい病気になってやろう、と思いだしたんだ。この人の手口はいつもこうなんだから、私にはごまかしはきかないよ。自分で自由に熱を出すんだから、たまったもんじゃない。体温計をとりだすと、三十九・五度にあがっている。私が便秘すると自分も便秘したり、私のセナカをさすらせると、こんどは自分のセナカをさすらせないと目がさめなくなってしまう。私が気がふさいで、死んでやろうとすると、この人も、こんどはシーソーゲームみたいに病気になる。こんなふうにして私に仇をうったって何にもならないのに。この人は夫婦というものを、何だと思っているのかしら。

朝になって教習所へ電話をかけると、ボスが出てきた。

「あんたが奥さん？　だいたい亭主が休むのは、女房がいけないんだよ。お前さんが甘やかすか、自分が甘えすぎるからだよ。沢野くんはまだ掃除用のバケツを買っていない。めいめいが自分でバケツを買って自分の使った車を洗うことになっているのに、沢野くんは、どうしても買わない。筋の立たんことは出来ない、といっているが、奥さんあんた、バケツ代ぐらい出させなさいよ。大学を出ているせいか、すぐ法律々々という。それによく独言をいうのでまことにやりにくいな。バケツのことで叱ったよ。リョウヘイとかリョウスケとかになりたいなあ、あいつだったら、ここでうまいことをいって喚くんだがなあ、といっておったが、そのリョウヘイとかリョウスケとかいうのは、何者かね？　え？　あんた絵をかいてるそうだが、売れる絵をかかんことにゃ、いかんじゃないか。うんとかせいで、亭主に車でも買ってやったらどうかね」

「どうもありがとうございます。その節は何分よろしくお願いします。主人のことは、これから気をつけるようにいたします」

　とこたえる。もうすぐに教習所をやめさせるのだから、最後の給料をもらうまではしんぼうすることにしたのだけれども、私が絵をかいていることを、夫は宣伝したにちがいない。このまま夫が死んでしまえばいいと思った。そうしたら簡易保険の月掛のことを思いだし、今日のうちに郵便局へ出かけようと思う。山村さんの主人は今朝早く廊下を通って行ったから、安心して電話をかけに廊下へ出たのだが、トイレによるとき例のものが置いてないか、気がかりだった。するとやっぱり置いてある。山村さんの主人が出かけるときにトイレへ置いて行ったのかもしれない。

「ああやかましい！」

　と夫が足をばたばたやりだした。

「あれはおとなりで棚をうちつけているのよ」

　猪狩の爺さんが約束通り山村さんの部屋の棚をこさえだしたのだ。

「お爺さん、トイレの中に変なものおいてあるのは、あれはお爺さんがおいたんじゃない？」

　と山村さんの奥さんがいっているのがきこえてくる。

「何がおいてあるの、ねえ何がおいてあるの」

　とノリ子がつきまとっている。山村の奥さんがくすくす笑っている。

「さあ、ノリ子ちゃんは、パパちゃんに電話をかけなさい。さあ、もしもしやりなさい」

「知らないなあ、沢野さんじゃないわよ。きっとあんたよ。あんたでしょ」

「沢野さんじゃないいしな」

「おれは知らねえよ。爺さんをからかうじゃないよ。おれはノリ子ちゃんと遊んだり、奥さんの肩をもんであげたり出来りゃあいいんだよ。あとは晩酌を二合やればいいんだよ」

「となりの奥さんと私とどっちがきれいだと思う」

「分っていることきくでないよ」

「モシモシ、モシモシ、おとなりのオジちゃま、おとなりのおねえちゃま」

「おねえちゃまじゃないわよ、おばさまよ」

「ノリ子知ってるわよ」

「知ってれば、やめるのよ」

「ノリ子はやめない！」

「なぜやめないのよ」

とても強い調子でおこっている。本気になって喧嘩している。

「なぜやめないのよ」

と今度はノリ子がおうむがえしにいってかえしている。

「おくさん、おこるでないよ」

「だってあんまりですもの。どうして大人みたいな口をきくのよ、この子は」

「どうして大人みたいな、あの、大人みたいな口をきくのよ」

「まあ、にくったらしい！　この子は」

「ノリ子、沢野のおねえちゃまに、絵を教えて、もらってくるわよ」

「今日はだめ、沢野さんのおじちゃまが、頭いたいいたいいたいで、ねんねしているんだから」

「おじちゃまが、いたいいたいでも、大丈夫」

「分らない子ね。お尻をこうしてパンパン打ってやるから」

「いたいよう、いたいよう、沢野のおねえちゃま！」

ノリ子は泣きだした。

「さあ、おんもに行って泣きなさい。アパートの外へ行って泣きなさい。ワンワに吠えられて、かみつかれて、いたいいたいいですよ。ああ、ほんとに子供なんか、ちっともほしくない。ノリ子なんか大きらいよ」

「大きらいよ」

「大きらいよ」

まだ眼をつぶってあえいでいる夫が、蒲団の中で呟いた。

(あの写真をおいたのは、山村さんの奥さんじゃないかしら)

「ちょっと買物に行ってくるから、おとなしく寝てるのよ」

郵便局へ行こうとすると、媚を作ったノリ子が寄り添ってきた。山村の奥さんが「あらあこの子、あなたには機嫌をとってるわ。つれてって貰いたいのよ」

「さあ」

「ノリ子、おねえちゃまといっしょに行く」

「いらっしゃい」

仕方がない。ノリ子を連れて外へ出た。野々宮の家の庭をのぞきながら歩いて行くと、垣根の中に奥さんがいた。

「沢野さんの奥さんですか。あの絵をかいていらっしゃる?」

「ええ、そうなんですけれども、何か……」
五十五、六になる痩せた人だ。ゆっくり話しかける。
「私は以前に夏休みの講習会で子供さんたちと絵を習ったことがあるんですよ」

「夫とここを通るとき、私ども、お宅をあこがれていたんですよ」

やさしく、やさしくいう。

「先生は、まだお若いんでしょ。二十一か、もっと若いんですか」

私はやさしく笑った。

「いいえ、もっともっとなんですよ。ああ恥しいわ」

「そうですか。可愛い御夫婦ですね」

「もう三十ですの」

ノリ子が、もう行こう、行こう、と私の手をひっぱる。

「うちの息子や娘とおなじ年頃だわ」

それから、子供の話になる。浅草で蒲団屋をやっていた頃、戦争で二人とも行方不明になり、それっきりだという。

「先生と御主人と二人で風呂へいらっしゃるのが家の中からよく見えるんですよ。御主人も可愛い。ほんとに雛人形のようだわ。おしどり夫婦なのね」

「どうもすみません」

私はこんなときには、この人とおんなじ調子になって、シナを作ってしまう。でもこの人は、あの木札のかんじとはちがう。眼がきょろっとしていて、くいつかれそうだ。それから買物をした。

アパートへもどってくると山村の奥さんがあがりこんで、沢野のそばに坐って本を読んでいた。

「あーら、お帰りなさい。ノリ子ちゃん、よかったわね」

「あら」

ノリ子がいない。どこかへ置いてきてしまった。

「マーケットだわ」

「あら！」

山村の奥さんが立ちあがろうとしないものだから、私が引返した。こんなことをしていて絵がかけるものか。だから女は男と太刀打が出来なくなるんだ。それというのも、夫というものがいるからだ。


ノリ子は交番で泣いていた。その顔を見ると腹が立ってきた。

沢野は二日目の夜からよくなり、いばって、

「サシミが食いたい」

といった。私の部屋を占領してしまったような顔をしている。それを見ているうちに急に私は口走った。

「ねえ、あなた。私、変なのよ」

「サシミが食べたいんだよう」

「ねえ、私、物の味が変っちゃったのよ」

「塩の代りに砂糖をなめたんだ」

「ちがうのよ。出来たらしいのよ」

夫の沢野は私のそばによりそってきて、おじぎをした。

「やっぱり出来たか」

「そうらしいのよ」

「医者に見せたか」

「見せたわよ。三カ月よ」

「三カ月？　ほういいなあ。いい言葉だなあ」

「サシミがほしければ、自分で買ってきたら」

「お前がサシミにしろよ。僕は何でもいい。さあ」

夫は立ちあがって、ラジオ体操をはじめた。

「子供が出来りゃあ、何といったって……」

「何といったって、何なのよ」

「何といったって、夫婦だ、というんです。僕、お父チャマ。もうこわいものがなくなった」

「私はサシミなんかほしくないのよ」

「それじゃ、僕はいらないよ」

夫は本当に私が妊娠したものと思っている。夫とこんな会話をしているうちに、私もほとんど妊娠したと思いこむようになった。夫はアパート中にきこえるように、「教習所員の歌」をうたいだした。私はそっと歩く。二人で郷里の山や川や、レンゲの花や、山に生えている椎の木や、その実のことや、松茸のことや、タンボがすっかり住宅地に変ることとや、池に出来るセリや、汽車道に生える土筆《つくし》のこと、夏に川原で行われる宝さがしや、花火のことを話しあい、子供が出来るとアトリエがどうしてもいるから、今のうちに、私の貯金三万円と郷里の役所をやめたときの彼の退職金ののこり五万円で土地を買っておこうということを話し、そうすると夫は手帳をひろげて、千葉県にこういう安いところがある、といいだした。私もこのアトリエで絵をかくと、大きい絵の効果がまったくつかめなくて、展覧会場へ行くと、すっかり他人がかいた絵のようにつまらなく見える。そのためには、庭へおりて窓の外で見るようにしているのだが、いちいちそんなことをしているわけには行かない。夜はこまるし、よその洗濯物が気になって仕方がないし、それだけならいいが、よその窓をのぞきにきたように怪しまれるわ、といった。

退職金ののこりの五万円は、彼がアメリカ行きを空想するときの重要な材料になっていることは分っていた。私の三万円は、さあというときに誰にも頼らず生きて行くときの用意と、もう一つは、私が自殺したときの葬式代の足しにするつもりにとってあるもので、この部屋の敷金も葬式代に当てるつもりで、私の鏡台の中にそのことを書いた遺言書が入れてある。ケチな私の夫のことだから、私の持物で売れるものはないかとさがすうちに、この遺言書が見つかるにちがいない。良平が日本におれば、彼に頼んで、私の灰は、どこか山の上からバラまいてくれてもいいし、川に流してもらうことも書いてある。そのときついでに私の絵はこれまた良平に頼んで焼くように書いてある。

その二人の金を集めて二十坪でも三十坪でも四十坪でも土地を買おうじゃないか、といつのまにか話がまとまった。次の日曜日二人で土地を見に行こうと夫がいうので、それがいい、とこたえた。駅から遠いところであっても、ボロ自動車を買って、僕が運転する、と彼がいった。夜起きて子供にミルクをのませたり、日曜日に田舎の林の中や、野原で子供とあそぶのは、僕に任せとくがいい、と彼はいう。

遠藤さん達がきて泊る部屋はどうしても一つは確保しなければならない。四畳半か六畳の客間はいる。子供といっしょに寝る部屋が一つ、あとアトリエと部屋と都合三つ。場合によっては遠藤とその子供をひきうけてもいいじゃないかと私がいうと、いや、そのことについては考えた方がいいかもしれないな、と夫がいった。第一遠藤さんが子供までつれてくることはあるまい、と私がいう。

それから二人で風呂へ行くことにした。木札のそばで夫は立ちどまって野々宮さんの家をのぞいていった。

「桜が咲いいているな。花のあるうちはいいなあ。柿や栗やイチジクなどがある庭にしたいな」

「あれは桃よ」

「桜とはどうちがうんだったかな」

「バカッ!」

そこで笑いながら何ということなしに駈足で走りだしたのでいつものように「待って、待って」といって追いかけるうち、急に夫は真蒼になって立ち止り、

「おなかの子供が！」

私も立ち止った。このお腹の子供が、と思ったからだ。夫は私により添い、二人はそろそろと歩いた。

「もう山村のダンナなんか、こわかないぞ」

と私がいう。ほんとうにそうなのだ。

「山村の奥さあん！」

といいかけて、夫はやめた。

番台のおじさんに向って、

「家内に子供ができたんです」

といった。私もニッコリ笑っていった。

「ええ、そうなんですのよ」


あくる朝、夫が私より先きに起きて、電気釜の様子を見たり、廊下へ出て、「教習所員の歌」を口ずさんだり、わざわざ共同洗面所で顔を洗ったり、管理人の猪狩さんと、子供が出来た話をしたりしている。そこへ山村の奥さんが出てきて、

「お早ようございます」

といっている。それだけだ。きっと産んで見せる、と覚悟する。誰のためにでもない。夫のためにでも、山村の奥さんのためにでもない。私自身のためにだ、と思う。タバコを一服すいたいがやめる。もうしばらく絵のことはよそう、アルバイトだけにしよう。なあに、子供をうんでそれから、人間や世の中のことが見えてきてからでいいではないか。遠藤だってそういうことをいっていたのだ。あんな鷹の絵がなんだ！

管理人の猪狩さんが今日は酒をのんでいて電話にからんでいる。夜の電話には度々こういうことがあるが、こ

んなことはあんまりない。

「おれはな、山村の奥さんと何も悪いことしてないんだぞ、それを云いふらすやつがいるから、おれは大家に文句をいわれるんだ、いいか。誰だ、おれのことをいったやつは、お前か」

山村の奥さんの肩をもむ一件を、誰かが大家に告口をしたものと見える。

「何？　篠田キク子？　そんなものはいやしねえ」

私は廊下へとび出した。

「おじさん、私ですよ。代ります」

「お前さんはサ、沢野キク子じゃないか」

「ええ、私が代りますから」

「お前さんじゃないな。お前さんは告口はしないな。お前さんはいい人だな」

「そうですよ。何だか知らないけど、告口なんかしませんよ」

警察からだ。良平が橋の下でほかの乞食と喧嘩をして、警察に留置されているから、受取りにきてくれという。

「きみは同郷の先輩だそうですね。きみを尊敬しているそうだから」

一時間かけて神田の警察署まで行くと、良平が、

「ようアネゴ」

といって笑いながらあらわれた。書類に捺印していっしょに出てくると、

「おれの絵を破られて黙っていられるか。それもおれの傑作じゃねえかよ。傑作だといったらびっくりした顔をしやがったから、そこをなぐりつけてやったんだ」

警察の話では、小屋の男色の男と何かしているところを、ほかの小屋の男達になぐられて喧嘩になったそうだ。

「アネゴ、おれは、こんどヤツと内輪の結婚式をあげる。内輪だから、アネゴなんかくることあねえ」

「パリへは行かないの。いっしょに行くの。どうせ金めあてでしょう」

「金はたりるけど、もう少しとってやるんだ」

「パリへ行くことは話したの。ちゃんと話したのね。ちゃんとすることはしなくちゃだめよ」

「ひゃあ！　そんな甘えことするかよ、おれが」

「黙って行くの」

「当りまえじゃねえか。パリから手紙を出せば、いくら何でもあきらめるだろう？」

　口笛を吹きはじめる。

「今日は御馳走するんだ」

「だめ、だめ、そんなインチキする人の御馳走にならないわよ」

「おれを助けてくれないの？　おれはそんなにだめなやつ？」

「そうよ。その通りよ」

「じゃ、あとからパリへはこないのかい」

「だって私、自分の身体が大事だもの。それにそのうち身二つになるでしょ」

「へえ！　身二つ？」

　良平はまじまじと私を見つめた。

「うそだあ！　うそいってらあ」

「いい気になるな」

「ヘッヘッヘッ」

　良平は例によっておどりはじめた。その様子が今日は許せないほど、いやでいやでたまらなかった。

「篠田キク子の絵はだめになる！」

(こんなことしていたら、流産する)

と思いながら、私は走りだしていた。

二度と良平なんか、部屋に入れてやらない。パリから手紙よこしたって返事なんか書いてやらない。

××放送へとどける投書の束を落してしまったことに気がついた。赤電話をかけて、そのことを告げると、どなられた。もう止めます、といったら、止めます、というだけではすまないよ、とくいつかれた。受話器の前で泣きだしたら、もういい、なくしたものは仕方がないから、止めないで続けなさい、といわれた。はい、そうしますといって受話器を下したが、憂鬱で仕方がなく、家へ帰って断りの手紙を書いた。泣けて仕方なかった。これは腹の中に子供がいるために感傷的になるのだと思った。今まで「××放送」からもらった報酬の分だけ送り返して詫びることにした。そうするより仕方がないじゃないか。

夫が千葉県に住む教習所員からの土地の情報を手帳に書いてもどってきた。「ジャーナリストになる道」という新書をひろげ「キャッチフレーズ」の項や「自動車をのりまわすジャーナリスト」というところを読んでいる。そこへ山村の奥さんが自分の部屋のドアをあけたな、もうくるなと思っていると、こちらのドアをノックした。

「名残惜しいけど、こんど頼んでおいた公団があいたんですのよ。二間にキッチンがあるしお風呂もあるの」

「お引越になるんですか。まあ、ほんとにお名残惜しいわ。せっかくお友達になれたのに。ノリ子ちゃんはおやすみ?」

沢野がタバコを買いに出かけたあとで山村の奥さんは、

「うらやましいわ」お腹の子供のことだ。ところがすぐに話題がうつる。「私、沢野さんがほんとに好きだったのよ」

「そうですか」

「沢野さんは私のこと、何とかいっていませんでした?」

「きっと好きなんでしょ」

「これ、こんどの住所と地図なんですけど、沢野さんに渡して下さらない？　分らなければ、ここのところの事務所できけばいいのよ。私もう帰ります。引越はこんどの日曜日にするのよ」

「あーら、その日は私たち土地を見に行くのよ。残念だわ」

　と私がいうと、

「そーお」

　山村の奥さんは、それ以上何にもきかないでもどって行った。この二日、あの写真はおいてない。

　私が幼稚園からもどると、ＰＲ誌の女社長にあいに行った夫の沢野から、電話がかかってきた。しばらく気がぬけたように笑いつづける。

「霜とり」というのは何だか、僕には分らなかった、という。霜とりのない冷蔵庫の宣伝のキャッチフレーズのテストなのだ。二十六歳の女社長が、顔をしかめて、「霜とり」の説明をしてくれた。キャッチフレーズを書くのに一時間かかった。そしたらそれを見てまた顔をしかめた。ほんとにこの仕事やりたい？　ときかれた。仕方がないから頷いた。うちには冷蔵庫がないからといった。そお、奥さんによくきいて、勉強なさい。

「お前がついていてくれないと、だめなんだ」

「そんな心がけではやって行けないっていってるでしょ」

「つい僕はポケットをのぞいちゃったんだ。（笑）何してるんですか、というもんだから、家内がここにいて、首をだして、カンニングできればいいなあ、と思ってるんです、といっちゃったんだ。すると女社長がいったんだ。

『そう、そういうのは何かに使えるわね。漫画ふうだけど。でも一回かぎりよ。自分の生活をこの仕事に使うのは新鮮だけど、あれよ、頭を使うことも大事なのよ。あんた自分では、これが新鮮だと気がつかなかったでしよ』

『ぜんぜん気がつかなかったんですけど』

『もう一度きくけど、この仕事ほんとうにやりたい？　おんぶする気では駄目ですよ。教習所より向く？　うちはまだ車は買えないのよ。だから車の運転の方を頼むわけにはいかないのよ。分った？　奥さんと相談なさい。私も遠藤さんとも相談します』

『あのう、子供がうまれるんです』

『うれしいんですか。子供はどこの家にもたいていあるものですよ』

『それが、うちにもうまれるんです』

この人は美しいけど、ライオンのような顔をしてるな、と僕は思ったな。

『あんたと話していると、どうしてか知らないけど、いらいらして、腹が立ってくるわね。奥さんは絵かきだそうですが、そういわない？』

『あのう、うちの家内とよく似ていらっしゃいます』

『前から、あんたはそういう性質ですか』

『よく分りませんが』

『あんたは私に慣れてるような口をきくようだけど、私は必ずしもあんたが使いやすいとはいえませんわね。とにかく甘えればいいと思っちゃ駄目よ』

『世の中は甘くないんですから』」

夫の沢野は部屋へ入ってくるなり、

「ウオー」

と叫んだ。それから、

「霜とりを知らないんですか？　私はライオンよ。ウオー、ウオー。外にもキク子がいたあ！　こんなことでいいだろうか」

それからポケットからパチンコでとったチョコレートと罐詰を出した。ポケットの中にまだタバコが入っていることが、私には分っている。

「ウオー」

アパートの部屋の中で這いまわる。

「さあ、私を愛撫してごらんなさい。雄のライオンが雌のライオンにするようにやってごらん」

「ライオンの愛撫？」

「そうよ。あんたにも本能があるなら出来るでしょう。ライオンとそっくりにやれるはずよ。そっとやるのよ。首から肩へ、口と手で愛撫するのよ。私だって雌ライオンになれるわよ。さあ、やってみな」

「僕はあの女社長が好きだといってるんじゃないよ」

「いいから、してみな」

「さあ、こわいよ」

「そうでしょ。こわくて出来ないでしょ。そういう男でしょ。だから私は」

「だから、どうなんだ」

いいや、そのことはいうまい。私に子供なんか出来ていやしない、ということはいうまい。

夫の沢野はあくる日の午後から女社長のところへ通うことになった。教習所からは給料を貰っていたので、すぐやめてしまった。出がけに「教習所員の歌」を「ＰＲ誌編集員の歌」に替え歌して口ずさみながら外で顔を洗った。昨日私は遠藤に見せに行ったことになっていた。

夫はまた吠えてもどってきた。ある作家を訪ねて行くようにいいつかったが、その道順がよくのみこめない。

すると隣りの席の女編集者がこういって教えてくれた。

「この道を曲るとタンポポがうんと生えている草原があるのよ。その原っぱを対角線に細道があって、それを辿って行くとアーチ型の小さい門がある。それが煉瓦で出来ているの。分りました？」

「タンポポさんは親切な人、ライオンさんはこわい人」

気取った声で話すと思ったら、「タンポポさん」の口調だ。

「そこへ行けたの？」

「うん、行けた。仏さまにそなえてあったバナナと餅菓子を御馳走になっちゃった。いい人だった」

「今日の仕事はそれだけ？」

「正式にはそれだけだな」

とイバッた顔をした。その顔を見ていると、「このバカ！　あんたにかかっちゃ、タンポポさんもすぐライオさんになるわよ」といってやった。

今におどかしてやるから、という気になるが、私はこの気持に酔っていたい。子供がうまれるというこのフンイキ。

日曜日の朝、山村さんの夫婦がそろっているのをはじめて見た。アイサツをすると、山村さんは最敬礼してすぐ横を向いてしまった。ブロックみたいな四角な身体をしていた。素足の指が、毒蛇の頭みたいにふくらんでいた。

夫と私がアパートから出ると猪狩さんがついてきて、

「山村さんの奥さんはつれない人だね。ノリ子を遊んでやったのに、引越となると、見向きもしないよ」

といった。泣いている。

「神様はちゃんと心得ていますよ。じっと待っていると必ずいいことはやってきますよ」

と沢野がいった。

野々宮の奥さんが垣根の中でかがみこんで、何かいっている。

「奥さま何をしていらっしゃいますか」

「これがしつっこいですよ、いまいましい、ああ、いまいましい、つる草ですよ。ちょっと油断するとこいつが花を駄目にするんですよ。もう今から芽を出しているんですよ」

「それは大変ですのね。つる草はいまいましいですね。私も子供の頃、田の草とりをやらせられました。もっと小さい頃は母が私をビクに入れて車を走らせたものでした。母は私が泣くとおこってよけい車を走らせたものです」

私もかがみこむ。

「私も手伝いましょうか」

「ああ、いまいましい」

「おじいちゃんは何をしておいでですか」

「おじいちゃん？　あの人は映画ですよ。映画も外国のものが好きで、日曜というとひとりで出かけるんです」

「私が死んだら、私の家はおじいちゃんの親せきの者がいいようにするんですよ。そんなことをいって、おじいちゃんは笑っていますが、私には分ってるんですよ。誰か私どもの面倒を見てくれる夫婦はありませんかね」

「それはきっとございますとも」

「奥さん、神様がよいようにして下さいますよ」

と夫がいった。

「僕ら二人であなたを連れて田舎をドライブさせてあげますよ」

「先生、私に絵を教えて下さいね」

と野々宮の奥さんは立ちあがって私の顔をのぞきこむようにいった。

「私、前に教えてくれた先生の御夫婦を養子にする腹だったんですよ。その先生が田舎へ引越されましてね」

「今日はこれから土地を見に出かけるんです」

と沢野がいった。

「僕に子供が出来たんです」

「土地ってどこなのですか」

「千葉です。川があるんですよ。魚がいる川があるんですよ。僕たちの郷里とおんなじです」

「私の部屋も一つこさえといて下さい。お金は出します。私とつきあっておいて、損はございませんよ」

「そのことは、よく相談します」

沢野が真面目な顔をしてこたえた。野々宮の奥さんが、ねばっこくなった。私たちがあてにしていた野々宮さんはいなくなった。

二人きりになると沢野は、あの人を手放さないほうがいいぞ、というので、そのこすっからいのが厭になり、どやしつけたくって仕方がない。

山手線から上野で常磐線に乗りかえる。それから一時間、それから、Kで私鉄にのりかえて二つ目の駅。そこから疎林を望みながら、紹介された家へ辿りつく。狸みたいな六十年輩の男があらわれた。その男が案内して四十坪の土地を見る。坪二千円。つまり八万円。こういうことをちゃんと計算している夫が憎らしい。一万円手付をうって帰る。狸さんの家で茶をのみ、漬物を手のひらにうけて食べるうち、狸の眼にふらふらになってしまった。裸にされたみたいだ。

「今にさわりにくるわよ」

「さわりに？」

「家を建てるとき、出来あがるまで私の家に住みなさい、といったじゃない。産婆の世話までするといったじゃないか」

「林の中で休もうよ。芽がふいているよ。地図によると、あそこの二キロばかりはなれたところに川が流れていることになっている」

山林を背景に帽子のような二階家が立っている。

沢野は歩きながら五万分の一の地図を拡げる。そこにいましがた手付を打った四十坪の土地が赤い点で印してあり、川のところは青く塗ってある。

「この青いところで釣が出来る。自転車を売ったのが惜しいなあ」

「あんた、バカもバカ、大バカよ」

「どうしてだい」

いい気になっているその面《つら》が憎たらしい。

「だってそうじゃないか。子供なんか出来てやしないじゃないか。何だって本気にしていい気になってるんだ」

「へえ！」

夫の沢野は私の方を見た。ちょうど良平が私を見たように。ところが彼は良平のように「うそいってらあ」とはいわなかった。突然、笑いだした。

「キク子、キク子、ヘッヘッヘッヘッ。ああ、おかしい。おかしい」

それから落葉の上にころがって腹をおさえた。

「ねえ、あんた、相撲をとろうか」

「相撲？　よし」

まだ夫はケイレンをつづけている。私も笑いはじめた。

「私が大鵬よ、あんた柏戸」

「僕が大鵬だ。きみが柏戸だ」

「いやよ、大鵬は私よ」

疎林の中で二人でとっくみ合いをはじめた。手応えはある。人間らしい手応えがある。夫が笑いつづけて力をぬいているうちに、ひっくり返した。というより自分でひっくりかえった。小さい夫の上にもっと小さい私がふわっと倒れかかった。それでも手応えはある。何かしら生きている手応えはある。

こんどというこんどは、夫なんか、アトリエには入れてやらないから。もっとも家なんか、いつ建てられるか、分るもんか。

どうせこの人は、おふくろを家へ連れてくるつもりでいるんだ。

夫が静かになった。

「良平のやつがパリへ立つのは、明日だったなあ。あとは遠藤さんだけか。遠藤さんは、今夜あたりきてくれないかなあ」

と私の方を盗見しながら、

「あの人だって僕らを頼りにしてるんだよ。みんなそうなんだよ」

足もとに土筆が顔を出していた。どこもかしこも土筆だらけだ。今にぜんまいがのび始めるに違いない。

解題

柿谷浩一

本巻（第四巻）には、一九五九年七月から一九六六年四月までに発表された二十作が初出年月日順に収められている。この中には、単行本未収録の「女」「感情旅行」「冷たい風」「家の誘惑」「カフス・ボタン」「弱い結婚」（一九六二年版）および「鷹」の七作品も含まれている。なお、「弱い結婚」については、初出と単行本・全集に所収されたものとでは、大きく内容も分量も異なる。このことから、発表年に基づき、本巻では便宜的に、前者を一九六二年版、後者を一九六六年版とし、個別収録する編集方針をとった。

雑誌に発表されたのちに単行本ないしは文庫版の形で刊行された作品については、著者の生前に刊行された最後の刊本を底本とした。これ以外は初出紙誌を底本とした。文学全集・選集の類に収録されている場合もあるが、それらは底本の選定からは除外し、初出後の収録経緯からも割愛した。本文の異同は主要なものに限り記した。

*

女　初出は、『人間専科』（一九五九年七月）。これを底本とした。

感情旅行《センチメンタル・ジャーニィ》　初出は、『婦人画報』（一九五九年七月）。これを底本とした。

ある作家の手記　初出は、『新潮』（一九五九年八月）。その後、『靴の話／眼』（一九七三年一二月、冬樹社）に収録された。

棲処　初出は、『新潮』（一九五九年一一月）。その後、『靴の話／眼』（一九七三年一二月、冬樹社）に収録された。

冷たい風　初出は、『新潮』（一九六〇年二月）。これを底本とした。

季節の恋　初出は、『別冊文芸春秋』（一九八〇年三月）。その後、『釣堀池』（一九八〇年二月、作品社）に収録された。

家の誘惑　初出は、『新潮』（一九六〇年六月）。これを底本とした。

洪水　初出は、『小説中央公論』増刊号（一九六〇年七月）。その後、『靴の話／眼』（一九七三年一二月、冬樹社）に収録された。

小さな歴史　初出は、『文学界』（一九六〇年七月）。その後、『城壁／星』（一九七四年二月、冬樹社）に収録された。単行本収録にあたり、初出誌の改頁に合わせ、作品末尾が段落途中から脱落した状態となっていたため、この部分に限り初出誌に従った。

船の上　初出は、『群像』（一九六〇年七月）。その後、『釣堀池』（一九八〇年二月、作品社）に収録された。

カフス・ボタン　初出は、『中部日本新聞』（一九六〇年一〇月二日）。これを底本とした。表題小見出しとして「スリラー・コント」とある。

或る一日　初出は、『文学界』（一九六一年一月）。その後、『異郷の道化師』（一九七〇年一一月、三笠書房）に収録された。原題は「ある一日」、単行本収録にあたり、漢字表記となった。

ガリレオの胸像　初出は、『自由』（一九六一年一月）。その後、『釣堀池』（一九八〇年二月、作品社）に収録された。

雨を降らせる　初出は、『小説中央公論』（一九六一年四月）。その後、『釣堀池』（一九八〇年二月、作品社）に収録された。

靴の話　初出は、『新潮』（一九六一年五月）。その後、『靴の話／眼』（一九七三年一二月、冬樹社）に収録された。執筆は、同年一月。

夫のいない部屋　初出は、『週刊現代』（一九六一年八月二〇日―九月一七日）。その後、『夫のいない部屋』（一九八〇年六月、作品社）に収録された。

四十代　初出は、『文学界』（一九六一年一一月）。その後、『弱い結婚』（一九六六年四月、講談社）、『小島信夫全集５』（一九七一年六月、講談社）に収録された。

弱い結婚（一九六二年版）　初出は、『群像』（一九六二年二月）。これを底本とした。

鷹　初出は、『文芸』（一九六二年四月）。これを底本とした。

弱い結婚（一九六六年版）　初出は、『弱い結婚』（一九六六年四月、講談社）。その後、『小島信夫全集５』（一九七一年六月、講談社）に収録された。本作品は、「弱い結婚」（一九六二年版）と「鷹」をもとにして書き下ろされた「愉しき夫婦」（短篇集『愉しき夫婦』（一九六五年三月、学習研究社）に収録）がまずあって、これに部分的に若干手を加えたもの。この辺りの事情について、著者は次のように述べている。「某出版社の『愉しき夫婦』を書きおろしたが、出版社のある事情によって読者の眼にふれていないし、作者にとって愛着があるので、更にそれに加筆して、『弱い結婚』としてこの集に入れることにした」(単行本『弱い結婚』あとがき)。具体的な主な加筆部分として、「××放送へとどける投書の束を落してしまったことに気がついた。〔……〕そうするより仕方がないじゃないか」(本巻五三六頁)、「野々宮の奥さんが垣根の中でかがみこんで、何かいっている。〔……〕二人きりになると沢野は、あの人を手放さないほうがいいぞ、というので、そのこすっからいのが厭になり、どやしつけたくなって仕方がない」(本巻五四一—五四二頁)のほか、作品末尾でも「どうせこの人は、おふくろを家へ連れてくるつもりでいるんだ」以降が付け加えられた。

おびやかすもの

平田俊子

昔、「恋の季節」という歌が流行った。女一人に男四人の山高帽のグループ「ピンキーとキラーズ」が歌っていた。「恋の季節」とはいつだろう。春か夏のようでもあり、秋か冬のようでもある。岩谷時子の歌詞には具体的な季節は出てこない。恋をしたくなる年頃を「恋の季節」と呼んでいるようだ。

小島信夫の「季節の恋」という小説のタイトルを見たとき、この歌を連想した。「恋の季節」をひっくり返したのかと思ったが、「季節の恋」の発表は一九六〇年、「恋の季節」の大ヒットは六八年。順番が逆だった。

なぜそんな連想をしたかというと、「季節の恋」が収まりの悪い言葉だからだ。〝老いらくの恋〟(川田順)や「死後の恋」(夢野久作)ならすんなり了解できる。「季節の恋」はわかりそうでわからずモヤモヤする。

この小説の内容もまたモヤモヤする。

安野一郎は小学生の娘と暮らしている。娘は原因不明の熱病の後遺症で脚が悪い。娘が八歳のとき、妻の延子は亡くなった。妻が始めた小さな喫茶店兼貸本屋を、妻の姪のミネ子(十八歳)が引き継いでいる。喫茶部はミネ子が「冬の恋」と名づけた。

雪の降る季節、仕事で訪ねた東北の町で安野は延子と出会った。延子は小さな女の子（ミネ子）を背負い、その子の脚は「カギカッコのようなかっこうで無惨にひろがっていた」。安野はその子を延子の娘と思い、「（おれは姿が美しいから、あの女に心をひかれたと思ったが、ほんとは、あの背中の子供の不具の脚のことに気がついていたのではないか。不具の子供を背負っているので、心がひかれたのではないか。〔……〕何かくるしみ、犠牲をはらっている女しか、おれには美しいと思えない。もしそうとしたら、おれという人間は、なぜそうなのだろう）」と煩悶する。

翌年の夏、安野は再びその町にいき、女を見かけるが声はかけない。その後安野に召集令状がくる。無事に日本に戻ったあと、安野は冬にまたその町を訪ねて延子に声をかける。延子は未亡人になっていた。「ミネ子はもうすっかりよくなりました。自分ではもう不自由したこともおぼえていませんわ」。間もなく二人は結婚するが、生まれた娘ヨシ子はミネ子と交替するように「ビッコ」になる。

ミネ子が営む喫茶部には水島という男が頻繁にくる。水島は冬の間ずっとマスクをし、飲み物は飲まないがコーヒー代は払って帰る。ヨシ子が水島に好意を寄せ、水島はミネ子が好きなことに安野は気づいている。

春になり、妻の命日に、安野は妻とよく散歩に出掛けた場所へ娘を誘う。「おなじ散歩するのなら人のいないところの方が、不具の子供をつれて歩くのに」「気が楽だ」と安野は思う。

出掛けた先で二人はミネ子と水島を見つける。ミネ子は叫び声をあげて走り、水島は「うつぶせになって泣くような声をだしている」。水島のマスクとミネ子のベレー帽が地面に落ちている。ヨシ子に気づいてミネ子は叫ぶ。「あの人、ミツクチなの、ミツクチなの。あたしシドイことをした、シドイことをした」。

何ともやりきれない恋の幕切れだ。安野は冬に延子と出会い、春に死に別れた。冬に出会った水島とミネ子も、春に別れようとしている。作者はなぜ安野の娘を「不具」にし、水島を「ミツクチ」にしたのだろう。安野と延子の恋の始まりに障害のある赤ん坊のミネ子がいて、障害の治ったミネ子が好きになった相手に作者は障害を与えた。

「季節の恋」と同年に発表された「小さな歴史」には、義足の男が登場する。男は戦地で負傷し、片足の膝から下をなくした。同じ隊にいたその男に「私」は町で偶然再会する。男の家を訪ねると男は義足をはずして座っていたが、立ち上がろうとしてころがった。「まだ脚があるつもりでいるんだ」「切断をすると、こんなふうに忘れるもんだ」と男はいう。別の機会に訪ねると、男の家から叫び声が聞こえた。

「いま、あの子はキゲンがわるいのです」「あるときには、たおれると自分で笑いますが、別のときには、八つ当りします」と男の父親。脚の欠損を受け容れることは身体的にも精神的にも容易ではない。

負傷することなく復員し、盲人学校に勤める「私」。担当する生徒のなかには、後天的に失明した下田という子もいる。下田の父は下士官で、中国の戦地での性交が原因で息子が失明したという。そんなことが実際にあるのかどうかわからないが、義足の男とは違う形で、この生徒は戦争のために障害を負った。

「先生はメアキかメクラか」「なんだメアキか」「戦争が終ってからは、メアキも、メクラみたいなもんじゃ、というておったわ」。盲目の子どもたちの言葉は辛辣で、「私」にも容赦がない。

戦時中も盲学校で教師を続けていた人と、儲かる仕事から教師に復帰した人との間には対立があり、新入りの「私」は板挟みになる。

「私」は義足の男にも、教員たちにも、盲目の子どもたちにもおびやかされる存在だ。おびやかす側にそういう意識はなくても、「私」は圧迫を感じている。障害のない者が、ではなく、障害のある者がない者をおびやかすのだ。

「小さな歴史」と同じ月に、小島信夫は「洪水」を発表している。「小さな歴史」の書き出しは「私は川の前の宿にいた」、「洪水」の書き出しは「山本の家は川ぷちの道路をへだてたところに建っている」。どちらも川の場面から始まるのは偶然だろうか。「洪水」の川が流れるのは武蔵野の一画だ。「小さな歴史」の舞台は明記されていないが、「とろくさい」という言葉を子どもが使っているところを見ると、小島と縁の深い中部地方かもしれない。

「洪水」の主人公の山本は、暴風雨の注意報が出たので昼過ぎに会社を出た。自宅に戻って間もなく床上浸水したため、妻や子どもたちと避難する。喘息の持病がある妻との会話は始終ぎくしゃくし、夫婦関係が良好でないことをにおわせる。山本は隣家の若い妻にほのかに思いを寄せている。

「洪水」には障害のある人は登場しないが、川にゴミを捨てる近所の人や氾濫する水が山本をおびやかす。水は翌日には引くが、家のなかはひどい有り様だ。「わたしもうここイヤ。イヤだわ、ここは」と妻。「イヤ」なのは泥が積もった家よりも、山本と暮らすことかもしれない。洪水は家屋以上に夫婦関係にダメージを与えた。問題が解決しないまま、唐突に小説は終わる。

多作の小島は「洪水」「小さな歴史」と同じ月に、「船の上」という短篇を発表している。これは川ではなく太平洋を渡る船上が舞台だ。アメリカに向かう「私」の船室は、坂口という二世の男との二人部屋だった。坂口の登場は出航早々「私」をおびやかす。ハワイの交通公社に勤め、広島弁を話す坂口。「この男といっしょになることを考えてもいなかったウカツさがまた私をなやましはじめた。それは別なウカツさを思いおこさせた」。「別なウカツさ」とは、その日の朝の妻との激しい口論だ。いや、その前から喧嘩は続いていた。二日前の夜「私は妻をなぐり、なぐりかえされた」。「そんなことだから、あんたはロクな物が書けないんだ。女の気持ってものが分らないんだ」と泣きながら妻にいわれた。

喧嘩の原因は子どもである。「私」と妻の娘は、昔「小児マヒの症状を呈していた」。今はどういう状態か明らかではないが、「私があとに残す子供のことについて少しも細かい計画を立てないで、さっさと逃げ出そうとしている」と妻には見え、激しい争いになった。

「季節の恋」の安野の娘も脚が悪かったことを思い出す。小島の短篇「微笑」に書かれたことが事実とするなら、小島の息子は小児麻痺だった。「私」や安野の娘の障害はそのことと関係があるのだろう。また「季節の恋」「洪水」「小さな歴史」の語り手あるいは主人公はいずれも復員兵だが、「船の上」の「私」も同様だ。復員兵だった小島信夫自身を投影させていると思われる。一九五七年小島はロックフェラー財団の招きで単身渡米しているが、「船の上」の「私」には「私のために金を出す相手方のアメリカ合衆国の財団」があり、こちらも小島の実体験と重なる。

小島の小説で障害を抱えるのは小説の語り手ではなく、家族や周囲の人物だ。「私」は常に健常者の側にいて、障害のある人におびやかされる役割を担う。

「季節の恋」や「洪水」で、小島信夫は夫婦や家族をテーマに書いた。翌年発表された「或る一日」は、アメリカのモテルに滞在中の三十代の日本人夫婦の話だ。技師である夫の仕事の都合で、夫婦は子どもを日本に残してアメリカで暮らしている。日本にいるときより淫蕩になった妻。アメリカの女性を観察する夫。異国で浮き足立つ夫婦の心情が描かれる。

男女の関係を繰り返し書く小島信夫だが、「ガリレオの胸像」では何と男子中学生同士の恋愛を、性行為の場面を交えて描いている。小島はこういうものも書くのかと意外でもあり、驚きでもあった。

庄一郎は思いを寄せる島中に試験の答えを教えようとし、見つかって退学処分になる。のちに庄一郎は上京して彫刻家になり、島中は郷里で歯医者になる。中年になった二人はある日再会し、「自分をひきつけた、男らしさ、と女らしさの二つが入りまじったあの当時の島中」の面影を庄一郎は探す。背徳的というよりさわやかな小説だが、庄一郎をおびやかす存在として教師や校長が配置されている。

小島信夫の旺盛な創作意欲には驚かされるが、六一年にはこのあと「雨を降らせる」「靴の話」という短篇を発表し、続いて百枚を越える「夫のいない部屋」が発表される。

「夫のいない部屋」の舞台は中央線沿線の団地である。そこの第二十六棟で、佐野光枝は夫と暮らしている。棟の数から判断するとかなり大きい団地らしい。土建業の夫とはバーで働いているときに知り合って結婚した。出張する朝、夫が光枝に性交を迫る場面から小説は始まる。粗雑で乱暴な夫。三面鏡やテレビを買ったことを恩に着せ、ぎりぎりの生活費を置いて出張にいく夫。夫に対する光枝の愛情は冒頭から希薄だ。光枝は向かいの棟の江島道子と付き合いがある。窓やベランダから互いの部屋がいやでも見える。箱を縦に積んだような団地の部屋では、プライバシーは十分保てない。

三十歳の光枝は、かつて胸を病み療養所に二年いた。そこで知り合った二歳下の山下が団地の夜警に雇われた。光枝は山下と偶然再会し、すぐに深い関係になる。療養所で二人は病「棟」にいて、再会するのは団地の「棟」だ。

山下と光枝の背中には療養所で受けた手術の傷あとがある。二人は傷を愛撫しあう。「主人は、そこにさわってくれないの。背中にさわると傷があるのでイヤがるの」。傷と傷が惹かれ合うように二人は互いを求める。「山下さあん! そら、あそこ、あそこをさわって」「山下さあん! あなた何人目なの、私で」。山下よりも光枝のほうが積極的だ。夫といるときとは別人のようだ。離婚を考えるに至った光枝は、何か仕事はないか道子に相談する。光枝に大きな変化が起きていることに道子は気づく。

光枝の夫は、子どもができると妻の「キリョウがダメになる」という理由で妻に妊娠を許さない。山下は「僕の子供をうませてガキを育てて苦労させたい」と光枝にいい、光枝は「私もとってもうみたい。私の身体がうみたい、うみたいっていってるようだわ」と訴える。背中の傷あとを愛撫しあう二人は、結婚観、幸福感を共有する二人でもあった。

一週間の出張のはずが、夫は二日早く帰ってきた。夫の前で涙を流す光枝。二人はこのあとどうなるのだろう。光枝は離婚できるのか。山下との仲を引き裂かれるのか。続きが気になるところで小説は終わる。

夫が不在の間のわずか数日の物語だが、ここには濃密な時間が流れている。光枝という一人の女性の内面を小島は丁寧に描写する。夫への嫌悪や、山下との関係に大胆に踏み込んでいく心理を描く。「ガリレオの胸像」で少年の同性愛を書いた小島は、「夫のいない部屋」では女性の視点で男女の関係を書いた。果敢な挑戦と成果に目を見張らせられる。

「夫のいない部屋」は、翌六二年発表の短篇「弱い結婚」と「鷹」、それ以降の「愉しき夫婦」や中篇の「弱い結婚」へと発展していく。

短篇の「弱い結婚」(一九六二年版)は、夫である「僕」の視点で一風変わった夫婦の話が綴られる。「僕」は三十歳、妻の恵子は二十九歳。からだの不調を訴える妻の背中をさするうちに「僕」も妻に背中をさすってもらうようになり、それが病みつきになる。このあたり、背中の傷を愛撫しあう「夫のいない部屋」の光枝と山下の関係を連想させる。

「僕」と恵子は中部地方の都市で挙式したが、その夜恵子は東京に戻り、「僕」は月に一度上京して恵子のアパートを訪ねるという結婚生活を送っている。恵子には男友達が多い。一年後「僕」は恵子のアパートで暮らすようになるが、同居後も恵子は年下の画学生と親しく付き合う。恵子を慕い、結婚を望んでいる小学生の男児もいる。「僕」は自動車教習所の教員で、恵子は絵を描く傍ら幼稚園で教えている。絵がうまく描けないことで絶望的になり、恵子は睡眠薬を飲んだこともある。恵子は「何もかも見抜くことのできるふしぎな力をそなえ」ているが、精神的なバランスを欠いたところがある。

二人の間にセックスはあるのかはっきりしない。夫は妻とのセックスを楽しみに帰宅するが、その願いは「あまり達せられたというわけには行かなかつた」。セックスのかわりのように、夫婦はたびたび激しく笑う。からだが痙攣するほどの奇妙な笑いだ。「僕と彼女が普通の夫婦のカタチで一番ふれあわなければならないときに、彼女の笑いは、前々からおこっているのである」と夫はいう。

「彼女は永遠に処女なのである。抽象された存在なのだ。男でないかもしれないが、女でもない」「僕が女になりたいのは、彼女を自分のものにしたいからだ。自分のものにすれば、僕は男になるだろう」。妻との関係に夫は悩むが、妻は他のことを考えているようだ。妻のこころが夫には見えない。何を考えているかわからない。

同年に発表された「鷹」は、「弱い結婚」と同じ夫婦のことが妻の視点で語られている。妻の名は「恵子」から「キクちゃん」に変わり、年下の画学生に良平という名が与えられる。恵子を慕う少年はいなくなり、かわりに夫婦と親しい遠藤という男や、アパートの隣人が登場する。夫婦の仕事や性格など大枠は「弱い結婚」と同じだが、「鷹」には弾けるようなおかしみが随所にある。アパートの壁越しに聞こえてくる隣家の会話も面白い。

配偶者の前で自分の性別にとまどうのは「鷹」も同様で、妻の「私」は夫の前で「男になっていいか、女になっていいか分らず」「姉になってしまった」りする。

富岡多恵子の「身上話」という詩が連想される。相手によって男になったり女になったりくるくる性が変わる女性の詩で、「恋人には男の子になり／文句を言わせなかった」という言葉で結ばれている。「身上話」を含む富岡の詩集『返礼』が出たのは、「鷹」よりも早い一九五六年だ。

夫は「僕は何もきみに女であってもらいたいと思わなくなった。このまま何もしなくて一生終ったっていいんだよ」と妻にいい、「私もそうなんだわ」と妻は答える。セックスレスに近い夫婦なのかもしれない。「弱い結婚」に続き「鷹」でも揺れ動く夫婦関係が描かれ、「私」や夫の性格もつかみどころがない。

隣家の「山村さんの奥さん」は、早く子どもを作るよう「私」にいう。できないようにしていると「私」は答えるが、内心では「できそうもない」と思う。「鷹」は「弱い結婚」よりも性の問題に踏み込んでいる。

さらに小島は「鷹」を大きく展開させ、分量も数倍に増やして「愉しき夫婦」を書いた。この執着にも驚かされる。基本的な枠組みは前作と変わらないが、「山村さんの奥さん」に下心を抱くアパートの管理人や夫の山村、良平に惹かれるよし子など登場人物が増える。それによって人間関係やストーリーが複雑にも豊かにもなっている。よし子という名前からは「季節の恋」の脚の悪い娘ヨシ子が連想され、キク子に迫る山村の夫には「夫のいない部屋」で光枝に関係を迫る江島の夫の姿が重なる。「アパートのあの部屋はきみの部屋なんだ」「アパートの部屋だと、どうも駄目なんだ」と夫は「私」を「温泉マーク」に誘うが、お金が足りず入れない。

その後「私」はクスリを飲んで自殺をはかり二日間眠る。「弱い結婚」では、絵がうまく描けなくて絶望した妻が薬を飲んだことが夫の視点で簡潔に語られた。「鷹」では自殺未遂の話はない。「愉しき夫婦」では妻自身が自殺未遂について語る。

「Mという画家だって、別れるまでは夫を憎んでいたというんです」「憎む夫と別れて、彼女はいい仕事をしはじめたの」と「私」は遠藤にいう。遠藤は別れた妻が一週間前に亡くなったこと、病気になる前、妻は若い男と暮らしていたことなどを「私」に話す。愛や性や死や生が小説のなかで渦を巻く。自分の描く絵や実家の破産に絶望し、精神を病み、睡眠薬で自殺をはかった高村光太郎の妻の智恵子のことが思い出される。「主人は私の分身だから手きびしくなる。良平には私は甘えさせる。遠藤には私が甘える」と「鷹」の「私」はいう。三人の男と「私」の関係は「愉しき夫婦」でも変わらない。

「愉しき夫婦」の「私」は夫や周囲に妊娠したと嘘をいい、家を建てるための土地を見にいく。妊娠が嘘であったことを「私」はその地で悪びれることなく夫に告げ、相撲をとろうと夫にいう。「私」が小柄な夫をひっくり返し、自分もそのうえに倒れかかったところで小説は終わる。どこか壊れているような夫婦の関係は最後までそのままだ。

小島によれば、「愉しき夫婦」は一九六五年三月に刊行されたが、出版社の事情で読者の目に触れないままとなった。小島は愛着のあるこの作品に手を入れて中篇の「弱い結婚」(一九六六年版)を書く。原型ともいえる短篇と同じタイトルなのがややこしいが、「愉しき夫婦」と「弱い結婚」ではタイトルから受けるイメージは正反対だ。

「愉しき夫婦」と中篇の「弱い結婚」の大きな流れは変わらないが、細部には変化がある。たとえば夫と別れたあと活躍する画家の名前が前者では「M」とイニシャルだったのに、後者では「三岸節子」と実在する、しかも当時存命していた画家の名を出す。なぜここだけ実在の人物を出すのか気になった。

「弱い結婚」の最後の場面は「愉しき夫婦」の末尾に原稿用紙半枚分ほどが加筆されているが、さほど大きな変化はない。「夫を早く追出してしまわねば、と私は思う」という冒頭の一行は、「鷹」以降の三作品に共通だ。そして「私」のその思いは三作品の結末でも変わっていない。何も解決されてはいないのだ。

短篇の「弱い結婚」と「鷹」に大がかりな増改築がほどこされたように、「愉しき夫婦」と「弱い結婚」は細部が広がっている。それによって前の二作にあったユーモアが遠のき、「私」の深刻な内面が浮かび上がった。「愉しき夫婦」と中篇の「弱い結婚」では幾つもの夫婦の姿が描かれるが、どの夫婦も愉しさよりも危うさが際立ち、あまり幸せそうではない。

「夫のいない部屋」では妻は一人の男と親密な関係になり、結婚は破綻に向かう。「弱い結婚」や「鷹」などでは妻には親しい男性がいるが、彼らとセックスには至らない。「夫を早く追出してしまわねば」と思う「私」は近々夫を追い出すのか、追い出さないままなのか。追い出したあと遠藤か良平とからだの関係を持つのだろうか。いろいろな可能性を残したまま、「弱い結婚」は不穏に幕を閉じる。

夫婦と聞くと仲良くお茶でもすすっているようなぬくぬくとした姿が一瞬浮かぶが、実際は生易しいものではない。理解しあえぬまま闘い続ける宿敵が妻であり、夫である。結婚は夫と妻の双方をおびやかす。おびやかしてくる相手に立ち向かうように、小島は繰り返し夫婦を描いた。


（ひらたとしこ、詩人）

装幀——西山孝司

小島信夫短篇集成　第④巻

夫のいない部屋／弱い結婚

二〇一五年一月二〇日第一版第一刷印刷　二〇一五年一月三〇第一版第一刷発行

著者——小島信夫

発行者——鈴木宏

発行所——株式会社水声社

東京都文京区小石川二—一〇—一　いろは館内　郵便番号一一二—〇〇〇二

電話〇三—三八一八—六〇四〇　ＦＡＸ〇三—三八一八—二四三七

郵便振替〇〇一八〇—四—六五四一〇〇

URL : http://www.suiseisha.net

印刷・製本——精興社

ISBN978-4-8010-0064-3

乱丁・落丁本はお取り替えいたします。

小島信夫短篇集成

編集委員＝千石英世＋中村邦生

第①巻　小銃／馬　解説＝千石英世　定価八〇〇〇円
第②巻　アメリカン・スクール／無限後退　解説＝芳川泰久　定価八〇〇〇円
第③巻　愛の完結／異郷の道化師　解説＝堀江敏幸　定価八〇〇〇円
第④巻　夫のいない部屋／弱い結婚　解説＝平田俊子　定価八〇〇〇円
第⑤巻　眼／階段のあがりはな　解説＝いとうせいこう　次回配本
第⑥巻　ハッピネス／女たち　解説＝中村邦生
第⑦巻　月光／平安　解説＝保坂和志
第⑧巻　暮坂／こよなく愛した　解説＝千野帽子　定価八〇〇〇円

［価格税別］